UN AIDE DE CAMP DE NAPOLÉON

La Campagne

de

Russie

MÉMOIRES

DU GÉNÉRAL Cte DE SÉGUR

DE L'ACADÉMIE FRANÇAISE

PARIS

LIBRAIRIE DE FIRMIN-DIDOT ET Cie

IMPRIMEURS DE L'INSTITUT, RUE JACOB, 56

1894

UN AIDE DE CAMP DE NAPOLÉON

La Campagne

de

Russie

TYPOGRAPHIE FIRMIN-DIDOT ET Cⁱᵉ. — MESNIL (EURE).

UN AIDE DE CAMP DE NAPOLÉON

La Campagne

de

Russie

MÉMOIRES DU GÉNÉRAL Cᵀᴱ DE SÉGUR

DE L'ACADÉMIE FRANÇAISE

Édition nouvelle publiée par les soins de son petit-fils

Le Cᵗᵉ Louis de SÉGUR

PARIS

LIBRAIRIE DE FIRMIN-DIDOT ET Cᴵᴱ

IMPRIMEURS DE L'INSTITUT, RUE JACOB, 56

1894

AVANT-PROPOS DES ÉDITEURS

———

Nous donnons, dans le présent volume, la suite des *Mémoires* du général Philippe de Ségur ; la plus émouvante partie peut-être à cause des événements dont il fut témoin. En effet, notre aide de camp y raconte, avec l'énergique précision qui distingue son style, la fameuse expédition de Russie. Ce récit, dédié à ses compagnons d'armes, fut publié à part, comme on sait, en 1825, et le succès en fut si grand, que de nombreuses éditions, en France et à l'étranger, n'ont pas lassé la curiosité du public. Nous n'avons point à faire l'éloge d'un ouvrage qui se recommande hautement par lui-même ; qu'il suffise de rappeler que l'élévation des sentiments y est égale au talent de la composition, et que, d'après de bons juges, il mérite d'être rangé parmi les classiques modèles de l'histoire militaire.

Entre les deux volumes, l'un, déjà publié, qui s'arrête, pour les opérations de guerre, à la fin de l'année 1808, et l'autre, qui s'ouvre par la campagne de Russie, on remarquera une lacune, mais elle n'est qu'apparente. Atteint de blessures graves à la bataille de Sommo-Sierra et sauvé par miracle, M. de Ségur rentra dans ses foyers, et sa convalescence fut incertaine et douloureuse : elle dura près de deux années. Napoléon, comme récompense de sa valeur, lui avait confié, pour les rapporter en France, tous les drapeaux pris en Espagne pendant la campagne impériale; Ségur ne put les présenter au Corps législatif avant le 22 décembre 1810. D'ailleurs, la paix régnait en Europe (sauf dans la Péninsule) depuis Wagram, et, quand elle fut rompue, en mai 1812, l'aide de camp, encore mal rétabli, vint reprendre son service dans l'état-major de la Grande Armée. C'était un excellent poste pour tout observer, tout connaître, sans cesser de combattre ; ce qui lui permit plus tard, selon son expression, « d'user du privilège, tantôt cruel, tantôt glorieux, de dire ce qu'il avait vu » et d'en retracer, avec un soin scrupuleux, jusqu'aux moindres détails. Heureux privilège, ajouterons-nous, qui a légué à la France un chef-d'œuvre de plus !

MÉMOIRES

D'UN

AIDE DE CAMP DE L'EMPEREUR

NAPOLÉON IER

———

MES COMPAGNONS,

J'entreprends de tracer l'histoire de la Grande-Armée et de son chef pendant l'année 1812 !

J'adresse ce tableau à ceux d'entre vous que les glaces du Nord ont désarmés, et qui ne peuvent plus servir la patrie que par les souvenirs de leurs malheurs et de leur gloire ! Arrêtés dans votre noble carrière, vous existez plus encore dans le passé que dans le présent ; mais quand les souvenirs sont si grands, il est permis de ne vivre que de souvenirs. Je ne craindrai donc pas, en vous rappelant le plus funeste de vos faits d'armes, de troubler un repos si chèrement acheté. Qui de nous ignore que, du sein de son obscurité, les regards de l'homme déchu se tournent involontairement vers l'éclat de son existence passée, même lorsque cette lueur brille sur l'écueil où se brisa sa fortune, et quand elle éclaire les débris du plus grand des naufrages?

Moi-même, je l'avouerai, un sentiment irrésistible me ramène sans cesse vers cette désastreuse époque de nos malheurs publics et privés. Je ne sais quel triste plaisir ma mémoire trouve à contempler et à reproduire les traces douloureuses que tant d'horreurs lui ont laissées. L'âme aussi est-elle donc fière de ses profondes et nombreuses cicatrices? se plaît-elle à les montrer? est-ce une possession dont elle doive s'enorgueillir? ou plutôt, après le désir de connaître, son premier besoin serait-il de faire partager ses sensations? Sentir et faire éprouver, sont-ce là les plus puissants mobiles de notre âme?

Mais enfin, quelle que soit la cause du sentiment qui m'entraîne, je cède au besoin de retracer toutes les émotions que j'ai éprouvées dans le cours de cette funeste guerre. Je veux occuper mes loisirs à démêler, à rassembler avec ordre, et à résumer mes souvenirs épars et confondus. Compagnons, j'invoque aussi les vôtres! ne laissez pas se perdre de si grands souvenirs, achetés si cher, et qui sont pour nous le seul bien que le passé laisse à l'avenir. Seuls contre tant d'ennemis, vous tombâtes avec plus de gloire qu'ils ne se relevèrent. Sachez donc être vaincus sans honte! Relevez ces nobles fronts, sillonnés de toutes les foudres de l'Europe! N'abaissez pas ces yeux qui ont vu tant de capitales soumises, tant de rois vaincus! Le sort vous devait sans doute un plus glorieux repos; mais, quel qu'il soit, il dépend de vous d'en faire un noble usage. Dictez à l'histoire vos souvenirs; la solitude et le silence du malheur sont favorables à ses travaux ; et qu'enfin la vérité, toujours présente aux longues nuits de l'adversité, éclaire des veilles qui ne soient pas infructueuses !

Pour moi, j'userai du privilège, tantôt cruel, tantôt glorieux, de dire ce que j'ai vu ; j'en retracerai, peut-être avec un soin trop scrupuleux, jusqu'aux moindres détails. Mais j'ai cru que rien n'était minutieux dans ce prodigieux génie et dans ces faits gigantesques, sans lesquels nous ne saurions pas jusqu'où peut aller la force, la gloire, et l'infortune de l'homme !

Depuis 1807 l'intervalle entre le Rhin et le Niémen se trouvait franchi ; ces deux fleuves étaient devenus rivaux. Par ses concessions à Tilsitt, aux dépens de la Prusse, de la Suède et de la Turquie, Napoléon n'avait gagné qu'Alexandre. Ce traité était le résultat de la défaite de la Russie, et la date de sa soumission au système continental. Il attaquait, chez les Russes, l'honneur, compris par quelques-uns, et l'intérêt, que tous comprennent.

Par le système continental Napoléon avait déclaré une guerre à mort aux Anglais ; il y attachait son honneur, son existence politique, et celle de la France. Ce système repoussait du continent toutes les marchandises, ou anglaises, ou qui avaient payé un droit quelconque à l'Angleterre. Il ne pouvait réussir que par un accord unanime ; on ne devait l'espérer que d'une domination unique et universelle.

D'ailleurs la France s'était aliéné les peuples par ses conquêtes, et les rois par sa révolution et sa dynastie nouvelle. Elle ne pouvait plus avoir d'amis ni de rivaux,

mais seulement des sujets ; car les uns eussent été faux,
et les autres implacables : il fallait donc que tous lui fussent soumis, ou elle à tous !

A quelque hauteur qu'il eût élevé le trône du sud et
de l'ouest de l'Europe, Napoléon apercevait le trône
septentrional d'Alexandre, prêt encore à le dominer par
sa position éternellement menaçante. Sur ces sommets
glacés de l'Europe, d'où jadis s'étaient précipités tant de
flots de barbares, il voyait se former tous les éléments
d'un nouveau débordement. Jusque-là l'Autriche et la
Prusse avaient été des barrières suffisantes ; mais lui-
même les avait renversées ou abaissées. Il restait donc
seul en présence, et seul le défenseur de la civilisation, de
la richesse et de toutes les jouissances des peuples du
Sud, contre la rudesse ignorante, contre les désirs avides
des peuples pauvres du Nord, et contre l'ambition de
leur empereur et de sa noblesse.

Il était évident que la guerre seule pouvait décider de
ce grand débat, de cette grande et éternelle lutte du
pauvre contre le riche ; et cependant, de notre côté,
cette guerre n'était ni européenne ni même nationale.
L'Europe y marchait à contre-cœur, parce que le but
de cette expédition était d'ajouter aux forces de celui qui
l'avait conquise. La France, épuisée, voulait du repos ;
ses grands, qui formaient la cour de Napoléon, s'effrayaient de ce redoublement de guerre, de la dispersion
de nos armées de Cadix à Moscou ; et, tout en concevant
la nécessité à venir de ce grand débat, l'urgence ne leur
en était pas démontrée.

Mais l'Empereur, entraîné par sa position, et poussé par son caractère entreprenant, se remplit du vaste projet de rester seul maître de l'Europe, en écrasant la Russie et en lui arrachant la Pologne. Il le contenait avec tant de peine, que déjà il commençait à lui échapper de toutes parts. Les immenses préparatifs que nécessitait une si lointaine entreprise, ces amas de vivres et de munitions, tous ces bruits d'armes, de chariots, et des pas de tant de soldats, ce mouvement universel, ce cours majestueux et terrible de toutes les forces de l'Occident contre l'Orient, tout annonçait à l'Europe que ses deux colosses étaient près de se mesurer.

Pour atteindre la Russie, il fallait dépasser l'Autriche, traverser la Prusse, et marcher entre la Suède et la Turquie : une alliance offensive avec ces quatre puissances était donc indispensable. L'Autriche était soumise à l'ascendant de Napoléon, et la Prusse à ses armes ; il n'eut qu'à leur montrer son entreprise : l'Autriche s'y précipita d'elle-même ; il y poussa facilement la Prusse. Enlacée dans un réseau de fer, par le traité du 24 février 1812, elle se résigna à mettre vingt à trente mille hommes et la plupart de ses forteresses et de ses magasins à la disposition de l'armée française.

Néanmoins, l'Autriche s'y jeta sans aveuglement. Située entre les deux colosses du Nord et de l'Ouest, elle se plut à les voir aux prises ; elle espéra qu'ils s'affaibliraient mutuellement, et que sa force s'accroîtrait de leur épuisement. Le 14 mars 1812 elle promit trente mille hommes à la France ; mais elle leur prépara en secret de prudentes instructions. Elle obtint une promesse vague d'agrandissement pour indemnité de ses frais de guerre, et se fit garantir la possession de la Gallicie. Toutefois elle admit la possibilité, à venir, de la cession d'une partie de cette province au royaume de Pologne ; elle eût reçu en dédommagement les provinces illyriennes : l'article 6 du traité secret en fait foi.

Ainsi le succès de la guerre ne dépendit pas de la cession de la Gallicie, et des ménagements qu'imposait la jalousie autrichienne pour cette possession. Napoléon aurait donc pu, dès son entrée à Vilna, proclamer ouvertement la libération de toute la Pologne, au lieu de tromper son attente, de l'étonner, de l'attiédir par des paroles incertaines.

C'était là pourtant un de ces points saillants qui, dans toute affaire de politique comme de guerre, sont décisifs, auxquels tout se rattache, et sur lesquels il faut s'opiniâtrer. Mais, soit que Napoléon comptât trop sur l'ascendant de son génie, sur la force de son armée, et sur la faiblesse d'Alexandre, ou qu'envisageant ce qu'il laissait derrière lui, il crût une guerre si lointaine trop dangereuse à faire lentement et méthodiquement ; soit, comme lui-même va le dire, incertitude sur le succès de son entreprise, il négligea de proclamer la libération du pays qu'il venait affranchir ou n'osa point encore s'y décider.

Il négligea même de nettoyer les provinces polonaises du sud des faibles armées ennemies qui contenaient leur patriotisme, et de s'assurer, par leur insurrection, fortement organisée, une base solide d'opération. Accoutumé aux voies courtes, à des coups de foudre, il voulut s'imiter lui-même, malgré la différence des lieux et des circonstances ; car telle est la faiblesse de l'homme, qu'il se conduit toujours par imitation, ou des autres, ou de lui-même ; c'est-à-dire, dans ce dernier cas, celui des grands hommes, par l'habitude, qui n'est qu'une imitation de soi-même ; aussi est-ce par leur côté le plus fort que ces hommes extraordinaires périssent !

Celui-ci s'en remit au destin des batailles. Il s'était préparé une armée de six cent cinquante mille hommes : il crut que c'était avoir assez fait pour la victoire. Il attendit tout d'elle. Au lieu de tout sacrifier pour arriver à cette victoire, c'est par elle qu'il voulut arriver à tout : il s'en servit comme d'un moyen, quand elle devait être son but. Elle n'était déjà que trop nécessaire. Mais il lui confia tant d'avenir, il la surchargea d'une telle responsabilité, qu'il la fit pressante et indispensable. De là sa précipitation pour l'atteindre, afin de sortir d'une position si critique.

Au reste, qu'on ne se presse point de juger un génie aussi grand et aussi universel ! Bientôt on l'entendra lui-même ; on verra combien de nécessités l'entraînèrent, et qu'en admettant même que la rapidité de son expédition ait été téméraire, le succès l'aurait vraisemblablement couronnée, si l'affaiblissement précoce de sa santé n'eût point ôté aux forces physiques de ce grand homme une partie de la vigueur qu'avait conservée son esprit.

Ces deux traités avec l'Autriche et la Prusse ouvraient à Napoléon le chemin de la Russie ; mais, pour pénétrer dans les profondeurs de cet empire, il fallait encore s'assurer de la Suède et de la Turquie.

Toutes les combinaisons militaires s'étaient tellement agrandies, qu'il ne s'agissait plus, pour tracer un plan de guerre, de considérer la configuration d'une province, celle d'une chaîne de montagnes, ou le cours d'un fleuve. Quand des souverains tels qu'Alexandre et Napoléon se disputaient l'Europe, c'était la position générale et relative de tous les empires qu'il fallait embrasser d'un coup d'œil universel; ce n'était plus sur des cartes particulières, mais sur le globe entier que leur polique devait tracer ses plans guerriers!

Or la Russie est maîtresse des hauteurs de l'Europe; ses flancs sont appuyés aux mers du nord et du sud. Son gouvernement ne peut que difficilement être acculé et forcé à composer, dans un espace presque imaginaire, dont la conquête exigerait de longues campagnes, auxquelles son climat s'oppose. Il en résulte que, sans le concours de la Turquie et de la Suède, la Russie est moins attaquable. C'était donc avec leur secours qu'il fallait la surprendre, attaquer au cœur cet empire dans sa moderne capitale, tourner au loin, en arrière de sa gauche, sa grande armée du Niémen, et non pas brusquer seulement des attaques sur une partie de son front, dans des plaines où l'espace empêche le désordre, et laisse toujours mille chemins ouverts à la retraite de cette armée.

Aussi les plus simples dans nos rangs s'attendaient-ils à apprendre la marche combinée du Grand Visir vers

Kief, et celle de Bernadotte en Finlande. Déjà huit monarques étaient rangés sous les drapeaux de Napoléon ; mais les deux souverains les plus intéressés à sa querelle manquaient encore à son commandement. Il était digne du grand Empereur de faire marcher toutes les puissances, toutes les religions de l'Europe à l'accomplissement de ses grands desseins. Alors leur succès était assuré ; et si la voix d'un nouvel Homère eût manqué à ce roi de tant de rois, la voix du dix-neuvième siècle, devenu le grand siècle, l'aurait remplacé ; et ce cri d'étonnement d'un âge entier, pénétrant et traversant l'avenir, aurait retenti, de génération en génération, jusqu'à la postérité la plus reculée !

Tant de gloire ne nous était pas réservée.

Qui de nous, dans l'armée française, ne se souvient de son étonnement, au milieu des champs russes, à la nouvelle des funestes traités des Turcs et des Suédois avec Alexandre, et comme alors nos regards inquiets se tournèrent vers notre droite découverte, vers notre gauche affaiblie, et sur notre retraite menacée ?

L'Empereur des Français, à la tête de plus de six cent mille hommes, et déjà engagé trop avant, espéra que sa force déciderait de tout ; qu'une victoire sur le Niémen, trancherait toutes ces difficultés diplomatiques qu'il méprisa trop peut-être ; qu'alors tous les princes de l'Europe, forcés de reconnaître son étoile, s'empresseraient de rentrer dans son système, et qu'il entraînerait dans son tourbillon tous ces satellites !

Le 9 mai 1812, Napoléon, jusque-là toujours triomphant,

1.

sort d'un palais où il ne devait plus rentrer que vaincu !

De Paris à Dresde, sa marche fut un triomphe continuel. Vaincus et soumis, les Allemands, soit amour-propre, soit penchant pour le merveilleux, étaient tentés de voir dans Napoléon, un être surnaturel. Étonnés, comme hors d'eux-mêmes, et emportés par le mouvement universel, ces bons peuples s'efforçaient d'être de bonne foi ce qu'il fallait paraître.

Ils vinrent border la longue route que suivait l'Empereur. Leurs princes quittèrent leurs capitales et remplirent les villes où devait s'arrêter quelques instants cet arbitre de leurs destins. L'Impératrice et une cour nombreuse suivaient Napoléon ; il marchait aux terribles chances d'une guerre lointaine et décisive, comme on en revient vainqueur et triomphant. Ce n'était pas ainsi que jadis il avait coutume de se présenter au combat.

Il avait souhaité que l'empereur d'Autriche, plusieurs rois, et une foule de princes, vinssent à Dresde sur son passage ; son désir fut satisfait ; tous accoururent les uns guidés par l'espoir, d'autres poussés par la crainte ; pour lui, son motif fut de s'assurer de son pouvoir, de le montrer et d'en jouir.

Dans ce rapprochement avec l'antique maison d'Autriche, son ambition se plut à montrer à l'Allemagne une réunion de famille. Il pensa que cette assemblée brillante de souverains contrasterait avec l'isolement du prince russe ; qu'il s'effrayerait peut-être de cet abandon général. Enfin cette réunion de monarques coalisés semblait déclarer que la guerre de Russie était européenne.

Là, il était au centre de l'Allemagne, lui montrant son épouse, la fille des Césars, assise à ses côtés. Des peuples entiers s'étaient déplacés pour se précipiter sur ses pas : riches et pauvres, nobles comme plébéiens, amis et ennemis, tous accouraient. On voyait leur foule curieuse, attentive, se presser dans les rues, sur les routes, dans les places publiques ; ils passaient des jours, des nuits entières, les yeux fixés sur la porte et sur les fenêtres de son palais. Ce n'est point sa couronne, son rang, le luxe de sa Cour, c'est lui seul qu'ils viennent de contempler ; c'est un souvenir de ses traits qu'ils cherchent à recueillir : ils veulent pouvoir dire à leurs compatriotes, à leurs descendants moins heureux, qu'ils ont vu Napoléon !

Sur les théâtres, des poètes s'abaissèrent jusqu'à le diviniser : ainsi des peuples entiers étaient ses flatteurs !

Son lever offrait un spectacle encore plus remarquable ! Des princes souverains y vinrent attendre l'audience du vainqueur de l'Europe ; ils étaient tellement mêlés à ses officiers, que souvent ceux-ci s'avertissaient de prendre garde, et de ne point froisser involontairement ces nouveaux courtisans, confondus avec eux. Ainsi la présence de Napoléon faisait disparaître les différences : il était autant leur chef que le nôtre. Cette dépendance commune semblait tout niveler autour de lui. Alors peut-être l'orgueil militaire, mal contenu, de plusieurs généraux français, choqua ces princes ; on se croyait élevé jusqu'à eux ; car enfin quels que soient la noblesse et le rang du vaincu, le vainqueur est son égal.

Cependant les plus sages d'entre nous s'effrayaient :

ils disaient, mais sourdement, qu'il fallait se croire surnaturel pour tout dénaturer et déplacer ainsi, sans craindre d'être entraîné soi-même dans ce bouleversement universel. Ils voyaient ces monarques quitter le palais de
Napoléon, l'œil et le sein gonflés des plus amers ressenti-
ments. Ils croyaient les entendre, la nuit, seuls avec leurs
ministres, faisant sortir de leurs cœurs cette multitude de
chagrins qu'ils avaient dévorés. Tout avait aigri leur
douleur! Qu'elle était importune cette foule qu'il leur
avait fallu traverser, pour parvenir à la porte de leur superbe dominateur! et cependant la leur restait déserte;
car tout, même leurs peuples, semblait les trahir. En
proclamant son bonheur, ne voyait-on pas qu'on insul-
tait à leur infortune? Ils étaient donc venus à Dresde pour
relever l'éclat du triomphe de Napoléon! car c'était
d'eux qu'il triomphait ainsi : chaque cri d'admiration
pour lui étant un cri de reproche contre eux ; sa grandeur
étant leur abaissement ; ses victoires, leurs défaites!

Ils répandaient sans doute ainsi leur amertume, et
chaque jour la haine se creusait dans leur sein de plus
profondes demeures. On vit d'abord un prince se soustraire à cette pénible position par un départ précipité.
L'impératrice d'Autriche, dont le général Bonaparte
avait dépossédé les aïeux en Italie, se distinguait par
son aversion, qu'elle déguisait vainement : elle lui échappait par de premiers mouvements que saisissait Napoléon,
et qu'il domptait en souriant; mais elle employait son
esprit et sa grâce à pénétrer doucement dans les cœurs
pour y semer sa haine.

L'Impératrice de France augmenta involontairement cette funeste disposition. On la vit effacer sa belle-mère par l'éclat de sa parure ; si Napoléon exigeait plus de réserve, elle résistait, pleurait même, et l'Empereur cédait, soit attendrissement, fatigue, ou distraction. On assure encore que, malgré son origine, il échappa à cette princesse de mortifier l'amour-propre allemand par des comparaisons, peu mesurées, entre son ancienne et sa nouvelle patrie. Napoléon l'en grondait, mais doucement : ce patriotisme qu'il avait inspiré lui plaisait ; il croyait réparer ces imprudences par des présents.

Cette réunion ne put donc que froisser beaucoup de sentiments. Napoléon, s'étant efforcé de plaire, pensa les avoir satisfaits ; en attendant à Dresde le résultat des marches de son armée, dont les nombreuses colonnes traversaient encore les terres des alliés, il s'occupa surtout de sa politique.

Le général Lauriston, ambassadeur de France à Pétersbourg, reçut l'ordre de demander à l'empereur russe qu'il l'autorisât à venir lui communiquer à Vilna des propositions définitives. Le général Narbonne, aide de camp de Napoléon, partit pour le quartier impérial d'Alexandre, afin d'assurer ce prince des dispositions pacifiques de la France, et pour l'attirer, dit-on, à Dresde. L'archevêque de Malines fut envoyé pour diriger les élans du patriotisme polonais. Le roi de Saxe s'attendait à perdre le Grand-Duché ; il fut flatté de l'espoir d'une indemnité plus solide.

Cependant, dès les premiers jours, on s'était étonné de

n'avoir point vu le roi de Prusse grossir la cour impériale; mais bientôt l'on apprit qu'elle lui était comme
interdite. Ce prince s'effraya d'autant plus qu'il avait
moins de torts. Sa présence devait embarrasser. Toutefois,
encouragé par Narbonne, il se décide à venir. On annonce
son arrivée à l'Empereur; celui-ci, irrité, refuse d'abord
de le recevoir : « Que lui veut ce prince! N'était-ce pas
« assez de l'importunité de ses lettres et de ses réclama-
« tions continuelles? Pourquoi vient-il encore le persé-
« cuter de sa présence? Qu'a-t-il besoin de lui? » Mais
Duroc insiste : il rappelle le besoin que Napoléon a de la
Prusse contre la Russie, et les portes de l'Empereur
s'ouvrent au monarque. Il fut reçu avec les égards que
l'on devait à son rang suprême. On accepta les nouvelles
assurances de son dévouement, dont il donna des preuves
multipliées.

On dit qu'alors on lui fit espérer la possession des
provinces russes allemandes, que ses troupes devaient
être chargées d'envahir. On assure même qu'après leur
conquête, il en demanda l'investiture à Napoléon. On
a dit encore, mais vaguement, que Napoléon laissa le
prince royal de Prusse prétendre à la main de l'une de
ses nièces. C'était là le prix des services que lui rendrait
la Prusse dans cette nouvelle guerre. Il allait, disait-il,
l'essayer. Ainsi Frédéric, devenu l'allié de Napoléon,
pourrait conserver une couronne affaiblie; mais les
preuves manquent pour affirmer que cette union séduisit
le roi de Prusse, comme l'espoir d'une alliance pareille
avait séduit le prince d'Espagne.

Cependant Napoléon attendait encore le résultat des négociations de Lauriston et du général Narbonne. Il espérait vaincre Alexandre par le seul aspect de son armée réunie, et surtout par l'éclat menaçant de son séjour à Dresde. A Posen, quelques jours après, lui-même en convint, quand il répondit au général Dessoles : « La « réunion de Dresde n'ayant pas déterminé Alexandre à « la paix, il ne faut plus l'attendre que de la guerre ! »

Au reste, ces pourpalers étaient, non seulement une tentative de paix, mais encore une ruse de guerre. Par eux, il espérait rendre les Russes, ou assez négligents pour se laisser surprendre dispersés, ou assez présomptueux, s'ils étaient réunis, pour oser l'attendre. Dans l'un ou l'autre cas, la guerre se serait trouvée terminée par un coup de main ou par une victoire. Mais Lauriston ne fut pas reçu. Pour Narbonne, il revint. « Il avait, dit-il, « trouvé les Russes sans abattement et sans jactance. « De tout ce que leur empereur lui avait répondu, il ré- « sultait qu'on préférait la guerre à une paix honteuse ; « qu'on se garderait bien de s'exposer à une bataille « contre un adversaire trop redoutable ; qu'enfin, on « saurait se résoudre à tous les sacrifices, pour traîner la « guerre en longueur et rebuter Napoléon. »

Cette réponse, qui arrivait à l'Empereur au milieu du plus grand éclat de sa gloire, fut dédaignée. S'il faut tout dire, j'ajouterai qu'un grand seigneur russe avait contribué à l'abuser : soit erreur ou feinte, ce moscovite avait su lui persuader que son souverain se rebutait devant les difficultés, et se laissait facilement abattre par les revers.

Malheureusement le souvenir des complaisances d'A-
lexandre à Tilsitt et à Erfurt confirma l'Empereur de
France dans cette fausse opinion.

Il resta jusqu'au 29 mai à Dresde.

Enfin, impatient de vaincre les Russes et d'échapper
aux hommages des Allemands, Napoléon quitte Dresde.
Il ne reste à Posen que le temps nécessaire pour plaire
aux Polonais. Il néglige Varsovie, où la guerre ne l'appelait pas assez impérieusement, et où il aurait retrouvé
la politique. Il séjourne à Thorn pour y voir ses fortifica-
tions, ses magasins, ses troupes. Là, les cris des Polonais,
que nos alliés pillent impitoyablement, et qu'ils insultent,
se firent entendre. Napoléon adressa des reproches sévères
au roi de Westphalie, même des menaces. Mais on sait
qu'il les prodigue vainement; que leur effet se perd au
milieu d'un mouvement trop rapide; que d'ailleurs, ainsi
que tous les autres accès, ceux de sa colère sont suivis
d'affaissement; qu'alors rendu à sa douceur naturelle, il
regrette et cherche même souvent à atténuer la peine
qu'il a causée; qu'enfin, lui-même peut se reprocher
d'être la cause de ces désordres qui l'irritent : car, de
l'Oder à la Vistule et jusqu'au Niémen, si les vivres sont
suffisants et bien placés, les fourrages, moins portatifs,
manquent. Déjà nos cavaliers ont été forcés de couper les
seigles verts, et de dépouiller les maisons de leurs toits
de chaume pour en nourrir leurs chevaux. Il est vrai que
tous ne s'en sont pas tenus là; mais quand un désordre
est autorisé, comment défendre les autres ?

De Thorn, Napoléon descendit la Vistule. Graudentz

était prussienne ; il évite d'y passer. Cette forteresse importait à la sûreté de l'armée ; un officier d'artillerie et des artificiers y furent envoyés ; le motif apparent était d'y faire des cartouches, le motif réel resta secret, car la garnison prussienne était nombreuse ; elle se tint sur ses gardes, et l'Empereur, qui avait passé outre, n'y songea plus.

Ce fut à Marienbourg que l'Empereur revit Davout. Soit fierté naturelle ou acquise, ce maréchal n'aimait à reconnaître pour son chef que celui de l'Europe. D'ailleurs son caractère est absolu, opiniâtre, tenace : il ne plie guère plus devant les circonstances que devant les hommes. En 1809 Berthier avait été son chef pendant quelques jours, et Davout avait gagné une bataille et sauvé l'armée en lui désobéissant. De là une haine terrible ; pendant la paix elle s'augmenta, mais sourdement, car ils vivaient éloignés l'un de l'autre, Berthier à Paris, Davout à Hambourg ; mais cette guerre de Russie les remit en présence.

Berthier s'affaiblissait. Depuis 1805, toute guerre lui était odieuse. Son talent était surtout dans son activité et dans sa mémoire. Il savait recevoir et transmettre, à toutes les heures du jour et de la nuit, les nouvelles et les ordres les plus multipliés. Mais dans cette occasion, il se crut en droit d'ordonner lui-même. Ces ordres déplurent à Davout. Leur première entrevue fut une violente altercation ; elle eut lieu à Marienbourg, où l'Empereur venait d'arriver, et devant lui.

Davout s'expliqua durement ; il s'emporta jusqu'à ac-

cuser Berthier d'incapacité ou de trahison. Tous deux se
menacèrent ; et quand Berthier fut sorti, Napoléon, entraîné par le caractère naturellement soupçonneux du
maréchal, s'écria : « Il m'arrive quelquefois de douter
« de la fidélité de mes plus anciens compagnons d'armes ;
« mais alors la tête me tourne de chagrin, et je m'em-
« presse de repousser de si cruels soupçons ! »

Pendant que Davout jouissait peut-être du dangereux
plaisir d'avoir humilié son ennemi, l'Empereur se rendait
à Dantzick, et Berthier, plein de vengeance, l'y suivait.
Dès lors, le zèle, la gloire de Davout, ses soins pour cette
nouvelle expédition, tout ce qui devait le servir commença
à lui devenir contraire. Cette impression fâcheuse s'ap-
profondit, elle eut des suites funestes : elle éloigna de sa
confiance un guerrier hardi, tenace et sage, et favorisa
son penchant pour Murat, dont la témérité flatta bien
mieux ses espérances. Au reste, cette désunion entre ses
grands ne déplaisait pas à Napoléon, elle l'instruisait ;
leur accord l'eût inquiété.

De Dantzick l'Empereur se rendit, le 12 juin, à Kœnigsberg. Là se termina la revue de ses immenses magasins,
et du deuxième point de repos et de départ de sa ligne
d'opération. Des approvisionnements de vivres, énormes
comme l'entreprise, y étaient rassemblés. Aucun détail
n'avait été négligé. Le génie actif et passionné de Napoléon était alors fixé tout entier sur cette partie importante,
et la plus difficile, de son expédition. Il fut en cela prodigue de recommandations, d'ordres, d'argent même ; ses
lettres l'attestent. Les jours se passaient à dicter des

instructions sur cet objet ; la nuit il se relevait pour les répéter encore. Un seul général reçut, dans une seule journée, six dépêches de lui, toutes remplies de cette sollicitude.

Dans l'une, on remarque ces mots : « Pour des masses « comme celles-ci, si les précautions ne sont pas prises, « les montures d'aucun pays ne pourront suffire. » Dans une autre : « Il faut, dit-il, que tous les caissons puissent « être employés, et chargés de fàrine, pain, riz, légumes « et eau-de-vie, hormis ce qui est nécessaire pour les am-« bulances. Le résultat de tous mes mouvements réunira « quatre cent mille hommes sur un seul point. Il n'y « aura rien alors à espérer du pays, et il faudra tout avoir « avec soi. » Mais d'une part, les moyens de transport furent mal calculés, et de l'autre, il se laissa emporter dès qu'il fut en mouvement.

I.

PASSAGE DU NIÉMEN.

Napoléon avait réuni ses troupes en Pologne et dans la
Prusse orientale de Kœnigsberg à Gumbinnem. Il passa, à
la fin du printemps 1812, en revue plusieurs de ses armées ; parlant aux soldats d'un air gai, ouvert et souvent
brusque : sachant bien qu'avec ces hommes simples et
endurcis, la brusquerie est franchise ; la rudesse, force ;
la hauteur, noblesse ; et que les délicatesses et les grâces
que quelques-uns apportent de nos salons, sont à leurs
yeux faiblesse, pusillanimité ; que c'est pour eux comme
une langue étrangère qu'ils ne comprennent pas, et dont
l'accent les frappe en ridicule.

Suivant son usage, il se promène devant les rangs. Il
sait quelles sont les guerres que chaque régiment a faites
avec lui. Il s'arrête aux plus vieux soldats : à l'un c'est la
bataille des Pyramides, à l'autre celles de Marengo,
d'Austerlitz, d'Iéna, ou de Friedland, qu'il rappelle d'un
mot, accompagné d'une caresse familière ; et le vétéran,
qui se croit reconnu de son Empereur, se grandit tout

glorieux au milieu de ses compagnons moins anciens, qui l'envient !

Napoléon continue, il ne néglige pas les plus jeunes; il semble que pour eux tout l'intéresse : leurs moindres besoins lui sont connus, il les interroge : Leurs capitaines ont-ils soin d'eux ? Leur solde est-elle payée ? Ne leur manque-t-il aucun effet ? Il veut voir leurs sacs.

Enfin il s'arrête au centre du régiment. Là, il s'informe des places vacantes, et demande à haute voix quels en sont les plus dignes. Il appelle à lui ceux désignés et les questionne : combien d'années de service ? quelles campagnes ? quelles blessures ? quelles actions d'éclat ? Puis il les nomme officiers et les fait recevoir sur-le-champ, en sa présence, indiquant la manière : particularités qui charment le soldat ! Ils se disent que ce grand Empereur, qui juge des nations en masse, s'occupe d'eux dans le moindre détail ; qu'ils sont sa plus ancienne, sa véritable famille ! C'est ainsi qu'il fait aimer la guerre, la gloire et lui !

Cependant l'armée marchait de la Vistule sur le Niémen.

Nous touchions à la frontière russe. De la droite à la gauche, ou du midi au nord, l'armée était ainsi disposée devant le Niémen. D'abord, à l'extrême droite, et sortant de la Gallicie sur Drogiczin, le prince Schwartzenberg et trente-quatre mille Autrichiens ; à leur gauche, venant de Varsovie et marchant sur Bialystock et Grodno, le roi de Westphalie, à la tête de soixante-dix-neuf mille deux

cents Westphaliens, Saxons et Polonais ; à côté d'eux, le
vice-roi d'Italie, achevant de réunir vers Marienpol et
Pilony soixante-dix-neuf mille cinq cents Bavarois, Italiens et Français ; puis l'Empereur, avec deux cent vingt
mille hommes, commandés par le roi de Naples, le prince
d'Eckmühl, les ducs de Dantzick, d'Istrie, de Reggio et
d'Elchingen. Ils venaient de Thorn, de Marienwerder et
d'Elbing, et se trouvaient, le 23 juin, en une seule masse
vers Nogarisky, à une lieue au-dessus de Kowno. Enfin,
devant Tilsitt, Macdonald et trente-deux mille cinq cents
Prussiens, Bavarois et Polonais formaient l'extrême
gauche de la Grande Armée.

Tout était prêt. Des bords du Guadalquivir et de la
mer des Calabres jusqu'à ceux de la Vistule, six cent dix-
sept mille hommes, dont quatre cent quatre-vingt mille
déjà présents ; six équipages de pont, un de siège : plusieurs milliers de voitures de vivres ; d'innombrables
troupeaux de bœufs ; treize cent soixante-douze pièces de
canon, et des milliers de caissons d'artillerie et d'ambulance, avaient été appelés, réunis et placés à quelques pas
du fleuve des Russes.

Ainsi la Grande Armée marchait au Niémen en trois
masses séparées.

Le roi de Westphalie, avec quatre-vingt mille hommes,
se dirigeait sur Grodno ; le vice-roi d'Italie, avec
soixante-quinze mille hommes, sur Pilony ; Napoléon,
avec deux cent vingt mille hommes, sur Nogarisky,
ferme située à trois lieues au-dessus de Kowno. Le 23
juin, avant le jour, la colonne impériale atteignit le

Niémen, mais sans le voir. La lisière de la grande forêt prussienne de Pilwisky et les collines qui bordent le fleuve cachaient cette Grande Armée prête à le franchir.

Napoléon, qu'une voiture avait transporté jusque-là, monta à cheval à deux heures du matin. Il reconnut le fleuve russe, en se couvrant de la nuit pour franchir cette frontière, que, cinq mois après, il ne put repasser qu'à la faveur d'une même obscurité. Comme il paraissait devant cette rive, son cheval s'abattit tout à coup, et le précipita sur le sable. Une voix s'écria : « Ceci est d'un mauvais présage ; un Romain reculerait ! » On ignore si ce fut lui, ou quelqu'un de sa suite, qui prononça ces mots.

Sa reconnaissance faite, il ordonna qu'à la chute du jour suivant trois ponts fussent jetés sur le fleuve, près du village de Poniémen ; puis il se retira dans son quartier, où il passa toute cette journée, tantôt dans sa tente, tantôt dans une maison polonaise, étendu sans force dans un air immobile, au milieu d'une chaleur lourde, et cherchant en vain le repos.

Dès que la nuit fut revenue, il se rapprocha du fleuve. Ce furent quelques sapeurs, dans une nacelle, qui le traversèrent d'abord. Étonnés, ils abordent, et descendent, sans obstacle, sur la rive russe ! Là ils trouvent la paix ; c'est de leur côté qu'est la guerre ; tout est calme sur cette terre étrangère, qu'on leur a dépeinte si menaçante. Cependant un simple officier de cosaques, commandant une patrouille, se présente bientôt à eux. Il est seul, il

semble se croire en pleine paix, et ignorer que l'Europe
entière en armes est devant lui. Il demande à ces étrangers qui ils sont. « Français ! » lui répondirent-ils. « Que
« voulez-vous ? reprit cet officier, et pourquoi venez-
« vous en Russie ? » Un sapeur lui répliqua brusque-
« ment : Vous faire la guerre ! prendre Vilna ! délivrer
« la Pologne ! » Et le cosaque se retire ; il disparaît
dans les bois, sur lesquels trois de nos soldats, emportés d'ardeur et pour sonder la forêt, déchargent leurs
armes.

Ainsi le faible bruit de trois coups de feu, auxquels
on ne répondit pas, nous apprit qu'une nouvelle campagne s'ouvrait, et qu'une grande invasion était commencée !

Ce premier signal de guerre irrita violemment l'Empereur, soit prudence ou pressentiment. Trois cents voltigeurs passèrent aussitôt le fleuve, pour protéger l'établissement des ponts.

Alors sortirent des vallons et de la forêt toutes les
colonnes françaises. Elles s'avancèrent silencieusement
jusqu'au fleuve, à la faveur d'une profonde obscurité. Il
fallait les toucher pour les reconnaître. On défendit les
feux et jusqu'aux étincelles. On se reposa les armes à la
main, comme en présence de l'ennemi. Les seigles verts
et mouillés d'une abondante rosée servirent de lit aux
hommes et de nourriture aux chevaux.

La nuit, sa fraîcheur qui interrompait le sommeil,
son obscurité qui allonge les heures et augmente les
besoins, enfin les dangers du lendemain, tout rendait

grave cette position. Mais l'attente d'une grande journée soutenait. La proclamation de Napoléon venait d'être lue; on s'en répétait à voix basse les passages les plus remarquables, et le génie des conquêtes enflammait notre imagination!

Devant nous était la frontière russe. Déjà, à travers les ombres, nos regards avides cherchaient à envahir cette terre promise à notre gloire. Il nous semblait entendre les cris de joie des Lithuaniens à l'approche de leurs libérateurs. Nous nous figurions ce fleuve bordé de leurs mains suppliantes! Ici tout nous manquait, là tout nous serait prodigué! Ils s'empresseraient de pourvoir à nos besoins; nous allions être entourés d'amour et de reconnaissance. Qu'importe une mauvaise nuit? le jour allait bientôt renaître, et avec lui sa chaleur et toutes ses illusions! Le jour parut!..... Il ne nous montra qu'un sable aride, désert, et de mornes et sombres forêts! Nos yeux alors se tournèrent tristement sur nous-mêmes, et nous nous sentîmes ressaisis d'orgueil et d'espoir par le spectacle imposant de notre armée réunie.

A trois cents pas du fleuve, sur la hauteur la plus élevée, on apercevait la tente de l'Empereur. Autour d'elle, toutes les collines, leurs pentes, les vallées, étaient couvertes d'hommes et de chevaux. Dès que la terre eut présenté au soleil toutes ces masses mobiles, revêtues d'armes étincelantes, le signal fut donné, et aussitôt cette multitude commença à s'écouler en trois colonnes vers les trois ponts. On les voyait serpenter en descendant la courte plaine qui les séparait du Niémen, s'en approcher, gagner les trois passages, s'allonger, se rétrécir pour les traverser, et atteindre enfin ce sol étranger, qu'ils allaient dévaster, et qu'ils devaient bientôt couvrir de leurs vastes débris !

L'ardeur était si grande, que deux divisions d'avant-garde, se disputant l'honneur de passer les premières, furent près d'en venir aux mains; on eut quelque peine à les calmer. Napoléon se hâta de poser le pied sur les terres russes. Il fit, sans hésiter, ce premier pas vers sa perte. Il se tint d'abord près du pont, encourageant les soldats de ses regards. Tous le saluèrent de leur cri accoutumé! Ils parurent plus animés que lui, soit qu'il se sentît peser sur le cœur une si grande agression; soit que son corps affaibli ne pût supporter le poids d'une chaleur excessive, ou que déjà il fût étonné de ne rien trouver à vaincre.

L'impatience enfin le saisit. Tout à coup il s'enfonça à travers le pays, dans la forêt qui bordait le fleuve. Il courait de toute la vitesse de son cheval; dans son empressement il semblait qu'il voulût tout seul atteindre l'ennemi. Il fit plus d'une lieue dans cette direction, toujours dans la même solitude; après quoi il fallut bien revenir près des ponts d'où il redescendit, avec le fleuve et sa garde, vers Kowno.

On croyait entendre gronder le canon. Nous écoutions, en marchant, de quel côté le combat s'engageait. Mais, à l'exception de quelques troupes de cosaques, ce jour-là, comme les suivants, le ciel seul se montra notre ennemi.

En effet, à peine l'Empereur avait-il passé le fleuve qu'un bruit sourd avait agité l'air. Bientôt le jour s'obscurcit, le vent s'éleva et nous apporta les sinistres roulements du tonnerre. Ce ciel menaçant, cette terre sans abri nous attristèrent. Quelques-uns même, naguère enthousiastes, en furent effrayés comme d'un funeste présage. Ils crurent que ces nuées enflammées s'amoncelaient sur nos têtes, et s'abaissaient sur cette terre, pour nous en défendre l'entrée.

Il est vrai que cet orage fut grand comme l'entreprise. Pendant plusieurs heures, ses lourds et noirs nuages s'épaissirent et pesèrent sur toute l'armée ; de la droite à la gauche, et sur cinquante lieues d'espace, elle fut tout entière menacée de ses feux et accablée de ses torrents : les routes et les champs furent inondés ; la chaleur insupportable de l'atmosphère fut changée subitement en un froid désagréable. Dix mille chevaux périrent dans la marche, et surtout dans les bivouacs qui suivirent. Une grande quantité d'équipages resta abandonnée dans les sables ; beaucoup d'hommes succombèrent ensuite.

Un couvent servit d'abri à l'Empereur contre la première fureur de cet orage. Il en partit bientôt pour Kowno, où régnait le plus grand désordre. Le fracas des coups de tonnerre n'était plus entendu ; ces bruits menaçants, qui grondaient encore sur nos têtes, semblaient oubliés. Car si ce phénomène, commun dans cette saison, a pu étonner quelques esprits, pour la plupart le temps des présages est passé. Un scepticisme,

ingénieux chez les uns, insouciant ou grossier chez les
autres, de terrestres passions, des besoins impérieux, ont
détourné l'âme des hommes de ce ciel d'où elle vient,
et où elle doit retourner. Aussi, dans ce grand désordre, l'armée ne vit qu'un accident naturel arrivé
mal à propos ; et loin d'y reconnaître la réprobation d'une
si grande agression, dont au reste elle n'était pas res-
ponsable, elle n'y trouva qu'un motif de colère contre
le sort ou le ciel qui, par hasard ou autrement, lui
donnait un si terrible présage.

Ce jour-là même, un malheur particulier vint se
joindre à cette épreuve générale. Au delà de Kowno,
Napoléon s'irrite contre la Vilna, dont les cosaques ont
rompu le pont, et qui s'oppose au passage d'Oudinot. Il
affecte de la mépriser, comme tout ce qui lui faisait obstacle, et il ordonne à un escadron des Polonais de sa garde
de se jeter dans cette rivière. Ces hommes d'élite s'y précipitèrent sans hésiter.

D'abord ils marchèrent en ordre, et quand le fond leur
manqua, ils redoublèrent d'efforts. Bientôt ils atteignirent à la nage le milieu des flots. Mais ce fut là que le
courant plus rapide les désunit. Alors leurs chevaux s'ef-
frayent : ils dérivent, et sont emportés par la violence
des eaux. Ils ne nagent plus, ils flottent dispersés. Leurs
cavaliers luttent et se débattent vainement, la force les
abandonne ; enfin ils se résignent. Leur perte est certaine
mais c'est à leur patrie, c'est devant elle, c'est pour leur
libérateur qu'ils se sont dévoués, et près d'être englou-
tis, suspendant leurs efforts, ils tournent la tête vers Na-

poléon et s'écrient : *Vive l'Empereur!* On en remarqua trois surtout, qui ayant encore la bouche hors de l'eau, répétèrent ce cri, et périrent aussitôt. L'armée était saisie d'horreur et d'admiration !

Quant à Napoléon, il ordonna vivement et avec précision tout ce qu'il fallut pour en sauver le plus grand nombre, mais sans paraître ému : soit habitude de se maîtriser ; soit qu'à la guerre il regardât les émotions du cœur comme des faiblesses, dont il ne devait pas donner l'exemple, et qu'il fallait vaincre ; soit, enfin, qu'il entrevît de plus grands malheurs, devant lesquels celui-ci n'était rien.

De Kowno Napoléon se rendit, en deux jours, jusques aux défilés qui défendent la plaine de Vilna. Il attendit, pour s'y montrer, des nouvelles de ses avant-postes. Il espérait qu'Alexandre lui disputerait cette capitale. Le bruit de quelques coups de feu flattait déjà son espoir, quand on vint lui annoncer que la ville était ouverte. Il s'avance soucieux et mécontent. Il accuse ses généraux d'avant-garde d'avoir laissé s'échapper l'armée russe. C'est à Montbrun, au plus actif, qu'il adresse ce reproche, et il s'emporte jusqu'à le menacer : paroles sans effet, violence sans aucune suite, et, dans un homme d'action, moins condamnables que remarquables en ce qu'elles prouvaient toute l'importance qu'il attachait à une prompte victoire.

Au milieu de son emportement, il mit de l'adresse dans ses dispositions pour entrer à Vilna : il se fit précéder et suivre par des régiments polonais. Mais, plus

2.

occupé de la retraite des Russes que des cris d'admiration et de reconnaissance des Lithuaniens, il traversa rapidement la ville, et courut aux avant-postes.

L'armée russe avait disparu. Il fallait se lancer à sa poursuite.

II.

COMBAT D'OSTROWNO, PRISE DE WITEPSK ET SMOLENSK
COMBAT DE VALOUTINA, DE POLOTSK ET DE VIAZMA.

Depuis le Niémen l'armée n'avait cessé de marcher en avant à la poursuite des Russes. Le 25 juillet, Murat se dirigeait vers Ostrowno avec sa cavalerie. A deux lieues de ce village, Domon, du Coëtlosquet, Carignan, et le 8ᵉ de hussards, s'avançaient en colonne sur une large route marquée par un double rang de grands bouleaux. Ces hussards étaient près d'atteindre le sommet d'une colline, sur laquelle ils n'entrevoyaient que la plus faible partie d'un corps composé de trois régiments de la cavalerie de la garde russe, et de six pièces de canon. Pas un tirailleur ne couvrait cette ligne.

Les chefs du 8ᵉ se croyaient précédés par deux régiments de leur division, qui marchaient à travers champs, à droite et à gauche de la route, et dont les arbres qui la bordent leur dérobaient la vue. Mais ces corps s'étaient arrêtés, et le 8ᵉ déjà bien en avant d'eux, s'avançait toujours, persuadé que ce qu'il entrevoyait au travers des arbres, à cent cinquante pas devant lui, était ces deux mêmes régiments, que, sans s'en apercevoir, il venait de dépasser.

L'immobilité des Russes acheva de tromper les chefs du 8e. L'ordre de charger leur paraissant une erreur, ils envoyèrent un officier reconnaître la troupe qu'ils avaient devant eux, et s'avancèrent toujours sans défiance. Tout à coup ils voient leur officier sabré, renversé, saisi, et le canon ennemi abattre leurs hussards. Ils n'hésitent plus, et sans perdre de temps à étendre leur troupe sous ce feu, ils se jettent au milieu des arbres et courent dessus pour l'éteindre. D'un premier élan ils se saisissent des pièces, ils culbutent le régiment qui est au centre de la ligne ennemie, et l'écrasent. Dans le désordre de ce premier succès, ils voient le régiment russe de droite, qu'ils venaient de dépasser, rester comme saisi d'étonnement ; ils reviennent sur lui par derrière, et le défont. Au milieu de cette seconde victoire, ils aperçoivent le troisième régiment de gauche de l'ennemi, qui, tout déconcerté, s'ébranlait et cherchait à se retirer ; ils se retournent agilement, avec tout ce qu'ils peuvent réunir, vers ce troisième ennemi, qu'ils attaquent au milieu de son mouvement et qu'ils dispersent encore.

Animé par ce succès, Murat pousse dans les bois d'Ostrowno l'ennemi, qui semble s'y cacher. Ce prince voulut y pénétrer, mais alors une forte résistance l'arrêta.

La position d'Ostrowno était bien choisie : elle dominait ; on y voyait sans être vu ; elle coupait une grande route ; la Düna à droite, un ravin devant, des bois épais sur sa surface et à gauche. D'ailleurs elle était à portée des magasins, elle les couvrait ainsi que Vitepsk, la capitale de ces contrées. Ostermann accourait pour la défendre.

De son côté Murat, toujours prodigue de sa vie, alors celle d'un roi victorieux, comme jadis il l'avait été des jours d'un soldat obscur, s'obstine contre ce bois, malgré les feux qui en sortent; mais il s'aperçoit qu'il ne s'agit plus d'un premier élan. Le terrain enlevé par les hussards du 8ᵉ lui est disputé, et il faut que sa tête de colonne, composée des divisions Bruyères et Saint-Germain, et du 8ᵉ d'infanterie, s'y maintienne contre une armée.

On s'y défendit comme des vainqueurs se défendent, en attaquant. Chaque corps ennemi qui se présenta sur nos flancs comme assaillant fut assailli; la cavalerie fut refoulée dans les bois, et l'infanterie rompue à coups de sabre. Pourtant on se fatiguait à vaincre, quand la division Delzons survint; le roi la jeta promptement sur la droite et vers la retraite de l'ennemi, qui devient inquiet et ne disputa plus la victoire.

Ces défilés ont plusieurs lieues. Le soir même, le vice-roi rejoignit Murat, et le lendemain ils virent les Russes dans une nouvelle position. Pahlen et Konownitzin s'étaient joints à Ostermann. Déjà, après avoir contenu la gauche des Russes, les deux princes français marquaient aux troupes de leur aile droite la position qui devait leur servir de point d'appui et de départ pour attaquer, quand tout à coup de grandes clameurs s'élèvent à leur gauche : ils regardent; deux fois la cavalerie et l'infanterie de cette aile viennent d'aborder l'ennemi, deux fois elles ont été repoussées, et voilà les Russes enhardis qui sortent par masses de leurs bois, en poussant des cris épouvantables. L'audace, l'ardeur de l'attaque a passé chez eux, et chez les Français l'incertitude et l'étonnement de la défense.

Un bataillon de croates et le 84e régiment essayaient vainement de résister ; leur ligne diminuait : devant eux, la terre se jonchait de leurs morts ; derrière eux, la plaine se couvrait de leurs blessés, qui se retiraient du combat, de ceux qui les portaient, et de bien d'autres encore qui, sous prétexte de soutenir les blessés, ou d'être blessés eux-mêmes, se détachaient successivement des rangs. Ainsi commence une déroute. Déjà les artilleurs, troupe toujours d'élite, ne se voyant plus soutenus, se retiraient avec leurs pièces ; quelques instants de plus, et les troupes des différentes armes, dans leur fuite vers un même défilé, allaient s'y rencontrer ; de là une confusion où la voix et les efforts des chefs sont perdus, où tous les éléments de résistance, se confondant, deviennent inutiles.

On dit qu'à cette vue, Murat irrité s'élança à la tête d'un régiment de lanciers polonais, et que ceux-ci, excités par la présence du roi, exaltés par ses paroles, et que d'ailleurs la vue des Russes transportait de rage, se précipitèrent sur ses pas. Murat n'avait voulu que les ébranler et les lancer sur l'ennemi ; il ne lui convenait pas de se jeter avec eux dans la mêlée, d'où il n'aurait pu ni voir ni commander ; mais les lances polonaises étaient en arrêt et serrées derrière lui ; elles occupaient toute la largeur du terrain ; elles le poussaient en avant de toute la vitesse des chevaux. Il ne put se mettre de côté, ni s'arrêter : il fallut qu'il chargeât devant ce régiment, comme il s'y était mis pour le haranguer, et en soldat, ce qu'il fit de bonne grâce.

En même temps le général d'Anthouard courut à ses canonniers, le général Girardin au 106ᵉ régiment qu'il arrête, rallie, et ramène contre l'aile droite russe, à laquelle il enlève sa position, deux pièces de canon et la victoire. De son côté, le général Piré aborde et tourne la gauche ennemie; il ressaisit la fortune : les Russes rentrent dans leurs forêts.

Cependant, à leur gauche, ils s'obstinaient à défendre un bois épais dont la position avancée rompait notre ligne. Le 92ᵉ régiment, étonné du feu qui en sortait, étourdi par une grêle de balles demeurait immobile, n'osant ni avancer ni reculer, retenu par deux craintes contraires, celles de la honte et du danger, et n'évitant ni l'une ni l'autre; mais le général Belliard, que suivit bientôt le général Roussel, courut la ranimer par ses paroles, l'entraîner par son exemple, et le bois fut emporté.

Par ce succès une forte colonne, qui s'était avancée sur notre droite pour la tourner, se trouva tournée elle-même; Murat s'en aperçut; aussitôt, l'épée à la main : « Que les plus braves me suivent! » s'écria-t-il. Mais ce pays est sillonné de ravins, qui protégèrent la retraite des Russes : tous allèrent s'enfoncer dans une forêt de deux lieues de profondeur, dernier rideau qui nous cachait Vitepsk.

Après un combat aussi vif, le roi de Naples et le vice-roi

hésitaient à se hasarder dans un pays si couvert, quand l'Empereur survint ; ils accoururent vers lui, lui montrant ce qui venait d'être fait et ce qui restait à faire. Napoléon se porta d'abord sur le sommet le plus élevé et le plus près de l'ennemi. De là son génie, planant sur tous les obstacles, eut bientôt percé le mystère de ces forêts et l'épaisseur de ces montagnes ; il ordonna sans hésiter : et ces bois, qui avaient arrêté l'audace des deux princes, furent traversés de part en part ; enfin, ce soir-là même, du haut de sa double colline, Vitepsk put voir nos tirailleurs déboucher dans la plaine qui l'environne.

Ici tout arrêta l'Empereur : la nuit, la multitude des feux ennemis qui couvraient cette plaine, une terre inconnue, la nécessité de la reconnaître pour y diriger les divisions, et surtout le temps qu'il fallait à cette foule de soldats, engagés dans un long et étroit défilé, pour en sortir. On fit donc halte pour respirer, pour se reconnaître, se rallier, se nourrir, et préparer ses armes pour le lendemain. Napoléon coucha sous sa tente, sur une hauteur à gauche de la grande route, et derrière le village de Kukowiaczi.

Le 27 l'Empereur parut aux avant-postes avant le jour ; ses premiers rayons lui montrèrent enfin l'armée russe campée sur une plaine haute qui domine toutes les avenues de Vitepsk. La Luczissa, rivière qui s'est creusé profondément son lit, marquait le pied de cette position. En avant d'elle, dix mille cavaliers et quelque infanterie semblaient vouloir en défendre les approches : l'infanterie au centre sur la grande route, sa gauche dans

des bois élevés ; toute la cavalerie à droite, en ligne re-
doublée, et s'appuyant à la Düna.

Le front des Russes n'était plus en face de notre colonne, mais sur notre gauche ; il avait changé de direction
avec le fleuve, qu'un détour éloignait de nous. Il fallut
que la colonne française, après avoir passé sur un pont
étroit, un ravin qui la séparait de ce nouveau champ de
bataille, se déployât par un changement de front à
gauche, l'aile droite en avant, pour conserver de ce côté
l'appui du fleuve, et faire face à l'ennemi. Déjà, sur les
bords de ce ravin, près du pont, et à gauche de la grande
route, un monticule isolé avait attiré l'Empereur : de là
il pouvait voir les deux armées, placé sur le côté du champ
de bataille, comme l'est un témoin dans un duel.

Ce furent deux cents voltigeurs parisiens, du 9e régiment de ligne, qui débouchèrent les premiers ; ils furent aussitôt jetés à gauche devant toute la cavalerie
russe, s'appuyant comme elle à la Düna, et marquant la
gauche de la nouvelle ligne ; le 16e de chasseurs à cheval
vint ensuite, puis quelques pièces légères. Les Russes
nous regardaient froidement défiler devant eux, et préparer notre attaque.

Cette inaction nous était favorable ; mais le roi de
Naples qu'enivraient tant de regards, se livrant à sa
fougue ordinaire, précipita les chasseurs du 16e sur
toute la cavalerie russe. On vit alors avec effroi cette
faible ligne française, rompue dans sa marche par un
terrain tranché de profondes ravines, s'avancer contre les
masses ennemies. Ces malheureux se sentant sacrifiés,

marchaient avec hésitation à une perte certaine. Aussi dès le premier mouvement que firent les lanciers de la garde russe, tournèrent-ils le dos ; mais les ravins qu'il fallait passer arrêtèrent leur fuite : ils furent atteints, et culbutés dans ces bas-fonds, où beaucoup périrent.

A cette vue Murat, saisi de douleur, se précipite le sabre à la main au travers de cette mêlée, avec les soixante officiers et cavaliers qui l'entourent ; son audace étonne les lanciers russes : ils s'arrêtent. Pendant que ce prince combat et que le piqueur qui le suit lui sauve la vie en abattant le bras d'un ennemi levé sur sa tête, les restes du 16e se rallient, et vont se réfugier près du 53e régiment qui les protège.

Cette charge heureuse des lanciers de la garde russe les avait fait pénétrer jusqu'au pied de la colline d'où Napoléon donnait aux corps d'armée leur direction. Quelques chasseurs de la garde française venaient de mettre pied à terre, suivant l'usage, pour former une enceinte autour de lui ; ils écartèrent les lanciers ennemis à coups de carabine. Ceux-ci repoussés rencontrèrent, en retournant sur leurs pas, les deux cents voltigeurs parisiens, que la fuite du 16e de chasseurs à cheval avait laissés seuls entre les deux armées ; ils les assaillirent. Tous les regards se fixèrent alors sur ce point.

Des deux côtés on jugeait ces fantassins perdus ; mais seuls ils ne désespèrent pas d'eux-mêmes. D'abord leurs capitaines gagnèrent, en combattant, un terrain entrecoupé de buissons et de crevasses, que bordait la Düna ; tous s'y réunirent aussitôt, par l'habitude que chacun avait de la guerre, par le besoin de s'appuyer l'un de l'autre, et par le danger qui rapproche. Alors, comme il arrive toujours dans les périls imminents, ils se regardent entre eux, les plus jeunes, leurs anciens, et tous, leurs officiers, cherchant à lire dans leur contenance ce qu'ils devaient espérer, craindre ou faire ; ils se virent pleins d'assurance, et tous comptant les uns sur les autres, chacun compta plus sur soi-même.

On s'aida du terrain avec habileté. Les lanciers russes, embarrassés dans les broussailles et arrêtés par les crevasses, allongeaient en vain leurs longues lances : pendant qu'ils cherchaient à pénétrer, atteints par les balles, ils tombaient blessés ; leurs corps et ceux de leurs chevaux s'ajoutaient aux obstacles que présentait le terrain. Enfin ils se rebutèrent : leur fuite, les cris de joie de notre armée, l'ordre d'honneur que l'Empereur envoya, sur-le-champ même, aux plus braves, ses paroles que l'Europe a lues, tout apprit à ces vaillants soldats leur gloire, qu'ils n'appréciaient pas encore, les belles actions paraissant toujours simples à ceux qui les font. Ils s'étaient crus près d'être tués ou pris, ils se virent presque au même instant victorieux et récompensés !

Cependant l'armée d'Italie et la cavalerie de Murat, que suivaient trois divisions du premier corps, confiées, depuis Vilna, au comte de Lobau, attaquaient la grande route et les bois où s'appuyait la gauche de l'ennemi. L'engagement fut d'abord vif, mais il tourna court. L'avant-garde russe se retira précipitamment derrière le ravin de la Luczissa, pour ne pas y être jetée. Alors l'armée ennemie se trouva toute réunie sur l'autre rive ; elle présentait quatre-vingt mille hommes.

Leur contenance audacieuse, dans une forte position, et devant une capitale, trompa Napoléon : il crut qu'ils tiendraient à honneur de s'y défendre. Il n'était que onze heures ; il fit cesser l'attaque, afin de pouvoir parcourir paisiblement tout le front de la ligne, et de se préparer à un combat décisif pour le jour suivant. D'abord il s'alla placer sur un tertre, parmi les tirailleurs, au milieu desquels il déjeuna. De là il observait l'ennemi, dont une balle blessa un des siens fort près de lui. Les heures suivantes furent employées à reconnaître le terrain, et à attendre les autres corps d'armée.

Napoléon annonçait une bataille pour le lendemain. Ses adieux à Murat furent ces paroles : « A demain à « cinq heures, le soleil d'Austerlitz ! » Elles expliquent cette suspension d'hostilités au milieu d'un succès qui animait les soldats. Eux furent étonnés de cette inaction, à l'instant où ils avaient atteint une armée dont la fuite les épuisait. Murat, que chaque jour un espoir pareil avait déçu, fit observer à l'Empereur que Barclay ne se montrait si audacieux à cette heure qu'afin de pouvoir se retirer plus tranquillement pendant la nuit. Ne pouvant persuader son chef, il alla témérairement planter sa tente sur le bord de la Luczissa, presque au milieu des ennemis. Cette position plut à son désir d'entendre les premiers bruits de leur retraite, à son espoir de la troubler, et à son caractère aventureux.

Murat se trompait, et il parut avoir le mieux vu ; Na-

poléon avait raison, et l'événement lui donna tort : tels
sont les jeux de la fortune. L'Empereur des Français
avait bien jugé des intentions de Barclay. Le général
russe, croyant Bagration vers Orcha, s'était décidé à se
battre pour lui donner le temps de le joindre. Ce fut la
nouvelle, qu'il reçut le soir, de la retraite de Bagration
par Novoï-Bickof, vers Smolensk, qui changea subitement sa détermination.

En effet, le 28, dès l'aurore, Murat fit dire à l'Empereur qu'il allait poursuivre les Russes, qu'on n'apercevait
déjà plus. Napoléon persévéra dans son opinion, s'obstinant à prétendre que toute l'armée ennemie était là, et
qu'il fallait avancer prudemment ; cela fit perdre du
temps. Enfin il monta à cheval ; chaque pas détruisit
son illusion : il se trouva bientôt au milieu du camp
que Barclay venait d'abandonner.

Tout y attestait la science de la guerre : son heureux emplacement, la symétrie de toutes ses parties,
l'exacte et exclusive observation de l'emploi auquel chacune d'elles avait été destinée, l'ordre et la propreté qui
en résultaient ; du reste, rien d'oublié : pas une arme, pas
un effet, aucune trace, rien enfin, dans cette marche subite et nocturne, qui pût indiquer au delà du camp la
route que les Russes venaient de suivre. Il parut plus
d'ordre dans leur défaite que dans notre victoire ! Vaincus, ils nous laissaient, en fuyant, des leçons dont les
vainqueurs ne profitent jamais : soit que le bonheur méprise, ou qu'on attende le malheur pour se corriger.

Un soldat russe, qu'on surprit endormi sous un buisson, fut le seul résultat de cette journée qui devait être décisive. On entra dans Vitepsk, qu'on trouva déserte comme le camp des Russes.

Toutes les routes furent essayées inutilement. Les Russes s'étaient-ils dirigés vers Smolensk? Avaient-ils remonté la Düna? Enfin une bande de cosaques irréguliers nous attira dans cette dernière direction, pendant que Ney tentait la première. Nous fîmes six lieues dans un sable profond, à travers une poussière épaisse et par une chaleur suffocante; la nuit nous arrêta autour d'Aghaponovchtchina.

Pendant qu'altérée et épuisée de fatigue et de faim, l'armée n'y recueillait qu'une eau bourbeuse, Napoléon, le roi de Naples, le vice-roi, et le prince de Neuchâtel tinrent conseil sous les tentes impériales, dressées dans la cour d'un château et sur une hauteur à gauche de la grande route.

« Cette victoire tant désirée, tant poursuivie, et que
« chaque jour rendait plus nécessaire, venait donc encore
« de s'échapper de nos mains comme à Vilna! On avait
« rejoint l'arrière-garde russe, il est vrai; mais était-ce
« celle de leur armée? N'était-il pas plus vraisemblable
« que Barclay avait fui vers Smolensk par Rudnia?
« Jusqu'où faudrait-il donc poursuivre les Russes, pour
« les décider à une bataille? La nécessité d'organiser la
« Lithuanie reconquise, de former des magasins, des hôpi-
« taux, d'établir un nouveau point de repos, de défense,
« et de départ, pour une ligne d'opération qui s'allongeait
« d'une manière si effrayante, tout enfin ne devait-il pas

« décider à s'arrêter sur les confins de la vieille Russie ? »

Il venait de se passer, non loin de là, une échauffourée sur laquelle Murat se taisait. Notre avant-garde avait été culbutée ; on avait vu des cavaliers forcés de mettre pied à terre pour continuer leur retraite ; d'autres n'avaient pu ramener du combat leurs chevaux exténués qu'en les traînant par la bride. L'Empereur interpella Belliard : ce général déclara franchement que les régiments étaient déjà très affaiblis, qu'ils étaient harassés, qu'il leur fallait du repos ; que, si l'on marchait six jours encore, il n'y aurait plus de cavalerie, et qu'il était temps de s'arrêter.

A ces motifs se joignirent les rayons d'un soleil dévorant, réfléchis par un sable ardent. L'Empereur fatigué se décida : le cours de la Düna et celui du Borysthène marquèrent la ligne française. L'armée fut ainsi cantonnée sur les bords de ces deux fleuves et dans leur intervalle : Poniatowski et ses Polonais à Mohilef ; Davout et le premier corps à Orcha, Dubrowna, et Luibowiczi ; Murat, Ney, l'armée d'Italie, et la garde, depuis Orcha et Dubrowna jusqu'à Vitepsk et Suraij ; les avant-postes à Lyadi, Inkowo, et Velij, devant ceux de Barclay et de Bagration : car ces deux armées ennemies, l'une fuyant Napoléon au travers de la Düna, par Drissa et Vitepsk, l'autre s'échappant des mains de Davout au travers de la Bérézina et du Borysthène, par Bobruisk, Bickof, et Smolensk, venaient enfin de se réunir dans l'intervalle de ces deux fleuves.

Les grands corps détachés de l'armée centrale étaient alors placés comme il suit : à la droite, Dombrowski de-

vant Bobruisk, et devant le corps de douze mille hommes
du général russe Hœrtel ;

A la gauche, le duc de Reggio et Saint-Cyr à Polotsk
et à Bieloé, sur la route de Pétersbourg, que défendaient
Wittgenstein et trente mille hommes ;

A l'extrême gauche, Macdonald et trente-huit mille
Prussiens et Polonais devant Riga ; ils se prolongeaient
à droite sur l'Aa et vers Dünabourg.

En même temps Schwartzenberg et Regnier, à la tête
des corps saxon et autrichien, occupaient, vers Slonim,
l'intervalle du Niémen au Bug, couvrant Varsovie et les
derrières de la Grande Armée, que Tormasof inquiétait.
Le duc de Bellune partait de la Vistule avec une réserve
de quarante mille hommes ; enfin Augereau rassemblait
une onzième armée à Stettin.

Quant à Vilna, le duc de Bassano y était resté au milieu des envoyés de plusieurs cours. Ce ministre gouver-
nait la Lithuanie, correspondait avec tous les chefs, leur
envoyait les instructions qu'il recevait de Napoléon, et
poussait en avant les vivres, les recrues et les traîneurs,
à mesure qu'ils lui arrivaient.

Dès que l'Empereur eut pris sa résolution, il revint à
Vitepsk avec ses gardes. Là, le 28 juillet, en entrant dans
son quartier impérial, il détacha son épée, et, la posant
brusquement sur les cartes dont ses tables étaient couvertes, il s'écria : « Je m'arrête ici ; je veux m'y reconnaître,
« y rallier, y reposer mon armée, et organiser la Pologne ;
« la campagne de 1812 est finie ! celle de 1813 fera le
« reste ! »

La Lithuanie conquise, le but de la guerre était atteint, et pourtant la guerre semblait à peine commencée ; car on avait vaincu les lieux, et non les hommes. L'armée russe était entière : ses deux ailes, séparées par la vivacité d'une première attaque, venaient de se réunir. On était dans la plus belle saison de l'année. Ce fut dans cette situation que Napoléon se crut irrévocablement décidé à s'arrêter sur les rives du Borysthène et de la Düna. Alors il put tromper d'autant mieux sur ses intentions qu'il se trompa lui-même.

Déjà sa ligne de défense est tracée sur ses cartes : l'artillerie de siège marche sur Riga ; à cette ville forte s'appuiera la gauche de l'armée ; puis, à Dünabourg et à Polotsk, elle va garder une défensive menaçante. Vitepsk, si facile à fortifier, et ses hauteurs boisées serviront de camp retranché au centre. De là, jusqu'au sud, la Bérézina et ses marais, que couvre le Borysthène, n'offrent pour passages que quelques défilés ; peu de troupes y suffiront. Plus loin, Bobruisk marque la droite de cette grande ligne, et l'ordre est donné de se saisir de cette forteresse. Quant au reste, on compte sur l'insurrection des provinces populeuses du sud : elles aideront Schwartzenberg à chasser Tormasof, et l'armée s'accroîtra de leurs nombreux cosaques. Un des plus grands propriétaires de ces provinces, un seigneur, en qui tout, jusqu'à l'extérieur, est distingué, est accouru se joindre aux libérateurs de sa patrie. C'est lui que l'Empereur désigne pour commander cette insurrection.

Dans cette position, rien ne manquera : la Courlande

3.

nourrira Macdonald ; la Samogitie, Oudinot ; les plaines
fertiles de Klubokoé, l'Empereur ; les provinces du sud
feront le reste. D'ailleurs, le grand magasin de l'armée
est à Dantzick, ses grands entrepôts à Vilna et à Minsk.
Ainsi l'armée se trouvera liée au sol qu'elle vient d'affranchir ; et sur cette terre, fleuve, marais, productions,
habitants, tout s'unit à nous, tout est d'accord pour se
défendre.

Tel fut le plan de Napoléon. On le vit alors parcourir
Vitepsk et ses environs, comme pour reconnaître des
lieux qu'il devait longtemps habiter. Des établissements
de toute espèce y furent formés. Trente-six fours, qui
pouvaient donner à la fois vingt-neuf mille livres de pain,
s'y construisirent. On ne s'en tint pas à l'utile, on voulut
des embellissements. Des maisons de pierre gâtaient la
place du Palais, l'Empereur ordonna à sa garde de les
abattre et d'en enlever les débris. Dejà même il songe aux
plaisirs de l'hiver : des acteurs de Paris viendront à Vitepsk ; et, comme cette ville est déserte, des spectatrices
de Varsovie et de Vilna y seront attirées.

Alors son étoile l'éclairait ; heureux s'il n'eût pas pris
ensuite les mouvements de son impatience pour des inspirations de génie !

Ce jour-là même, il interpella hautement un adminis-
trateur par ces mots remarquables : « Pour vous, Mon-
« sieur, songez à nous faire vivre ici ! car, ajouta-t-il à
« haute voix, en s'adressant à ses officiers, nous ne
« ferons pas la folie de Charles XII ! » Mais bientôt ses
actions démentirent ses paroles, et chacun s'étonna de

son indifférence à donner des ordres pour un si grand établissement.

Au reste, la modération des premiers discours de Napoléon n'avait pas trompé ceux de son intérieur. Ils se rappelaient qu'à la première vue du camp vide des Russes et de Vitepsk abandonnée, les entendant se réjouir de cette conquête, il s'était retourné brusquement vers eux, en s'écriant : « Croyez-vous donc que je sois venu « de si loin pour conquérir cette masure ? » On savait d'ailleurs qu'avec un grand but il ne formait jamais qu'un plan vague, n'aimant à prendre conseil que de l'occasion, ce qui convenait à la promptitude de son génie.

Napoléon s'était flatté de recevoir de nouvelles propositions de paix de la part d'Alexandre, et la misère et l'affaiblissement de l'armée l'avaient occupé. Il fallait bien laisser à la longue file des traîneurs et des malades le temps de joindre, les uns leurs corps, les autres les hôpitaux ; enfin, créer ces hôpitaux, rassembler des vivres, refaire les chevaux, et attendre les ambulances, l'artillerie, les pontons, qui se traînaient encore péniblement dans les sables lithuaniens pour nous atteindre. Sa correspondance avec l'Europe devait encore le distraire. Enfin un ciel dévorant l'arrêtait ! car tel est ce climat : le ciel y est extrême, immodéré ; il dessèche ou inonde, brûle ou glace cette terre et ses habitants, qu'il semble fait pour protéger : atmosphère perfide, dont la chaleur amollissait nos corps comme pour les rendre plus accessibles aux frimas, qui devaient bientôt les pénétrer !

L'Empereur n'y était pas le moins sensible; mais quand le repos l'eut rafraîchi, qu'il ne vit arriver aucun envoyé d'Alexandre, et que ses premières dispositions furent prises, l'impatience le saisit. On le vit inquiet : soit que, comme à tous les hommes d'action, l'inaction lui pesât, et qu'à l'ennui d'attendre il préférât le péril, ou qu'il fût agité par cet espoir d'acquérir qui, chez la plupart, est plus fort que la douceur de conserver ou la crainte de perdre.

Ce fut alors surtout que l'image de Moscou prisonnière obséda son esprit : c'était le terme de ses craintes, le but de ses espérances; dans sa possession il trouvait tout! Dès lors on commença à prévoir qu'un génie ardent, inquiet, accoutumé aux voies courtes, n'attendrait pas huit mois, quand il sentait son but à sa portée, quand vingt journées suffisaient pour l'atteindre.

Au reste, qu'on ne se presse pas de juger cet homme extraordinaire sur des faiblesses communes à tous les hommes; on va l'entendre lui-même, on verra jusqu'à quel point sa position politique compliquait sa position militaire. Plus tard encore on blâmera moins la résolution qu'il va prendre, quand on verra que le sort de la Russie tint à un jour de santé de plus, qui manqua à Napoléon sur le champ même de la Moskowa.

Cependant il parut d'abord ne pas oser s'avouer à lui-même une si grande témérité; mais peu à peu il s'enhardit à la considérer. Alors il délibère; et cette grande irrésolution, qui tourmente son esprit, s'empare de toute sa personne. On le voyait errer dans ses appartements comme poursuivi par cette dangereuse tentation, Rien ne peut plus le fixer : à chaque instant il prend, quitte, et reprend son travail; il marche sans objet, demande l'heure, considère le temps; et, tout absorbé, il s'arrête, puis il fredonne d'un air préoccupé, et marche encore.

Dans sa perplexité, il adresse des paroles entrecoupées à ceux qu'il rencontre. « Eh bien! que ferons-nous? Res-« terons-nous? Irons-nous plus avant? Comment s'arrê-« ter dans un si glorieux chemin! » Il n'attend pas leur réponse, il erre encore; il semble chercher quelque chose ou quelqu'un qui le décide.

Enfin, tout surchargé du poids d'une si considérable pensée, et comme accablé d'une si grande incertitude, il s'est jeté sur un des lits de repos qu'il a fait étendre sur le parquet de ses chambres; son corps, qu'épuisent la chaleur et la contention de son esprit, n'a gardé qu'un léger vêtement; c'est ainsi qu'il passe à Vitepsk une partie de ses journées.

Mais quand son corps est en repos, son esprit est encore plus actif. « Que de motifs le précipitent vers Mos-« cou! Comment supporter à Vitepsk l'ennui de sept « mois d'hiver! Lui qui jusqu'alors a toujours attaqué, « il va donc être réduit à se défendre! rôle indigne de « lui, dont il n'a pas l'expérience, et qui convient mal à « son génie. »

Alors décidé, il se relève soudainement, comme pour ne pas laisser à ses réflexions le temps de lui rendre une pénible incertitude; et déjà, tout rempli du plan qui doit lui livrer sa conquête, il court à ses cartes. Elles lui montrent Smolensk et Moscou, la grande Moscou, *la ville sainte!* noms qu'il répète avec complaisance, et qui semblent accroître son désir. A cette vue, plein du feu de sa redoutable conception, il paraît possédé du génie de la guerre. Sa voix s'endurcit, son regard devient étincelant, et son air farouche. On s'écarte de lui par frayeur autant que par respect; mais enfin son plan est arrêté, sa détermination prise, sa marche tracée! Aussitôt tout en lui s'apaise; et, délivré de sa terrible conception, ses traits reprennent une gaieté douce et sereine.

Sa résolution fixée, il lui importait qu'elle ne mécontentât pas ses entours; mais chacun, suivant son caractère, y apporta son opposition : Berthier par une contenance triste, des plaintes, et même des larmes; Lobau et Caulaincourt par une franchise qui, chez le premier, avait une haute et froide rudesse, excusable dans un si brave guerrier; et qui, dans le second, était persévérante jusqu'à l'opiniâtreté, et impétueuse jusqu'à la violence. L'Empereur repoussa leurs observations avec humeur; il s'écriait, en s'adressant surtout à son aide de camp, ainsi qu'à Berthier : « Qu'il avait fait ses généraux « trop riches; qu'ils n'aspiraient plus qu'aux plaisirs de « la chasse, qu'à faire briller dans Paris leurs somptueux « équipages, et que sans doute ils étaient dégoûtés de la « guerre! » L'honneur ainsi attaqué, il n'y avait plus de réponse; on baissait la tête et l'on se résignait. Dans un mouvement d'impatience, il avait dit à l'un des généraux de sa garde : « Vous êtes né au bivouac, et vous « y mourrez! »

Duroc, désapprouva : d'abord par un froid silence, puis par des réponses nettes, des rapports véridiques, et de courtes observations. L'Empereur lui répondit :
« Qu'il voyait bien que les Russes ne cherchaient
« qu'à l'attirer; mais que pourtant il fallait encore
« aller jusqu'à Smolensk; qu'il s'y établirait, et qu'au
« printemps de 1813, si la Russie n'avait pas fait la
« paix, elle était perdue; que Smolensk était la clef
« des deux routes de Pétersbourg et de Moscou; qu'il
« fallait s'en saisir; alors il pourrait marcher en même
« temps sur ces deux capitales, pour tout détruire dans
« l'une, et tout conserver dans l'autre...

« Qu'il tournerait ses armes contre la Prusse, et qu'il
« lui ferait payer les frais de la guerre. »

Daru vint à son tour. Ce ministre est droit jusqu'à la roideur, et ferme jusqu'à l'impassibilité. La grande question de la marche sur Moscou s'engagea; Berthier seul était présent; elle fut agitée pendant huit heures consécutives. L'Empereur demanda à son ministre sa pensée sur cette guerre : « Qu'elle n'est point nationale, répondit
« Daru; que l'introduction de quelques denrées anglai-
« ses en Russie, que même l'érection d'un royaume de
« Pologne, ne sont pas des raisons suffisantes pour une
« guerre si lointaine; que vos troupes, que nous-
« mêmes, nous n'en concevons ni le but ni la nécessité,
« et que, tout conseille de s'arrêter ici. »

L'Empereur se récria :

« Il n'y a pas encore de sang versé, et la Russie est
« trop grande pour céder sans combattre. Alexandre ne

« peut traiter qu'après une grande bataille. S'il le faut,
« j'irai chercher jusqu'à la *ville sainte* cette bataille, et
« je la gagnerai. La paix m'attend aux portes de Moscou.
« Mais, l'honneur sauvé, si Alexandre s'obstine encore,
« eh bien, je traiterai avec les boyards, sinon avec la
« population de cette capitale ; elle est considérable, en-
« semble, et conséquemment éclairée : elle entendra ses
« intérêts, elle comprendra la liberté. » Et il termina en
disant : « Que d'ailleurs Moscou haïssait Pétersbourg ;
« qu'il profiterait de cette rivalité ; que les résultats
« d'une telle jalousie étaient incalculables. »

Ainsi, l'Empereur, que la conversation avait échauffé,
découvrait son espoir. Daru lui répliqua : « Que déjà,
« soit désertion, maladie ou famine, l'armée était dimi-
« nuée d'un tiers.

« Si les vivres manquaient à Vitepsk, que serait-ce
« plus loin ? »

Berthier ajouta : « Que si nous marchions plus avant,
« les Russes auraient pour eux nos flancs trop allongés,
« la famine, et surtout leur puissant hiver ; tandis qu'en
« s'arrêtant, l'Empereur mettrait l'hiver de son côté, et
« se rendrait maître de la guerre ; qu'il la fixerait à sa
« portée, au lieu de la suivre trompeuse, vagabonde,
« indéterminée. »

Berthier et Daru répliquaient ainsi. L'Empereur les
écoutait doucement ; plus souvent il les interrompait par
des raisonnements subtils : posant la question suivant
ses désirs, ou la déplaçant quand elle devenait trop
pressante. Mais, quelque fâcheuses que fussent les vérités

qu'il eut à entendre, il les écouta patiemment et y répondit de même. Dans toute cette discussion, ses paroles, ses manières, tous ses mouvements furent remarquables par une facilité, une simplicité, une bonhomie qu'au reste il avait presque toujours dans son intérieur ; ce qui explique pourquoi, malgré tant de malheurs, il est encore aimé par ceux qui ont vécu dans son intimité.

L'Empereur, peu satisfait, fit venir successivement plusieurs généraux de son armée ; mais ses questions leur indiquèrent leurs réponses ; et quelques-uns de ces chefs, nés soldats et accoutumés à obéir à sa voix, lui furent soumis dans ces entretiens comme aux champs de bataille.

On se sentait engagé trop avant ; il fallait une victoire pour se dégager promptement ; lui seul pouvait la donner ! Puis le malheur avait épuré l'armée : ce qui en restait n'en pouvait être que l'élite, d'esprit comme de corps. Pour être arrivé jusque-là, il fallait avoir résisté à tant d'épreuves ! L'ennui et le mal-être de leurs misérables cantonnements agitaient de tels hommes. Rester leur paraissait insupportable ; reculer, impossible ; il fallait donc avancer.

Les grands noms de Smolensk et de Moscou n'effrayaient pas. Dans des temps et pour des hommes ordinaires, ce sol inconnu, ces peuples nouveaux, cet éloignement qui agrandit tout, auraient repoussé. C'était ce qui les attirait ; ils ne se plaisaient que dans des situations hasardeuses, que plus de dangers rendent plus piquantes, et auxquelles des périls nouveaux donnent un air de singularité : émotions pleines d'attraits pour des esprits actifs qui avaient goûté de tout, et auxquels il fallait des choses nouvelles !

Alors l'ambition était sans entraves ; tout inspirait la passion de la renommée ; on avait été lancé dans une carrière sans terme. Eh ! comment mesurer l'ascendant qu'avait dû prendre, et l'élan qu'avait donné un puissant Empereur, capable de dire à ses soldats d'Austerlitz, après cette victoire : « Donnez mon nom à vos enfants, « je vous le permets ; et si parmi eux il s'en trouve un « digne de nous , je lui lègue tous mes biens, et je le « nomme mon successeur ! »

Cependant la réunion des deux ailes de l'armée russe ver Smolensk avait forcé Napoléon de rapprocher l'un de l'autre ses corps d'armée. Aucun signal d'attaque n'était encore donné ; mais la guerre l'entourait ; elle semblait tenter son génie par des succès, et l'exciter par des revers.

Presque en même temps on apprit à Vitepsk que l'avant-garde du vice-roi avait eu des succès vers Suraij, mais qu'au centre, près du Dnieper, à Inkowo, Sébastiani, surpris par le nombre, avait été battu.

Napoléon écrivait alors au duc de Bassano d'annoncer chaque jour de nouvelles victoires aux Turcs ; vraies ou fausses, il n'importait, pourvu que ces communications suspendissent leur paix avec les Russes. Il s'occupait encore de ce soin, quand des députés de la Russie-Rouge vinrent à Vitepsk, et apprirent à Duroc qu'ils avaient entendu le canon des Russes proclamer la paix de Bucharest. Cette paix, signée par Kutusof, venait d'être ratifiée.

A cette nouvelle, que Duroc transmit à Napoléon, celui-ci fut saisi d'un violent chagrin. Il ne s'étonne plus du silence d'Alexandre.

Cet événement lui rend une prompte victoire encore plus nécessaire. Tout espoir de paix est détruit. Il vient de lire les proclamations des Russes. Pour des peuples grossiers; elles devaient être grossières. En voici quelques passages :
« L'ennemi, avec une perfidie sans pareille, an nonce la
« destruction de notre pays. Nos braves veulent se jeter
« sur ses bataillons et les détruire ; mais nous ne voulons
« pas les sacrifier sur les autels de ce Moloch. Il faut une
« levée générale contre le tyran universel. Il vient, la trahison dans le cœur et la loyauté sur les lèvres, nous
« enchaîner avec ses légions d'esclaves. Chassons cette
« race de sauterelles ! Portons la croix dans nos cœurs,
« le fer dans nos mains ! Arrachons les dents à cette tête
« de lion, et renversons le tyran qui veut renverser la
« terre ! »

L'Empereur s'émut. Ces injures, ces succès, ces revers, tout l'excite. La marche en avant de Barclay sur trois colonnes, vers Rudnia, qu'avait décelée l'échec d'Inkowo, et la vigoureuse défensive de Wittgenstein, promettaient une bataille. Il fallait opter entre elle et une défensive longue, pénible, sanglante, inaccoutumée, difficile à soutenir à cette distance de ses renforts, et encourageante pour ses ennemis.

Napoléon se décide; mais sa décision, sans être témé-

raire, est grande et hardie comme l'entreprise. S'il s'é-
carte d'Oudinot, c'est après l'avoir renforcé de Saint-
Cyr, et lui avoir ordonné de se lier au duc de Tarente.
S'il marche à l'ennemi, c'est en changeant devant lui, à
sa portée, et à son insu, sa ligne d'opération de Vitepsk
contre celle de Minsk. Sa manœuvre est si bien combinée, il a accoutumé ses lieutenants à tant de ponctua-
lité, de précision, et de secret, que dans quatre jours,
pendant que l'armée ennemie, surprise, cherchera vainement un Français devant elle, lui se trouvera, avec une
masse de cent quatre-vingt-cinq mille hommes, sur le
flanc gauche et sur les derrières de cet ennemi, qui, un
moment, osa concevoir la pensée de le surprendre.

C'est le 10 août, que Napoléon donne l'ordre de mouvement. Dans quatre jours, toute son armée doit être
rassemblée sur la rive gauche du Borysthène, vers Liady.
Ce fut le 13 qu'il partit de Vitepsk ; il y était resté
quinze jours.

Le 15 août, à trois heures, on découvrit Krasnoé,
ville de bois, qu'un régiment russe voulut défendre ;
mais il n'arrêta le maréchal Ney que le temps nécessaire
pour arriver sur lui et le renverser. La ville prise, on
vit au delà six mille hommes d'infanterie russe en deux
colonnes, dont plusieurs escadrons couvraient la retraite :
c'était le corps de Newerowskoï, qui fit une retraite de
lion. Toutefois il laissa sur le champ de bataille douze
cents morts, mille prisonniers, et huit pièces de canon.
La cavalerie française eut l'honneur de cette journée.
L'attaque y fut aussi acharnée que la défense opiniâtre ;

elle eut plus de mérite, n'ayant à employer que le fer contre le fer et le feu.

Newérowskoï, presque écrasé, courut se renfermer dans Smolensk. Il laissa derrière lui quelques cosaques pour brûler les fourrages ; les habitations furent respectées.

Pendant que la Grande Armée remontait ainsi le Dnieper par sa rive gauche, Barclay et Bagration placés entre ce fleuve et le lac Kasplia, vers Inkowo, s'y croyaient encore en présence de l'armée française. Ils hésitaient : deux fois, entraînés par les conseils du quartier-maître général Toll, ils avaient résolu d'enfoncer la ligne de nos cantonnements ; et deux fois, étonnés d'une détermination si hardie, ils s'étaient arrêtés au milieu de leur mouvement commencé. Enfin, trop timides pour ne prendre conseil que d'eux-mêmes, ils paraissaient attendre leur décision des événements, et notre attaque pour y conformer leur défense.

La vue de Smolensk enflamme l'ardeur impatiente du maréchal Ney. On ne sait s'il se rappela mal à propos les merveilles de la guerre de Prusse, quand les citadelles tombaient devant les sabres de nos cavaliers, ou s'il ne voulut d'abord que reconnaître cette première forteresse russe ; mais il s'en approcha trop : une balle le frappa au cou. Irrité, il lança un bataillon contre la citadelle, au travers d'une grêle de balles et de boulets, qui lui firent perdre les deux tiers de ses soldats ; les autres continuèrent, les murailles russes purent seules les arrêter ; quelques-uns seulement en revinrent. On parla peu de l'effort héroïque qu'ils venaient de tenter, parce qu'il était une faute de leur général, et qu'il fut inutile.

Refroidi, le maréchal Ney se retira sur une hauteur, sablonneuse et boisée, qui bordait le fleuve. Il observait la ville et le pays, quand de l'autre côté du Dnieper, il crut entrevoir au loin des masses de troupes en mouvement. Il courut appeler l'Empereur, et le guida à travers les taillis et dans les fonds, pour le dérober aux feux de la place.

Napoléon, parvenu sur la hauteur, vit dans un nuage de poussière de longues et noires colonnes, d'où jaillissait le reflet d'une multitude d'armes ; ces masses s'avançaient si rapidement qu'elles semblaient courir. C'était Barclay, Bagration, près de cent vingt mille hommes, enfin toute l'armée russe !

A cette vue Napoléon, transporté de joie, frappa des mains et s'écria : « Enfin je les tiens! » Il n'en fallait pas douter, cette armée surprise accourait pour se jeter dans Smolensk, pour la traverser, pour se déployer sous ses murs, et nous livrer enfin cette bataille tant désirée ; l'instant décisif du sort de la Russie était donc enfin venu !

Aussitôt il parcourt toute la ligne, et marque à chacun sa place. Davout, puis le comte de Lobau, se déploieront à la droite de Ney; la garde au centre en réserve et plus loin, l'armée d'Italie. La place de Junot et des Westphaliens fut indiquée; mais un faux mouvement les avait égarés. Murat et Poniatowski formèrent la droite de l'armée; déjà ces deux chefs menaçaient la

ville ; il les fit reculer jusqu'à la lisière d'un taillis, et
laisser vide devant eux une vaste plaine, qui s'étend depuis ce bois jusqu'au Dnieper. C'était un champ de bataille qu'il offrait à l'ennemi. L'armée française, ainsi
placée, était adossée à des défilés et à des précipices ;
mais la retraite importait peu à Napoléon ; il ne songeait
qu'à la victoire.

Cependant Bagration et Barclay revenaient vers Smolensk à grands pas ; l'un pour la sauver par une bataille
l'autre pour protéger la fuite de ses habitants et l'évacuation de ses magasins : il était décidé à ne nous abandonner que ses cendres. Les deux généraux russes arrivèrent hors d'haleine sur les hauteurs de la rive droite ;
ils ne respirèrent qu'en se voyant encore maîtres des
ponts qui réunissent les deux villes.

Napoléon faisait alors harceler l'ennemi par une nuée
de tirailleurs, afin de l'attirer sur la rive gauche et d'engager une bataille pour le jour suivant. On assure que
Bagration s'y serait laissé entraîner, mais que Barclay
ne l'exposa pas à cette tentation. Il l'envoya vers Elnia et
se chargea de la défense de la ville.

Selon Barclay, la plus grande partie de notre armée
marchait sur Elnia pour aller se placer entre Moscou et
l'armée russe. Il se trompait par cette disposition, commune à la guerre, de prêter à son ennemi des desseins
contraires à ceux qu'il montre : car la défensive, étant
inquiète de sa nature, grandit souvent l'offensive, et la
crainte, échauffant l'imagination, fait supposer à l'ennemi mille projets qu'il n'a pas. Il se peut aussi que

Barclay, ayant en tête un ennemi colossal, dût s'attendre à des mouvements gigantesques.

Depuis, les Russes eux-mêmes ont reproché à Napoléon de ne s'être point décidé à cette manœuvre. Mais ont-ils assez songé qu'aller ainsi se placer par delà un fleuve, une ville forte, et une armée ennemie, c'eût été, pour couper aux Russes le chemin de la capitale, se faire couper à soi-même toute communication avec ses renforts, ses autres armées, et l'Europe? Ceux-là ne savent guère apprécier les difficultés d'un tel mouvement, s'ils s'étonnent qu'on ne l'ait pas improvisé en deux jours, au travers d'un fleuve et d'un pays inconnus, avec de telles masses, et au milieu d'une autre combinaison, dont l'exécution n'était pas achevée.

Quoi qu'il en puisse être, dans la soirée même du 16, Bagration commença son mouvement vers Elnia. Napoléon venait de faire planter sa tente au milieu de sa première ligne, presque à portée du canon de Smolensk, et sur les bords du ravin qui cerne la ville. Il appelle Murat et Davout. Le premier vient de remarquer chez les Russes des mouvements qui annoncent une retraite; chaque jour, depuis le Niémen, il a l'habitude de les voir ainsi s'échapper : il ne croit donc pas à une bataille pour le lendemain. Davout fut d'un avis contraire. Quant à l'Empereur, il n'hésita pas à croire ce qu'il désirait.

Le 17, dès le point du jour, l'espérance de voir l'armée russe rangée devant lui réveilla Napoléon, mais le champ qu'il lui avait préparé était resté désert; néanmoins il persévéra dans son illusion. Davout la partageait : ce fut

de ce côté qu'il se rendit. Dalton, l'un des généraux de
ce maréchal, a vu des bataillons ennemis sortir de la
ville, et se ranger en bataille. L'Empereur saisit cet espoir, que Ney, d'accord avec Murat, combat en vain.

Mais, pendant qu'il espère et attend, Belliard, fatigué
de ces incertitudes, se fait suivre par quelques cavaliers ;
il pousse une bande de cosaques dans le Dnieper, au-dessus de la ville, et voit, sur la rive opposée, la route de
Smolensk à Moscou couverte d'artillerie et de troupes en
marche. Il n'y a plus à en douter, les Russes sont en
pleine retraite. L'Empereur est averti qu'il faut renoncer
à l'espoir d'une bataille, mais que, d'une rive à l'autre,
ses canons pourront inquiéter la marche rétrograde de
l'ennemi.

Belliard proposa même de faire franchir le fleuve à
une partie de l'armée, afin de couper la retraite à l'arrière-garde russe, chargée de défendre Smolensk ; mais
les cavaliers envoyés pour découvrir un gué firent deux
lieues sans en trouver, et noyèrent plusieurs chevaux. Il
existait cependant un passage large et commode à une
lieue au-dessus de la ville. Dans son agitation, Napoléon
poussa lui-même son cheval de ce côté : il fit plusieurs
werstes dans cette direction, se fatigua, et revint.

Dès lors il parut ne plus considérer Smolensk que
comme un passage, qu'il fallait enlever de vive force et sur-
le-champ. Mais Murat, prudent quand la présence de
l'ennemi ne l'échauffait pas, et qui, avec sa cavalerie,
n'avait rien à faire à un assaut, combattit cette résolution.

Un si violent effort lui paraissait inutile, puisque les Russes se retiraient d'eux-mêmes. Quant au projet de les atteindre, on l'entendit s'écrier : « Que puisqu'ils ne « voulaient point de bataille, c'était assez loin les pour-« suivre, et qu'il était temps de s'arrêter ! »

L'Empereur répliqua. On n'a point recueilli le reste de leur entretien. Cependant, comme ensuite on entendit le roi dire « qu'il s'était jeté aux genoux de son frère, qu'il « l'avait conjuré de s'arrêter, mais que Napoléon ne « voyait que Moscou ; qu'honneur, gloire, repos, tout « pour lui était là ; que cette Moscou nous perdrait, » on vit bien quel avait été le sujet de leur dissentiment.

Un fait certain, c'est qu'en quittant son beau-frère, les traits de Murat portaient l'empreinte d'un profond chagrin ; ses mouvements étaient brusques, une violence sombre et concentrée l'agitait ; le nom de Moscou sortit plusieurs fois de sa bouche.

On avait placé non loin de là, sur la rive gauche du Dnieper, à l'endroit d'où Belliard avait aperçu la retraite de l'ennemi, une batterie formidable. Les Russes nous en avaient opposé deux plus terribles encore. A chaque instant nos canons étaient écrasés, nos caissons sautaient. Ce fut au milieu de ce volcan que le roi poussa son cheval ; là, il s'arrête, met pied à terre, et reste immobile. Belliard l'avertit qu'il se fera tuer inutilement et sans gloire ; le roi, pour toute réponse, pousse plus avant. On n'en doute plus autour de lui : il désespère du sort de cette guerre ; il prévoit un désastreux avenir, et il cherche la mort pour y échapper ! Toutefois Belliard insiste, et lui fait remarquer que sa témérité causera la perte de ceux qui l'entourent. « Eh bien ! répond Murat, retirez-vous donc « tous, et laissez-moi seul ici ! » Mais tous s'y refusèrent. Alors le roi, se retournant avec emportement, s'arracha de ce lieu de carnage comme quelqu'un à qui l'on fait violence.

L'assaut général venait d'être ordonné. Ney avait à attaquer la citadelle ; Davout et Lobau, les faubourgs qui couvrent les murs de la ville. Poniatowski, déjà sur les bords du Dnieper, avec soixante pièces de canon, dut redescendre ce fleuve jusque dans le faubourg qui le borde, détruire les ponts de l'ennemi, et ôter à la garnison sa retraite. Napoléon voulut qu'en même temps l'artillerie de la garde abattît la grande muraille avec ses pièces de douze, impuissantes contre une masse si épaisse. Elle désobéit, prolongea ses feux dans le chemin couvert, et le nettoya.

Tout réussit à la fois, hors l'attaque de Ney, la seule qui aurait dû être décisive, mais qu'on négligea. L'ennemi fut rejeté brusquement dans ses murs. Tout ce qui n'eut pas le temps de s'y précipiter périt ; mais, en montant à cet assaut, nos colonnes d'attaque laissèrent une longue et large traînée de sang, de blessés et de morts.

On remarqua un bataillon qui, s'étant présenté de flanc aux batteries russes, perdit un rang entier de l'un de ses pelotons par un seul boulet ; vingt-deux hommes tombèrent par le même coup.

Cependant l'armée, sur un amphithéâtre de hauteurs, contemplait, avec une silencieuse anxiété, ses braves com-

pagnons d'armes ; mais quand elle les vit s'élancer tout
au travers d'une grêle de balles et de mitraille, et persévérer avec une ardeur, une fermeté, un ordre admirables,
alors, saisie d'enthousiasme, on l'entendit battre des
mains. Le bruit de ce glorieux applaudissement arriva
jusqu'à nos colonnes d'attaque. Il récompensa le dévouement de ces guerriers, et quoique, dans une seule brigade,
celle de Dalton, et dans l'artillerie de Reindre, cinq chefs
de bataillon, quinze cents hommes, et le général lui-même
fussent tombés, ceux qui survécurent disent encore que
cet hommage de l'enthousiasme qu'ils excitèrent est pour
eux une compensation suffisante à tous les maux qu'ils
ont endurés.

Parvenu jusqu'aux murs de la place, on se mit à couvert de ses feux en se servant des ouvrages et des bâtiments extérieurs qu'on venait d'enlever. La fusillade
continuait ; son pétillement, redoublé par l'écho des murailles, paraissait de plus en plus vif. L'Empereur en fut
fatigué ; il voulut retirer ses troupes. Ainsi la faute que
Ney avait fait commettre la veille à un bataillon venait
d'être répétée par l'armée entière : l'une avait coûté trois
à quatre cents hommes, la seconde cinq à six mille ;
mais Davout persuada à l'Empereur de persévérer dans
son attaque.

La nuit vint ; Napoléon se retira dans sa tente, qu'on
avait fait placer plus prudemment que la veille, et le
comte de Lobau, maître du fossé, mais qui n'y pouvait
plus tenir, fit jeter des obus dans la ville pour en déloger
l'ennemi. Ce fut alors que l'on vit s'élever de plusieurs

points d'épaisses et noires colonnes de fumée, qu'éclairèrent, ensuite, par intervalles, des lueurs incertaines, puis
des étincelles ; enfin de longues gerbes de feu jaillirent
de toutes parts : c'était comme un grand nombre d'em-
brasements. Bientôt ils se réunirent et ne formèrent plus
qu'une vaste flamme, qui s'élevait en tourbillonnant,
couvrait Smolensk, et la dévorait tout entière avec un
sinistre bruissement !

Un si grand désastre, qu'il crut son ouvrage, effraya
le comte de Lobau. L'Empereur assis devant sa tente,
contemplait silencieusement cet horrible spectacle. On
ne pouvait encore en déterminer ni la cause ni le résultat, et l'on passa la nuit sous les armes.

Vers trois heures du matin, un sous-officier de Davout
se hasarda jusqu'au pied de la muraille, et l'escalada sans
bruit. Enhardi par le silence qui régnait autour de lui, il
pénétra dans la ville. Tout à coup plusieurs voix et l'accent slavon se font entendre, et le Français, surpris et
environné, crut n'avoir plus qu'à se faire tuer ou à se
rendre. Mais alors les premiers rayons du jour lui montrèrent, dans ceux qu'ils croyaient ses ennemis, les Polonais de Poniatowski. Les premiers ils avaient pénétré
dans la ville que Barclay venait d'abandonner.

Smolensk reconnue et ses portes déblayées, l'armée entra dans ses murs. Elle traversa ces décombres fumants
et ensanglantés, avec son ordre, sa musique guerrière, et
sa pompe accoutumés, triomphante sur ces ruines dé-
sertes, et n'ayant qu'elle-même pour témoin de sa gloire !
Spectacle sans spectateurs, victoire presque sans fruit,

4.

gloire sanglante, dont la fumée qui nous environnait, et qui semblait être notre seule conquête, n'était qu'un trop fidèle emblème !

Quand l'Empereur sut Smolensk entièrement occupée, ses feux presque éteints, et que le jour et les différents rapports l'eurent suffisamment éclairé ; alors il vit que là, comme au Niémen, comme à Vilna, comme à Vitepsk, ce fantôme de victoire qui l'attirait, et qu'il se croyait toujours près de saisir, avait encore cette fois reculé devant lui ; il se décida encore à la poursuivre.

Après Smolensk la route de Pétersbourg quittait le fleuve plus brusquement : deux chemins marécageux s'en détachaient à droite, l'un à deux lieues de Smolensk, l'autre à quatre ; ils traversaient des bois, et rejoignaient la grande route de Moscou, après un long circuit, l'un à Bredichino, à deux lieues au delà de Valoutina, l'autre plus loin, à Slobpnewa.

Ce fut dans ces défilés que Barclay qui fuyait toujours ne craignit pas de s'engager avec tant de chevaux et de voitures : cette longue et lourde colonne avait à parcourir ainsi deux grands arcs de cercle, dont la grande route de Smolensk à Moscou, que Ney attaqua bientôt, était la corde. A chaque instant, et comme il arrive toujours, une voiture renversée, une roue engravée, un seul cheval embourbé, un trait rompu, arrêtait tout. Cependant le bruit du canon français s'avançait ; déjà il semblait devancer la colonne russe, et être près d'atteindre et de fermer le débouché qu'elle s'efforçait de gagner.

Enfin, après une pénible marche, la tête du convoi ennemi revit la grande route, à l'instant où les Français n'avaient plus pour atteindre ce débouché qu'à forcer la hauteur de Valoutina et le passage de la Kolowdnia. Ney venait d'emporter violemment celui de la Stubna ; mais Korf, repoussé sur Valoutina, avait appelé à son secours la colonne qui le précédait. On assure que celle-ci, sans ordre et mal commandée, hésita ; mais que Woronzof, comprenant l'importance de cette position, décida son chef à revenir sur ses pas.

Les Russes se défendirent pour tout défendre, canons, blessés, bagages ; les Français attaquèrent pour tout prendre. Napoléon s'était arrêté à une lieue et demie de Ney. Ne croyant qu'à une affaire d'avant-garde, il envoya Gudin au secours du maréchal, rallia les autres divisions, et rentra dans Smolensk. Mais ce combat devint une bataille : trente mille hommes s'y engagèrent successivement de part et d'autre. On s'aborda, soldats, officiers, généraux ; la mêlée fut longue, l'archarnement terrible ; la nuit même n'arrêta point. Maître enfin du plateau, et épuisé de forces et de sang, Ney, ne se sentant plus environné que de morts, de mourants et de ténèbres, se fatigua : il fit cesser le feu, garder le silence et présenter les baïonnettes. Les Russes, n'entendant plus rien, se turent aussi, et profitèrent de l'obscurité pour faire leur retraite.

Il y eut presque autant de gloire dans leur défaite que dans notre victoire : les deux chefs réussirent l'un à vaincre, l'autre à n'être vaincu qu'après avoir sauvé l'artillerie, les bagages et les blessés russes. Un des généraux ennemis, resté seul debout sur ce champ de carnage, tenta de s'échapper au milieu de nos soldats, en répétant les commandements français ; la lueur des coups de feu le fit reconnaître, il fut saisi. D'autres généraux russes avaient péri ; mais la Grande Armée fit une plus grande perte. Au passage du pont mal rétabli de la Kolowdnia, le général Gudin, dont la valeur réglée n'aimait à affronter que les dangers utiles, et qui d'ailleurs était peu confiant à cheval, en était descendu pour franchir le ruisseau, et dans le même moment un boulet, en rasant la terre, lui avait brisé les deux jambes. Quand la nouvelle de ce malheur parvint chez l'Empereur, elle y suspendit tout, discours et actions. Chacun s'arrêta consterné : la victoire de Valoutina ne parut plus un succès.

Gudin, transporté à Smolensk, y reçut les soins de l'Empereur ; ils furent inutiles. Ses restes furent enterrés dans la citadelle de la ville, qu'ils honorent : digne tombeau de cet homme de guerre, bon citoyen, bon époux, bon père, général intrépide, juste et doux, et à la fois probe et habile ; rare assemblage dans un siècle où trop souvent les hommes de bonnes mœurs sont inhabiles, et les habiles, sans mœurs !

Le hasard voulut qu'il fût dignement remplacé : Gérard, le plus ancien des généraux de brigade de la division, en prit le commandement ; et l'ennemi, qui ne s'aperçut point de notre perte, ne gagna rien au coup terrible qu'il venait de nous porter.

Les Russes, étonnés de n'avoir été attaqués que de front, crurent que toutes les combinaisons militaires de

Murat se réduisaient à suivre leur grande route. Ils l'appelèrent, par dérision, *le général des grands chemins ;* le jugeant ainsi d'après l'événement, qui souvent trompe plus qu'il n'éclaire.

En effet, pendant que Ney attaquait, Murat éclairait ses flancs avec sa cavalerie sans pouvoir la faire agir : des bois à gauche, et des marais à droite, arrêtaient ses mouvements. Mais, en combattant de front, tous deux attendaient l'effet d'une marche de flanc des Westphaliens, commandés par Junot.

Depuis la Stubna, la grande route, afin d'éviter les marais formés par les divers affluents du Dnieper, se détournait à gauche, cherchait les hauteurs, et s'éloignait du bassin de ce fleuve, pour s'en rapprocher ensuite dans un terrain plus favorable. On avait remarqué qu'un chemin de traverse, plus hardi et plus court, comme ils le sont tous, courait directement à travers ces fonds marécageux', entre le Dnieper et le grand chemin, qu'il rejoignait en arrière du plateau de Valoutina.

C'était ce chemin de traverse que Junot parcourait, après avoir passé le fleuve à Prudiszy. Il le conduisit bientôt en arrière de la gauche des Russes, sur le flanc des colonnes qui revenaient au secours de leur arrière-garde. Il ne fallait qu'attaquer pour rendre la victoire décisive. Ceux qui résistaient de front au maréchal Ney, étonnés d'entendre combattre derrière eux, seraient devenus incertains, et le désordre, jeté au milieu d'un combat, dans cette multitude d'hommes, de chevaux et de voitures, engagés sur une seule route, eût été irréparable; mais Junot, brave comme individu, hésitait comme chef. Sa responsabilité le troubla.

Cependant Murat, le jugeant en présence, s'étonnait de ne pas entendre son attaque. Le fermeté des Russes devant Ney lui fit soupçonner la vérité. Il quitte sa cavalerie, et, traversant presque seul les bois et les marais, il court à Junot, il lui reproche son inaction. Junot s'excuse : « Il n'a point l'ordre d'attaquer; sa cavalerie « wurtembergeoise est molle, ses efforts sont simulés : « elle ne se décidera pas à mordre sur les bataillons en- « nemis. »

Murat répond à ces paroles par des actions. Il se précipite à la tête de cette cavalerie; avec un autre général, ce sont d'autres soldats : il les entraîne, les jette sur les Russes, renverse leurs tirailleurs, revient à Junot et lui dit : « Achève à présent, ta gloire est là, et ton bâton de « maréchal! » Mais alors il le quitta pour rejoindre les siens, et Junot, troublé, resta immobile. Trop longtemps près de Napoléon, dont le génie actif ordonnait tout, l'ensemble et le détail, il n'avait appris qu'à obéir; l'expérience du commandement lui manquait; enfin des fatigues et des blessures l'avaient vieilli avant le temps.

Quant au choix de ce général pour le commandement de ce corps, il n'étonna point : on savait que l'Empereur lui était attaché par habitude; c'était son plus ancien aide de camp, et par une secrète faiblesse, car la présence de cet officier se liant à tous les souvenirs de son bonheur et de ses victoires, il lui répugnait de s'en séparer. On peut croire encore que son amour-propre se plaisait à voir des hommes, ses élèves, commander ses armées. Il était d'ailleurs naturel qu'il comptât plus sur leur dévouement que sur celui de tous les autres.

Néanmoins, quand le lendemain les lieux lui parlèrent eux-mêmes, et qu'à la vue du pont sur lequel Gudin avait été abattu, il eut observé que ce n'était point là qu'il eût fallu déboucher ; lorsque ensuite, fixant d'un œil enflammé la position qu'avait occupée Junot, il se fut écrié : « C'était là sans doute que devaient attaquer les « Westphaliens ! Toute la bataille était là ! Que faisait « donc Junot ? » Alors son irritation devint si violente, qu'aucune excuse ne put d'abord l'apaiser. Il appelle Rapp et s'écrie : « Qu'il ôte au duc d'Abrantès son com- « mandement ! Qu'il le renvoie de l'armée ! Qu'il a perdu « sans retour le bâton de maréchal ! Que cette faute va « peut-être leur fermer le chemin de Moscou ! Que c'est « à lui, Rapp, qu'il donne les Westphaliens ; qu'il leur « parlera leur langue, et qu'il saura les faire battre. » Mais Rapp refusa la place de son ancien compagnon d'armes ; il apaisa l'Empereur, dont la colère s'éteignait toujours facilement dès qu'il l'avait exhalée en paroles.

Mais ce n'était pas seulement par sa gauche que l'ennemi avait failli être vaincu : à sa droite il avait couru un plus grand danger. Morand, l'un des généraux de Davout, avait été jeté de ce côté au travers des forêts ; il marchait sur des hauteurs boisées, et se trouvait, dès le commencement du combat, sur le flanc des Russes. Encore quelques pas, et il débouchait en arrière de leur droite. Son apparition soudaine eût infailliblement décidé la victoire, elle l'eût rendue complète ; mais Napoléon, ignorant les lieux, l'avait fait rappeler sur le point où Davout et lui s'étaient arrêtés.

Dans l'armée, on se demanda pourquoi l'Empereur, en faisant concourir pour un même but trois chefs indépendants l'un de l'autre, ne s'était pas trouvé là pour leur donner un ensemble indispensable, et sans lui impossible. Mais il était rentré dans Smolensk, soit fatigue, soit surtout qu'il ne se fût pas attendu à un combat si sérieux ; soit enfin que, par la nécessité de s'occuper de tout à la fois, il ne pût être à temps, et tout entier, nulle part. En effet, le travail de son Empire et de l'Europe, suspendu par les jours d'action qui avaient précédé, s'amoncelait. Il fallait déblayer ses portefeuilles, et donner un cours aux affaires civiles et politiques qui commençaient à s'encombrer ; il était d'ailleurs pressant et glorieux de dater de Smolensk !

Aussi quand Borelli, sous-chef d'état-major de Murat, vint lui apporter la nouvelle du choc de Valoutina, hésita-t-il à le recevoir ; et telle était sa préoccupation, qu'il fallut qu'un ministre insistât pour que cet officier fût admis sur-le-champ. Le rapport de Borelli l'émut. « Que « dites-vous ? s'écria-t-il ; quoi ! vous n'êtes point assez ? « L'ennemi montre-t-il soixante mille hommes ? Mais « c'est donc une bataille ! » Et il s'emportait contre la désobéissance et l'inaction de Junot, quand Borelli lui apprit la blessure mortelle de Gudin. La douleur de Napoléon fut vive ; elle s'épancha en questions multipliées, en exclamations de regret. Puis, avec cette force d'esprit

qui lui était propre, il maîtrisa son inquiétude, ajourna
sa colère, suspendit son chagrin ; et, se livrant tout entier
à son travail, il remit au lendemain le soin des combats
car la nuit était venue. Mais ensuite l'espoir d'une bataille l'agita, et il parut, avec le jour suivant, sur les
champs de Valoutina.

Les soldats de Ney et ceux de la division Gudin,
veuve de son général, y étaient rangés sur les cadavres
de leurs compagnons et sur ceux des Russes, au milieu
d'arbres à demi brisés, sur une terre battue par les pieds
des combattants, sillonnée de boulets, jonchée de débris
d'armes, de vêtements déchirés, d'ustensiles militaires,
de chariots renversés et de membres épars ; car ce sont
là les trophées de la guerre ! voilà la beauté d'un champ
de victoire !

Les bataillons de Gudin ne paraissaient plus être que
des pelotons ; ils se montraient d'autant plus fiers
qu'ils étaient plus réduits ; près d'eux on respirait encore l'odeur des cartouches brûlées et celle de la poudre,
dont cette terre, dont leurs vêtements étaient imprégnés
et leurs visages encore tout noircis. L'Empereur ne pouvait passer devant leur front sans avoir à éviter, à franchir ou à fouler des baïonnettes tordues par la violence
du choc, et des cadavres.

Mais toutes ces horreurs il les couvrit de gloire. Sa reconnaissance transforma ce champ de mort en un champ
de triomphe, où, pendant quelques heures, régnèrent
seuls l'honneur et l'ambition satisfaits !

Il sentait qu'il était temps de soutenir ses soldats de

ses paroles et de ses récompenses. Jamais aussi ses regards ne furent plus affectueux. Quant à son langage : « Ce combat était le plus beau fait d'armes de notre histoire militaire ; les soldats qui l'entendaient, des « hommes avec qui l'on pouvait conquérir le monde ; « ceux tués, des guerriers morts d'une mort immortelle ! » Il parlait ainsi, sachant bien que c'est surtout au milieu de cette destruction que l'on songe à l'immortalité !

Il fut magnifique dans ses récompenses. Les 12ᶜ, 21ᵉ, 127ᶜ de ligne, et le 7ᵉ léger, reçurent quatre-vingt-sept décorations et des grades ; c'étaient les régiments de Gudin. Jusque-là le 127ᶜ avait marché sans aigle, car alors il fallait conquérir son drapeau sur un champ de bataille, pour prouver qu'ensuite on saurait l'y conserver. L'Empereur lui en remit une de ses mains. Il satisfit aussi le corps de Ney.

Ses bienfaits furent grands en eux-mêmes et par leur forme. Il ajouta au don par la manière de donner. On le vit s'entourer successivement de chaque régiment comme d'une famille. Là il interpellait à haute voix les officiers, les sous-officiers, les soldats, demandant les plus braves entre tous ces braves, ou les plus heureux, et les récompensant aussitôt. Les officiers désignaient, les soldats confirmèrent, l'Empereur approuva. Ainsi, comme il l'a dit lui-même, les choix furent faits sur-le-champ, en cercle, devant lui, et consacrés avec acclamation par les troupes.

Ces manières paternelles, qui faisaient du simple soldat le compagnon de guerre du maître de l'Europe ; ces

formes, qui reproduisaient les usages toujours regrettés
de la République, les transportèrent! C'était un monarque, mais c'était celui de la Révolution, et ils aimaient
un souverain parvenu qui faisait parvenir : en lui tout
excitait, rien ne reprochait.

Jamais champ de victoire n'offrit un spectacle plus
capable d'exalter. Le don de cette aigle, si bien méritée,
la pompe de ces promotions, les cris de joie, la gloire de
ces guerriers, récompensée sur le lieu même où elle venait
d'être acquise ; leur valeur proclamée par une voix dont
chaque accent retentissait dans l'Europe attentive, par
ce grand capitaine, dont les bulletins allaient porter
leurs noms dans l'univers entier, et surtout parmi leurs
concitoyens et dans le sein de leurs familles à la fois ras-
surées et enorgueillies, que de biens à la fois ! Ils en
furent enivrés ; lui-même parut d'abord se laisser échauf-
fer à leurs transports.

Mais lorsque, hors de la vue de ses soldats, l'attitude
de Ney et de Murat, et les paroles de Poniatowski, aussi
franc et judicieux au conseil qu'intrépide au combat,
l'eurent calmé ; quand toute la chaleur lourde de ce jour
eut pesé sur lui, et que les rapports apprirent qu'on faisait huit lieues sans joindre l'ennemi, il se désenchanta.
Dans son retour à Smolensk, le cahotage de sa voiture
sur les débris du combat, les embarras causés sur la route
par la longue file de blessés qui se traînaient ou qu'on
rapportait, et dans Smolensk par ces tombereaux de membres amputés, qu'on allait jeter au loin ; enfin tout ce qui
est horrible et odieux hors des champs de bataille, acheva

de le désarmer. Smolensk n'était plus qu'un vaste hôpital, et le grand gémissement qui en sortait l'emporta sur le cri de gloire qui venait de s'élever des champs de Valou-tina.

Les rapports des chirurgiens étaient hideux : en ce pays, on supplée au vin et à l'eau-de-vie de raisin par une eau-de-vie qu'on tire du grain ; on y mêle des plantes narcotiques. Nos jeunes soldats, épuisés de faim et de fatigue, ont cru que cette liqueur les soutiendrait ; mais sa chaleur perfide leur a fait jeter à la fois tout le feu qui leur restait ; après quoi ils sont tombés épuisés, et la maladie s'est emparée d'eux.

On en a vu d'autres, moins sobres ou plus affaiblis, frappés de vertiges, de stupéfaction et d'assoupissement ; ils s'accroupissent dans les fossés et sur les chemins. Là, leurs yeux ternes, à demi ouverts et larmoyants, semblent voir avec insensibilité la mort s'emparer successivement de tout leur être : ils expirent mornes et sans gémir !

A Vilna, on n'a pu créer d'hôpitaux que pour six mille malades ; des couvents, des églises, des synagogues et des granges, servent à recueillir cette foule souffrante. Dans ces tristes lieux, quelquefois malsains, toujours trop rares et encombrés, les malades sont souvent sans vivres, sans lits, sans couvertures, sans paille même et sans médicaments. Les chirurgiens y deviennent insuffisants, de sorte que tout, jusqu'aux hôpitaux, contribue à faire des malades, et rien à les guérir.

A Vitepsk, quatre cents blessés russes sont restés sur le champ de bataille, trois cents autres ont été abandonnés dans la ville par leur armée; et comme elle en a emmené les habitants, ces malheureux sont restés, trois jours, ignorés, sans secours, entassés pêle-mêle, mourants et morts, et croupissant dans une horrible infection. Ils ont enfin été recueillis et mêlés à nos blessés, qui étaient au nombre de sept cents comme ceux des Russes. Nos chirurgiens ont employé jusqu'à leurs chemises et celles de ces malheureux pour les panser; car déjà le linge manque.

Lorsque enfin les blessures de ces infortunés s'améliorent, et qu'il ne faut plus qu'une nourriture saine pour achever leur guérison, ils périssent faute de subsistance : Français ou Russes, peu échappent. Ceux que la perte d'un membre ou leur faiblesse empêche d'aller chercher quelques vivres, succombent les premiers. Ces désastres se répètent partout où l'Empereur n'est pas ou n'est plus, sa présence attirant, et son départ entraînant tout après lui, enfin ses ordres n'étant scrupuleusement accomplis qu'à sa portée.

A Smolensk, les hôpitaux ne manquent point : quinze grands bâtiments de briques ont été sauvés du feu; on a même trouvé de l'eau-de-vie, des vins, quelques médicaments, et nos ambulances de réserve nous ont enfin rejoints; mais rien ne suffit. Les chirurgiens travaillent nuit et jour; on n'en est qu'à la seconde nuit, et déjà tout manque pour panser les blessés : il n'y a plus de linge, on est forcé d'y suppléer par le papier trouvé dans les archives. Ce sont des parchemins qui servent d'attelles et de draps-fanons, et ce n'est qu'avec de l'étoupe et du coton de bouleau qu'on peut remplacer la charpie.

Nos chirurgiens, accablés, s'étonnent. Depuis trois jours un hôpital de cent blessés est oublié ; un hasard vient de le faire découvrir : Rapp a pénétré dans ce lieu de désespoir ! J'en épargnerai l'horreur à ceux qui me liront. Pourquoi faire partager ces terribles impressions dont l'âme reste flétrie ? Rapp ne les épargna pas à Napoléon, qui fit distribuer son propre vin et plusieurs pièces d'or à ceux de ces infortunés qu'une vie tenace animait encore, ou qu'une nourriture révoltante avait soutenus.

Mais à la violente émotion que ces rapports laissèrent dans l'âme de l'Empereur, se joignait une effrayante considération. L'incendie de Smolensk n'était plus à ses yeux l'effet d'un accident de guerre fatal et imprévu, ni même le résultat d'un acte de désespoir : c'était le résultat d'une froide détermination. Les Russes avaient mis à détruire, le soin, l'ordre, l'à-propos qu'on apporte à conserver !

Dans ce même jour, les réponses courageuses d'un pope, le seul qu'on trouva dans Smolensk, l'éclairèrent encore davantage sur l'aveugle fureur qu'on avait inspirée à tout le peuple russe. Son interprète, qu'effrayait cette haine, amena ce pope devant l'Empereur. Le prêtre vénérable lui reprocha d'abord avec fermeté ses prétendus sacrilèges ; il ignorait que c'était le général russe lui-même qui avait fait incendier les magasins du commerce et les clochers, et qu'il nous accusait de ces horreurs, afin que les marchands et les paysans ne séparassent pas leur cause de celle de la noblesse.

L'Empereur l'écouta attentivement : « Mais votre
« église, lui dit-il enfin, a-t-elle été brûlée ? — Non, Sire,
« répliqua le pope ; Dieu sera plus puissant que vous ; il
« la protégera, car je l'ai ouverte à tous les malheureux
« que l'incendie de la ville laisse sans asile ! » Napoléon
ému lui répondit : « Vous avez raison ; oui, Dieu veil-
« lera sur les victimes innocentes de la guerre ; il vous
« récompensera de votre courage. Allez, bon prêtre, re-
« tournez à votre poste. Si tous vos popes eussent imité
« votre exemple, s'ils n'eussent pas trahi lâchement la
« mission de paix qu'ils ont reçue du ciel, s'ils n'eussent
« pas abandonné les temples que leur seule présence
« rend sacrés, mes soldats auraient respecté vos saints
« asiles ; car nous sommes tous chrétiens, et votre Bog
« est notre Dieu ! »

A ces mots Napoléon renvoya le prêtre à son temple,
avec une escorte et des secours. Un cri déchirant s'éleva
à la vue des soldats qui pénétraient dans cet asile. Une
multitude de femmes et d'enfants effarés se pressèrent
autour de l'autel ; mais le pope élevant la voix leur cria :
« Rassurez-vous ! j'ai vu Napoléon, je lui ai parlé. Oh !
« comme on nous avait trompés, mes enfants ! l'Empe-
« reur de France n'est point tel qu'on vous l'a représenté.
« Apprenez que lui et ses soldats connaissent et adorent
« le même Dieu que nous. La guerre qu'il apporte n'est
« point religieuse ; c'est un démêlé politique avec notre
« empereur. Ses soldats ne combattent que nos soldats.
« Ils n'égorgent point, comme on nous l'avait dit, les
« vieillards, les femmes et les enfants. Rassurez-vous

« donc ; et remercions Dieu d'être délivrés du pénible
« devoir de les haïr comme des païens, des impies et des
« incendiaires ! » Alors le pope entonna un cantique
d'action de grâces, que tous répétèrent en pleurant.

Mais ces paroles mêmes montraient à quel point cette
nation avait été abusée. Le reste des habitants avait fui.
Désormais ce n'était donc plus leur armée seulement,
c'était la population, c'était la Russie tout entière qui
reculait devant nous. Avec cette population, l'Empereur
sentait s'échapper de ses mains l'un de ses plus puissants
moyens de conquête.

En effet, de Vitepsk, Napoléon avait chargé deux des
siens de sonder l'esprit de ces peuples. Il s'agissait de les
gagner à la liberté, et de les compromettre dans notre
cause par un soulèvement plus ou moins général. Mais on
n'avait pu agir que sur quelques paysans isolés, abrutis,
et que peut-être les Russes avaient laissés comme espions
au milieu de nous. Cette tentative n'avait servi qu'à mettre
son projet à découvert, et les Russes en garde contre lui.

D'ailleurs, ce moyen répugnait à Napoléon, que sa
nature portait bien plus vers la cause des rois que vers
celle des peuples. Il s'en servit négligemment. Plus tard,
dans Moscou, il reçut plusieurs adresses de différents
chefs de famille. On s'y plaignait d'être traité par les
seigneurs comme des troupeaux de bêtes, que l'on vend
et que l'on échange à volonté. On y demandait que Napoléon proclamât l'abolition de l'esclavage. Ils s'offraient
pour chefs de plusieurs insurrections partielles, qu'ils
promettaient de rendre bientôt générales.

Ces offres furent repoussées. On aurait vu, chez un peuple barbare, une liberté barbare, une licence effrénée, effroyable! quelques révoltes partielles en avaient jadis donné la mesure. Les nobles russes, comme les colons de Saint-Domingue, eussent été perdus. Cette crainte prévalut dans l'esprit de Napoléon, ses paroles l'exprimèrent; elle le détermina à ne plus chercher à exciter un mouvement qu'il n'aurait pu régler.

Au reste, ces maîtres s'étaient défiés de leurs esclaves. Au milieu de tant de périls, ils distinguèrent celui-ci comme le plus pressant. Ils agirent d'abord sur l'esprit de leurs malheureux serfs, abrutis par tous les genres de servitude. Leurs prêtres, qu'ils sont accoutumés à croire, les abusèrent par des discours trompeurs : on persuada à ces paysans que nous étions des légions de démons, commandés par l'antechrist, des esprits infernaux dont la vue excitait l'horreur; notre attouchement souillait. Nos prisonniers s'aperçurent que les ustensiles dont ils s'étaient servis, ces malheureux n'osaient plus s'en servir, et qu'ils les réservaient pour les animaux les plus immondes.

Cependant nous approchions, et devant nous toutes ces fables grossières allaient s'évanouir. Mais voilà que ces nobles reculent avec leurs serfs dans l'intérieur du pays, comme à l'approche d'une grande contagion. Richesses, habitations, tout ce qui pouvait les retenir ou nous servir est sacrifié. Ils mettent la faim, le feu, le désert, entre eux et nous; car c'était autant contre leurs serfs que contre Napoléon que cette grande résolution s'exécutait. Ce n'était donc plus une guerre de rois qu'il

5.

fallait poursuivre, mais une guerre de classe, une guerre
de parti, une guerre de religion, une guerre nationale,
toutes les guerres à la fois !

L'Empereur envisage alors toute l'énormité de son
entreprise : plus il avance, et plus elle s'agrandit devant
lui. Tant qu'il n'a rencontré que des rois, plus grand
qu'eux tous, pour lui leurs défaites n'ont été que des
jeux. Mais les rois sont vaincus, il en est aux peuples ;
et c'est une autre Espagne, mais lointaine, stérile, infinie, qu'il retrouve encore à l'autre bout de l'Europe. Il
s'étonne, hésite, et s'arrête !

A Vitepsk, quelque décision qu'il eût prise, il lui fallait Smolensk, et il semble qu'il ait remis à Smolensk
à se déterminer. C'est pourquoi une même perplexité le
ressaisit ; elle est d'autant plus vive, que ces flammes,
cette épidémie, ces victimes qui l'entourent, ont tout
aggravé ; une fièvre d'hésitation s'empare de lui : ses
regards se portent sur Kief, Pétersbourg et Moscou.

A Kief, il envelopperait Tchitchakof et son armée ; il
débarrasserait le flanc droit et les derrières de la Grande
Armée ; il couvrirait les provinces polonaises les plus
productives en hommes, vivres et chevaux ; tandis que des
cantonnements fortifiés, à Mohilef, Smolensk, Vitepsk Polotsk, Dünabourg et Riga, défendraient le reste. Derrière
cette ligne, et pendant l'hiver, il soulèverait et organiserait
toute l'ancienne Pologne, pour la précipiter au printemps
sur la Russie, opposer une nation à une nation, et rendre
la guerre égale.

Cependant, à Smolensk, il se trouve au nœud des rou-

tes de Pétersbourg et de Moscou ; à vingt-neuf marches
de l'une de ces deux capitales, et à quinze de l'autre.
Dans Pétersbourg, c'est le point central du gouvernement,
le nœud où tous les fils de l'administration se rattachent,
le cerveau de la Russie ; ce sont ses arsenaux de terre et
de mer ; c'est enfin le seul point de communication entre la Russie et l'Angleterre, dont il s'emparera. La victoire de Polotsk, qu'il vient d'apprendre, semble le pousser
dans cette direction. En marchant d'accord avec Saint-
Cyr sur Pétersbourg, il enveloppera Wittgenstein, et fera
tomber Riga devant Macdonald.

D'un autre côté, dans Moscou, c'est la noblesse, la nation qu'il attaquera dans ses propriétés, dans son antique
honneur. Le chemin de cette capitale est plus court, il
offre moins d'obstacles et plus de ressources ; la grande
armée russe, qu'il ne peut négliger, qu'il faut détruire,
s'y trouve, et les chances d'une bataille, et l'espoir d'ébranler la nation, en la frappant au cœur dans cette guerre
nationale.

De ces trois projets, le dernier lui paraît seul possible,
malgré la saison qui s'avance. Cependant l'histoire de
Charles XII était sous ses yeux ; non celle de Voltaire,
qu'il venait de rejeter avec impatience, la jugeant roma-
nesque et infidèle, mais le journal d'Adlerfeld, qu'il lisait
et qui ne l'arrêta point. Dans le rapprochement de ces
deux expéditions, il trouvait mille différences auxquelles
il se rattachait ; car qui peut être juge dans sa propre
cause ? Et de quoi sert l'exemple du passé, dans
un monde où il ne se trouve jamais deux hommes,

deux choses, ni deux positions absolument semblables ?

Toutefois, à cette époque, on entendit souvent le nom de Charles XII sortir de sa bouche !

Mais les nouvelles qui arrivaient de toutes parts excitaient son ardeur, comme à Vitepsk. Ses lieutenants semblaient avoir fait plus que lui : les combats de Mohilef, de Molodeczna, et de Valoutina, étaient des batailles rangées, où Davout, Schwartzenberg et Ney étaient vainqueurs. A sa droite, sa ligne d'opération paraissait couverte ; devant lui, l'armée ennemie fuyait ; à sa gauche, à Slowna, le 17 août, le duc de Reggio, après avoir attiré Wittgenstein sur Polotsk, y venait d'être attaqué. L'attaque de Wittgenstein avait été vive et acharnée ; elle avait échoué, mais il conservait sa position offensive, et le maréchal Oudinot avait été blessé. Saint-Cyr l'a remplacé dans le commandement de cette armée, composée d'environ trente mille Français, Suisses et Bavarois. Dès le lendemain ce général, à qui le commandement ne plaisait que lorsqu'il l'exerçait seul et en chef, en a profité pour donner sa mesure aux siens et à l'ennemi, mais froidement, suivant son caractère, et en combinant tout.

Depuis le point du jour jusqu'à cinq heures du soir, il trompa l'ennemi par la proposition d'un accord pour retirer les blessés, et surtout par des démonstrations de retraite. En même temps il ralliait en silence tous ses combattants ; il les disposait en trois colonnes d'attaque, et les cachait derrière le village de Spas, et dans des plis de terrain.

A cinq heures, tout étant prêt, et Wittgenstein endormi, il donne le signal : aussitôt son artillerie éclate, et ses colonnes se précipitent. Les Russes, surpris, résistent vainement : d'abord leur gauche est enfoncée, bientôt leur centre fuit en déroute ; ils abandonnent mille prisonniers, vingt pièces de canon, un champ de bataille couvert de morts, et l'offensive, dont Saint-Cyr, trop faible, ne pouvait feindre d'user que pour mieux se défendre.

Dans ce choc court, mais rude et sanglant, l'aile droite des Russes, qui s'appuyait à la Düna, résista opiniâtrément. Il fallut en venir à la baïonnette au travers d'une épaisse mitraille. Tout réussit ; mais lorsqu'on croyait n'avoir plus qu'à poursuivre, tout pensa être perdu : des dragons russes, suivant les uns, et suivant d'autres des chevaliers-gardes, risquèrent une charge sur une batterie de Saint-Cyr ; une brigade française, placée pour la soutenir, s'avança, puis tout à coup tourna le dos, et s'enfuit à travers nos canons, qu'elle empêcha de tirer. Les Russes y arrivèrent pêle-mêle avec les nôtres ; ils sabrèrent nos canonniers, renversèrent les pièces, et poussèrent si vivement nos cavaliers, que ceux-ci, toujours de plus en plus effarouchés, passèrent en déroute sur leur général en chef et sur son état-major, qu'ils culbutèrent. Le général Saint-Cyr fut obligé de fuir à pied. Il se jeta dans le fond d'un ravin, qui le préserva de cette bourrasque. Déjà les dragons russes touchaient aux maisons de Polotsk, lorsqu'une manœuvre prompte et habile de Berckeim et du 4° de cuirassiers français, termina cette échauffourée. Les Russes disparurent dans les bois.

Le lendemain Saint-Cyr les fit poursuivre, mais seulement pour éclairer leur retraite, marquer la victoire, et en recueillir encore quelques fruits. Pendant les deux mois qui suivirent, jusqu'au 18 octobre, Wittgenstein le respecta. De son côté, le général français ne s'occupa plus qu'à observer son ennemi, à maintenir ses communications avec Macdonald, Vitepsk et Smolensk, à se fortifier dans sa position de Polotsk, et surtout à y vivre.

Dans cette journée du 18, quatre généraux, quatre colonels, et beaucoup d'officiers, avaient été blessés. Parmi eux, l'armée remarqua les généraux bavarois Deroy et Liben. Ils succombèrent le 22 août. Ces généraux étaient du même âge; ils avaient été du même régiment; ils firent les mêmes guerres; ils marchèrent à peu près du même pas dans leur chanceuse carrière, qu'une même mort, dans la même bataille, termina glorieusement! On ne voulut pas séparer par le tombeau ces guerriers que la vie et la mort elle-même n'avaient pu désunir : une même sépulture les reçut.

A la nouvelle de cette victoire, l'Empereur envoya le bâton de maréchal au général Saint-Cyr. Il mit un grand nombre de croix à sa disposition, et plus tard il approuva la plupart des avancements demandés.

Malgré ces succès, la détermination de dépasser Smolensk était trop périlleuse pour que Napoléon s'y décidât seul : il fallut qu'il s'y fît entraîner. Après Valoutina, le corps de Ney, fatigué, avait été remplacé par celui de Davout. Murat, comme roi, comme beau-frère de l'Empereur, et par son ordre, devait commander. Ney s'y était soumis, moins par condescendance que par conformité de caractère. Ils furent d'accord par leur ardeur.

Mais Davout, dont le génie méthodique et tenace contrastait avec l'emportement de Murat, qu'enorgueillissaient le souvenir et le surnom de deux grandes victoires, s'irrita de cette dépendance. Ces chefs, fiers, et du même âge, compagnons de guerre, qui s'étaient vu grandir réciproquement, et que gâtait l'habitude de n'avoir obéi qu'à un grand homme, n'étaient guère propres à se commander l'un à l'autre, Murat surtout, qui, trop souvent, ne savait pas se commander à lui-même.

Toutefois Davout obéit, mais de mauvaise grâce, mal, comme la fierté blessée sait obéir. Il affecta de cesser aussitôt toute correspondance directe avec l'Empereur. Celui-ci, surpris, lui ordonna de la reprendre, alléguant sa défiance pour les rapports de Murat. Davout s'autorisa de cet aveu : il ressaisit son indépendance. Dès lors l'avant-garde eut deux chefs. Ainsi l'Empereur, fatigué, souffrant accablé de trop de soins de toute espèce, et forcé à des ménagements pour ses lieutenants, disséminait le pouvoir comme ses armées, malgré ses préceptes et ses anciens exemples. Les circonstances, auxquelles il avait tant de fois commandé, devenaient plus fortes que lui, et le commandaient à leur tour.

Cependant, Barclay ayant reculé sans résistance jusqu'auprès de Dorogobouje, Murat n'eut pas besoin de Davout, et l'occasion manqua à leur mésintelligence; mais à quelques werstes de cette ville, le 23 août, vers onze heures du matin, un bois peu épais, que le roi voulut reconnaître, lui fut vivement disputé : il fallut l'emporter deux fois.

Murat, surpris de cette résistance et à cette heure, s'opiniâtra : il perça ce rideau, et vit au delà toute l'armée russe rangée en bataille. L'étroit ravin de la Luja l'en séparait ; il était midi ; l'étendue des lignes russes, surtout vers notre droite, les préparatifs, l'heure, le lieu, celui où Barclay avait rejoint Bagration ; le choix du terrain, assez convenable pour un grand choc, tout lui fit croire à une bataille : il dépêcha vers l'Empereur pour l'en prévenir.

En même temps il ordonna à Montbrun de passer le ravin sur sa droite, avec sa cavalerie, pour reconnaître et déborder la gauche de l'ennemi. Davout et ses cinq divisions d'infanterie s'étendaient de ce côté ; il protégeait Montbrun ; le roi les rappela à sa gauche, sur la grande route, voulant, dit-on, soutenir le mouvement de flanc de Montbrun par quelques démonstrations de front.

Mais Davout répondit : « Que ce serait livrer notre « aile droite, au travers de laquelle l'ennemi arriverait « derrière nous sur la grande route, notre seule retraite ; « qu'ainsi il nous forcerait à une bataille, que lui, Davout, « avait ordre d'éviter, et qu'il éviterait, ses forces étant « insuffisantes, la position mauvaise, et se trouvant sous « les ordres d'un chef qui lui inspirait peu de confiance. » Puis aussitôt il écrivit à Napoléon qu'il se pressât d'arriver, s'il ne voulait pas que Murat engageât sans lui une bataille.

A cette nouvelle, qu'il reçut dans la nuit du 24 au 25 août, Napoléon sortit avec joie de son indécision. Pour ce génie entreprenant et décisif elle était un supplice ; il accourut avec sa garde, et fit douze lieues sans s'arrêter ; mais dès la veille au soir l'armée ennemie avait disparu.

De notre côté, sa retraite fut attribuée au mouvement de Montbrun ; du côté des Russes, à Barclay, et à une fausse position prise par son chef d'état-major, qui avait mis le terrain contre lui, au lieu de s'en servir. Bagration s'en était aperçu le premier, sa fureur avait éclaté sans mesure : il cria à la trahison !

La discorde était dans le camp des Russes comme à notre avant-garde. La confiance dans le chef, cette force des armées, y manquait : chaque pas y paraissait une faute, chaque parti pris, le pire. La perte de Smolensk avait tout aigri ; la réunion des deux corps d'armée augmenta le mal. Plus cette masse russe se sentait forte, plus son général lui semblait faible. Le cri devint universel : on demanda hautement un autre chef. Cependant quelques hommes sages intervinrent ; Kutusof fut annoncé, et l'orgueil humilié des Russes l'attendit pour combattre.

De son côté l'Empereur, déjà à Dorogobouje, n'hésite plus. Il sait qu'il porte partout avec lui le sort de l'Europe ; que le lieu où il se trouvera sera toujours celui où se décidera le destin des nations : qu'il peut donc s'avancer sans craindre les suites menaçantes de la défection des Suédois et des Turcs. Ainsi il néglige les armées ennemies d'Essen à Riga, de Wittgenstein devant Polotsk, d'Hœrtel devant Bobruisk, de Tchitchakof en Volhinie. C'étaient cent vingt mille hommes, dont le nombre ne pouvait que s'augmenter ; il les dépasse, il s'en laisse en-

vironner avec indifférence, assuré que tous ces vains obstacles de guerre et de politique tomberont au premier
bruit du coup de foudre qu'il va porter.

Et cependant sa colonne d'attaque, forte encore, à son
départ de Vitepsk, de cent quatre-vingt-cinq mille hommes, est déjà réduite à cent cinquante-sept mille ; elle est
affaiblie de vingt-huit mille hommes, dont la moitié occupe Vitepsk, Orcha, Mohilef et Smolensk. Le reste a été
tué, blessé, ou traîne et pille, en arrière de lui, nos alliés
et les Français eux-mêmes.

Mais cent cinquante-sept mille hommes suffisaient pour
détruire l'armée russe par une victoire complète, et pour
s'emparer de Moscou. Quant à leur base d'opération,
malgré ces cent vingt mille Russes qui la menaçaient, elle
paraissait assurée. La Lithuanie, la Düna, le Dnieper,
Smolensk enfin, étaient ou allaient être gardés vers Riga
et Dunabourg, par Macdonald et trente-deux mille
hommes ; vers Polotsk, par Saint-Cyr et trente mille
hommes ; à Vitepsk, Smolensk et Mohilef, par Victor et
quarante mille hommes ; devant Bobruisk, par Dombrowski et douze mille hommes ; sur le Bug, par Schwartzenberg et Regnier, à la tête de quarante-cinq mille
hommes. Napoléon comptait encore sur les divisions Loison et Durutte, fortes de vingt-deux mille hommes, qui
déjà s'approchaient de Kœnigsberg et de Varsovie ; et
sur quatre-vingt mille hommes de renfort, qui tous devaient être entrés en Russie avant le milieu de novembre.

C'était, avec les levées lithuaniennes et polonaises,

s'appuyer sur deux cent quatre-vingt mille hommes, pour faire, avec cent cinquante mille autres, une invasion de quatre-vingt-treize lieues ; car telle était la distance de Smolensk à Moscou.

Mais ces deux cent quatre-vingt mille hommes étaient commandés par six chefs différents, indépendants l'un de l'autre, et dont le plus élevé, celui qui occupait le centre, celui qui semblait chargé de donner, comme intermédiaire, quelque ensemble aux opérations des cinq autres, était un ministre de paix et non de guerre.

D'ailleurs les mêmes causes, qui déjà avaient diminué d'un tiers les forces françaises entrées les premières en Russie, devaient disperser ou détruire, dans une bien plus grande proportion, tous ces renforts. La plupart arrivaient par détachements, formés en bataillons provisoires de marche, sous des officiers nouveaux pour eux, qu'ils devaient quitter au premier jour, sans aiguillon de discipline, d'esprit de corps ni de gloire, et traversant un sol dévoré, que la saison et le climat allaient rendre chaque jour plus nu et plus rude.

Cependant Napoléon voit Dorogobouje en cendres comme Smolensk ; surtout le quartier des marchands, de ceux qui avaient le plus à perdre, que leurs richesses pouvaient retenir ou ramener parmi nous, et qui, par leur position, formaient une espèce de classe intermédiaire, un commencement de tiers état que la liberté pouvait séduire.

Il sent bien qu'il sort de Smolensk, comme il y est arrivé, avec l'espoir d'une bataille, que l'indécision et les discordes des généraux russes ont encore ajournée. Mais sa détermination est prise : il n'accueille plus que ce qui peut l'y soutenir. Il s'acharne sur les traces de ses ennemis ; son audace s'accroît de leur prudence ; il appelle leur circonspection pusillanimité, leur retraite fuite ; il méprise pour espérer !

L'Empereur était accouru si rapidement à Dorogobouje, qu'il fut obligé de s'y arrêter pour attendre son armée et laisser Murat pousser l'ennemi. Il en repartit le 24 août ; l'armée marchait sur trois colonnes de front : l'Empereur, Murat, Davout et Ney au milieu, sur le grand chemin de Moscou ; Poniatowski à droite ; l'armée d'Italie à gauche.

La colonne principale, celle du centre, ne trouvait rien sur une route où son avant-garde ne vivait elle-même que des restes de sRusses ; elle ne pouvait guère s'écarter de sa direction, faute de temps, dans une marche si rapide. D'ailleurs les colonnes de droite et de gauche dévoraient tout à ses côtés. Pour mieux vivre, il aurait fallu partir chaque jour plus tard, s'arrêter plus tôt, puis s'étendre davantage sur ses flancs pendant la nuit : ce qui n'est guère possible sans imprudence, quand on est aussi près de l'ennemi.

Ce fut de Slawkowo, à quelques lieues en avant de Dorogobouje, et le 27 août, que Napoléon envoya au maréchal Victor, alors sur le Niémen, l'ordre de se rendre à Smolensk. La gauche de ce maréchal occupera Vitepsk, sa droite Mohilef, son centre Smolensk. Là il secourra Saint-Cyr au besoin, il servira de point d'appui à l'armée de Moscou, et maintiendra ses communications avec la Lithuanie.

Dans cette marche, il se plut à dater du milieu de la vieille Russie une foule de décrets qui allaient atteindre jusqu'à de simples hameaux français : voulant paraître à la fois présent partout, remplir de plus en plus la terre de sa puissance, effet de cette inconcevable grandeur croissante de l'âme, dont l'ambition n'a d'abord eu pour but qu'un simple jouet, et qui finit par désirer l'empire du monde.

Murat poussa l'ennemi au delà de l'Osma, rivière étroite, mais encaissée et profonde, comme la plupart des rivières de ce pays; effet des neiges, et ce qui, à l'époque des grandes fontes, empêche les débordements. L'arrière-garde russe, couverte par cet obstacle, se retourna et s'é-tablit sur les hauteurs de la rive opposée. Murat fit sonder le ravin : on trouva un gué. Ce fut par ce défilé étroit et incertain qu'il osa marcher contre les Russes, s'aventurer entre la rivière et leur position, s'ôtant ainsi toute retraite, et faisant d'une escarmouche une affaire désespérée. En effet, les ennemis descendirent en force de leur hauteur, le poussèrent, le culbutèrent jusque sur les bords du ravin, et faillirent l'y précipiter. Mais Murat s'obstina dans sa faute, l'outra, et en fit un succès. Le quatrième de lanciers enleva la position, et les Russes s'allèrent coucher non loin de là, contents de nous avoir fait acheter chèrement un quart de lieue de terrain, qu'ils nous auraient abandonné gratuitement pendant la nuit.

Au plus fort du danger, une batterie du prince d'Eckmühl refusa deux fois de tirer. Son commandant allégua
ses instructions, qui lui défendaient, sous peine de desti-
tution, de combattre sans l'ordre de Davout. Cet ordre
vint, selon les uns, à propos, selon d'autres, trop tard.
Je rapporte cet incident, parce que le lendemain il fut
le sujet d'une grande querelle entre Murat et Davout,
devant l'Empereur, à Semlewo.

Le roi reprocha au prince une circonspection lente,
et surtout une inimitié qui datait de l'Égypte. Il s'emporta jusqu'à lui dire que, s'ils avaient un différend, ils
devaient le vider entre eux seuls, mais que l'armée ne
devait pas en souffrir.

Davout, irrité, accusa le roi de témérité : suivant lui,
« son ardeur irréfléchie compromettait sans cesse ses
« troupes, et prodiguait inutilement leur vie, leurs for-
« ces et leurs munitions.

Davout finit en disant : « Qu'ainsi périrait toute la
« cavalerie ; qu'au reste Murat était le maître d'en dis-
« poser, mais que pour l'infanterie du premier corps,
« tant qu'il la commanderait, il ne la laisserait pas ainsi
« prodiguer. »

Le roi ne resta pas sans réponse. On vit l'Empereur
les écouter en se jouant avec un boulet russe qu'il poussait de son pied. Il semblait qu'il y avait dans cette mésintelligence entre ces chefs quelque chose qui ne lui
déplaisait pas. Il n'attribuait leur animosité qu'à leur
ardeur, sachant bien que la gloire est de toutes les passions la plus jalouse.

L'impatiente ardeur de Murat plaisait à la sienne. Comme on n'avait pour vivre que ce qu'on trouvait, tout était à l'instant dévoré; c'est pourquoi il fallait avoir fini promptement avec l'ennemi, et passer vite. D'ailleurs, la crise générale en Europe était trop forte, la position trop critique pour y demeurer, lui trop impatient : il voulait en finir à tout prix, pour en sortir.

L'impétuosité du roi semblait donc mieux répondre à son anxiété que la sagesse méthodique du prince d'Eckmühl. Aussi, quand il les congédia, dit-il doucement à Davout : « Qu'on ne pouvait pas réunir tous les genres « de mérite; qu'il savait mieux livrer une bataille que « pousser une avant-garde. »

Après quoi il les renvoya, avec l'ordre de s'entendre mieux à l'avenir.

Les deux chefs retournèrent à leur commandement et à leur haine. La guerre ne se faisant qu'à la tête de la colonne, ils se la disputaient.

Le 28 août l'armée traversa les vastes plaines du gouvernement de Viazma ; elle marchait en toute hate, toute à la fois, à travers champs, et plusieurs régiments de front, chacun formant une colonne courte et serrée. La grande route était abandonnée à l'artillerie, à ses voitures, aux ambulances. L'Empereur à cheval fut vu partout; les lettres de Murat et l'approche de Viazma l'abusaient encore de l'espoir d'une bataille : on l'entendait calculer en marchant les milliers de coups de canon dont il pourrait écraser l'armée ennemie.

Mais Barclay ne luttait que contre notre avant-garde,

et autant qu'il le fallait pour nous ralentir sans nous rebuter.

Cette détermination de Barclay, l'affaiblissement de
l'armée, les querelles de ses chefs, l'approche du moment
décisif, inquiétaient Napoléon. A Dresde, à Vitepsk, à
Smolensk même, il avait vainement espéré une communication d'Alexandre. A Ribky, vers le 28 août, il paraît
la demander : une lettre de Berthier à Barclay, peu remarquable du reste, se terminait ainsi : « L'Empereur
« me charge de vous prier de faire ses compliments à l'Em-
« pereur Alexandre : dites-lui que les vicissitudes de la
« guerre, ni aucune circonstance, ne peuvent altérer
« l'amitié qu'il lui porte ! ».

Dans cette journée du 28 août, l'avant-garde repoussa
les Russes jusque dans Viazma ; l'armée, altérée par
la marche, la chaleur et la poussière, manqua d'eau :
on se disputa quelques bourbiers ; on se battit près des
sources, bientôt troublées et taries ; l'Empereur lui-même
dut se contenter d'une bourbe liquide.

Pendant la nuit, l'ennemi détruisit les ponts de la
Viazma, pilla cette ville et y mit le feu ; Murat et Davout s'avancèrent précipitamment pour l'éteindre. L'ennemi défendit son incendie, mais la Viazma était guéable près des débris de ses ponts ; on vit alors une
partie de l'avant-garde combattre les incendiaires, et
l'autre l'incendie, dont elle se rendit maîtresse.

Dans cette occasion, des hommes d'élite furent en-
voyées à l'avant-garde ; ils eurent l'ordre de serrer les
ennemis de près dans Viazma, et de voir qui d'eux ou de

nos soldats étaient les incendiaires. Leur rapport dut achever de dissiper les doutes de l'Empereur sur la funeste résolution des Russes.

On trouva dans cette ville quelques ressources, que le pillage eut bientôt gaspillées. Napoléon en la traversant vit ce désordre ; il s'irrita violemment, poussa son cheval au milieu des groupes de soldats frappa les uns, culbuta les autres, fit saisir un vivandier, et ordonna qu'il fût à l'instant jugé et fusillé. Mais on savait la portée de ce mot dans sa bouche, et que plus ses accès de colère étaient violents, plus ils étaient promptement suivis d'indulgence. On se contenta donc de placer, un instant après, ce malheureux à genoux sur son passage ; on mit à côté de lui une femme et quelques enfants, qu'on fit passer pour les siens. L'Empereur, déjà indifférent, demanda ce qu'ils voulaient, et le fit mettre en liberté.

Il était encore à cheval quand il vit revenir vers lui Belliard, depuis quinze ans le compagnon de guerre, et alors le chef d'état-major de Murat. Étonné, il crut à un malheur. D'abord Belliard le rassure, puis il ajoute : « Qu'au delà de la Viazma, derrière un ravin, « sur une position avantageuse, l'ennemi s'est montré en « force et prêt à combattre ; qu'aussitôt, de part et d'au- « tre, la cavalerie s'est engagée, et que, l'infanterie « devenant nécessaire, le roi lui-même s'est mis à la « tête d'une division de Davout, et l'a ébranlée pour « la porter sur l'ennemi ; mais que le maréchal est ac- « couru, criant aux siens d'arrêter, blâmant hautement « cette manœuvre, la reprochant durement au roi, et

« défendant à ses généraux de lui obéir ; qu'alors Murat
« en a appelé à son grade, au moment qui pressait, mais
« vainement ; qu'enfin il envoie déclarer à l'Empereur
« son dégoût pour un commandement si contesté, et
« qu'il faut opter entre lui et Davout ! »

A cette nouvelle, Napoléon s'emporte ; il s'écrie, « que
« Davout oublie toute subordination ; qu'il méconnaît
« donc son beau-frère, celui qu'il a nommé son lieute-
« nant ! » et il fait partir Berthier avec l'ordre de mettre
désormais sous le commandement du roi la division
Compans, celle-là même qui avait été le sujet du différend. Davout ne se défendit pas sur la forme de son action, mais il en soutint le fond, soit prévention contre la
témérité habituelle du roi, soit humeur, ou qu'en effet il
eût mieux jugé du terrain et de la manœuvre qui y convenait, ce qui est fort possible.

Cependant le combat venait de finir, et Murat, que
l'ennemi ne distrayait plus, était déjà tout entier au souvenir de sa querelle. Renfermé avec Belliard, et comme
caché dans sa tente, à mesure que les expressions du maréchal se retraçaient à sa mémoire, son sang s'embrasait
de plus en plus de honte et de colère. « On l'avait mé-
« connu, outragé publiquement, et Davout vivait encore !
« et il le reverrait ! Que lui faisaient la colère de l'Em-
« pereur et sa décision ? C'était à lui-même à venger
« son injure ! Qu'importe son sang ? C'est son épée seule
« qui l'a fait roi, c'est à elle seule qu'il en appelle ! » Et
déjà il saisissait ses armes pour aller attaquer Davout,
quand Belliard l'arrêta, en lui opposant les circonstances,

l'exemple à donner à l'armée, l'ennemi à poursuivre, et qu'il ne fallait pas attrister les siens et charmer l'ennemi par un fâcheux éclat.

Ce général dit qu'alors il vit ce roi maudire sa couronne, et chercher à dévorer son affront ; mais que des larmes de dépit roulaient dans ses yeux et tombaient sur ses vêtements. Pendant qu'il se tourmentait ainsi, Davout, s'opiniâtrant dans son opinion, disait que l'Empereur était trompé, et demeurait tranquille dans son quartier général.

Napoléon rentra dans Viazma, où il fallait qu'il séjournât pour reconnaître sa nouvelle conquête, et le parti qu'il en pouvait tirer. Les nouvelles qu'il apprit de l'intérieur de la Russie lui montrèrent le gouvernement ennemi s'appropriant nos succès, et s'efforçant de faire croire que la perte de tant de provinces était l'effet d'un plan général de retraite adopté d'avance. Des papiers saisis dans Viazma disaient qu'à Pétersbourg on chantait des *Te Deum* pour de prétendues victoires de Vitepsk ou de Smolensk. Étonné, il s'écria : « Hé quoi ! des *Te* « *Deum !* ils osent donc mentir à Dieu comme aux « hommes ! »

Le 1ᵉʳ septembre, vers midi, Murat n'était plus séparé de Gjatz que par un taillis de sapins. La présence des cosaques l'obligea de déployer ses premiers régiments ; mais bientôt, dans son impatience, il appela quelques cavaliers, et lui-même, ayant chassé les Russes du bois qu'ils occupaient, il le traversa, et se trouva aux portes de Gjatz. A cette vue, les Français s'animèrent, et la ville fut tout à coup envahie jusqu'à la rivière qui la sépare en deux, et dont les ponts étaient déjà livrés aux flammes.

Là, comme à Smolensk, comme à Viazma, soit hasard, soit reste de coutume tartare, le bazar se trouvait du côté de l'Asie, sur la rive qui nous était opposée. L'arrière-garde russe, garantie par la rivière, eut donc le temps de brûler tout ce quartier. La promptitude seule de Murat avait sauvé le reste.

On passa la Gjatz, comme on put, sur des poutres, dans quelques embarcations, et à gué. Les Russes disparurent derrière leurs flammes, où nos premiers éclaireurs les suivaient, quand ils virent un habitant en sortir, accourir à eux, et crier qu'il était Français. Sa joie et son accent confirmaient ses paroles. Ils le conduisirent à Davout. Ce maréchal le questionna.

Tout, selon le rapport de cet homme, venait de changer dans l'armée russe. Du milieu de ses rangs, une grande clameur s'était élevée contre Barclay. La noblesse, les marchands, Moscou entière, y avaient répondu. « Ce gé-
« néral, ce ministre était un traître ! il faisait détruire
« en détail toutes leurs divisions ! il déshonorait l'armée
« par une fuite sans fin ! Et cependant on subissait la
« honte d'une invasion, et leurs villes brûlaient ! S'il fal-
« lait se déterminer à cette ruine, on voulait se sacrifier
« soi-même ; du moins y aurait-il alors quelque honneur,
« tandis que se laisser sacrifier par un étranger, c'était
« tout perdre, jusqu'à l'honneur du sacrifice !

« Mais pourquoi cet étranger ? Le contemporain, le
« compagnon de guerre, l'émule de Suwarow n'existait-il

« pas encore ? Il fallait un Russe pour sauver la Russie ! »
Et tous demandaient, tous voulaient Kutusof et une
bataille ! Le Français ajouta qu'Alexandre avait cédé ;
que l'insubordination de Bagration et le cri universel
avaient obtenu ce général et cette bataille ; et que d'ailleurs, après avoir attiré l'armée ennemie aussi loin, l'empereur moscovite avait lui-même jugé un grand choc indispensable.

Enfin il assura que le 29 août, entre Viazma et Gjatz,
à Tzarewo-Zaïmizcze, l'arrivée de Kutusof et l'annonce
d'une bataille avaient enivré l'armée ennemie d'une
double joie ; qu'aussitôt tous avaient marché vers Borodino, non plus pour fuir, mais pour se fixer sur cette
frontière du gouvernement de Moscou, pour s'y lier au
sol, pour le défendre, enfin pour y vaincre ou mourir !

Un incident, du reste peu remarquable, sembla confirmer cette nouvelle : ce fut l'arrivée d'un parlementaire
russe. Il avait si peu à dire qu'on s'aperçut d'abord qu'il
venait pour observer. Sa contenance déplut surtout à Davout, qui y trouva plus que de l'assurance. Un général
français ayant inconsidérément demandé à ce parlementaire ce qu'on trouverait de Viazma à Moscou : « Pul-
« tawa ! » répondit fièrement le Russe. Cette réponse annonçait une bataille ; elle plut aux Français, qui aiment
l'à-propos, et se plaisent à rencontrer des ennemis dignes
d'eux.

Ce parlementaire fut reconduit sans précaution, comme
il avait été amené. Il vit qu'on pénétrait jusqu'à nos
quartiers généraux sans obstacle : il traversa nos avant-

6.

postes sans rencontrer une vedette ; partout la même négligence, et cette témérité si naturelle à des Français et à
des vainqueurs. Chacun dormait ; point de mot d'ordre,
point de patrouilles : nos soldats semblaient négliger ces
soins comme trop minutieux. Pourquoi tant de précautions ? Eux attaquaient, ils étaient victorieux ; c'était aux
Russes à se défendre. Cet officier a dit, depuis, qu'il fut
tenté de profiter cette nuit-là même de notre imprudence,
mais qu'il ne trouva pas de corps russe à sa portée.

L'ennemi, en se hâtant de brûler les ponts de la Gjatz,
avait abandonné quelques-uns de ses cosaques : on les
envoya à l'Empereur, qui s'approchait à cheval. Napoléon
voulut les questionner lui-même : il appela son interprète, et fit placer à ses côtés deux de ces Scythes, dont
l'étrange costume et la physionomie sauvage étaient remarquables. Ce fut ainsi qu'on le vit entrer à Gjatz et
traverser cette ville. Les réponses de ces barbares furent
d'accord avec les discours du Français, et, pendant la
nuit du 1er au 2 septembre, toutes les nouvelles des avant-
postes les confirmèrent.

Ainsi Barclay, seul contre tous, venait de soutenir jusqu'au dernier moment ce plan de retraite qu'en 1807 il
avait vanté à l'un de nos généraux, comme le seul moyen
de salut pour la Russie. Parmi nous, on le louait de s'être
maintenu dans cette sage défensive, malgré les clameurs
d'une nation orgueilleuse, que le malheur irritait, et devant un ennemi si agressif.

Il avait sans doute failli en se laissant surprendre à
Vilna, en ne reconnaissant pas le cours marécageux de la

Bérézina pour la véritable frontière de la Lithuanie ; mais on remarquait : que depuis, à Vitepsk et à Smolensk, il avait prévenu Napoléon ; que sur la Loutcheza, sur le Dnieper et à Valoutina, sa résistance avait été proportionnée aux temps et aux lieux ; que cette guerre de détails et les pertes qu'elle occasionnait n'avait été que trop à son avantage, chacun de ses pas rétrogrades nous éloignant de nos renforts et le rapprochant des siens. Il avait donc tout fait à propos, soit qu'il eût hasardé, défendu, ou abandonné.

Et cependant il s'était attiré l'animadversion générale ! Mais c'était à nos yeux son plus grand éloge. On l'approuvait d'avoir dédaigné l'opinion publique quand elle s'égarait ; de s'être contenté d'épier tous nos mouvements pour en profiter ; et ainsi d'avoir su que, le plus souvent, on sauve les nations malgré elles.

Barclay se montra plus grand encore dans le reste de la campagne. Ce général en chef, ministre de la guerre, à qui l'on venait d'ôter le commandement pour le donner à Kutusof, voulut servir sous ses ordres ! On le vit obéir, comme il avait commandé, avec le même zèle.

III.

LA MOSKOWA.

Enfin l'armée russe s'arrêtait! Miloradowitch, seize mille recrues, et une foule de paysans, portant la croix et criant, *Dieu le veut!* accouraient se joindre à ses rangs. On nous apprit que les ennemis remuaient toute la plaine de Borodino, hérissant leur sol de retranchements, et paraissant vouloir s'y enraciner pour ne pas reculer davantage.

Napoléon annonça une bataille à son armée; il lui donna deux jours pour se reposer, pour préparer ses armes et ramasser des subsistances. Il se contenta d'avertir les détachements envoyés aux vivres : « Que, s'ils « n'étaient pas rentrés le lendemain, ils se priveraient « de l'honneur de combattre! »

L'Empereur voulut alors connaître son nouvel adversaire. On lui dépeignit Kutusof comme un vieillard, dont jadis une blessure singulière avait commencé la réputation. Depuis, il avait su profiter habilement des circonstances. La défaite même d'Austerlitz, qu'il avait prévue, avait augmenté sa renommée. Ses dernières campagnes contre les Turcs venaient encore de l'accroître. Sa valeur était incontestable ; mais on lui reprochait d'en régler les élans sur ses intérêts personnels, car il calculait tout. Son génie était lent, vindicatif, et surtout rusé ; caractère de Tartare ! sachant préparer, avec une politique caressante, souple et patiente, une guerre implacable.

Du reste, encore plus adroit courtisan qu'habile général ; mais redoutable par sa renommée, par son adresse à l'accroître, à y faire concourir les autres. Il avait su flatter la nation entière, et chaque individu, depuis le général jusqu'au soldat.

On ajouta qu'il y avait dans son extérieur, dans son langage, dans ses vêtements même, enfin dans ses pratiques superstitieuses, et jusque dans son âge, un reste de Suwarow, une empreinte d'ancien Moscovite, un air de nationalité qui le rendait cher aux Russes. A Moscou, la joie de sa nomination avait été poussée jusqu'à l'ivresse : on s'était embrassé au milieu des rues, on s'était cru sauvé !

Quand Napoléon eut pris ces renseignements et donné ses ordres, on le vit attendre l'événement avec cette tranquillité d'âme des hommes extraordinaires. Il s'occupa paisiblement à parcourir les environs de son quartier général. Murat l'avait devancé de quelques lieues. Depuis l'arrivée de Kutusof, des troupes de cosaques voltigeaient sans cesse autour des têtes de nos colonnes. Murat s'irritait de voir sa cavalerie forcée de se déployer contre un si faible obstacle. On assure que ce jour-là, par un de ces premiers mouvements dignes des temps de la chevalerie, il s'élança seul, et tout à coup, contre leur ligne, s'arrêta à quelques pas d'eux ; et que là, l'épée à la main, il leur fit d'un air et d'un geste si impérieux le signe de se retirer, que ces barbares obéirent et reculèrent étonnés !

Ce fait, qu'on nous raconta sur-le-champ, fut accueilli sans incrédulité. L'air martial de ce monarque, l'éclat de ses vêtements chevaleresques, sa réputation, et la nouveauté d'une telle action, firent paraître vrai cet ascendant momentané, malgré son invraisemblance ; car tel était Murat : roi théâtral par la recherche de sa parure, et vraiment roi par sa grande valeur et son inépuisable activité ; hardi comme l'attaque, et toujours armé de cet air de supériorité, de cette audace menaçante, la plus dangereuse des armes offensives !

Aussitôt on se saisit des villages et des bois. A gauche et au centre ce furent l'armée d'Italie, la division Compans, et Murat ; à droite, Poniatowski. L'attaque fut générale, car l'armée d'Italie et l'armée polonaise paraissaient à la fois sur les deux ailes de la grande colonne impériale. Ces trois masses rejetaient sur Borodino les arrière-gardes russes, et toute la guerre se concentrait sur un seul point.

Ce rideau enlevé, on découvrit la première redoute russe ; trop détachée en avant de la gauche de leurs positions, elle la défendait sans en être défendue. Les accidents du sol avaient obligé de l'isoler ainsi.

Compans profita habilement des ondulations du terrain : ses élévations servirent de plate-forme à ses canons pour

battre la redoute, et d'abri à son infanterie pour la dispo-
ser en colonnes d'attaque. Le 61ᵉ marcha le premier : la
redoute fut enlevée d'un seul élan et à la baïonnette;
mais Bagration envoya des renforts qui la reprirent.
Trois fois le 61ᵉ l'arracha aux Russes, et trois fois il en
fut rechassé; mais enfin il s'y maintint, tout sanglant et
à demi détruit.

Le lendemain, quand l'Empereur passa ce régiment en
revue, il demanda où était son troisième bataillon : « Il
« est dans la redoute ! » repartit le colonel. Mais l'affaire
n'en était pas restée là : un bois voisin fourmillait encore
de tirailleurs russes; ils sortaient à chaque instant de ce
repaire, pour renouveler leurs attaques, que soutenaient
trois divisions. Enfin l'attaque de Schewardino par Morand, celle des bois d'Elnia par Poniatowski, achevèrent
de dégoûter les troupes de Bagration, et la cavalerie de
Murat nettoya la plaine. Ce fut surtout la ténacité d'un
régiment espagnol qui rebuta les ennnemis : ils cédèrent,
et cette redoute, qui était leur avant-poste, devint le nôtre.

En même temps l'Empereur désignait à chaque corps
sa place; le reste de l'armée entrait en ligne, et une fusillade générale, entrecoupée de quelques coups de canon,
s'était établie. Elle continua jusqu'à ce que chaque parti
se fût fixé sa limite, et que la nuit eût rendu les coups
incertains.

Un régiment de Davout cherchait alors à prendre son
rang dans la première ligne. Trompé par l'obscurité, il la
dépassa, et alla donner tout au milieu des cuirassiers
russes, qui l'assaillirent, le mirent en désordre, lui enle-

vèrent trois canons, et lui prirent ou tuèrent trois cents hommes. Le reste se pelotonna aussitôt, formant une masse informe, mais toute hérissée de fer et de feu ; l'ennemi n'y put pénétrer davantage, et cette troupe affaiblie put regagner sa place de bataille.

L'Empereur campa derrière l'armée d'Italie, à la gauche de la grande route ; la vieille garde se forma en carré autour de ses tentes. Aussitôt que la fusillade eut cessé, les feux s'allumèrent. Du côté des Russes, ils brillaient en vaste demi-cercle ; du nôtre, en clarté pâle, inégale, et peu en ordre, les troupes arrivant tard et à la hâte, sur un terrain inconnu, où rien n'était préparé, et où le bois manquait, surtout au centre et à la gauche.

L'Empereur dormit peu. Le général Caulaincourt venait de la redoute conquise. Aucun prisonnier n'était tombé entre nos mains, et Napoléon, étonné, multipliait ses questions. « Sa cavalerie n'avait-elle donc pas chargé « à propos ? Ces Russes sont-ils décidés à vaincre ou à « mourir ? » On lui répondit « que, fanatisés par leurs « chefs, et accoutumés à combattre des Turcs, qui achè- « vent leurs prisonniers, ils se faisaient tuer plutôt que « de se rendre. » L'Empereur alors tomba dans une méditation profonde, et jugeant qu'une bataille d'artillerie serait la plus sûre, il multiplia ses ordres pour faire arriver en toute hâte les parcs qui n'avaient pas encore rejoint.

Cette nuit-là même, une pluie fine et froide commença à tomber, et l'automne se déclara par un vent violent. C'était un ennemi de plus, et qu'il fallait compter ; car

cette époque de l'année répondait à l'âge dans lequel
entrait Napoléon, et l'on sait l'influence des saisons de
l'année sur les saisons pareilles de la vie.

Dans cette nuit que d'agitations diverses ! chez les
soldats et les officiers, le soin de préparer leurs armes, de
réparer leur habillement, et de combattre le froid et la
faim, car leur vie était un combat continuel ; chez les
généraux, et même chez l'Empereur, l'inquiétude que le
succès de la veille n'eût découragé les Russes, et que dans
l'obscurité ils ne se dérobassent. Murat en avait menacé ;
on crut plusieurs fois voir leurs feux pâlir ; on s'imagina
entendre des bruits de départ. Mais le jour seul effaça la
lueur des bivouacs ennemis.

Cette fois on n'eut pas besoin d'aller les chercher au
loin. Le soleil du 6 septembre retrouva les deux armées,
et les montra l'une à l'autre, sur le même terrain où la
veille il les avait laissées. Ce fut une joie générale. Enfin
cette guerre vague, molle, mouvante, où nos efforts s'a-
mortissaient, dans laquelle nous nous enfoncions sans
mesure, s'arrêtait : on touchait au fond, au terme, et
tout allait être décidé !

L'Empereur profita des premières lueurs du crépus-
cule pour s'avancer entre les deux lignes, et parcourir,
de hauteur en hauteur, tout le front de l'armée ennemie.

Sa reconnaissance faite, il se décide. On l'entend s'é-
crier : « Eugène sera le pivot ! c'est la droite qui engagera
« la bataille. Dès qu'à la faveur du bois elle aura envahi
« la redoute qui lui est opposée, elle fera un à-gauche, et

« marchera sur le flanc des Russes, ramassant et refou-
« lant toute leur armée sur leur droite et dans la Kolo-
« gha. »

L'ensemble ainsi conçu, il s'occupe des détails. Pendant la nuit trois batteries, de soixante canons chacune,
seront opposées aux redoutes russes : deux en face de leur
gauche, la troisième devant leur centre. Dès le jour Poniatowski et son armée, réduite à cinq mille hommes,
s'avanceront sur la vieille route de Smolensk, tournant
le bois auquel l'aile droite française et l'aile gauche russe
s'appuient. Il flanquera l'une et inquiétera l'autre ; on
attendra le bruit de ses premiers coups.

Aussitôt toute l'artillerie éclatera contre la gauche des
Russes ; ses feux ouvriront leurs rangs et leurs redoutes,
et Davout et Ney s'y précipiteront ; ils seront soutenus
par Junot et ses Westphaliens, par Murat et sa cavalerie,
enfin par l'Empereur lui-même avec vingt mille gardes.
C'est contre ces deux redoutes que se feront les premiers
efforts ; c'est par elles qu'on pénétrera dans l'armée ennemie, dès lors mutilée, et dont le centre et la droite se
trouveront à découvert, et presque enveloppés.

Cependant, comme les Russes se montrent par masses
redoublées à leur centre et à leur droite, menaçant la
route de Moscou, seule ligne d'opération de la Grande
Armée ; comme, en jetant ses principales forces et lui-
même vers leur gauche, Napoléon va mettre la Kologha
entre lui et ce chemin, sa seule retraite, il pense à ren-
forcer l'armée d'Italie qui l'occupe, et il y joint deux
divisions de Davout et la cavalerie de Grouchy. Quant à

son flanc gauche, il juge qu'une division italienne, la
cavalerie bavaroise et celle d'Ornano, environ dix mille
hommes, suffiront pour le couvrir. Tels sont les projets de
Napoléon.

Rien ne fut si calme que le jour qui précéda cette
grande bataille. C'était comme une chose convenue!
Pourquoi se faire un mal inutile? Le lendemain ne devait-il pas décider de tout? D'ailleurs chacun avait besoin
de se préparer : les différents corps, leurs armes, leurs
forces, leurs munitions; ils avaient à reprendre tout leur
ensemble, que la marche a toujours plus ou moins dérangé.
Les généraux avaient à observer leurs dispositions réci-
proques d'attaque, de défense, et de retraite, afin de les
conformer l'une à l'autre et au terrain, et de donner au
hasard le moins possible.

Ainsi, près de commencer leur terrible lutte, ces deux
colosses s'observaient attentivement, se mesuraient des
yeux, et se préparaient en silence à un choc épouvantable.

L'Empereur, ne pouvant plus douter de la bataille,
rentre dans sa tente pour en dicter l'ordre. Là il médite
sur la gravité de sa position. Il a vu les deux armées
égales : environ cent vingt mille hommes et six cents canons de chaque côté : chez les Russes, l'avantage des
lieux, d'une seule langue, d'un même uniforme, d'une
seule nation, combattant pour une même cause, mais
beaucoup de troupes irrégulières et de recrues; chez les
Français, autant d'hommes, mais plus de soldats, car on
vient de lui remettre la situation de ses corps : il a devant

les yeux le compte de la force de ses divisions ; et, comme il ne s'agit ici ni d'une revue ni de distributions, mais d'un combat, cette fois les états n'en sont point enflés. Son armée était réduite, il est vrai, mais saine, souple, nerveuse, telle que ces corps virils qui, venant de perdre les rondeurs de la jeunesse, montrent des formes plus mâles et plus prononcées.

Toutefois, depuis plusieurs jours qu'il marche au milieu d'elle, il l'a trouvée silencieuse, de ce silence qui est celui d'une grande attente ou d'un grand étonnement ; comme la nature au moment d'un grand orage, ou comme le sont les foules à l'instant d'un grand danger.

Il sent qu'il lui faut du repos, de quelque espèce qu'il soit, et qu'il n'y en a plus pour elle que dans la mort ou dans la victoire : car il l'a mise dans une telle nécessité de vaincre, qu'il faut qu'elle triomphe à tout prix. La témérité de la position où il l'a poussée est évidente ; mais il sait que, de toutes les fautes, c'est celle que les Français pardonnent le plus volontiers ; qu'enfin ils ne doutent ni d'eux, ni de lui, ni du résultat général, quels que soient les malheurs particuliers.

Au milieu de cette journée, Napoléon avait remarqué dans le camp ennemi un mouvement extraordinaire. En effet, toute l'armée russe était debout et sous les armes. Kutusof, entouré de toutes les pompes religieuses et militaires, s'avançait au milieu d'elle. Ce général a fait revêtir à ses popes et aux archimandrites leurs riches et majestueux vêtements, héritage des Grecs. Ils le précèdent, portant les signes révérés de la religion, et surtout cette sainte image, naguère protectrice de Smolensk, qu'ils disent s'être miraculeusement soustraite aux profanations des Français sacrilèges.

Quand le Russe voit ses soldats bien émus par ce spectacle extraordinaire, il élève la voix, il leur parle surtout du ciel, seule patrie qui reste à l'esclavage. C'est au nom de la religion de l'égalité qu'il cherche à exciter ces serfs à défendre les biens de leurs maîtres ; c'est surtout en leur montrant cette image sacrée, réfugiée dans leurs rangs, qu'il invoque leurs courages et soulève leur indignation !

Napoléon, dans sa bouche, « est un despote universel ! « le tyrannique perturbateur du monde ! un vermisseau ! « un archi-rebelle qui renverse leurs autels, les souille de « sang ; qui expose la vraie Arche du Seigneur, repré- « sentée par la sainte image, aux profanations des hom- « mes, aux intempéries des saisons ! »

Puis il montre à ces Russes leurs villes en cendres ; il leur rappelle leurs femmes, leurs enfants ; ajoute quelques mots sur leur empereur, et finit en invoquant leur piété et leur patriotisme ! vertus d'instinct chez ces peuples trop grossiers et qui n'en étaient encore qu'aux sensations, mais par cela même soldats d'autant plus redoutables ; moins distraits de l'obéissance par le raisonnement ; restreints par l'esclavage dans un cercle étroit, où ils sont réduits à un petit nombre de sensations, qui sont, pour eux, les seules sources des besoins, des désirs, des idées ; du reste, orgueilleux par défaut de comparaison, et crédules, comme ils sont orgueilleux, par ignorance ; adorant des images, idolâtres autant que des chrétiens peuvent l'être; car cette religion de l'esprit, tout intellectuelle et morale, ils l'ont faite toute physique et matérielle, pour la mettre à leur brute et courte portée.

Mais enfin ce spectacle solennel, ce discours, les exhortations de leurs officiers, les bénédictions de leurs prêtres, achevèrent de fanatiser leur courage. Tous, jusqu'aux moindres soldats, se crurent dévoués par Dieu lui-même, à la défense du ciel et de leur sol sacré.

Du côté des Français, il n'y eut d'appareil ni religieux ni militaire, point de revue, aucun moyen d'excitation. Le discours de l'Empereur fut même distribué fort tard, et lu le lendemain si près du combat, que plusieurs corps s'engagèrent avant d'avoir pu l'entendre. Cependant les Russes, que tant de motifs puissants devaient enflammer, invoquaient encore l'épée de Michel, empruntant leurs forces à toutes les Puissances du ciel; tandis que les Français ne les cherchaient qu'en eux-mêmes, persuadés que les véritables forces sont dans le cœur, et que c'est là l'armée céleste !

Le hasard voulut que ce jour-là même l'Empereur reçut de Paris le portrait du roi de Rome, de cet enfant que l'Empire avait accueilli comme l'Empereur, avec les mêmes transports de joie et d'espérance. Depuis, et chaque jour dans l'intérieur du palais, on avait vu Napoléon s'abandonner près de lui à l'expression des sentiments les plus tendres. Aussi quand, au milieu de ces champs si lointains et de tous ces préparatifs si menaçants, il revit cette douce image, son âme guerrière s'attendrit-elle !

Lui-même il exposa ce tableau devant sa tente ; puis il appela ses officiers et jusqu'aux soldats de sa vieille garde, voulant faire partager son émotion à ces vieux grenadiers, montrer sa famille privée à sa famille militaire, et faire briller ce symbole d'espoir au milieu d'un grand danger.

Dans la soirée, un aide de camp de Marmont, parti du champ de bataille des Aropyles, arriva sur celui de la Moskowa. C'était ce même Fabvier qu'on a vu depuis figurer dans nos dissensions intestines. L'Empereur reçut bien l'aide de camp du général vaincu. La veille d'une bataille si incertaine, il se sentait disposé à l'indulgence pour une défaite : il écouta tout ce qui lui fut dit sur la dissémination de ses forces en Espagne, sur la multiplicité des généraux en chef, et convint de tout ; mais il expliqua ses motifs, qu'il est hors de propos de rappeler ici.

La nuit revint, et avec elle la crainte qu'à la faveur de ses ombres l'armée russe ne s'évadât du champ de bataille. Cette anxiété entrecoupa le sommeil de Napoléon. Sans cesse il appela, demandant l'heure, si l'on n'entendait pas quelque bruit, et envoyant regarder si l'ennemi était encore en présence. Il en doutait encore tellement, qu'il avait fait distribuer sa proclamation avec ordre de ne la lire que le lendemain matin, et en cas qu'il y eût bataille.

Rassuré pour quelques moments, une inquiétude contraire le saisit. Le dénûment de ses soldats l'épouvante ! Comment, faibles et affamés, soutiendront-ils un long et terrible choc ? Dans ce danger il considère sa garde comme son unique ressource : il semble qu'elle lui réponde des deux armées. Il fait venir Bessières, celui de ses maréchaux à qui il se fie le plus pour la commander. Il veut savoir si rien ne manque à cette réserve d'élite : plusieurs fois il le rappelle et renouvelle ses pressantes questions. Il veut qu'on distribue à ces vieux soldats pour trois jours de biscuit et de riz, pris sur leurs fourgons de réserve. Enfin, craignant de ne pas être obéi, il se relève, et lui-même demande aux grenadiers de garde à l'entrée de sa tente s'ils ont reçu ces vivres. Satisfait de leur réponse, il rentre et s'assoupit.

Mais bientôt il appelle encore. Son aide de camp le trouve la tête appuyée sur ses mains. Il semble, à l'entendre, qu'il réfléchit sur les vanités de la gloire. « Qu'est-ce « que la guerre? Un métier de barbares, où tout l'art « consiste à être le plus fort sur un point donné! » Il se plaint ensuite de l'inconstance de la Fortune, qu'il commence, dit-il, à éprouver. Paraissant alors revenir à des pensées plus rassurantes, il rappelle ce qui lui a été dit sur la lenteur et l'incurie de Kutusof, et s'étonne qu'on ne lui ait pas préféré Beningsen. Puis il songe à la situation critique où il s'est jeté, et il ajoute : « Qu'une « grande journée se prépare; que ce sera une terrible « bataille! » Il demande à Rapp « s'il croit à la victoire? — Sans doute, lui répond celui-ci, mais sanglante! » Et Napoléon reprend : « Je le sais! mais j'ai quatre- « vingt mille hommes, j'entrerai avec soixante mille dans « Moscou; les traîneurs nous y rejoindront, puis les ba- « taillons de marche, et nous serons plus forts qu'avant « la bataille! »

Il parut ne comprendre dans ce calcul ni sa garde, ni la cavalerie. Alors, ressaisi par sa première inquiétude, il envoie encore examiner l'attitude des Russes. On lui répond que leurs feux jettent toujours le même éclat, et qu'à leur nombre et à la multitude des ombres mobiles qui les entourent, on juge que ce n'est point une arrière-garde seulement, mais une armée entière qui les attise. La présence de l'ennemi tranquillisa enfin l'Empereur, et il cherche quelque repos.

Mais les marches qu'il vient de faire avec l'armée, les fatigues des nuits et des jours précédents, tant de soins, une si grande attente, l'ont épuisé; le refroidissement de l'atmosphère l'a saisi : une fièvre d'irritation, une toux sèche, une violente altération, le consument! Le reste de la nuit, il cherche vainement à étancher la soif brûlante qui le dévore, Ce nouveau mal se complique d'une ancienne souffrance : depuis la veille il lutte contre un douloureux accès de cette cruelle maladie dont il éprouve depuis longtemps les atteintes, la dysurie.

Enfin cinq heures arrivent. Un officier de Ney vient annoncer que le maréchal voit encore les Russes, et qu'il demande à attaquer. Cette nouvelle paraît rendre à l'Empereur ses forces, que la fièvre avait abattues. Il se lève, il appelle les siens, et sort en s'écriant : « Nous les tenons « enfin! Marchons! allons nous ouvrir les portes de Mos-« cou! »

Il était cinq heures et demie du matin quand Napoléon arriva près de la redoute conquise le 5 septembre. Là il attendit les premières lueurs du jour et les premiers

7.

coups de fusil de Poniatowski. Le jour parut. L'Empereur, le montrant à ses officiers, s'écria : « Voilà le soleil d'Austerlitz ! » Mais il nous était contraire : il se levait du côté des Russes, nous montrait à leurs coups, et nous éblouissait. On s'aperçut alors que, dans l'obscurité, les batteries avaient été placées hors de portée de l'ennemi. Il fallut les pousser plus avant. L'ennemi laissa faire : il semblait hésiter à rompre, le premier, ce terrible silence !

L'attention de l'Empereur était alors fixée sur sa droite, quand tout à coup, vers sept heures, la bataille éclate à sa gauche. Bientôt il apprend qu'un régiment du prince Eugène, le 106e, vient de s'emparer du village de Borodino et de son pont qu'il aurait dû rompre ; mais qu'emporté par ce succès, il a franchi ce passage, malgré les cris de son général, pour assaillir les hauteurs de Gorcki, d'où les Russes viennent de l'écraser par un feu de front et de flanc.

On ajouta que déjà le général commandant cette brigade était tué, et que le 106e aurait été entièrement détruit, si le 92e régiment accourant de lui-même à son secours, n'en avait recueilli promptement et ramené les débris.

C'était Napoléon lui-même, qui venait d'ordonner à son aile gauche d'attaquer violemment. Peut-être crut-il n'être obéi qu'à demi, et voulut-il seulement retenir de ce côté l'attention de l'ennemi. Mais il multiplia ses ordres, il outra ses excitations, et il engagea de front une bataille qu'il avait conçue dans un ordre oblique.

Pendant cette action, l'Empereur, jugeant Poniatowski aux prises sur la vieille route de Moscou, avait donné devant lui le signal de l'attaque. Soudain on vit de cette plaine paisible, et de ces collines muettes, jaillir des tourbillons de feu et de fumée, suivis presque aussitôt d'une multitude d'explosions et du sifflement des boulets qui déchiraient l'air dans tous les sens. Au milieu de ce fracas, Davout avec les divisions Compans, Desaix, et trente canons en tête, s'avance rapidement sur la première redoute ennemie.

La fusillade des Russes commence ; les canons français ripostent seuls. L'infanterie marche sans tirer : elle se hâtait pour arriver sur le feu de l'ennemi et l'éteindre ; mais Compans, général de cette colonne, et ses plus braves soldats tombent blessés; le reste, déconcerté, s'arrêtait sous cette grêle de balles pour y répondre, quand Rapp accourt remplacer Compans : il entraîne encore ses soldats, la baïonnette en avant et au pas de course, contre la redoute ennemie.

Déjà, lui le premier, il y touchait, lorsqu'à son tour il est atteint : c'était sa vingt-deuxième blessure. Un troisième général qui lui succède, tombe encore ; Davout lui-même est frappé. On porta Rapp à l'Empereur, qui lui dit : « Hé quoi, Rapp, toujours! Mais que fait-on là-« haut? » L'aide de camp répondit qu'il faudrait la garde pour achever. « Non, reprit Napoléon, je m'en « garderai bien ! je ne veux pas la faire démolir ; je ga-« gnerai la bataille sans elle. »

Alors Ney, avec ses trois divisions, réduites à dix mille

hommes, se jette dans la plaine ; il court seconder Davout ; l'ennemi partage ses feux ; Ney se précipite. Le 57ᵉ régiment de Compans, se voyant soutenu, se ranime par un dernier élan ; il vient d'atteindre les retranchements ennemis ; il les escalade, joint les Russes, et de ses baïonnettes les pousse, les culbute et tue les plus obstinés. Le reste fuit, et le 57ᵉ s'établit dans sa conquête. En même temps Ney s'élance avec tant d'emportement sur les deux autres redoutes, qu'il les arrache à l'ennemi.

Il était midi. La gauche de la ligne russe ainsi forcée, et la plaine ouverte, l'Empereur ordonne à Murat de s'y porter avec sa cavalerie et d'achever. Un instant suffit à ce prince pour se faire voir sur les hauteurs et au milieu de l'ennemi qui y reparaissait ; car la seconde ligne russe, et des renforts amenés par Bagawout et envoyés par Tutchkof, venaient au secours de la première. Tous accouraient, s'appuyant sur Semenowska, pour reprendre leurs redoutes. Les Français étaient encore dans le désordre de la victoire : ils s'étonnent et reculent.

Les Westphaliens, que Napoléon venait d'envoyer au secours de Poniatowski, traversaient alors le bois qui séparait ce prince du reste de l'armée ; ils entrevirent dans la poussière et la fumée nos troupes qui rétrogradaient. A la direction de leur marche ils les jugèrent ennemies, et tirèrent dessus. Cette méprise, dans laquelle ils s'obstinèrent, augmenta le désordre.

Les cavaliers ennemis poussèrent vigoureusement leur fortune ; ils enveloppèrent Murat, qui s'était oublié pour rallier les siens ; déjà même ils étendaient les mains pour le saisir, quand ce prince, en se jetant dans la redoute, leur échappa. Mais il n'y trouva que des soldats incertains, s'abandonnant eux-mêmes, et courant tout effarés autour du parapet. Il ne leur manquait pour fuir qu'une issue.

La présence du roi et ses cris en rassurèrent d'abord quelques-uns. Lui-même saisit une arme : d'une main il combat, de l'autre il élève et agite son panache, appelant tous les siens, et les rendant à leur première valeur par cette autorité que donne l'exemple. En même temps Ney a reformé ses divisions. Son feu arrête les cuirassiers ennemis, trouble leurs rangs : ils lâchent prise, Murat enfin est dégagé, et les hauteurs sont reconquises.

Le roi, à peine sorti de ce péril, court à un autre : il se précipite sur l'ennemi avec la cavalerie de Bruyères et de Nansouty, et, par des charges opiniâtres et réitérées, il renverse les lignes russes, les pousse, les rejette sur leur centre, et termine, avant une heure, la défaite entière de leur aile gauche.

Mais les hauteurs du village détruit de Semenowska, où commençait la gauche du centre des Russes, étaient encore intactes ; les renforts que Kutusof tirait sans cesse de sa droite s'y appuyaient. Leur feu dominant plongeait sur Ney et Murat ; il arrêtait leur victoire : il fallait s'emparer de cette position. D'abord Maubourg, avec sa cavalerie, en balaie le front ; Friand, général de Davout, le suivait avec son infanterie. Ce fut Dufour et le 15e léger qui, les premiers, gravirent cet escarpement. Ils délogèrent les Russes de ce village, dont les ruines étaient mal retranchées. Friand soutint cet effort, profita de son succès, et l'assura, quoique blessé.

Cette action vigoureuse nous ouvrait le chemin de la victoire; il fallait s'y précipiter. Mais Murat et Ney étaient épuisés : ils s'arrêtent, et, pendant qu'ils rallient leurs troupes, ils envoient demander des renforts. On vit alors Napoléon saisi d'une hésitation jusque-là inconnue : il se consulta longuement. Enfin, après des ordres et des contre-ordres réitérés à sa jeune garde, il crut que la présence des forces de Friand et de Maubourg sur les hauteurs suffirait, l'instant décisif ne lui paraissant pas venu.

Mais Kutusof profite de ce sursis, qu'il ne devait point espérer : il appelle au secours de sa gauche découverte toutes ses réserves, et jusqu'à la garde russe. Bagration, avec tous ses renforts reforme sa ligne; sa droite s'appuie à la grande batterie qu'attaquait le prince Eugène, sa gauche au bois qui termine le champ de bataille vers Psarewo. Ses feux déchirent nos rangs; son attaque est violente, impétueuse, simultanée : infanterie, artillerie, cavalerie, tous font un grand effort. Ney et Murat se roidissent contre cette tempête; il ne s'agit plus pour eux de poursuivre la victoire, mais de la conserver.

Les soldats de Friand, rangés devant Semenowska, repoussent les premières charges; mais, assaillis par une grêle de balles et de mitraille, ils se troublent : un de leurs chefs se rebute et commande la retraite. Dans cet instant critique Murat court à lui, et, le saisissant au collet, il lui crie : « Que faites-vous ? » Le colonel, mon-

trant la terre couverte de la moitié des siens, lui répond :
« Vous voyez bien qu'on ne peut plus tenir ici ! — Eh !
« j'y reste bien, moi ! » s'écrie le roi. Ces mots arrêtèrent
cet officier ; il regarda fixement le monarque et reprit
froidement : « C'est juste ! Soldats, face en tête ! Allons
« nous faire tuer ! »

Cependant Murat venait de renvoyer Borelli à l'Empereur pour demander du secours. Cet officier montre les
nuages de poussière que les charges de cavalerie élèvent
sur les hauteurs, jusque-là tranquilles depuis leur conquête ; quelques boulets viennent même, pour la première
fois, mourir aux pieds de Napoléon. L'ennemi se rapproche, Borelli insiste, et l'Empereur promet sa jeune
garde ; mais à peine eut-elle fait quelques pas que lui-
même lui cria de s'arrêter. Toutefois le comte de Lobau
la faisait avancer peu à peu, sous prétexte de rectifier
des alignements. Napoléon s'en aperçut et réitéra son
ordre.

Heureusement l'artillerie de la réserve s'avança dans
cet instant pour prendre position sur les hauteurs conquises ; Lauriston avait obtenu pour cette manœuvre le
consentement de l'Empereur, qui d'abord l'ordonna
moins qu'il ne la permit. Mais bientôt elle lui parut si
importante, qu'il en pressa l'exécution avec le seul mouvement d'impatience qu'il ait montré dans toute cette
journée.

On ne sait si l'incertitude des combats de Poniatowski
et du prince Eugène, à sa droite et à sa gauche, ne le
rendit pas incertain ; ce qui est sûr, c'est qu'il parut

craindre que l'extrême gauche des Russes, échappant aux
Polonais, ne revînt s'emparer du champ de bataille derrière Ney et Murat. Ce fut au moins une des causes pour
lesquelles il retint sa garde en observation sur ce point.
Il répondait à ceux qui le pressaient : « Qu'il y voulait
« mieux voir ; que sa bataille n'était pas encore com-
« mencée ; que la journée serait longue ; qu'il fallait sa-
« voir attendre ; que le temps entrait dans tout ; que c'é-
« tait l'élément dont toutes choses se composaient ; que
« rien n'était débrouillé ! » Puis il demandait l'heure, et
ajoutait : « Que celle de sa bataille n'était pas encore ve-
« nue ; qu'elle commencerait dans deux heures ! »

Mais elle ne commença pas. On le vit presque toute
cette journée s'asseoir ou se promener lentement, en
avant et un peu à gauche de la redoute conquise le 5, sur
les bords d'une ravine, loin de cette bataille, qu'il apercevait à peine depuis qu'elle avait dépassé les hauteurs ;
sans inquiétude lorsqu'il la vit reparaître, sans impatience
contre les siens ni contre l'ennemi ! Il faisait seulement
quelques gestes d'une triste résignation quand, à chaque
instant, on venait lui apprendre la perte de ses meilleurs
généraux. Il se leva plusieurs fois pour faire quelques
pas et se rasseoir encore.

Chacun autour de lui le regardait avec étonnement.
Jusque-là, dans ces grands chocs, on lui avait vu une activité calme ; mais ici c'était un calme lourd, une douceur molle, sans activité. Quelques-uns crurent y reconnaître cet abattement, suite ordinaire des violentes
sensations ; d'autres imaginèrent qu'il s'était déjà blasé

sur tout, même sur l'émotion des combats. Plusieurs observèrent que cette constance calme, ce sang-froid des grands hommes dans ces grandes occasions, tournent avec le temps en flegme et en appesantissement, quand l'âge a usé leurs ressorts. Les plus zélés motivèrent son immobilité sur la nécessité, quand on commande sur une grande étendue, de ne pas trop changer de place, afin que les nouvelles sachent où vous trouver. Enfin il y en eut qui s'en prirent, avec plus de raison, à sa santé affaiblie, à une secrète souffrance, et au commencement d'une forte indisposition.

Les généraux d'artillerie, qui s'étonnaient aussi de leur stagnation, profitèrent promptement de la permission de combattre qu'on venait de leur donner. Ils couronnèrent bientôt les crêtes. Quatre-vingts pièces de canon éclatèrent à la fois. La cavalerie russe vint la première se briser contre cette ligne d'airain; elle s'en fut derrière son infanterie.

Celle-ci s'avançait par masses épaisses, où d'abord nos boulets firent de larges et profondes trouées; et pourtant elles approchaient toujours, quand les batteries françaises, redoublant, les écrasèrent de mitraille. Des pelotons entiers tombaient à la fois; on voyait leurs soldats chercher à se remettre ensemble sous ce terrible feu. A chaque instant, séparés par la mort, ils se resserraient sur elle, en la foulant aux pieds.

Enfin ils s'arrêtèrent, n'osant avancer davantage et ne voulant pas reculer, soit qu'ils fussent saisis et comme pétrifiés d'horreur, au milieu de cette grande destruction, ou que dans cet instant Bagration ait été blessé ; soit qu'une première disposition échouant, leurs généraux n'en sussent pas changer, n'ayant pas, comme Napoléon, le grand art de remuer de si grands corps à la fois, avec ensemble et sans confusion. Enfin ces masses inertes se laissèrent écraser pendant deux heures, sans autre mouvement que celui de leur chute. On vit alors un massacre effroyable ; et la valeur intelligente de nos artilleurs admira le courage immobile, aveugle et résigné de leurs ennemis !

Ce furent les victorieux qui se fatiguèrent les premiers. La lenteur de ce combat d'artillerie irrita leur impatience. Leurs munitions s'épuisaient ; ils se décident : Ney marche donc en étendant sa droite, qu'il fait rapidement avancer pour tourner encore la gauche du nouveau front qu'on lui a opposé. Davout et Murat le secondent, et les débris de Ney sont vainqueurs des restes de Bagration.

La bataille cesse alors dans la plaine ; elle se concentre sur le reste des hauteurs ennemies, et vers la grande redoute, que Barclay, avec le centre et la droite, défend obstinément contre le prince Eugène.

Ainsi, vers le milieu du jour, toute l'aile droite française, Ney, Davout et Murat, après avoir fait tomber Bagration et la moitié de la ligne russe, se présentaient sur le flanc entr'ouvert du reste de l'armée ennemie, dont ils voyaient tout l'intérieur, les réserves, les derrières abandonnés, et jusqu'à la retraite.

Mais, se sentant trop affaiblis pour se jeter dans ce

vide, derrière une ligne encore formidable, ils appellent la garde à grands cris : « La jeune garde ! Qu'elle « les suive de loin ! Qu'elle se montre seulement, qu'elle « les remplace sur ces hauteurs ! eux alors suffiront pour « achever ! »

C'est Belliard qu'ils ont envoyé à l'Empereur. Ce général déclare : « Que, de leur position, les regards « percent sans obstacle jusqu'à la route de Mojaïsk, « derrière l'armée russe ; qu'on y voit une foule con- « fuse de fuyards, de blessés et de chariots en retraite ; « qu'une ravine et un taillis clair les en séparent en- « core, il est vrai, mais que les généraux ennemis, dé- « concertés, n'ont point songé à en profiter ; qu'enfin il « ne faut qu'un élan pour arriver au milieu de ce dé- « sordre, et décider du sort de l'armée ennemie et de « la guerre ! »

Cependant l'Empereur hésite, doute, et ordonne à ce général d'aller voir encore et de revenir lui rendre compte.

Belliard, surpris, court et revient promptement ; il annonce : « Que l'ennemi commence à se raviser ; que « déjà on voit le taillis se garnir de ses tirailleurs ; que « l'occasion va s'échapper, qu'il n'y a plus un instant à « perdre ; sans quoi il faudra une seconde bataille pour « terminer la première ! »

Mais Bessières était revenu des hauteurs où Napoléon l'avait envoyé pour examiner l'attitude des Russes. Ce maréchal assura : « Que, loin d'être en désordre ils « s'étaient retirés sur une seconde position, d'où ils

« semblaient se préparer à une nouvelle attaque ; » et
l'Empereur alors dit à Belliard : « Que rien n'était
« encore assez débrouillé ; que pour faire donner ses ré-
« serves, il voulait voir plus clair *sur son échiquier !* »
Ce fut son expression, qu'il répéta plusieurs fois, en montrant, d'une part, la vieille route de Moscou, dont Poniatowski n'avait pas encore pu se rendre maître ; de
l'autre, une attaque de cavalerie ennemie en arrière de
notre aile gauche ; enfin la grande redoute contre laquelle
se brisaient les efforts du prince Eugène.

Belliard, consterné, retourne auprès du roi ; il lui
annonce « l'impossibilité d'obtenir de l'Empereur sa
« réserve ; il l'a, dit-il, trouvé à la même place, l'air
« souffrant et abattu, les traits affaissés, le regard morne,
« donnant ses ordres languissamment, au milieu de ces
« épouvantables bruits de guerre qui lui semblent étran-
« gers. » A ce récit qu'on rapporte à Ney, celui-ci, furieux, et emporté par son caractère ardent et sans mesure, éclate : « Sont-ils donc venus de si loin pour
« se contenter d'un champ de bataille ? Que fait l'Em-
« pereur derrière l'armée ? Là, il n'est à portée que des
« revers, et non des succès. Puisqu'il ne fait plus la
« guerre par lui-même, qu'il n'est plus général, qu'il
« veut faire partout l'Empereur, qu'il retourne aux Tui-
« leries et nous laisse être généraux pour lui ! »

Murat fut plus calme. Il se souvenait d'avoir vu
l'Empereur parcourir, la veille, le front de la ligne ennemie, s'arrêter plusieurs fois, descendre de cheval, et,
le front appuyé sur ses canons, y rester dans l'attitude

de la souffrance. Il savait l'agitation de sa nuit, et qu'une toux vive et fréquente coupait sa respiration.

Leroi comprit que la fatigue et les premières atteintes de l'équinoxe avaient ébranlé son tempérament affaibli, et qu'enfin, dans ce moment critique, l'action de son génie était comme enchaînée par son corps, affaissé sous le triple poids de la fatigue, de la fièvre, et d'un mal qui, de tous, est celui qui peut-être abat le plus les forces physiques et morales de l'homme.

Pourtant les excitations ne lui manquèrent pas ; car, aussitôt après Belliard, Daru, poussé par Dumas et surtout par Berthier, dit à voix basse à l'Empereur que, de toutes parts, on s'écriait : « Que l'instant de faire « donner la garde était venu! » Mais Napoléon répliqua : « Et s'il y a une seconde bataille demain, avec « quoi la livrerais-je ? » Le ministre n'insista pas, surpris de voir, pour la première fois, l'Empereur remettre au lendemain, et ajourner sa fortune !

Cependant Barclay, avec la droite, luttait opiniâtrement contre le prince Eugène. Celui-ci, aussitôt après la prise de Borodino, avait passé la Kologha devant la grande redoute ennemie. Là surtout les Russes avaient compté sur leurs hauteurs escarpées, environnées de ravins profonds et fangeux, sur notre épuisement, sur leurs retranchements armés de grosses pièces, enfin sur quatre-vingts canons qui bordaient ces crêtes toutes hérissées de fer et de feu. Mais ces formidables moyens de défense, l'art, la nature, tout leur manqua à la fois ; assaillis par un premier élan de cette furie française si célèbre, ils virent tout à coup les soldats de Morand au milieu d'eux, et s'enfuirent déconcertés.

Dix-huit cents hommes du 30ᵉ régiment, et le général Bonnamy marchant à leur tête, venaient de faire ce grand effort.

Ce fut là qu'on remarqua Fabvier, cet aide de camp de Marmont, arrivé la veille du fond de l'Espagne : il s'est jeté en volontaire et à pied à la tête des tirailleurs les plus avancés, comme s'il fût venu représenter l'armée d'Espagne au milieu de la Grande Armée, et qu'animé de cette rivalité de gloire qui fait les héros, il voulût la montrer en tête et la première au danger !

Il tomba blessé sur cette redoute trop fameuse, car cette victoire fut courte : l'attaque manquait d'ensemble, soit précipitation des premiers assaillants, soit lenteur dans ceux qui suivirent. Il y avait un ravin à passer ; sa profondeur garantissait des feux ennemis ; on assure que plusieurs des nôtres s'y arrêtèrent. Morand se trouva donc seul devant plusieurs lignes russes. Il n'était que dix heures. A sa droite, Friand n'attaquait pas encore Semenowska ; à sa gauche, les divisions Gérard, Broussier, et la garde italienne n'étaient pas encore en ligne.

D'ailleurs cette attaque n'aurait pas dû être faite si brusquement : on ne voulait que contenir et occuper Barclay de ce côté, la bataille devant commencer par l'aile droite, et pivoter sur l'aile gauche. Tel avait été le plan de l'Empereur, et l'on ignore pourquoi lui-même y manqua au moment de l'exécution ; car ce fut lui qui, dès les premiers coups de canon, envoya au prince Eugène officier sur officier pour presser son attaque.

Les Russes, revenus de leur premier saisissement, accoururent de toutes parts. Koutaïsof et Yermolof les conduisirent eux-mêmes avec une résolution digne de cette grande circonstance. Le 30ᵉ régiment, seul devant une armée, osa s'élancer contre elle à la baïonnette ; il fut enveloppé, écrasé, et culbuté hors de la redoute, où il laissa un tiers de ses soldats et son intrépide général percé de vingt blessures. Les Russes, encouragés, ne se contentèrent plus de se défendre, ils attaquèrent. On vit alors réuni sur ce seul point tout ce que la guerre a d'art, d'efforts et de fureur. Les Français tinrent pendant quatre heures sur le penchant de ce volcan, et sous cette pluie de fer et de plomb ; mais il y fallut la tenace habileté du prince Eugène, et, pour des victorieux depuis longtemps, tout ce qu'a d'insupportable l'idée de s'avouer vaincus.

Chaque division changea plusieurs fois de généraux. Le vice-roi allait de l'une à l'autre, mêlant la prière aux reproches, et rappelant surtout les anciennes victoires. Il fit avertir l'Empereur de sa position critique ; mais Napoléon répondit : « Qu'il n'y pouvait rien ; que « c'était à lui de vaincre ; qu'il n'avait qu'à faire un « plus grand effort ; que la bataille était là ! » et le prince ralliait toutes ses forces pour tenter un assaut général, quand soudain des cris furieux, qui partirent de sa gauche, détournèrent son attention.

Ouwarof, deux régiments de cavalerie, et quelques

milliers de cosaques tombaient sur sa réserve ; le désordre s'y mettait ; il y courut, et, secondé des généraux Delzons et Ornano, il eut bientôt chassé cette troupe plus bruyante que redoutable ; puis il revint aussitôt se mettre à la tête d'une attaque décisive.

C'était le moment où Murat, forcé à l'inaction dans cette plaine où il régnait, avait renvoyé pour la quatrième fois à son beau-frère pour se plaindre des pertes que les Russes, appuyés aux redoutes opposées au prince Eugène, faisaient éprouver à sa cavalerie. « Il ne lui demande plus que celle de sa garde : soutenu par elle, « il tournera ces hauteurs retranchées, et les fera tomber « avec l'armée qui les défend ! »

L'Empereur parut y consentir : il envoya chercher Bessières, chef de cette garde à cheval. Malheureusement on ne trouva pas ce maréchal, qui, par ses ordres, était allé considérer la bataille de plus près. L'Empereur l'attendit près d'une heure, sans impatience, sans renouveler son ordre ! Quand le maréchal revint enfin, il le reçut d'un air satisfait, écouta tranquillement son rapport, et lui permit de s'avancer jusqu'où il le jugerait convenable.

Mais il n'était plus temps ! Il ne fallait plus songer à s'emparer de toute l'armée russe, et peut-être aussi de la Russie entière, mais seulement du champ de bataille. On avait laissé à Kutusof le loisir de se reconnaître : il s'était fortifié sur ce qui lui restait de points d'un accès difficile, et avait couvert la plaine de sa cavalerie.

Ainsi les Russes s'étaient, pour la troisième fois, reformé un flanc gauche devant Ney et Murat. Mais celui-ci appelle la cavalerie de Montbrun. Ce général était tué : Caulaincourt le remplace. Il trouve les aides de camp du malheureux Montbrun, pleurant leur général : « Suivez-« moi, leur crie-t-il ; ne le pleurez plus, et venez le venger !

Le roi lui montre le nouveau flanc de l'ennemi ; il faut l'enfoncer jusqu'à la hauteur de la gorge de leur grande batterie : là, pendant que la cavalerie légère poussera son avantage, lui, Caulaincourt, tournera subitement à gauche avec ses cuirassiers, pour prendre à dos cette terrible redoute, dont le front écrase encore le vice-roi.

Caulaincourt répondit : « Vous m'y verrez tout à « l'heure, mort ou vif ! » Il part aussitôt, et culbute tout ce qui lui résiste. Puis, tournant subitement à gauche avec ses cuirassiers, il pénètre le premier dans la redoute sanglante, où une balle le frappe et l'abat. Sa conquête fut son tombeau !

On courut annoncer à l'Empereur cette victoire et cette perte. Le grand écuyer, frère du malheureux général, écoutait : il fut d'abord saisi ; mais bientôt il se roidit contre le malheur ; et, sans les larmes qui se succédaient silencieusement sur sa figure, on l'eût cru impassible. L'Empereur lui dit : « Vous avez entendu, voulez-vous vous retirer ? » Il accompagna ces mots d'une exclamation de douleur. Mais, en ce moment, nous avancions contre l'ennemi ; le grand écuyer ne répondit rien ; il ne se retira pas ; seulement il se découvrit à demi, pour remercier et refuser.

Pendant que cette charge décisive de cavalerie s'exécutait, le vice-roi était près d'atteindre, avec son infanterie, la bouche de ce volcan. Tout à coup il voit son feu s'éteindre, sa fumée se dissiper, et sa crête briller de l'airain mobile et resplendissant dont nos cuirassiers sont couverts. Enfin ces hauteurs, jusque-là russes, étaient devenues françaises! il accourt partager la victoire, l'achever, et s'affermir dans cette position.

Mais les Russes n'y avaient pas renoncé : ils s'obstinent et s'acharnent. On les voyait se pelotonner devant nos rangs avec opiniâtreté; sans cesse vaincus, ils sont sans cesse ramenés au combat par leurs généraux; et ils viennent mourir au pied de ces ouvrages qu'eux-mêmes avaient élevés.

Heureusement leur dernière colonne d'attaque se présenta vers Semenowska, et vers la grande redoute, sans artillerie : des ravins en avaient sans doute retardé la marche. Belliard n'eut que le temps de réunir trente canons contre cette infanterie. Elle arriva jusqu'à la bouche des pièces, qui l'écrasèrent si à propos, qu'elle tourbillonna et se retira sans avoir même pu se déployer. Murat et Belliard dirent alors que, dans cet instant, s'ils eussent eu dix mille fantassins de la réserve, leur victoire aurait été décisive; mais que, réduits à leur cavalerie, ils se trouvèrent heureux d'avoir conservé le champ de bataille.

De son côté Grouchy, par des charges sanglantes et réitérées sur la gauche de la grande redoute, assura la victoire, et balaya cette plaine. Mais il ne put poursuivre les débris des Russes : de nouveaux ravins, et derrière eux des redoutes armées, protégeaient leur retraite. Ils s'y défendirent avec rage jusqu'à la nuit, couvrant ainsi la grande route de Moscou, leur ville sainte, leur magasin, leur dépôt, leur refuge.

De ces secondes hauteurs ils écrasaient les premières qu'ils nous avaient abandonnées. Le vice-roi fut obligé de cacher ses lignes haletantes, épuisées, et éclaircies dans les plis de terrain, et derrière les retranchements à demi détruits. Il fallut tenir les soldats à genoux et courbés derrière ces informes parapets. Ils restèrent plusieurs heures dans cette pénible position, contenus par l'ennemi qu'ils contenaient.

Ce fut vers trois heures et demie que cette dernière victoire fut remportée. Il y en eut plusieurs dans cette journée : chaque corps vainquit successivement ce qu'il avait devant lui, sans profiter de son succès pour décider de la bataille ; car chacun, n'étant pas soutenu à temps par la réserve, s'arrêtait épuisé. Mais enfin tous les premiers obstacles étaient tombés. Le bruit des feux s'affaiblissait et s'éloignait de l'Empereur. Des officiers arrivaient de toutes parts. Poniatowski et Sébastiani, après une lutte opiniâtre, venaient aussi de vaincre. L'ennemi s'arrêtait et se retranchait dans une nouvelle position. Le jour était avancé, nos munitions épuisées, la bataille finie.

Alors Belliard revint une troisième fois vers l'Empereur. Les souffrances de Napoléon paraissaient être augmentées. Il monta à cheval avec effort, et se dirigea

lentement sur les hauteurs de Semenowska. Il y trouva
un champ de bataille acquis incomplètement, que les
boulets ennemis et même les balles nous disputaient encore.

Au milieu de ces bruits de guerre et de l'ardeur encore toute chaude de Ney et de Murat, il resta toujours
le même : sa voix affaiblie, sa démarche languissante !
Pourtant la vue des Russes et le sifflement de leurs
balles et de leurs boulets l'inspirèrent : il alla considérer
de près leur dernière position, et voulut la leur arracher.
Mais Murat, lui montrant nos troupes presque détruites,
déclara qu'il faudrait la garde pour achever ; à quoi Bessières, ne manquant pas d'insister, comme il le faisait toujours, sur l'importance de ce corps d'élite, opposa « la dis-
« tance où l'on se trouvait des renforts ; que l'Europe était
« entre Napoléon et la France ; qu'on devait conserver
« au moins cette poignée de soldats qui restaient seuls
« pour en répondre ! » Et comme il était déjà près de cinq
heures, Berthier ajouta « qu'il était trop tard ; que l'en-
« nemi se raffermissait dans sa dernière position, et qu'on
« sacrifierait encore plusieurs milliers d'hommes sans ré-
« sultat suffisant. » L'Empereur alors ne songea plus qu'à
recommander aux vainqueurs de la prudence. Puis il revint, toujours au pas, chercher ses tentes, dressées derrière cette batterie enlevée depuis deux jours et devant laquelle il était, depuis le matin, resté témoin presque immobile de toutes les vicissitudes de cette terrible journée !

En cheminant ainsi il appela Mortier, et lui ordonna
« de faire enfin avancer la jeune garde ; mais surtout de

« ne point dépasser le nouveau ravin qui séparait de l'en-
« nemi.» Il ajouta : « Qu'il le chargeait de garder le champ
« de bataille ; que c'était là tout ce qu'il lui demandait ;
« qu'il fît pour cela tout ce qu'il fallait, et rien de plus. »
Il le rappela bientôt pour lui demander « s'il avait bien
« entendu ; lui recommandant de n'engager aucune
« affaire, et de garder surtout le champ de bataille ! »
Une heure après il lui fit encore réitérer l'ordre « de
« n'avancer ni reculer, quoi qu'il arrivât ! »

Quand il fut dans sa tente, à son abattement physique
se joignit une grande tristesse d'esprit. Il avait vu le
champ de bataille ; les lieux encore plus que les hommes
avaient parlé : cette victoire, tant poursuivie, si chèrement achetée, était incomplète ! Était-ce lui, qui poussait
toujours les succès jusqu'au dernier résultat possible, que
la Fortune venait de trouver froid et inactif, quand elle
lui avait offert ses dernières faveurs ?

En effet, les pertes étaient immenses et sans résultat
proportionné. Chacun, autour de lui, pleurait la mort
d'un ami, d'un parent, d'un frère ; car le sort des combats
était tombé sur les plus considérables. Quarante-trois généraux avaient été tués ou blessés ! Quel deuil dans Paris !
Quel triomphe pour ses ennemis ! Quel dangereux sujet
de pensées pour l'Allemagne ! Dans son armée, jusque
dans sa tente, sa victoire est silencieuse, sombre, isolée,
même sans flatteurs !

Ceux qu'il a fait appeler, Dumas, Daru, l'écoutent et
se taisent ; mais leur attitude, leurs yeux baissés, leur
silence, n'étaient point muets.

8.

Il était dix heures. Murat, que douze heures de combat n'avaient pas éteint, vint encore lui demander la cavalerie de sa garde. « L'armée ennemie, dit-il, « passe en hâte et en désordre la Moskowa; il veut la surprendre et l'achever! » L'Empereur repoussa cette saillie d'une ardeur immodérée; puis il dicta le bulletin de cette journée.

Ceux qui ne l'avaient pas quitté virent que ce vainqueur de tant de nations avait été vaincu par une fièvre brûlante, et surtout par un fatal retour de cette douloureuse maladie, que renouvelait en lui chaque mouvement trop violent et toute longue et forte émotion. Ceux-là citèrent alors ces mots que lui-même avait écrits en Italie, quinze ans plus tôt : « La santé est indispen- « sable à la guerre, et ne peut être remplacée par rien! » et cette exclamation, malheureusement prophétique, des champs d'Austerlitz, où l'Empereur s'écria : « Ordener « est usé. On n'a qu'un temps pour la guerre. J'y serai « bon encore six ans; après quoi moi-même je devrai « m'arrêter! »

Pendant la nuit les Russes signalèrent leur présence par quelques clameurs importunes. Le lendemain matin il y eut une alerte jusque dans la tente de l'Empereur. La vieille garde fut obligée de courir aux armes, ce qui, après une victoire, parut un affront. L'armée resta immobile jusqu'à midi, ou plutôt on eût dit qu'il n'y avait plus d'armée, mais une seule avant-garde. Le reste était dispersé sur le champ de bataille pour enlever les blessés. Il y en avait vingt mille. On les portait à deux lieues en arrière, à cette grande abbaye de Kolotskoï.

Le chirurgien en chef Larrey venait de prendre des aides dans tous les régiments. Les ambulances avaient rejoint; mais tout fut insuffisant. Il s'est plaint depuis, dans une relation imprimée, qu'aucune troupe ne lui eût été laissée pour requérir les choses de première nécessité dans les villages environnants.

L'Empereur parcourait alors le champ de bataille; jamais aucun ne fut d'un si horrible aspect. Tout y concourait : un ciel obscur, une pluie froide, un vent violent, des habitations en cendres, une plaine bouleversée, couverte de ruines et de débris; à l'horizon, la triste et sombre verdure des arbres du nord; partout des soldats errant parmi des cadavres, et cherchant des subsistances jusque dans les sacs de leurs compagnons morts; d'horribles blessures, car les balles russes sont plus grosses que les nôtres; des bivouacs silencieux : plus de chants, point de récits; une morne taciturnité!

On voyait autour des aigles le reste des officiers et sous-officiers, et quelques soldats, à peine ce qu'il en fallait pour garder le drapeau. Leurs vêtements étaient déchirés par l'acharnement du combat, noircis de poudre, souillés de sang; et pourtant, au milieu de ces lambeaux, de cette misère, de ce désastre, un air fier, et même, à l'aspect de l'Empereur, quelques cris de triomphe; mais rares et excités; car, dans cette armée, capable à la fois d'analyse et d'enthousiasme, chacun jugeait de la position de tous.

Les soldats français ne s'y trompent guère : ils s'é-

tonnaient de voir tant d'ennemis tués, un si grand nombre de blessés, et si peu de prisonniers. Il n'y en avait
pas huit cents ! C'était par le nombre de ceux-ci qu'on
calculait le succès. Les morts prouvaient le courage des
vaincus plutôt que la victoire. Si le reste se retirait en si
bon ordre, fier et si peu découragé, qu'importait le gain
d'un champ de bataille ? Dans de si vastes contrées, la
terre manquerait-elle jamais aux Russes pour se battre ?

Dans cette foule de cadavres, sur lesquels il fallait
marcher pour suivre Napoléon, le pied d'un cheval rencontra un blessé, et lui arracha un dernier signe de vie ou
de douleur. L'Empereur, jusque-là muet comme sa victoire, et que l'aspect de tant de victimes oppressait,
éclata : il se soulagea par des cris d'indignation, et par
une multitude de soins qu'il fit prodiguer à ce malheureux. Quelqu'un, pour l'apaiser, fit remarquer que ce
n'était qu'un Russe ; mais il reprit vivement : « Qu'il
« n'y avait plus d'ennemis après la victoire, mais seu-
« lement des hommes ! » Puis il dispersa les officiers
qui le suivaient, pour qu'ils secourussent ceux qu'on entendait crier de toutes parts.

On en trouvait surtout dans le fond des ravins, où la
plupart des nôtres avaient été précipités, et où plusieurs
s'étaient traînés pour être plus à l'abri de l'ennemi et de
l'ouragan. Les uns prononçaient en gémissant le nom
de leur patrie ou de leur mère ; c'étaient les plus jeunes.
Les plus anciens attendaient la mort d'un air ou impassible ou sardonique, sans daigner implorer, ni se plaindre ;
d'autres demandaient qu'on les tuât sur-le-champ ; mais

on passait vite à côté de ces malheureux, qu'on n'avait
ni l'inutile pitié de secourir, ni la pitié cruelle d'achever !

Un d'eux, le plus mutilé (il ne lui restait que le tronc
et un bras), parut si animé, si plein d'espoir et même
de gaieté, qu'on entreprit de le sauver. En le transpor-
tant, on remarqua qu'il se plaignait de souffrir des membres qu'il n'avait plus ; ce qui est ordinaire aux mutilés,
et ce qui semblerait être une nouvelle preuve que l'âme
reste entière, et que le sentiment lui appartient seul, et
non au corps, qui ne peut pas plus sentir que penser.

On apercevait des Russes se traînant jusqu'aux lieux
où l'entassement des corps leur offrait une horrible retraite. Beaucoup assurent qu'un de ces infortunés vécut
plusieurs jours dans le cadavre d'un cheval ouvert par
un obus, et dont il rongeait l'intérieur. On en vit redresser leur jambe brisée, en liant fortement contre elle une
branche d'arbre, puis s'aider d'une autre branche, et
marcher ainsi jusqu'au village le plus prochain. Ils ne
laissaient pas échapper un seul gémissement !

Peut-être, loin des leurs, comptaient-ils moins sur la
pitié ; mais il est certain qu'ils parurent plus fermes
contre la douleur que les Français ; ce n'est pas qu'ils
souffrissent plus courageusement, mais ils souffraient
moins ; car ils sont moins sensibles de corps comme d'esprit, ce qui tient à une civilisation moins avancée, et à
des organes endurcis par le climat.

Pendant cette triste revue, l'Empereur chercha vainement une rassurante illusion, en faisant recompter le
peu de prisonniers qui restaient, et ramasser quelques

canons démontés : sept à huit cents prisonniers et une vingtaine de canons brisés étaient les seuls trophées de cette victoire incomplète !

En même temps Murat poussait l'arrière-garde russe jusqu'à Mojaïsk. La route, qu'elle découvrit en se retirant était nette et sans un seul débris d'hommes, de chariots, ou de vêtements. On trouva tous leurs morts enterrés, car ils ont un respect religieux pour les morts.

Murat, en apercevant Mojaïsk, s'en crut maître : il envoya dire à l'Empereur d'y venir coucher. Mais l'arrière-garde russe avait pris position en avant des murs de cette ville, derrière laquelle on voyait sur une hauteur tout le reste de leur armée. Ils couvraient ainsi les routes de Moscou et de Kalougha.

Leur attitude était ferme et imposante, comme avant la bataille; avec son impétuosité ordinaire Murat voulut fondre sur eux.

Cette affaire s'engagea assez pour ajouter aux pertes de la veille : Belliard y fut blessé; ce général, qui depuis manqua beaucoup à Murat, s'occupait à reconnaître la gauche de la position ennemie; elle était abordable, c'était de ce côté qu'il eût fallu attaquer; mais Murat ne pensa qu'à se heurter contre ce qu'il avait devant lui.

Pour l'Empereur, il n'arriva sur le champ de bataille qu'avec la nuit, et suivi de forces insuffisantes. On le vit s'avancer vers Mojaïsk, marchant d'un pas encore plus lent que la veille, et dans une telle absorption, qu'il semblait ne pas entendre le bruit du combat, ni les boulets qui arrivaient jusqu'à lui !

Quelqu'un l'arrêta, en lui montrant l'arrière-garde en-nemie entre lui et la ville, et, derrière, les feux d'une armée de cinquante mille hommes. Ce spectacle constatait l'insuffisance de sa victoire et le peu de découragement de l'ennemi ; il y parut insensible : il écouta les rapports d'un air affaissé, et laissa faire ; puis il retourna se coucher dans un village à quelques pas de là, et à portée des feux ennemis.

L'automne des Russes venait de l'emporter ! Sans lui, peut-être, la Russie tout entière eût fléchi sous nos armes aux champs de la Moskowa ; son inclémence prématurée vint singulièrement à propos au secours de leur Empire. Ce fut le 6 septembre, la veille même de la grande bataille ! Un ouragan annonça sa fatale présence. Il glaça Napoléon. Dès la nuit qui précéda cette bataille décisive, on a vu qu'une fièvre fatigante brûla son sang, agita ses esprits, et qu'il en fut accablé pendant le combat. Cette souffrance, jointe à une autre plus cruelle, arrêta ses pas et enchaîna son génie pendant les cinq jours qui suivi-rent ; après avoir préservé Kutusof d'une ruine totale à Borodino, elle lui donna le temps de rallier les restes de son armée, et de les dérober à notre poursuite.

Le 9 septembre nous montra Mojaïsk debout et ou-verte ; mais en deçà, l'arrière-garde ennemie encore sur les hauteurs qui la dominent et qu'occupait la veille leur armée. On pénétra dans la ville, les uns pour la traverser et poursuivre l'ennemi, les autres pour piller et se loger : ceux-ci n'y trouvèrent point d'habitants, point de vivres, mais seulement des morts qu'il fallut jeter par les fenêtres

pour se mettre à couvert, et des mourants qu'on réunit
dans un même lieu.

Il y en avait partout, et en si grand nombre, que les
Russes n'avaient pas osé incendier ces habitations. Toutefois leur humanité, qui n'avait pas toujours été si scru-
puleuse, céda au besoin de tirer sur les premiers Français
qu'ils virent entrer; et ce fut avec des obus, de sorte
qu'ils mirent le feu à cette ville de bois, et brûlèrent une
partie des malheureux blessés qu'ils y avaient abandonnés.

Pendant qu'on cherchait à les sauver, cinquante voltigeurs du 33e gravissaient la hauteur, dont la cavalerie
et l'artillerie ennemie occupaient le sommet. L'armée
française, encore arrêtée sous les murs de Mojaïsk, regardait avec surprise cette poignée d'hommes dispersés, qui,
sur cette pente découverte, irritaient de leurs feux des
milliers de cavaliers russes. Tout à coup ce qu'on pré-
voyait arriva. Plusieurs escadrons ennemis s'ébranlèrent;
un instant leur suffit pour envelopper ces audacieux, qui
se pelotonnèrent rapidement, et firent face et feu de tous
côtés; mais ils étaient si peu, au milieu d'une plaine si
vaste et d'une si grande quantité de chevaux, qu'ils disparurent bientôt à tous les yeux !

Une exclamation générale de douleur s'éleva de tous
les rangs de l'armée. Chacun de nos soldats, le cou tendu,
l'œil fixe, suivait les mouvements de l'ennemi, et cherchait
à démêler le sort de ses compagnons d'armes. Les uns s'irritaient contre la distance, et demandaient à marcher;
d'autres chargeaient machinalement leurs armes ou croi-

saient la baïonnette d'un air menaçant, comme s'ils avaient été à portée de les secourir. Tantôt leurs regards s'animaient comme lorsqu'on combat, tantôt ils se troublaient comme lorsqu'on succombe. D'autres conseillaient et encourageaient, oubliant qu'on ne pouvait les entendre.

Quelques jets de fumée, qui s'élevèrent du milieu de cette masse noire de chevaux, prolongèrent l'incertitude. On s'écria que les nôtres tiraient, qu'ils se défendaient encore, que tout n'était pas fini. En effet, un chef russe venait d'être tué par l'officier commandant ces tirailleurs. Il n'avait répondu à la sommation de se rendre que par ce coup de feu. Cette anxiété durait depuis plusieurs minutes, quand tout à coup l'armée jeta un cri de joie et d'admiration en voyant la cavalerie russe, étonnée d'une résistance si audacieuse, s'écarter pour éviter un feu bien nourri, se disperser, et nous laisser enfin revoir ce peloton de braves, maître sur ce vaste champ de bataille, dont il occupait à peine quelques pieds !

Dès que les Russes virent qu'on manœuvrait sérieusement pour les attaquer, ils disparurent sans laisser de traces après eux. Ce fut comme après Vitepsk et Smolensk, et bien plus remarquable le surlendemain d'un si grand désastre. On resta d'abord incertain entre les routes de Moscou et de Kalougha ; puis Murat et Mortier se dirigèrent à tout hasard sur Moscou.

Vers Krymskoïé, le 11 septembre, l'armée ennemie reparut, bien établie dans une forte position. Elle avait repris sa méthode d'avoir égard, dans sa retraite, au terrain plus qu'à l'ennemi. Le duc de Trévise fit d'abord convenir Murat de l'impossibilité d'attaquer ; mais la fumée de la poudre eût bientôt enivré ce monarque. Il se compromit, et obligea Dufour, Mortier, et leur infanterie, de s'avancer. C'était le reste de la division Friand et la jeune garde. On perdit là, sans utilité, deux mille hommes de cette réserve, ménagée si mal à propos le jour de la bataille ; et Mortier, furieux, écrivit à l'Empereur qu'il n'obéirait plus à Murat.

Car c'était par des lettres que les généraux d'avant-garde communiquaient avec Napoléon. Il était resté depuis trois jours à Mojaïsk, enfermé dans sa chambre, toujours consumé par une fièvre ardente, accablé d'affaires et dévoré d'inquiétudes. Un rhume violent lui avait fait perdre l'usage de la parole. Forcé de dicter à sept personnes à la fois, et ne pouvant se faire entendre, il écrivait sur différents papiers le sommaire de ses dépêches. S'il s'élevait quelques difficultés, il s'expliquait par signes.

Il y eut un moment où Bessières lui fit l'énumération de tous les généraux blessés le jour de la bataille. Cette fatale nomenclature lui fut si poignante, que, retrouvant sa voix par un violent effort, il interrompit ce maréchal par cette brusque exclamation : « Huit jours de Moscou, et il n'y paraîtra plus ! »

Cependant, quoiqu'il eût placé jusque-là tout son avenir dans cette capitale, une victoire si sanglante et si peu décisive avait affaibli son espoir. Ses instructions, du 11 septembre, à Berthier pour le maréchal Victor, montrèrent sa détresse : « L'ennemi, attaqué au cœur, ne

« s'amuse plus aux extrémités. Dites au duc de Bellune
« qu'il dirige tout, bataillons, escadrons, artillerie, hom-
« mes isolés, sur Smolensk, pour pouvoir de là venir à
« Moscou ! »

Au milieu de ses souffrances de corps et d'esprit, dont
notre Empereur dérobait la vue à son armée, Davout
pénétra jusqu'à lui. Ce fut pour s'offrir encore, quoique
blessé, pour le commandement de l'avant-garde, promet-
tant qu'il saurait marcher jour et nuit, joindre l'ennemi
et le forcer au combat, sans prodiguer, comme Murat,
les forces et la vie de ses soldats. Napoléon ne lui répondit qu'en vantant avec affectation l'audacieuse et inépuisable ardeur de son beau-frère.

Il venait d'apprendre qu'on avait retrouvé l'armée ennemie ; qu'elle ne s'était point retirée sur son flanc droit,
vers Kalougha, comme il l'avait craint ; qu'elle reculait
toujours, et qu'on n'était plus qu'à deux journées de
Moscou. Ce grand nom et le grand espoir qu'il y attachait ranimèrent ses forces, et le 12 septembre il fut en
état de partir en voiture, pour rejoindre son avant-garde.

IV.

MOSCOU.

L'empereur russe ne s'était pas montré comme un homme de guerre aux yeux de ses ennemis.

Mais ses mesures politiques dans ses nouvelles et dans ses anciennes provinces, et ses proclamations de Polostsk à son armée, à Moscou, à sa grande nation, étaient singulièrement appropriées aux lieux et aux hommes. Il semble, en effet, qu'il y eut, dans les moyens politiques qu'il employa, une gradation d'énergie très sensible.

Dans la Lithuanie nouvellement acquise, soit précipitation, soit calcul, on avait tout ménagé en se retirant.

Dans la Lithuanie, plus anciennement réunie, où une administration douce, des faveurs habilement distribuées, et une plus longue habitude, avaient fait oublier l'indépendance, on avait entraîné après soi les hommes et tout ce qu'ils pouvaient emporter.

Mais dans la vieille Russie, où tout concourait avec le Pouvoir, religion, superstition, ignorance, patriotisme, non seulement on avait tout fait reculer avec soi sur la route militaire, mais tout ce qui ne pouvait pas suivre avait été détruit ; tout ce qui n'était pas recrue devenait milice ou cosaque.

L'intérieur de l'Empire étant alors menacé, c'était à Moscou de donner l'exemple. Cette capitale, justement nommée par ses poètes. *Moscou aux coupoles dorées,* était un vaste et bizarre assemblage de deux cent quatre-vingt-quinze églises, et de quinze cents châteaux, avec leurs jardins et leurs dépendances. Ces palais de brique et leurs parcs, entremêlés de jolies maisons de bois et même de chaumières, étaient dispersés sur plusieurs lieues carrées d'un terrain inégal. Ils se groupaient autour d'une forteresse élevée et triangulaire, dont la vaste et double enceinte, d'une demi-lieue de pourtour, renfermait encore : l'une, plusieurs palais, plusieurs églises, et des espaces incultes et rocailleux ; l'autre, un vaste bazar, ville de marchands, où les richesses des quatre parties du monde brillaient réunies.

Ces édifices, ces palais, et jusqu'aux boutiques étaient tous couverts d'un fer poli et coloré. Les églises, chacune surmontée d'une terrasse et de plusieurs clochers que terminaient des globes d'or, puis le croissant, enfin la croix, rappelaient l'histoire de ce peuple : c'étaient l'Asie et sa religion, d'abord victorieuse, ensuite vaincue, et enfin le croissant de Mahomet, dominé par la croix du Christ.

Un seul rayon de soleil faisait étinceler cette ville superbe de mille couleurs variées. A son aspect, le voyageur, enchanté, s'arrêtait ébloui. Elle lui rappelait ces prodiges dont les poètes orientaux avaient amusé son enfance. S'il pénétrait dans son enceinte, l'observation augmentait encore son étonnement. Il reconnaissait aux nobles les usages, les mœurs, les différents langages de l'Europe moderne, et la riche et légère élégance de ses vêtements. Il regardait avec surprise le luxe et la forme asiatiques de ceux des marchands, les costumes grecs du peuple, et leurs longues barbes. Dans les édifices la même variété le frappait ; et tout cela cependant empreint d'une couleur locale et parfois rude, comme il convient à la Moscovie.

Les nobles des familles les plus illustres y vivaient au milieu des leurs, et comme hors de portée de la cour. Moins courtisans, ils sont plus citoyens. Aussi leurs princes reviennent-ils avec répugnance dans ce vaste dépôt de gloire et de commerce, au milieu d'une ville de nobles, qui échappent à leur pouvoir par leur âge, par leur réputation, et qu'ils sont obligés de ménager.

La nécessité y ramena Alexandre ; il s'y rendit de Polotsk, précédé de ses proclamations, et attendu.

Il y parut d'abord au milieu de la noblesse réunie. Là tout fut grand : la circonstance, l'assemblée, l'orateur, et les résolutions qu'il inspira. Sa voix était émue. A peine eût-il cessé, qu'un seul cri, mais simultané, unanime, s'élança de tous les cœurs ; on entendit de toutes parts : « Sire, demandez tout ! Nous vous offrons tout ! « Prenez tout ! »

Alexandre parla ensuite aux marchands, mais plus

brièvement. Il leur fit lire cette proclamation où Napoléon était représenté « comme un perfide, un Moloch,
« qui, la trahison dans le cœur et la loyauté sur les lè-
« vres, venait effacer la Russie de la face du monde ! »

On dit qu'à ces mots on vit s'enflammer de fureur
toutes ces figures mâles et fortement colorées, auxquelles
de longues barbes donnaient à la fois un air antique,
imposant et sauvage. Leurs yeux étincelaient ; une rage
convulsive les saisit : leurs bras roidis qu'ils tordaient,
leurs poings fermés, des cris étouffés, le grincement de
leurs dents, en exprimaient la violence. L'effet y répondit.
Leur chef, qu'ils élisent eux-mêmes, se montra digne de
sa place : il souscrivit le premier pour cinquante mille
roubles ; c'étaient les deux tiers de sa fortune, et il les
apporta le lendemain.

Ces marchands sont divisés en trois classes ; on proposa de fixer à chacune sa contribution. Mais l'un d'eux,
qui comptait dans la dernière classe, déclara que son
patriotisme ne se soumettrait à aucune limite ; et dans
l'instant il s'imposa lui-même bien au delà de la fixation
proposée ; les autres suivirent, de plus ou moins loin,
son exemple.

Ce don patriotique s'éleva, dit-on, à deux millions de
roubles. Les autres gouvernements répétèrent, comme autant d'échos, le cri national de Moscou.

Cependant bientôt Smolensk fut envahi, Napoléon
dans Viazma, l'alarme dans Moscou ! La grande bataille
n'était point encore perdue, et déjà l'on commençait à
abandonner cette capitale.

En même temps, non loin de Moscou, et par l'ordre
d'Alexandre, on faisait diriger par un artificier allemand
la construction d'un ballon monstrueux. La première des-
tination de cet aérostat ailé avait été de planer sur l'armée française, d'y choisir son chef, et de l'écraser par
une pluie de fer et de feu : ou en fit plusieurs essais qui
échouèrent, les ressorts des ailes s'étant toujours brisés.

Mais le gouverneur Rostopchin, feignant de persévérer, fit, dit-on, achever la confection d'une multitude de
fusées et de matières à incendie. Moscou elle-même devait être la grande machine infernale dont l'explosion
nocturne et subite dévorerait l'Empereur et son armée.
Si l'ennemi échappait à ce danger, du moins n'aurait-il
plus d'asile plus de ressources ; et l'horreur d'un si
grand désastre, dont on saurait bien l'accuser, comme on
avait fait de ceux de Smolensk, de Dorogobouje, de
Viazma et de Gjatz, soulèverait toute la Russie !

Tel fut le terrible plan de ce noble descendant de
l'un des plus grands conquérants de l'Asie. Il fut conçu
sans effort, mûri avec soin, exécuté sans hésitation. Depuis on a vu ce seigneur russe à Paris. C'est un homme
rangé, bon époux, excellent père ; son esprit est supérieur
et cultivé, sa société est douce et pleine d'agrément ;
mais, comme quelques-uns de ses compatriotes, il joint
à la civilisation des temps modernes une énergie antique.

Désormais son nom appartient à l'histoire. Toutefois
il n'eut que la plus grande part à l'honneur de ce grand
sacrifice. Il était déjà commencé dès Smolensk ; lui l'a-

cheva. Cette résolution, comme tout ce qui est grand et entier, fut admirable ; le motif suffisant et justifié par le succès ; le dévouement inouï, et si extraordinaire, que l'historien doit s'arrêter pour l'approfondir, le comprendre, et le contempler !

Un homme seul, au milieu d'un grand Empire presque renversé, envisage son danger d'un regard ferme. Il le mesure, l'apprécie, et ose, peut-être sans mission, faire l'immense part de tous les intérêts publics et particuliers qu'il faut lui sacrifier ! Sujet, il décide du sort de l'État sans l'aveu de son souverain ; Noble, il prononce la destruction des palais de tous les nobles sans leur consentement ; protecteur, par la place qu'il occupe, d'un peuple nombreux, d'une foule de riches commerçants, de l'une des plus grandes capitales de l'Europe, il sacrifie ces fortunes, ces établissements, cette ville tout entière ; lui-même il livre aux flammes le plus beau et le plus riche de ses palais ; et fier, satisfait et tranquille, il reste au milieu de tous ces intérêts blessés, détruits et révoltés !

Dans cette grande crise Rostopchin vit surtout deux périls : l'un, qui menaçait l'honneur national, celui d'une paix honteuse dictée dans Moscou, et arrachée à son empereur ; l'autre était un danger politique, plus qu'un danger de guerre : dans celui-ci il craignait les séductions de l'ennemi plus que ses armes, et une révolution plus qu'une conquête.

Ne voulant point de traité, ce gouverneur prévit qu'au milieu de leur populeuse capitale, que les Russes

9.

eux-mêmes nomment l'oracle, l'exemple de tout l'Empire,
Napoléon aurait recours à l'arme révolutionnaire, la
seule qui lui resterait pour terminer. C'est pourquoi il se
décida à élever une barrière de feu entre ce grand capitaine et toutes les faiblesses, de quelque part qu'elles
vinssent, soit du trône, soit de ses compatriotes, nobles
ou sénateurs; et surtout entre un peuple serf et les soldats d'un peuple propriétaire et libre; enfin entre ceux-
ci et cette masse d'artisans et de marchands réunis, qui
forment dans Moscou le commencement d'une classe intermédiaire, classe pour laquelle la Révolution française
a été faite.

Le silence d'Alexandre laisse douter s'il approuva ou
blâma cette grande détermination. La part qu'il eut
dans cette catastrophe est encore un mystère pour les
Russes : ils l'ignorent ou la taisent; effet du despotisme,
qui commande l'ignorance ou le silence.

Quinze jours avant l'invasion, le départ des archives
des caisses publiques, du trésor, et celui des nobles et
des principaux marchands, avec ce qu'ils avaient de
plus précieux, indiqua au reste des habitants ce qu'ils
avaient à faire. Chaque jour le gouverneur, impatient
déjà de voir se vider cette capitale, en faisait surveiller
l'émigration.

Le 3 septembre, une Française, au risque d'être mas-
sacrée par des moujiks furieux, se hasarda à sortir de
son refuge. Elle errait depuis longtemps dans de vastes
quartiers dont la solitude l'étonnait, quand une lointaine
et lugubre clameur la saisit d'effroi : c'était comme le

chant de mort de cette vaste cité! Immobile, elle regarde, et voit s'avancer une multitude immense d'hommes et de femmes, désolés, emportant leurs biens, leurs saintes images, et traînant leurs enfants après eux! Leurs prêtres, tous chargés des signes sacrés de la religion, les précédaient; ils invoquaient le Ciel par des hymnes de douleur, que tous répétaient en pleurant!

Ces infortunés, parvenus aux portes de la ville, les dépassèrent avec une douloureuse hésitation : leurs regards, se détournant encore vers Moscou, semblaient dire un dernier adieu à leur ville sainte : mais peu à peu leurs chants lugubres et leurs sanglots se perdirent dans les vastes plaines qui l'environnent!

L'armée russe, dans la position de Fili, en avant de Moscou, comptait quatre-vingt-onze mille hommes, dont six mille cosaques, soixante-cinq mille hommes de vieilles troupes, restes de cent vingt et un mille hommes présents à la Moskowa, et vingt mille recrues armées, moitié de fusils et moitié de piques.

L'armée française, forte de cent trente mille hommes la veille de la grande bataille, avait perdu environ quarante mille hommes à Borodino; restait quatre-vingt-dix mille hommes. Des régiments de marche et les divisions Laborde et Pino allaient la rejoindre : elle était donc encore forte de cent mille hommes en arrivant devant Moscou. Sa marche était appesantie par six cent sept canons, deux mille cinq cents voitures d'artillerie, et cinq mille voitures de bagages; elle n'avait plus de munitions que pour un jour de combat. Peut-être Kutu-

sof calcula-t-il la disproportion de ses forces réelles avec
les nôtres. Au reste, on ne peut avancer ici que des conjectures, car il donna des motifs purement stratégiques
à sa retraite.

Ce qui est certain, c'est que ce vieux général trompa
le gouverneur jusqu'au dernier moment. « Il lui jurait
« encore sur ses cheveux blancs qu'il se ferait tuer avec
« lui devant Moscou ! » quand celui-ci apprend que dans
la nuit, dans le camp, dans un conseil, l'abandon, sans
combat, de cette capitale vient d'être décidé !

A cette nouvelle, Rostopchin, furieux mais inébranlable, se dévoue. Le temps pressait : on se hâte. On ne
cherche plus à cacher à Moscou le sort qu'on lui destine ;
ce qui restait d'habitants n'en valait plus la peine ; il
fallait d'ailleurs les décider à fuir pour leur salut.

La nuit, des émissaires vont donc frapper à toutes les
portes : ils annoncent l'incendie ! Des fusées sont glis-
sées dans toutes les ouvertures favorables, et surtout
dans les boutiques, couvertes de fer, du quartier marchand. On enlève les pompes ! La désolation monte à
son comble, et chacun, suivant son caractère, se trouble ou se décide. La plupart se groupent sur les places :
ils se pressent, ils se questionnent réciproquement, ils
cherchent des conseils ; beaucoup errent sans but, les
uns tout effarés de terreur, les autres dans un état effrayant d'exaspération. Enfin l'armée, le dernier espoir de
ce peuple, l'abandonne ; elle commence à traverser la
ville ; et, dans sa retraite, elle entraîne avec elle les restes encore nombreux de cette population.

Elle sortit par la porte de Kolomna, entourée d'une foule de femmes, d'enfants et de vieillards désespérés. Les champs en furent couverts : ils fuyaient dans toutes les directions, par tous les sentiers, à travers champs, sans vivres, et tout chargés de leurs effets, les premiers que, dans leur trouble, ils avaient trouvés sous leurs mains. On en vit qui, faute de chevaux, s'étaient attelés eux-mêmes à des chariots, traînant ainsi leurs enfants en bas âge, ou leur femme malade, ou leur père infirme, enfin ce qu'ils avaient de plus précieux. Les bois leur servirent d'abri ; ils vécurent de la pitié de leurs compatriotes.

Ce jour-là une scène effrayante termina ce triste drame. Ce dernier jour de Moscou venu, Rostopchin rassemble tout ce qu'il a pu retenir et armer. Les prisons s'ouvrent : une foule sale et dégoûtante en sort tumultueusement. Ces malheureux se précipitent dans les rues avec une joie féroce. Deux hommes, Russe et Français, l'un accusé de trahison, l'autre d'imprudence politique, sont arrachés du milieu de cette horde ; on les traîne devant Rostopchin. Celui-ci reproche au Russe sa trahison. C'était le fils d'un marchand ; il avait été surpris provoquant le peuple à la révolte. Ce qui alarma, c'est qu'on découvrit qu'il était d'une secte d'illuminés allemands, qu'on nomme *Martinistes*, association d'indépendants superstitieux. Son audace ne s'était pas démentie dans les fers. On crut un instant que l'esprit d'égalité avait pénétré en Russie. Toutefois il n'avoua pas de complices.

Dans ce dernier instant son père accourut. On s'attendait à le voir intercéder pour son fils ; mais c'est sa mort qu'il demande. Le gouverneur lui accorda quelques instants pour lui parler encore et le bénir. « Moi, bénir un traître ! » s'écrie le Russe furieux ; et dans l'instant il se tourne vers son fils, et, d'une voix et d'un geste horribles, il le maudit !

Ce fut le signal de l'exécution. On abattit d'un coup de sabre mal assuré ce malheureux. Il tomba, mais seulement blessé ; et peut-être l'arrivée des Français l'aurait-elle sauvé, si le peuple ne s'était pas aperçu qu'il vivait encore. Ces furieux forcèrent les barrières, se jetèrent sur lui, et le déchirèrent en lambeaux.

Cependant le Français demeurait glacé de terreur, quand Rostopchin, se tournant vers lui : « Pour toi, « dit-il, comme Français tu devais désirer l'arrivée des « Français ! Sois donc libre, mais va dire aux tiens que « la Russie n'a eu qu'un seul traître, et qu'il est puni ! » Alors, s'adressant aux misérables qui l'environnent, il les appelle *enfants de la Russie !* et leur ordonne d'expier leurs fautes en servant leur patrie. Enfin il sort le dernier de cette malheureuse ville, et rejoint l'armée russe.

Dès lors la grande Moscou n'appartint plus ni aux Russes ni aux Français, mais à cette foule impure, dont quelques officiers et soldats de police dirigèrent la fureur. On les organisa ; on assigna à chacun son poste, et ils se dispersèrent, pour que le pillage, la dévastation et l'incendie éclatassent partout à la fois !

Le 14 septembre Napoléon monta à cheval à quelques

lieues de Moscou. Il marchait lentement, avec précaution, faisant sonder devant lui les bois et les ravins, et gagner le sommet de toutes les hauteurs, pour découvrir l'armée ennemie. On s'attendait à une bataille : le terrain s'y prêtait ; des ouvrages étaient ébauchés, mais tout avait été abandonné, et l'on n'éprouvait pas la plus légère résistance.

Enfin une dernière hauteur reste à dépasser ; elle touche à Moscou, qu'elle domine : c'est *le Mont du Salut.* Il s'appelle ainsi parce que, de son sommet, à l'aspect de leur ville sainte, les habitants se signent et se prosternent. Nos éclaireurs l'eurent bientôt couronné. Il était deux heures ; le soleil faisait étinceler de mille couleurs cette grande cité. A ce spectacle, frappés d'étonnement, ils s'arrêtent ; ils crient : « Moscou ! Moscou ! » Chacun alors presse sa marche ; on accourt en désordre, et l'armée entière, battant des mains, répète avec transport : « *Moscou ! Moscou !* » comme les marins crient : « *Terre ! Terre !* » à la fin d'une longue et pénible navigation.

A la vue de cette ville dorée, de ce nœud brillant de l'Asie et de l'Europe, de ce majestueux rendez-vous où s'unissaient le luxe, les usages et les arts des deux plus belles parties du monde, nous nous arrêtâmes, saisis d'une orgueilleuse contemplation. Quel jour de gloire était arrivé ! Comme il allait devenir le plus grand, le plus éclatant souvenir de notre vie entière ! Nous sentions qu'en ce moment toutes nos actions devaient fixer les yeux de l'univers surpris, et que chacun de nos moindres mouvements serait historique !

Sur cet immense et imposant théâtre, nous croyions marcher entourés des acclamations de tous les peuples ; fiers d'élever notre siècle reconnaissant au-dessus de tous les autres siècles, nous le voyions déjà grand de notre grandeur, et tout brillant de notre gloire !

A notre retour, déjà tant désiré, avec quelle considération presque respectueuse, avec quel enthousiasme allions-nous être reçus au milieu de nos femmes, de nos compatriotes, et même de nos pères ! Nous serions, le reste de notre vie, des êtres à part, qu'ils ne verraient qu'avec étonnement, qu'ils n'écouteraient qu'avec une curieuse admiration ! On accourrait sur notre passage ; on recueillerait nos moindres paroles ! Cette miraculeuse conquête nous environnait d'une auréole de gloire : désormais on croirait respirer autour de nous un air de prodige et de merveille !

Et quand ces pensées orgueilleuses faisaient place à des sentiments plus modérés, nous nous disions que c'était là le terme promis à nos travaux ; qu'enfin nous allions nous arrêter, puisque nous ne pouvions plus être surpassés par nous-mêmes, après une expédition, noble et digne émule de celle d'Égypte, et rivale heureuse de toutes les grandes et glorieuses guerres de l'antiquité.

Dans cet instant, dangers, souffrances, tout fut oublié. Pouvait-on acheter trop cher le superbe bonheur de pouvoir dire toute sa vie : « J'étais de l'armée de Mos- « cou ! »

Eh bien ! mes compagnons, aujourd'hui même, au milieu de notre abaissement, et quoiqu'il date de cette ville funeste, cette pensée d'un noble orgueil n'est-elle pas assez puissante pour nous consoler encore, et relever fièrement nos têtes abattues par le malheur ?

Napoléon lui-même était accouru. Il s'arrêta transporté : une exclamation de bonheur lui échappa ! Depuis la grande bataille, les maréchaux, mécontents, s'étaient éloignés de lui ; mais à la vue de Moscou prisonnière, à la nouvelle de l'arrivée d'un parlementaire, frappés d'un si grand résultat, enivrés de tout l'enthousiasme de la gloire, ils oublièrent leurs griefs. On les vit tous se presser autour de l'Empereur, rendant hommage à sa fortune, et déjà tentés d'attribuer à la prévoyance de son génie le peu de soin qu'il s'était donné le 7 pour compléter sa victoire.

Mais chez Napoléon les premiers mouvements étaient courts. Il avait trop à penser pour se livrer longtemps à ses sensations. Son premier cri avait été : « La voilà donc enfin cette ville fameuse ! » et le second fut : « Il était temps ! »

Déjà ses yeux, fixés sur cette capitale, n'exprimaient plus que de l'impatience. En elle il croyait voir tout l'empire russe. Ces murs renfermaient tout son espoir : la paix, les frais de la guerre, une gloire immortelle ; aussi ses avides regards s'attachaient-ils sur toutes ses issues. Quand donc ses portes s'ouvriront-elles ? Quand en verra-t-il sortir cette députation qui lui soumettra ses richesses, sa population, son sénat, et la principale noblesse russe ? Dès lors cette entreprise, où il s'était si témérairement engagé, terminée heureusement et à force d'audace, sera le fruit d'une haute combinaison ; son imprudence sera sa grandeur ; dès lors sa victoire de la Moskowa, si incomplète, deviendra son plus beau fait d'armes ! Ainsi tout ce qui pouvait tourner à sa perte tournerait à sa gloire ; cette journée allait commencer à décider s'il était le plus grand homme du monde, ou le plus téméraire ; enfin s'il s'était élevé un autel ou creusé un tombeau !

Cependant l'inquiétude commençait à le saisir. Déjà, à sa gauche et à sa droite, il voyait le prince Eugène et Poniatowski déborder la ville ennemie ; devant lui, Murat atteignait, au milieu de ses éclaireurs, l'entrée des faubourgs, et pourtant aucune députation ne se présentait ; seulement un officier de Miloradowitch était venu déclarer que ce général mettrait le feu à la ville, si l'on ne donnait pas à son arrière-garde le loisir de l'évacuer.

Napoléon accorda tout. Les premières troupes des deux armées se mêlèrent quelques instants. Murat fut reconnu par les cosaques : ceux-ci, familiers comme des nomades et expressifs comme des méridionaux, se pressent autour de lui ; puis, par leurs gestes et leurs exclamations, ils exaltent sa bravoure, et l'enivrent de leur admiration ! Le roi prit les montres de ses officiers, et les distribua à ces guerriers encore barbares. L'un d'eux l'appela son *Hetman*.

Murat fut un moment tenté de croire que dans ces officiers il trouverait un nouveau Mazeppa, ou que lui-même le deviendrait ; il pensa les avoir gagnés. Ce moment d'armistice, dans cette circonstance, entretint l'es-

poir de Napoléon, tant il avait besoin de se faire illusion.
Il en fut amusé pendant deux heures.

Cependant le jour s'écoule, et Moscou reste morne,
silencieuse, et comme inanimée ! L'anxiété de l'Empereur
s'accroît ; l'impatience des soldats devient plus difficile à
contenir. Quelques officiers ont pénétré dans l'enceinte
de la ville : « Moscou est déserte ! »

A cette nouvelle, qu'il repousse avec irritation, Napoléon descend de la montagne *du Salut,* et s'approche de
la Moskowa et de la porte de Dorogomilow. Il s'arrête
encore à l'entrée de cette barrière, mais inutilement.
Murat le presse. « Eh bien, lui répond-il, entrez donc,
« puisqu'ils le veulent ! » Et il recommande la plus grande
discipline ; il espère encore : « Peut-être que. ces habi-
« tants ne savent pas même se rendre ; car ici tout est
« nouveau, eux pour nous, et nous pour eux ! »

Mais alors les rapports se succèdent ; tous s'accordent.
Des Français, habitants de Moscou, se hasardent à sortir
de l'asile qui, depuis quelques jours, les dérobe à la fureur du peuple ; ils confirment la fatale nouvelle. L'Empereur appelle Daru, et s'écrie : « Moscou déserte ! Quel évé-
« nement invraisemblable ! Il faut y pénétrer. Allez, et
« amenez-moi les boyards ! » Il croit que ces hommes,
ou roidis d'orgueil, ou paralysés de terreur, restent immobiles sur leurs foyers ; et lui, jusque-là toujours prévenu par les soumissions des vaincus, il provoque leur
confiance, et va au-devant de leurs prières.

Comment, en effet, se persuader que tant de palais
somptueux, de temples si brillants, et de riches comptoirs,

étaient abandonnés par leurs possesseurs, comme ces
simples hameaux qu'il venait de traverser? Cependant
Daru vient d'échouer. Aucun Moscovite ne se présente;
aucune fumée du moindre foyer ne s'élève, on n'entend
pas le plus léger bruit sortir de cette immense et populeuse cité; ses trois cent mille habitants semblent frappés
d'un immobile et muet enchantement : c'est le silence du
désert !

Mais telle était la persistance de Napoléon, qu'il s'obstina et attendit encore. Enfin un officier, décidé à plaire,
ou persuadé que tout ce que l'Empereur voulait devait
s'accomplir, entra dans la ville, s'empara de cinq à six
vagabonds, les poussa devant son cheval jusqu'à l'Empereur, et s'imagina avoir amené une députation. Dès la
première réponse de ces misérables, Napoléon vit qu'il
n'avait devant lui que de malheureux journaliers.

Alors seulement il ne douta plus de l'évacuation entière de Moscou, et perdit tout l'espoir qu'il avait fondé
sur elle. Il haussa les épaules, et, avec cet air de mépris
dont il accablait tout ce qui contrariait son désir, il s'é-
cria : « Ah! les Russes ne savent pas encore l'effet que
« produira sur eux la prise de leur capitale! »

Déjà, depuis une heure, Murat et la colonne longue et
serrée de sa cavalerie envahissaient Moscou; ils pénétraient dans ce corps gigantesque, encore intact, mais
inanimé. Frappés d'étonnement à la vue de cette grande
solitude, ils répondaient à l'imposante taciturnité de
cette Thèbes moderne par un silence aussi solennel. Ces
guerriers écoutaient avec un secret frémissement les pas

de leurs chevaux retentir seuls au milieu de ces palais déserts; ils s'étonnaient de n'entendre qu'eux au milieu d'habitations si nombreuses! Aucun ne songeait à s'arrêter, ni à piller, soit prudence, soit que les grandes nations civilisées se respectent elles-mêmes dans les capitales ennemies, en présence de ces grands centres de civilisation.

Dans leur silence, ils observaient cette cité puissante, déjà si remarquable s'ils l'eussent rencontrée dans un pays riche et populeux, mais bien plus étonnante dans ces déserts. C'était comme une riche et brillante oasis! Ils avaient d'abord été frappés du soudain aspect de tant de palais magnifiques. Mais ils remarquaient qu'ils étaient entremêlés de chaumières; spectacle qui annonçait le défaut de gradation entre les classes, et que le luxe n'était point né là, comme ailleurs, de l'industrie, mais qu'il la précédait, tandis que dans l'ordre naturel il n'en devait être que la suite plus ou moins nécessaire.

Là surtout régnait l'inégalité, ce malheur de toute société humaine, qui produit l'orgueil des uns, l'avilissement des autres, la corruption de tous. Et pourtant un si généreux abandon prouvait que ce luxe excessif, mais encore tout d'emprunt, n'avait point amolli cette noblesse.

On s'avançait ainsi, agité tantôt de surprise, tantôt de pitié, et plus souvent d'un noble enthousiasme. Plusieurs citaient les souvenirs des grandes conquêtes que l'histoire nous a transmises; mais c'était pour s'enorgueillir et non pour prévoir; car on se trouvait trop haut

et hors de toute comparaison : on avait laissé derrière
soi tous les conquérants de l'antiquité! On était exalté
par ce qu'il y a de mieux après la vertu, par la gloire.
Puis venait la mélancolie : soit épuisement, suite de tant
de sensations ; soit effet d'un isolement produit par une
élévation sans mesure, et du vague dans lequel nous
errions sur cette sommité, d'où nous apercevions l'immensité, l'infini, où notre faiblesse se perdait; car plus
on s'élève, plus l'horizon s'agrandit, et plus on s'aperçoit
de son néant.

Tout à coup, au milieu de ces pensées qu'une marche
lente favorisait, des coups de fusil éclatent ; la colonne
s'arrête. Ses derniers chevaux couvrent encore la campagne ; son centre est engagé dans une des plus longues
rues de la ville; sa tête touche au Kremlin. Les portes
de cette citadelle paraissent fermées. On entend de féroces rugissements sortir de son enceinte : quelques
hommes et des femmes d'une figure dégoûtante et atroce
se montrent tout armés sur ses murs. Ils exhalent une
sale ivresse et d'horribles imprécations. Murat leur fit
porter des paroles de paix ; elles furent inutiles. Il fallut
enfoncer la porte à coups de canon.

On pénétra, moitié de gré, moitié de force, au milieu
de ces misérables. L'un d'eux se rua jusque sur le roi,
et tenta de tuer l'un de ses officiers. On crut avoir assez
fait de le désarmer; mais il se jeta de nouveau sur sa
victime, la roula par terre en cherchant à l'étouffer, et
comme il se sentit saisir les bras, il voulut encore la déchirer
avec ses dents. C'étaient là les seuls Moscovites qui nous

avaient attendus, et qu'on semblait nous avoir laissés comme un gage barbare et sauvage de la haine nationale !

Toutefois on s'aperçut qu'il n'y avait pas encore d'ensemble dans cette rage patriotique. Cinq cents recrues, oubliées sur la place du Kremlin, virent cette scène sans s'émouvoir. Dès la première sommation, elles se dispersèrent. Plus loin, on joignit un convoi de vivres, dont l'escorte jeta aussitôt ses armes. Plusieurs milliers de traîneurs et de déserteurs ennemis restèrent volontairement au pouvoir de l'avant-garde. Celle-ci laissa au corps qui la suivait le soin de les ramasser ; ceux-là à d'autres, et ainsi de suite ; de sorte qu'ils restèrent libres au milieu de nous, jusqu'à ce que, l'incendie et le pillage leur ayant marqué leur devoir et les ayant tous ralliés dans une même haine, ils allèrent rejoindre Kutusof.

Murat, que le Kremlin n'avait arrêté que quelques instants, disperse cette foule qu'il méprise. Ardent, infatigable, comme en Italie et en Égypte, après neuf cents lieues faites et soixante combats livrés pour atteindre Moscou, il traverse cette cité superbe sans daigner s'y arrêter ; et, s'acharnant sur l'arrière-garde russe, il s'engage, fièrement et sans hésiter, sur le chemin de Voladimir et d'Asie !

Plusieurs milliers de cosaques, avec quatre pièces de canon, se retiraient dans cette direction. Là cessait l'armistice. Aussitôt Murat, fatigué par cette paix d'une demi-journée, ordonna de la rompre à coups de carabine. Mais nos cavaliers croyaient la guerre finie, Moscou leur en paraissait le terme, et les avant-postes des deux em-

pires répugnaient à renouveler les hostilités. Un nouvel
ordre vint, une même hésitation y répondit. Enfin Murat,
irrité, commanda lui-même ; et ces feux, dont il semblait
menacer l'Asie, mais qui ne devaient plus s'arrêter qu'aux
rives de la Seine, recommencèrent !

Napoléon n'entra qu'avec la nuit dans Moscou. Il
s'arrêta dans une des premières maisons du faubourg de
Dorogomilow. Ce fut là qu'il nomma le maréchal Mortier
gouverneur de cette capitale. « Surtout, lui dit-il, point
« de pillage ! Vous m'en répondez sur votre tête ! Dé-
« fendez Moscou envers et contre tous ! »

Cette nuit fut triste : des rapports sinistres se succédaient. Il vint des Français, habitants de ce pays, et
même un officier de la police russe, pour dénoncer l'incendie. Il donna tous les détails de ses préparatifs. L'Empereur, ému, chercha vainement quelque repos. A chaque
instant il appelait, et se faisait répéter cette fatale nouvelle. Cependant il se retranchait encore dans son incrédulité, quand, vers deux heures du matin, il apprit que
le feu éclatait !

C'était au palais marchand, au centre de la ville, dans
son plus riche quartier. Aussitôt il donne des ordres ; il
les multiplie. Le jour venu, lui-même y court, il menace
la jeune garde et Mortier. Ce maréchal lui montre des
maisons couvertes de fer ; elles sont toutes fermées, encore intactes, et sans la moindre effraction ; cependant
une fumée noire en sort déjà ! Napoléon tout pensif entre
dans le Kremlin.

A la vue de ce palais, à la fois gothique et moderne,

des Romanof et des Rurick, de leur trône encore debout, de cette croix du grand Ywan, et de la plus belle partie de la ville que le Kremlin domine, et que les flammes, encore renfermées dans le bazar, semblent devoir respecter, il reprend son premier espoir. Son ambition est flattée de cette conquête ; on l'entend s'écrier : « Je suis donc « enfin dans Moscou, dans l'antique palais des Czars! « dans le Kremlin! » Il en examine tous les détails avec un orgueil curieux et satisfait.

Toutefois il se fait rendre compte des ressources que présente la ville ; et dans ce court moment, tout à l'espérance, il écrit des paroles de paix à l'empereur Alexandre. Un officier supérieur ennemi venait d'être trouvé dans le grand hôpital ; il fut chargé de cette lettre. Ce fut à la sinistre lueur des flammes du bazar que Napoléon l'acheva, et que partit le Russe. Celui-ci dut porter la nouvelle de ce désastre à son souverain, dont cet incendie fut la seule réponse.

Le jour favorisa les efforts du duc de Trévise : il se rendit maître du feu. Les incendiaires se tinrent cachés. On doutait de leur existence. Enfin, des ordres sévères étant donnés, l'ordre rétabli, l'inquiétude suspendue, chacun alla s'emparer d'une maison commode ou d'un palais somptueux, pensant y trouver un bien-être acheté par de si longues et de si excessives privations.

Deux officiers s'étaient établis dans un des bâtiments du Kremlin. De là leur vue pouvait embrasser le nord et l'ouest de la ville. Vers minuit une clarté extraordinaire les réveille. Ils regardent et voient des flammes remplir des palais, dont elles illuminent d'abord et font bientôt écrouler l'élégante et noble architecture. Ils remarquent que le vent du nord chasse directement ces flammes sur le Kremlin, et s'inquiètent pour cette enceinte, où reposaient l'élite de l'armée et son chef. Ils craignent aussi pour toutes les maisons environnantes, où nos soldats, nos gens et nos chevaux, fatigués et repus, sont sans doute ensevelis dans un profond sommeil. Déjà des flammèches et des débris ardents volaient jusque sur les toits du Kremlin, quand le vent du nord, tournant vers l'ouest, les chassa dans une autre direction.

Alors, rassuré sur son corps d'armée, l'un de ces officiers se rendormit en s'écriant : « C'est à faire aux autres, « cela ne nous regarde plus ! Car telle était l'insouciance qui résultait de cette multiplicité d'événements et de malheurs sur lesquels on était comme blasé, et tel l'égoïsme produit par l'excès de fatigue et de souffrance qu'ils ne laissaient à chacun que la mesure de force et de sentiment indispensable pour son service et pour sa conservation personnelle.

Cependant de vives et nouvelles lueurs les réveillent encore ; ils voient d'autres flammes s'élever précisément dans la nouvelle direction que le vent venait de prendre sur le Kremlin, et ils maudissent l'imprudence et l'indiscipline françaises qu'ils accusent de ce désastre. Mais trois fois le vent change ainsi du nord à l'ouest, et trois fois ces feux ennemis, vengeurs obstinés, et comme acharnés contre le quartier impérial, se montrent ardents à saisir cette nouvelle direction.

A cette vue un grand soupçon s'empare de leur esprit. Les Moscovites, connaissant notre téméraire et négligente insouciance, auraient-ils conçu l'espoir de brûler avec Moscou nos soldats ivres de vin, de fatigue et de sommeil ? Ou plutôt ont-ils osé croire qu'ils envelopperaient Napoléon dans cette catastrophe ; que la perte de cet homme valait bien celle de leur capitale ; que c'était un assez grand résultat pour y sacrifier Moscou tout entière ; que peut-être le ciel, pour leur accorder une aussi grande victoire, voulait un aussi grand sacrifice ; et qu'enfin il fallait à cet immense colosse un aussi immense bûcher ?

On ne sait s'ils eurent cette pensée, mais il fallut l'étoile de l'Empereur pour qu'elle ne se réalisât pas. En effet, non seulement le Kremlin renfermait, à notre insu, un magasin à poudre ; mais, cette nuit-là même, les gardes, endormies et placées négligemment, avaient laissé tout un parc d'artillerie entrer et s'établir sous les fenêtres de Napoléon.

C'était l'instant où ces flammes furieuses étaient dardées de toutes parts et avec le plus de violence sur le Kremlin ; car le vent, sans doute attiré par cette grande combustion, augmentait à chaque instant d'impétuosité. L'élite de l'armée et l'Empereur étaient perdus si une seule des flammèches, qui volaient sur nos têtes, s'était posée sur un seul caisson. C'est ainsi que, pendant plusieurs heures, de chacune des étincelles qui traversaient les airs dépendit le sort de l'armée entière.

Enfin le jour, un jour sombre, parut ; il vint s'ajouter à cette grande horreur, la pâlir, lui ôter son éclat. Beaucoup d'officiers se réfugièrent dans les salles du palais. Les chefs, et Mortier lui-même, vaincus par l'incendie, qu'ils combattaient depuis trente-six heures, y vinrent tomber d'épuisement et de désespoir !

Ils se taisaient, et nous nous accusions. Il semblait à la plupart que l'indiscipline et l'ivresse de nos soldats avaient commencé ce désastre, et que la tempête l'achevait. Nous nous regardions nous-mêmes avec une espèce de dégoût. Le cri d'horreur qu'allait jeter l'Europe nous effrayait ! On s'abordait les yeux baissés, consternés d'une si épouvantable catastrophe : elle souillait notre gloire ; elle nous en arrachait le fruit ; elle menaçait notre existence présente et à venir ; nous n'étions plus qu'une armée de criminels dont le ciel et le monde civilisé devaient faire justice ! On ne sortait de cet abîme de pensées, et des accès de fureur qu'on éprouvait contre les incendiaires, que par la recherche avide de nouvelles, qui toutes commençaient à accuser les Russes seuls de ce désastre.

En effet, des officiers arrivaient de toutes parts ; tous s'accordaient. Dès la première nuit, celle du 14 au 15, un globe enflammé s'était abaissé sur le palais du prince Troubetskoï, et l'avait consumé ; c'était un signal. Aussitôt le feu avait été mis à la Bourse ; on avai taperçu des soldats de police russes l'attiser avec des lances goudronnées. Ici des obus, perfidement placés, venaient d'éclater dans les poêles de plusieurs maisons ; ils avaient blessé les militaires qui se pressaient autour. Alors, se retirant dans des quartiers encore debout, ils étaient allés se choisir d'autres asiles ; mais, près d'entrer dans ces

maisons toutes closes et inhabitées, ils avaient entendu
en sortir une faible explosion ; elle avait été suivie d'une
légère fumée, qui aussitôt était devenue épaisse et noire,
puis rougeâtre, enfin couleur de feu, et bientôt l'édifice
entier s'était abîmé dans un gouffre de flammes !

Tous avaient vu des hommes d'une figure atroce, couverts de lambeaux, et des femmes furieuses errer dans ces
flammes, et compléter une épouvantable image de l'enfer !
Ces misérables, enivrés de vin et du succès de leurs crimes, ne daignaient plus se cacher ; ils parcouraient triom-
phalement ces rues embrasées ; on les surprenait armés
de torches, s'acharnant à propager l'incendie ; il fallait
leur abattre les mains à coups de sabre pour leur faire
lâcher prise. On se disait que ces bandits avaient été déchaînés par les chefs russes pour brûler Moscou ; et qu'en
effet, une si grande, une si extrême résolution n'avait pu
être prise que par le patriotisme, et exécutée que par le
crime.

Aussitôt l'ordre fut donné de juger et de fusiller sur
place tous les incendiaires. L'armée était sur pied. La
vieille garde, qui tout entière occupait une partie du
Kremlin, avait pris les armes ; les bagages, les chevaux
tout chargés, remplissaient les cours ; nous étions mornes
d'étonnement, de fatigue, et du désespoir de voir périr un
si riche cantonnement. Maîtres de Moscou, il fallait donc
aller bivouaquer, sans vivres, à ses portes !

Pendant que nos soldats luttaient encore avec l'incendie, et que l'armée disputait au feu cette proie, Napoléon,
dont on n'avait pas osé troubler le sommeil pendant la

10.

nuit, s'était éveillé à la double clarté du jour et des flammes. Dans son premier mouvement il s'irrita, et voulut commander à cet élément; mais bientôt il fléchit, et s'arrêta devant l'impossibilité. Surpris, quand il a frappé au cœur d'un empire, d'y trouver un autre sentiment que celui de la soumission et de la terreur, il se sent vaincu et surpassé en détermination !

Cette conquête, pour laquelle il a tout sacrifié, c'est comme un fantôme qu'il a poursuivi, qu'il a cru saisir, et qu'il voit s'évanouir dans les airs en tourbillons de fumée et de flammes ! Alors une extrême agitation s'empare de lui; on le croirait dévoré des feux qui l'environnent. A chaque instant il se lève, marche, se rassied brusquement. Il parcourt ses appartements d'un pas rapide ; ses gestes courts et véhéments décèlent un trouble cruel; il quitte, reprend, et quitte encore un travail pressé, pour se précipiter à ses fenêtres et contempler les progrès de l'incendie. De brusques et brèves exclamations s'échappent de sa poitrine oppressée. « Quel effroyable spectacle ! Ce « sont eux-mêmes ! Tant de palais ! Quelle résolution « extraordinaire ! Quels hommes ! Ce sont des Scythes ! »

Entre l'incendie et lui se trouvait un vaste emplacement désert, puis la Moskowa et ses deux quais ; et pourtant les vitres des croisées contre lesquelles il s'appuie sont déjà brûlantes, et le travail continuel des balayeurs, placés sur les toits de fer du palais, ne suffit pas pour écarter les nombreux flocons de feu qui cherchent à s'y poser.

En cet instant le bruit se répand que le Kremlin est

miné : des Russes l'ont dit, des écrits l'attestent ; quelques domestiques en perdent la tête d'effroi ; les militaires attendent impassiblement ce que l'ordre de l'Empereur et leur destin décideront, et l'Empereur ne répond à cette alarme que par un sourire d'incrédulité.

Mais il marche encore convulsivement, il s'arrête à chaque croisée, et regarde le terrible élément victorieux dévorer avec fureur sa brillante conquête, se saisir de tous les ponts, de tous les passages de sa forteresse, le cerner, l'y tenir comme assiégé, envahir à chaque minute les maisons environnantes, et, le resserrant de plus en plus, le réduire enfin à la seule enceinte du Kremlin !

Déjà nous ne respirions plus que de la fumée et des cendres. La nuit approchait, et allait ajouter son ombre à nos dangers; le vent d'équinoxe, d'accord avec les Russes, redoublait de violence. On vit alors accourir le roi de Naples et le prince Eugène : ils se joignirent au prince de Neuchâtel, pénétrèrent jusqu'à l'Empereur, et là, de leurs prières, de leurs gestes, à genoux, ils le pressent, et veulent l'arracher de ce lieu de désolation. Ce fut en vain.

Napoléon, maître enfin du palais des czars, s'opiniâtrait à ne pas céder cette conquête, même à l'incendie, quand tout à coup un cri : « *Le feu est au Kremlin !* » passe de bouche en bouche, et nous arrache à la stupeur contemplative qui nous avait saisis. L'Empereur sort pour juger le danger. Deux fois le feu venait d'être mis et éteint dans le bâtiment sur lequel il se trouvait; mais la tour de l'arsenal brûle encore. Un soldat de police vient d'y être trouvé. On l'amène, et Napoléon le fait interroger devant lui. C'est ce Russe qui est l'incendiaire : il a exécuté sa consigne au signal donné par son chef. Tout est donc voué à la destruction, même le Kremlin antique et sacré !

L'Empereur fit un geste de mépris et d'humeur ; on emmena ce misérable dans la première cour, où les grenadiers, furieux, le firent expirer sous leurs baïonnettes.

Cet incident avait décidé Napoléon. Il descend rapidement cet escalier du nord, fameux par le massacre des Strélitz, et ordonne qu'on le guide hors de la ville, à une lieue sur la route de Pétersbourg, vers le château impérial de Petrowski.

Mais nous étions assiégés par un océan de flammes : elles bloquaient toutes les portes de la citadelle, et repoussèrent les premières sorties qui furent tentées. Après quelques tâtonnements, on découvrit, à travers les rochers, une poterne qui donnait sur la Moskowa. Ce fut par cet étroit passage que Napoléon, ses officiers et sa garde parvinrent à s'échapper du Kremlin. Mais qu'avaient-ils gagné à cette sortie ? Plus près de l'incendie, ils ne pouvaient ni reculer, ni demeurer ; et comment s'avancer, comment s'élancer à travers les vagues de cette mer de feu ? Ceux qui avaient parcouru la ville, assourdis par la tempête, aveuglés par les cendres, ne pouvaient plus se reconnaître, puisque les rues disparaissaient dans la fumée et sous les décombres !

Il fallait pourtant se hâter. A chaque instant croissait autour de nous le mugissement des flammes. Une seule rue étroite, tortueuse et toute brûlante, s'offrait plutôt comme l'entrée que comme la sortie de cet enfer. L'Empereur s'élança à pied, et sans hésiter, dans ce dangereux passage. Il s'avança au travers du pétillement de ces brasiers, au bruit du craquement des voûtes et de la chute des poutres brûlantes et des toits de fer ardent qui croulaient autour de lui. Ces débris embarrassaient ses pas. Les flammes, qui dévoraient avec un bruissement impétueux les édifices entre lesquels il marchait, dépassant leur faîte, fléchissaient alors sous le vent et se recourbaient sur nos têtes. Nous marchions sur une terre de feu, sous un ciel de feu, entre deux murailles de feu ! Une chaleur pénétrante brûlait nos yeux, qu'il fallait cependant tenir ouverts et fixés sur le danger. Un air dévorant, des cendres étincelantes, des flammes détachées, embrasaient notre respiration courte, sèche, haletante, et déjà presque suffoquée par la fumée. Nos mains brûlaient en cherchant à garantir notre figure d'une chaleur insupportable, et en repoussant les flammèches qui couvraient à chaque instant et pénétraient nos vêtements.

Dans cette inexprimable détresse, et quand une course rapide paraissait notre seul moyen de salut, notre guide, incertain et troublé, s'arrêta. Là se serait peut-être terminée notre vie aventureuse, si des pillards du premier corps n'avaient point reconnu l'Empereur au milieu de ces tourbillons de flammes ; ils accoururent, et le guidèrent vers les décombres fumants d'un quartier réduit en cendres dès le matin.

Ce fut alors que l'on rencontra le prince d'Eckmühl.

Ce maréchal, blessé à la Moskowa, se faisait rapporter dans les flammes pour en arracher Napoléon ou périr avec lui. Il se jeta dans ses bras avec transport; l'Empereur l'accueillit bien, mais avec ce calme qui, dans le péril, ne le quittait jamais.

Pour échapper à cette vaste région de maux, il fallut encore qu'il dépassât un long convoi de poudre qui défilait au travers de ces feux. Ce ne fut pas son moindre danger, mais ce fut le dernier, et l'on arriva avec la nuit à Petrowski.

Le lendemain matin, 17 septembre, Napoléon tourna ses premiers regards sur Moscou, espérant voir l'incendie se calmer. Il le revit dans toute sa violence : toute cette cité lui parut une vaste trombe de feu qui s'élevait en tourbillonnant jusqu'au ciel, et le colorait fortement. Absorbé par cette funeste comtemplation, il ne sortit d'un morne et long silence que pour s'écrier : « Ceci nous présage de grands malheurs! »

L'effort qu'il venait de faire pour atteindre Moscou avait usé tous ses moyens de guerre. Moscou avait été le terme de ses projets, le but de toutes ses espérances, et Moscou s'évanouissait! Quel parti va-t-il prendre? C'est alors surtout que ce génie si décisif fut forcé d'hésiter. Lui qu'on vit, en 1805, ordonner l'abandon subit et total d'une descente préparée à si grands frais, et décider, de Boulogne-sur-Mer, la surprise, l'anéantissement de l'armée autrichienne, enfin toutes les marches de la campagne d'Ulm jusqu'à Munich, telles qu'elles furent exécutées; ce même homme qui, l'année d'après, dicta de

Paris, avec la même infaillibilité, tous les mouvements de son armée jusqu'à Berlin, le jour fixe de son entrée dans cette capitale, et la nomination du gouverneur qu'il lui destinait, c'est lui qui, à son tour étonné, reste incertain ! Jamais il n'a communiqué ses plus audacieux projets à ses ministres les plus intimes que par l'ordre de les exécuter ; et le voilà contraint de consulter, d'essayer les forces morales et physiques de ceux qui l'entourent !

Toutefois c'est en conservant les mêmes formes. Il déclare donc qu'il va marcher sur Pétersbourg. Déjà cette conquête est tracée sur ses cartes, jusque-là si prophétiques ; l'ordre même est donné aux différents corps de se tenir prêts. Mais sa décision n'est qu'apparente ; c'est comme une meilleure contenance qu'il cherche à se donner, ou une distraction à la douleur de voir se perdre Moscou ; aussi Berthier, Bessières surtout, l'eurent-ils bientôt convaincu que le temps, les vivres, les routes, que tout lui manquait pour une si grande expédition.

En ce moment il apprend que Kutusof, après avoir fui vers l'Orient, a tourné subitement vers le midi, et qu'il s'est jeté entre Moscou et Kalougha. C'est un motif de plus contre l'expédition de Pétersbourg ; c'était une triple raison de marcher sur cette armée défaite, pour l'achever ; pour préserver son flanc droit et sa ligne d'opération ; pour s'emparer de Kalougha et de Toula, le grenier et l'arsenal de la Russie ; enfin, pour s'ouvrir une retraite sûre, courte, neuve et vierge, vers Smolensk et la Lithuanie.

Quelqu'un proposa de retourner sur Wittgenstein et Vitepsk.

Napoléon reste incertain entre tous ces projets. Celui de la conquête de Pétersbourg seul le flatte. Les autres ne lui paraissent que des voies de retraite, des aveux d'erreur ; et, soit fierté, soit politique qui ne veut pas s'être trompée, il les repousse.

A peine le tiers de cette armée et de cette capitale existe encore. Mais lui et le Kremlin sont restés debout ; sa renommée est encore tout entière ; et il se persuade que ces deux grands noms de *Napoléon* et de *Moscou* réunis suffiront pour tout achever ! Il se décide donc à rentrer au Kremlin, qu'un bataillon de sa garde a malheureusement préservé.

Le camp qu'il traversa pour y arriver offrait un aspect singulier. C'étaient au milieu des champs, dans une fange épaisse et froide, de vastes feux entretenus par des meubles d'acajou, par des fenêtres et des portes dorées. Autour de ces feux, sur une litière de paille humide, qu'abritaient mal quelques planches, on voyait les soldats et leurs officiers, tout tachés de boue et noircis de fumée, assis dans des fauteuils, ou couchés sur des canapés de soie. A leurs pieds étaient étendus ou amoncelés les schalls de cachemire, les plus rares fourrures de la Sibérie, des étoffes d'or de la Perse, et des plats d'argent dans lesquels ils n'avaient à manger qu'une pâte noire, cuite sous la cendre, et des chairs de cheval à demi grillées et sanglantes : singulier assemblage d'abondance et de disette, de richesse et de saleté, de luxe et de misère !

Entre les camps et la ville, on rencontrait des nuées de soldats traînant leur butin, ou chassant devant eux, comme des bêtes de somme, des moüjiks courbés sous le poids du pillage de leur capitale ; car l'incendie montra près de vingt mille habitants, inaperçus jusque-là dans cette immense cité. Quelques-uns des Moscovites, hommes ou femmes, paraissaient bien vêtus ; c'étaient des marchands. On les vit se réfugier, avec les débris de leurs biens, auprès de nos feux. Ils vécurent pêle-mêle avec nos soldats, protégés par quelques-uns, et soufferts ou à peine remarqués par les autres.

Il en fut de même d'environ dix mille soldats ennemis. Pendant plusieurs jours, ils errèrent au milieu de nous, libres, et quelques-uns même encore armés. Nos soldats rencontraient ces vaincus sans animosité, sans songer à les faire prisonniers, soit qu'ils crussent la guerre finie, soit insouciance ou pitié, et que hors du combat le Français se plaise à n'avoir plus d'ennemis. Ils les laissaient partager leurs feux ; bien plus, ils les souffrirent pour compagnons de pillage. Lorsque le désordre fut moins grand, ou plutôt quand les chefs eurent organisé cette maraude comme un fourrage régulier, alors ce grand nombre de traîneurs russes fut remarqué. On ordonna de les saisir, mais déjà sept à huit mille s'étaient échappés. Nous eûmes bientôt à les combattre.

En entrant dans la ville, l'Empereur fut frappé d'un spectacle encore plus étrange : il ne retrouvait de la grande Moscou que quelques maisons éparses, restées debout au milieu des ruines ! L'odeur qu'exhalait ce colosse abattu, brûlé et calciné, était importune. Des monceaux de cendres, et, de distance en distance, des pans de muraille ou des piliers à demi écroulés, marquaient seuls la trace des rues.

Les faubourgs étaient semés d'hommes et de femmes russes, couverts de vêtements presque brûlés. Ils erraient comme des spectres dans ces décombres; accroupis dans les jardins, les uns grattaient la terre pour en arracher quelques légumes, d'autres disputaient aux corbeaux des restes d'animaux morts que l'armée avait abandonnés. Plus loin, on en aperçut qui se précipitaient dans la Moskowa : c'était pour en retirer des grains que Rostopchin y avait fait jeter, et qu'ils dévoraient sans préparation, tout aigris et gâtés qu'ils étaient déjà.

L'Empereur voit son armée entière dispersée dans la ville. Sa marche est embarrassée par une longue file de maraudeurs, qui vont au butin ou qui en reviennent, par des rassemblements tumultueux de soldats, groupés autour des soupiraux des caves et devant les portes des palais, des boutiques et des églises, que le feu est près d'atteindre, et qu'ils cherchent à enfoncer.

Ses pas sont arrêtés par des débris de meubles de toute espèce qu'on a jetés par les fenêtres pour les soustraire à l'incendie; enfin par un riche pillage, que le caprice a fait abandonner pour un autre butin : car voilà les soldats! ils recommencent sans cesse leur fortune, prenant tout sans distinction, se chargeant outre mesure, comme s'ils pouvaient tout emporter; puis, au bout de quelques pas, forcés par la fatigue de jeter successivement la plus grande partie de leur fardeau.

Les routes en sont obstruées; les places, comme les camps, sont devenues des marchés, où chacun vient échanger le superflu contre le nécessaire. Là, les objets les plus rares, inappréciés par leurs possesseurs, sont vendus à vil prix; d'autres, d'une apparence trompeuse, sont acquis bien au delà de leur valeur. L'or, plus portatif, s'achète à une perte immense pour de l'argent que les havresacs n'auraient pas pu contenir. Partout des soldats assis sur des ballots de marchandises, sur des amas de sucre et de café, au milieu des vins et des liqueurs les plus exquises, qu'ils voudraient échanger contre un morceau de pain. Plusieurs, dans une ivresse qu'augmente l'inanition, sont tombés près des flammes, qui les atteignent et les tuent.

Néanmoins la plupart des maisons et des palais qui avaient échappé au feu servirent d'abri aux chefs; et tout ce qu'elles contenaient fut respecté. Tous voyaient avec douleur cette grande destruction, et le pillage qui en était la suite nécessaire. On a reproché à quelques-uns de nos hommes d'élite de s'être trop plu à recueillir ce qu'ils purent dérober aux flammes; mais il y en eut si peu, qu'ils furent cités. La guerre, dans ces hommes ardents, était une passion qui en supposait d'autres. Ce n'était point cupidité, car ils n'amassaient point; ils usaient de ce qu'ils rencontraient, prenant pour donner, prodiguant tout, et croyant qu'ils avaient tout payé par le danger.

Ce fut au travers de ce bouleversement que Napoléon

rentra dans Moscou. Il l'abandonna à ce pillage, espérant
que son armée, répandue sur ces ruines, ne les fouillerait
pas infructueusement. Mais quand il sut que le désordre
s'accroissait ; que la vieille garde elle-même était entraînée ; que les paysans russes, enfin attirés avec leurs pro-
visions, et qu'il faisait payer généreusement afin d'en attirer d'autres, étaient dépouillés de ces vivres, qu'ils nous
apportaient, par nos soldats affamés ; quand il apprit que
les différents corps, en proie à tous les besoins, étaient
prêts à se disputer violemment les restes de Moscou ;
qu'enfin toutes les ressources encore existantes se perdaient par ce pillage irrégulier ; alors il donna des ordres
sévères, il consigna sa garde. Les églises, où nos cavaliers
s'étaient abrités, furent rendues au culte grec. La maraude fut ordonnée dans les corps par tour de rôle, comme
un autre service, et l'on s'occupa enfin de ramasser les
traîneurs russes.

Mais il était trop tard. Ces militaires avaient fui ; les
paysans, effarouchés, ne revenaient plus ; beaucoup de
vivres étaient gaspillés. L'armée française est tombée
quelquefois dans cette faute ; mais ici l'incendie l'excuse :
il fallut se précipiter pour devancer la flamme. Il est encore assez remarquable qu'au premier commandement
tout soit rentré dans l'ordre.

Kutusof, en abandonnant Moscou, avait attiré Murat
vers Kolomna, jusqu'au point où la Moskowa en coupe la
route. Ce fut là qu'à la faveur de la nuit il tourna subitement vers le sud, pour s'aller jeter, par Podol, entre
Moscou et Kalougha. Cette marche nocturne des Russes

autour de Moscou, dont un vent violent leur portait les cendres et les flammes, fut sombre et religieuse. Ils s'avancèrent à la lueur sinistre de l'incendie qui dévorait le centre de leur commerce, le sanctuaire de leur religion, le berceau de leur empire! Tous, pénétrés d'horreur et d'indignation, gardaient un morne silence, que troublaient seuls le bruit monotone et sourd de leurs pas, le bruissement des flammes, et les sifflements de la tempête. Souvent la lugubre clarté était interrompue par des éclats livides et subits. Alors on voyait la figure de ces guerriers contractée par une douleur sauvage, et le feu de leurs regards sombres et menaçants répondre à ces feux qu'ils croyaient notre ouvrage : il décelait déjà cette vengeance féroce qui fermentait dans leurs cœurs, qui se répandit dans tout l'Empire, et dont tant de Français furent victimes.

En ce moment solennel on vit Kutusof annoncer d'un ton noble et ferme à son souverain la perte de sa capitale. Il lui déclare : « Que, pour conserver les provinces nour-
« ricières du sud et sa communication avec Tormasof et
« Tchitchakof, il vient d'être forcé d'abandonner Moscou,
« mais vide de ce peuple qui en est la vie; que partout
« le peuple est l'âme d'un Empire; que là où est le peu-
« ple russe, là est Moscou et tout l'Empire de Russie! »
Alors pourtant il semble ployer sous sa douleur. Il convient! « que cette blessure sera profonde et ineffaça-
« ble! » Mais, bientôt se relevant, il dit : « Que Mos-
« cou perdue n'est qu'une ville de moins dans un Empire,
« et le sacrifice d'une partie pour le salut de tous. Il se

« montre sur le flanc de la longue ligne d'opération de
« l'ennemi, le tenant comme bloqué par ses détache-
« ments : là il va surveiller ses mouvements, couvrir
« les ressources de l'Empire, recompléter son armée; »
et déjà (le 16 septembre) il annonce que « Napoléon
« sera forcé d'abandonner sa funeste conquête! »

On dit qu'à cette nouvelle Alexandre demeura consterné. Napoléon espérait dans la faiblesse de son rival, en
même temps que les Russes en craignaient l'effet. Le
Czar démentit cet espoir et cette crainte. Dans ses discours, on le voit grand comme son malheur ; il s'adresse
à ses peuples : « Point d'abattement pusillanime, s'écrie-
« t-il ; jurons de redoubler de courage et de persévérance !
« L'ennemi est dans Moscou déserte, comme dans un
« tombeau, sans moyens de domination ni même d'exis-
« tence. Entré en Russie avec trois cent mille hommes
« de tout pays, sans union, sans lien national ni religieux,
« la moitié en est détruite par le fer, la faim et la dé-
« sertion ; il n'a dans Moscou que des débris ; il est au
« centre de la Russie, et pas un seul Russe n'est à ses
« pieds !

« Cependant nos forces s'accroissent et l'entourent. Il
« est au sein d'une population puissante, environné d'ar-
« mées qui l'arrêtent et l'attendent. Bientôt, pour échap-
« per à la famine, il lui faudra fuir à travers les rangs
« serrés de nos soldats intrépides. Reculerons-nous donc,
« quand l'Europe nous encourage de ses regards? Ser-
« vons-lui d'exemple, et saluons la main qui nous choisit
« pour être la première des nations dans la cause de la

« vertu et de la liberté ! » Il terminait par une invoca-
tion au Tout-Puissant.

Les Russes parlent diversement de leur général et de
leur empereur. Pour nous, comme ennemis, nous ne pou-
vons juger nos ennemis que par les faits. Or telles furent
leurs paroles, et leurs actions y répondirent. Compagnons,
rendons-leur justice ! Leur sacrifice a été complet, sans réserve, sans regrets tardifs. Depuis ils n'ont rien réclamé,
même au milieu de la capitale ennemie qu'ils ont préser-
vée ! Leur renommée en est restée grande et pure. Ils ont
connu la vraie gloire ; et quand une civilisation plus avancée aura pénétré dans tous leurs rangs, ce grand peuple
aura son grand siècle, et tiendra à son tour ce sceptre de
gloire, qu'il semble que les nations de la terre doivent se
céder successivement !

Cette marche tortueuse que fit Kutusof, par indécision
ou par ruse, lui réussit. Murat perdit sa trace pendant
trois jours. Le Russe en profita pour étudier son terrain
et s'y retrancher. Son avant-garde allait atteindre Voronowo, l'une des plus belles possessions du comte Rostopchin, lorsque ce gouverneur prit les devants. Les Russes
crurent que ce seigneur voulait revoir pour la dernière
fois ses foyers, quand tout à coup l'édifice disparut à leurs
yeux dans des tourbillons de fumée !

Ils se pressent pour éteindre cet incendie, mais c'est
Rostopchin lui-même qui les repousse ! Ils l'aperçoivent,
au milieu des flammes qu'il attise, sourire à l'écroulement
de cette superbe demeure, puis, d'une main ferme, tracer
ces mots que les Français, en frissonnant de surprise, lu-

rent sur la porte de fer d'une église restée debout : « J'ai
« embelli pendant huit ans cette campagne, et j'y ai vécu
« heureux au sein de ma famille. Les habitants de cette
« terre, au nombre de dix-sept cent vingt, la quittent à
« votre approche, et moi je mets le feu à ma maison,
« pour qu'elle ne soit pas souillée par votre présence !
« Français ! je vous ai abandonné mes deux maisons de
« Moscou, avec un mobilier d'un demi-million de rou-
« bles ; ici vous ne trouverez que des cendres ! »

Ce fut près de là que Murat joignit Kutusof. Il y eut,
le 29 septembre, un vif engagement de cavalerie vers
Czerikowo. Il tournait mal pour notre cavalerie, quand
Poniatowski, réduit à trois mille Polonais, accourut. Ce
prince, secondé par les généraux Pazkowchi et Kniazie-
wicz, accepta audacieusement le combat contre vingt
mille Russes. Ses habiles dispositions et la valeur polonaise
arrêtèrent Miloradowitch pendant plusieurs heures. Un
généreux trait de dévouement du prince polonais décon-
certa le dernier et le plus grand effort du général russe.
L'occasion fut si pressante que Poniatowski, à la tête de
quarante cavaliers seulement, et désarmé par un accident
imprévu, chargea la colonne d'attaque ennemie à coups
de fouet, mais si impétueusement, qu'il l'étonna, l'ébranla,
la rompit, et obtint enfin une victoire que la nuit vint lui
conserver !

Cependant l'incendie, commencé dans la nuit du 14 au
15 septembre, suspendu par nos efforts dans la journée
du 15, ranimé dès la nuit suivante, et dans sa plus grande
violence les 16, 17 et 18, s'était ralenti le 19. Il avait

cessé le 20. Ce jour-là même Napoléon, que les flammes avaient chassé du Kremlin, rentra dans le palais des czars. Il y appelle les regards de l'Europe ; il y attend ses convois, ses renforts, ses traîneurs ; sûr que tous les siens seront ralliés par sa victoire, par l'appât de ce riche butin, par l'étonnant spectacle de Moscou prisonnière, et par lui surtout, dont la gloire, du haut de ce grand débris, brillait et attirait encore comme un fanal sur un écueil !

Deux fois pourtant, le 22 et le 28 septembre, des lettres de Murat qui poursuivait Kutusof et l'avait atteint vers Czerikowo furent près d'arracher Napoléon de ce funeste séjour. Elles annonçaient une bataille ; mais deux fois les ordres de mouvement, déjà écrits, furent brûlés. Il semblait que, pour notre Empereur, la guerre fût finie, et qu'il n'attendît plus qu'une réponse de Pétersbourg. Il nourrissait son espoir des souvenirs de Tilsitt et d'Erfurt. A Moscou, aurait-il donc moins d'ascendant sur Alexandre ? Puis, comme les hommes longtemps heureux, ce qu'il désire, il l'espère.

Son génie a d'ailleurs cette grande faculté, qui consiste à interrompre sa plus grande préoccupation, quand il lui plaît, soit pour en changer, soit même pour se reposer ; car la volonté en lui surpasse l'imagination. En cela il règne sur lui-même autant que sur les autres.

Mais déjà onze jours se sont écoulés, le silence d'Alexandre dure toujours, et Napoléon espère toujours vaincre son rival en opiniâtreté ; perdant ainsi le temps qu'il fallait gagner, et qui toujours sert la défense contre l'attaque !

11.

Dès lors, et plus qu'à Vitepsk, toutes ses actions annoncent aux Russes que leur puissant ennemi veut se fixer dans le cœur de leur Empire. Moscou en cendres reçoit un intendant et des municipalités. L'ordre est donné de s'y approvisionner pour l'hiver. Un théâtre se forme au milieu des ruines. Les premiers acteurs de Paris sont, dit-on, mandés. Un chanteur italien vient s'efforcer de rappeler au Kremlin les soirées des Tuileries. Par là Napoléon prétend abuser un gouvernement que l'habitude de régner sur l'erreur et l'ignorance de ses peuples a fait de longue main à toutes ces déceptions.

Lui-même sent l'insuffisance de ces moyens, et pourtant septembre n'est déjà plus, octobre commence ! Alexandre a dédaigné de répondre ! C'est un affront ! il s'irrite. Le 3 octobre, après une nuit d'inquiétude et de colère, il appelle ses maréchaux. Dès qu'il les aperçoit : « Entrez, s'écrie-t-il, écoutez le nouveau plan que je « viens de concevoir ; prince Eugène, lisez ! (Ils écou- « tent.) Il faut brûler les restes de Moscou ; marcher par « Twer sur Pétersbourg, où Macdonald viendra les « joindre ! Murat et Davout feront l'arrière-garde ! » Et l'Empereur, tout animé, fixe ses yeux étincelants sur ses généraux, dont la figure froide et silencieuse n'exprime que l'étonnement.

Alors, s'exaltant pour exalter : « Hé quoi ! c'est vous « ajoute-t-il, que cette pensée n'enflamme point ! Jamais « un plus grand fait de guerre aurait-il existé ? Désormais « cette conquête est seule digne de nous ! De quelle gloire « nous serons comblés, et que dira le monde entier, quand

« il apprendra qu'en trois mois nous avons conquis les
« deux grandes capitales du Nord? »

Mais Davout, comme Daru, lui oppose « la saison, la
« disette, une route stérile et déserte. »

Ces chefs ont assuré qu'alors ils proposèrent différents
projets; soin bien inutile avec un prince dont le génie
devançait toutes les autres imaginations, et que leurs
objections n'auraient point arrêté, s'il eût été décidé à
marcher sur Pétersbourg. Mais cette idée n'était en lui
qu'une saillie de colère, une inspiration du désespoir de se
voir obligé, à la face de l'Europe, de céder, d'abandonner
une conquête, et de reculer!

C'était surtout une menace pour effrayer les siens
comme les ennemis, et pour amener et appuyer une négociation qu'entamerait Caulaincourt. Ce grand officier
avait plu à Alexandre : il était le seul, entre tous les grands
de la cour de Napoléon, qui eût pris quelque ascendant
sur son rival; mais, depuis plusieurs mois, Napoléon le
repoussait de son intimité, n'ayant pu lui faire approuver
son expédition.

Ce fut pourtant à lui-même qu'en ce jour il fut forcé
de recourir et de montrer son anxiété. Il l'appelle; mais,
seul avec lui, il hésite. Il marche longtemps tout agité,
et l'entraîne sur ses pas, sans que sa fierté puisse se décider à rompre un si pénible silence. Elle va céder enfin,
mais en menaçant. Il priera qu'on lui demande la paix
comme s'il daignait l'accorder.

Après quelques mots à peine articulés : « Il va, dit-il,
« marcher sur Pétersbourg! Il sait que la destruction

« de cette ville affligera sans doute son grand écuyer.
« Alors la Russie se soulevera contre l'empereur
« Alexandre, il y aura une conjuration contre ce monar-
« que : on l'assassinera, ce sera un grand malheur. Ce
« prince, qu'il estime, il le regrettera, tant pour lui que
« pour la France. Son caractère, ajoute-t-il, convient à
« nos intérêts ; aucun autre prince ne pourrait le rem-
« placer avantageusement pour nous. Il pense donc, pour
« prévenir cette catastrophe, à lui envoyer Caulain-
« court ! »

Mais le duc de Vicence, plus capable d'opiniâtreté que
de flatterie, ne changea point de langage ; il soutint :
« Que cette ouverture serait inutile ; que tant que le sol
« russe ne serait pas entièrement évacué, Alexandre n'é-
« couterait aucune proposition ; que la Russie sentait, à
« cette époque de l'année, tout son avantage ; que, bien
« plus, cette démarche serait nuisible, en ce qu'elle mon-
« trerait le besoin que Napoléon avait de la paix, et dé-
« couvrirait tout l'embarras de notre position ! »

Il ajouta que, « plus le choix du négociateur serait
« marquant, plus il marquerait d'inquiétude ; qu'ainsi
« lui, plus que tout autre, échouerait, et d'autant plus
« qu'il partirait avec cette certitude. » L'Empereur rompit brusquement cet entretien par ces mots : « Eh bien,
« j'enverrai Lauriston ! »

Celui-ci assure qu'il ajouta de nouvelles objections aux
précédentes, et que, provoqué par l'Empereur, il ouvrit
l'avis de commencer, dès le jour même, la retraite, en se
dirigeant par Kalougha. Napoléon, irrité, lui répliqua

avec amertume : « Qu'il aimait les plans simples, les
« routes les moins détournées, les grandes routes,
« celle par laquelle il était venu, mais qu'il ne voulait
« la reprendre qu'avec la paix. » Puis, lui montrant,
comme au duc de Vicence, la lettre qu'il venait d'écrire
à Alexandre, il lui ordonna d'aller obtenir de Kutusof un sauf-conduit pour Pétersbourg. Les dernières paroles de l'Empereur à Lauriston furent : « Je veux la
« paix, il me faut la paix, je la veux absolument ! Sau-
« vez seulement l'honneur ! »

Ce général part, et arrive aux avant-postes le 5 octobre.
La guerre est aussitôt suspendue, l'entrevue accordée ;
mais Volkonsky, aide de camp d'Alexandre, et Beningsen
s'y trouvèrent sans Kutusof. Wilson assure que les généraux et les officiers russes, soupçonnant leur chef et l'accusant de faiblesse, avaient crié à la trahison, et que celui-ci n'avait point osé sortir de son camp.

Les instructions de Lauriston portaient qu'il ne devait
s'adresser qu'à Kutusof. Il rejeta donc avec hauteur
toute communication intermédiaire, et saisissant, a-t-il
dit, cette occasion de rompre une négociation qu'il dé-
sapprouvait, il se retira malgré les instances de Volkonsky,
et voulut repartir pour Moscou. Alors, sans doute, Napoléon irrité se serait précipité sur Kutusof, aurait renversé
et détruit son armée, encore tout incomplète, et en eût
arraché la paix. Dans le cas d'un succès moins décisif, du
moins aurait-il pu se retirer sans désastre sur ses renforts.

Malheureusement Beningsen se hâta de demander un

entretien à Murat. Lauriston attendit. Le chef d'état-major russe, plus habile à négocier qu'à combattre, s'efforça d'enchanter ce roi nouveau par des formes respectueuses ; de le séduire par des éloges ; de le tromper par de douces paroles, qui ne respiraient que la fatigue de la guerre et l'espoir de la paix ; et Murat, enfin las des batailles, inquiet de leur résultat, et regrettant, dit-on, son trône, depuis qu'il n'en espérait plus un meilleur, se laissa enchanter, séduire et tromper.

Beningsen avait à la fois persuadé son chef et celui de notre avant-garde ; il s'empressa d'envoyer chercher Lauriston et de le faire conduire dans le camp des Russes, où Kutusof l'attendait à minuit. L'entrevue commença mal. Konownitzin et Volkonsky voulaient en rester les témoins. Cela choqua le général français : il exigea qu'ils se retirassent. On le satisfit.

Dès que Lauriston fut seul avec Kutusof, il lui exposa ses motifs et son but, et lui demanda le passage pour Pétersbourg. Le général russe répondit que cette demande dépassait ses pouvoirs ; mais aussitôt il proposa de charger Volkonsky de la lettre de Napoléon pour Alexandre, et offrit un armistice jusqu'au retour de cet aide de camp. Il accompagna ces paroles de protestations pacifiques, qu'ensuite répétèrent tous ses généraux.

Ce qui fut bientôt prouvé, c'est qu'ils s'étaient surtout entendus pour tromper Murat et son Empereur. Ils y réussirent. Ces détails transportèrent de joie Napoléon. Crédule par espoir, par désespoir peut-être, il s'enivre quelques instants de cette apparence ; et, pressé d'échapper au sentiment intérieur qui l'oppresse, il semble vouloir s'étourdir en s'abandonnant à une joie expansive. Il appelle tous ses généraux ; il triomphe en leur annonçant une paix toute prochaine !

Toutefois l'armistice proposé par Kutusof lui déplut : il ordonna à Murat de le rompre sur-le-champ ; mais il n'en fut pas moins observé, et l'on en ignore la cause.

Cet armistice était singulier. Pour le rompre il suffisait de se prévenir réciproquement trois heures d'avance. Il n'existait que pour le front des deux camps, et non pour leurs flancs. Ce fut ainsi du moins que les Russes l'interprétèrent. On ne pouvait amener un convoi ni faire un fourrage sans combattre : de sorte que la guerre continuait partout, excepté où elle pouvait nous être favorable.

Pendant les premiers jours qui suivirent, Murat se complut à se montrer aux avant-postes ennemis. Là il jouissait des regards que sa bonne mine, sa réputation de bravoure et son rang attiraient sur lui. Les chefs russes n'eurent garde de le dégoûter : ils le comblèrent de toutes les marques de déférence propres à entretenir son illusion. Il pouvait ordonner à leurs vedettes comme aux Français. Si quelque partie du terrain qu'ils occupaient lui convenait, ils s'empressaient de la lui céder.

Des chefs cosaques allèrent jusqu'à feindre l'enthousiasme, et à dire qu'ils ne reconnaissaient plus pour Empereur que celui qui régnait à Moscou. Murat crut un instant qu'ils ne se battraient plus contre lui. Il alla plus loin. On entendit Napoléon s'écrier, en lisant ses lettres :

« Murat, roi des cosaques ! quelle folie ! » Toutes les idées possibles venaient à des hommes à qui tout était arrivé.

Quant à l'Empereur, qu'on ne trompait guère, il n'eut que quelques instants d'une joie factice.

En effet, deux convois considérables venaient encore de tomber au pouvoir de l'ennemi ; l'un, par négligence de son chef, qui se tua de désespoir ; l'autre, par la lâcheté d'un officier, qu'on allait punir quand la retraite commença. La perte de l'armée fit son salut.

Chaque matin il fallait que nos soldats, et surtout nos cavaliers, allassent au loin chercher la nourriture du soir et du lendemain. Et, comme les environs de Moscou et de Winkowo se dégarnissaient de plus en plus, on s'écartait tous les jours davantage. Les hommes et les chevaux revenaient épuisés, ceux toutefois qui revenaient : car chaque mesure de seigle, chaque trousse de fourrage, nous étaient disputées : il fallait les arracher à l'ennemi. C'étaient des surprises, des combats, des pertes continuelles ! Les paysans s'en mêlaient. Ils punirent de mort ceux d'entre eux que l'appât du gain avait attirés dans nos camps avec quelques vivres. D'autres mettaient le feu à leurs propres villages, pour en chasser nos fourrageurs, et les livrer aux cosaques, qu'ils avaient d'abord appelés, et qui nous y tenaient assiégés.

Ce furent encore des paysans qui prirent Véréia, ville voisine de Moscou. Un de leurs prêtres conçut, dit-on, le projet de ce coup de main, et l'exécuta. Il arma des habitants, obtint quelques troupes de Kutusof ; puis, le

10 octobre avant le jour, il fit donner, d'une part, le signal d'une fausse attaque, quand, de l'autre, lui-même se
précipitait sur nos palissades. Il les détruisit, pénétra dans
la ville, et en fit égorger toute la garnison.

Ainsi la guerre était partout, devant, sur nos flancs,
derrière nous : l'armée s'affaiblissait ; l'ennemi devenait
chaque jour plus entreprenant. Il en allait être de cette
conquête comme de tant d'autres, qui se font en masse
et se perdent en détail.

Murat lui-même s'inquiète enfin. Il a vu dans ces
affaires journalières se fondre la moitié du reste de sa cavalerie. Aux avant-postes, dans leurs rencontres avec les
nôtres, les officiers russes, soit fatigue, vanité, ou franchise militaire poussée jusqu'à l'indiscrétion, se sont
récriés sur les malheurs qui nous menacent. Ils nous
montrent « ces chevaux d'un aspect encore sauvage, à
« peine domptés, et dont la longue crinière balayait la
« poussière de la plaine. Cela ne nous disait-il pas qu'une
« nombreuse cavalerie leur arrivait de toutes parts,
« quand la nôtre se perdait ? Le bruit continuel de dé-
« charges d'armes à feu, dans l'intérieur de leur ligne, ne
« nous annonçait-il pas qu'une multitude de recrues
« s'y exerçaient à la faveur de l'armistice ?

L'Empereur n'ignorait point ces avertissements, mais
il les repoussait, ne voulant pas se laisser ébranler. L'inquiétude dont il était ressaisi se décelait par des ordres
de colère. Ce fut alors qu'il fit dépouiller les églises du
Kremlin de tout ce qui pouvait servir de trophée à la
Grande Armée. Ces objets, voués à la destruction par

les Russes eux-mêmes, appartenaient, disait-il, aux vainqueurs, par le double droit donné par la victoire, et surtout par l'incendie !

Il fallut de longs efforts pour arracher à la tour du grand Yvan sa gigantesque croix. L'Empereur voulait qu'à Paris le dôme des Invalides en fut orné. Le peuple russe attachait le salut de son empire à la possession de ce monument. Pendant les travaux, on remarqua qu'une foule de corbeaux entouraient sans cesse cette croix, et que Napoléon, fatigué de leurs tristes croassements, s'écria : « Qu'il semblait que ces nuées d'oiseaux sinistres voulussent la défendre ! » On ignore, dans cette position si critique, quelles étaient toutes ses pensées, mais on le savait accessible à tous les pressentiments.

Ses sorties journalières, qu'éclairait toujours un soleil brillant, dans lequel il s'efforçait de voir et de montrer son étoile, ne le distrayaient point. Au triste silence de Moscou morte se joignait celui des déserts qui l'environnent, et le silence encore plus menaçant d'Alexandre. Ce n'était point le faible bruit des pas de nos soldats, errant dans ce vaste tombeau, qui pouvait tirer notre Empereur de sa rêverie, l'arracher à ses cruels souvenirs et à sa prévoyance plus cruelle encore.

Ses nuits surtout deviennent fatigantes. Il en passe une partie avec le comte Daru. Là seulement il convient du danger de sa position.

Appréciant alors toute la force qu'il tire du prestige de son infaillibilité, il frémit d'y porter une première atteinte : « Quelle effrayante suite de guerres périlleuses

« dateront de son premier pas rétrograde ! Qu'on ne
« blâme donc plus son inaction. Eh ! ne sais-je pas,
« ajoute-t-il, que militairement Moscou ne vaut rien ?
« Mais Moscou n'est point une position militaire, c'est
« une position politique. On m'y croit général, quand
« j'y suis empereur ! » Puis il s'écrie : « Qu'en politique
« il ne faut jamais reculer, ne jamais revenir sur ses
« pas, se bien garder de convenir d'une erreur ; que
« cela déconsidère ; que lorsqu'on s'est trompé il faut
« persévérer, que cela donne raison ! »

C'est pourquoi il s'opiniâtre avec cette ténacité, ailleurs
sa première qualité, ici son premier défaut.

Cependant sa détresse augmente : il sait qu'il ne doit
pas compter sur l'armée prussienne. Un avis, d'une main
trop sûre, adressé à Berthier, lui fait perdre sa confiance
dans l'appui de l'armée autrichienne. Kutusof le joue ; il
le sent, mais il se trouve engagé si avant qu'il ne peut
plus ni avancer, ni rester, ni reculer, ni combattre avec
honneur et succès ! Ainsi, tour à tour poussé, retenu par
tout ce qui décide ou détourne, il demeure sur ces cendres, espérant à peine, et désirant toujours.

Sa lettre, remise par Lauriston, avait dû partir le
6 octobre ; la réponse ne pouvait guère arriver avant le 20 ;
et, malgré tant d'apparences menaçantes, la fierté de Napoléon, sa politique, et sa santé peut-être, lui conseillent
le plus dangereux de tous les partis, celui d'attendre cette
réponse, de se fier au temps qui le tue. Daru, comme ses
autres officiers, s'étonne de ne point retrouver en lui cette
décision vive, mobile et rapide comme les circonstances ;

ils disent que son génie ne sait plus s'y plier ; ils s'en pren-
nent à sa persistance naturelle, qui fit son élévation et qui
causera sa chute !

Mais, dans cette position de guerre si critique par sa
complication politique la plus délicate qui fut jamais, ce
n'était point d'un caractère jusque-là si grand par son
inébranlable persévérance qu'on devait attendre une
prompte renonciation au but que, depuis Vitepsk, il s'était
proposé.

L'attitude de son armée secondait son désir. La plupart des officiers persévéraient dans leur confiance. Les
simples soldats, qui voient toute leur vie dans le moment
présent, et qui, attendant peu de l'avenir, ne s'en inquiètent guère, conservaient leur insouciance, la plus pré-
cieuse. de leurs qualités. A la vérité, les récompenses
que, dans les revues journalières, l'Empereur leur prodiguait, n'étaient plus reçues qu'avec une joie grave,
mêlée de quelque tristesse. Les places vides qu'on allait
remplir étaient encore toutes sanglantes : ces faveurs
menaçaient.

D'autre part, depuis Vilna, beaucoup avaient jeté
leurs vêtements d'hiver pour se charger de vivres ; la
route avait détruit leur chaussure ; le reste de leurs vêtements était usé par les combats ; mais, malgré tout,
leur attitude restait haute ! Ils cachaient avec soin leur
dénûment devant leur Empereur, et se paraient de leurs
armes éclatantes et bien réparées. Dans cette première
cour du palais des czars, à huit cents lieues de leurs
ressources, et après tant de combats et de bivouacs, ils

voulaient paraître encore propres, prêts et brillants :
c'est là l'honneur du soldat; ils y attachaient encore
plus de prix à cause de la difficulté, pour étonner, et
parce que l'homme s'enorgueillit de tout ce qui est effort.

L'Empereur s'y prêtait complaisamment, s'aidant de
tout pour espérer, quand vinrent tout à coup les premières neiges. Avec elles tombèrent toutes les illusions
dont il cherchait à s'environner. Dès lors il ne songe
plus qu'à la retraite, sans toutefois en prononcer le nom,
sans qu'on puisse lui arracher un ordre qui l'annonce
positivement. Il dit seulement que dans vingt jours il
faudra que l'armée soit en quartier d'hiver ; et il presse
le départ de ses blessés. Là, comme ailleurs, sa fierté ne
peut consentir au moindre abandon volontaire : les attelages manquent à son artillerie, désormais trop nombreuse pour une armée aussi réduite ; il n'importe, il s'irrite à la proposition d'en laisser une partie dans Moscou : « Non l'ennemi s'en ferait un trophée ! » et il
exige que tout marche avec lui.

Dans ce pays désert, il ordonne l'achat de vingt mille
chevaux ; il veut qu'on s'approvisionne de deux mois de
fourrages, sur un sol où, chaque jour, les courses les plus
lointaines et les plus périlleuses ne suffisent pas à la nourriture de la journée. Quelques-uns des siens s'étonnèrent
d'entendre des ordres si inexécutables ; mais on a déjà
vu que quelquefois il les donnait ainsi pour tromper ses
ennemis, et, le plus souvent, pour indiquer aux siens
l'étendue des besoins, et les efforts qu'ils devaient faire
pour y subvenir.

Toutefois Napoléon ne se décide encore ni à rester ni à partir. Vaincu dans ce combat d'opiniâtreté, il remet de jour en jour à avouer sa défaite. Au milieu de ce terrible orage d'hommes et d'éléments qui s'amasse autour de lui, ses ministres, ses aides de camp le voient passer ces dernières journées à discuter le mérite de quelques vers nouveaux, qu'il vient de recevoir, où le règlement de la Comédie française de Paris, qu'il met trois soirées à achever. Comme ils connaissent toute son anxiété, ils admirent la force de son génie, et la facilité avec laquelle il déplace et fixe où il lui plaît toute la puissance de son attention.

On remarqua seulement qu'il prolongeait ses repas, jusque-là si simples et si courts. Il cherchait à s'étourdir. Puis ils le voyaient s'appesantissant passer de longues heures à demi couché, comme engourdi, et attendant, un roman à la main, le dénoûment de sa terrible histoire. Alors ils répètent entre eux, en voyant ce génie opiniâtre et inflexible lutter contre l'impossibilité. que, parvenu au faîte de sa gloire, sans doute il pressent que de son premier mouvement rétrograde datera sa décroissance ; que c'est pourquoi il demeure immobile, s'attachant et se retenant encore quelques intants sur ce sommet !

Enfin, après plusieurs jours d'illusion, le charme se dissipe. Un cosaque achève de le rompre. Ce barbare a tiré sur Murat au moment où ce prince venait se montrer aux avant-postes. Murat, s'irrite : il déclare à Miloradowitch qu'un armistice sans cesse violé n'existe

plus, et que désormais chacun ne doit plus avoir confiance qu'en lui-même.

En même temps il fait avertir l'Empereur qu'à sa
gauche un terrain couvert peut favoriser des surprises
contre son flanc et ses derrières ; que sa première ligne,
adossée à un ravin, y peut être précipitée ; qu'enfin
la position qu'il occupe en avant d'un défilé est dangereuse, et nécessite un mouvement rétrograde. Mais Napoléon n'y peut consentir, quoique d'abord il eût in-
diqué Voronowo comme une position plus sûre. Dans
cette guerre, encore à ses yeux plutôt politique que militaire, il craignait surtout de paraître fléchir. Il préférait
tout risquer.

Toutefois, le 13 octobre, Lauriston est renvoyé vers
Murat pour examiner la position de l'avant-garde.
Quant à l'Empereur, soit ténacité dans son premier espoir, soit que toute disposition qui pouvait annoncer
une retraite répugnât autant à sa fierté qu'à sa politique, on remarqua une singulière négligence dans ces
préparatifs de départ. Il y songeait cependant, car dès
ce même jour il trace son plan de retraite. Il en dicte,
un moment après, un autre sur Smolensk. Junot reçoit
l'ordre de brûler, le 21, à Kolotskoi, tous les fusils
des blessés, et de faire sauter les caissons. D'Hilliers occupera Elnia et y formera des magasins. C'est le 17 seulement, qu'à Moscou, et pour la première fois, Berthier
pense à faire distribuer des cuirs.

Ce major général suppléa peu son chef dans cette
circonstance critique. Au milieu de ce sol et de ce

climat nouveau, il ne recommanda aucune précaution nouvelle, et il attendit que les moindres détails lui fussent dictés par son Empereur. Ils furent oubliés. Cette négligence ou cette imprévoyance eut des suites funestes. Dans une armée dont chaque partie était commandée par un maréchal, un prince, ou même un roi, on compta trop peut-être les uns sur les autres. D'ailleurs Berthier n'ordonnait rien de lui-même : il se contentait de répéter fidèlement la lettre même des volontés de Napoléon ; car pour leur esprit, soit fatigue ou habitude, il lui arrivait sans cesse de confondre la partie positive de ces instructions avec leur partie conjecturale.

Cependant Napoléon rallie ses corps d'armée ; les revues qu'il passe dans le Kremlin sont plus fréquentes ; il réunit en bataillons tous les cavaliers démontés, et il prodigue les récompenses. Les trophées et tous les blessés transportables partent pour Mojaïsk ; le reste est réuni dans le grand hôpital *des enfants trouvés;* on y place des chirurgiens français ; les blessés russes, mêlés aux nôtres, seront leur sauvegarde.

Mais il était trop tard. Au milieu de ces préparatifs, et dans l'intant où Napoléon passait en revue, dans la première cour du Kremlin, les divisions de Ney, tout à coup le bruit se répand autour de lui que le canon gronde vers Winkwo. On fut quelque temps sans oser l'en avertir : les uns par incrédulité ou incertitude, et redoutant un premier mouvement d'impatience ; quelques autres par mollesse, hésitant à provoquer un signal terrible, ou

par crainte d'être envoyés pour vérifier cette assertion
et de s'exposer à une course fatigante.

Enfin Duroc se détermine. L'Empereur changea d'a-
bord de visage ; puis il se remit promptement, et continua sa revue. Mais un aide de camp, le jeune Béranger,
accourt. Il annonce que la première ligne de Murat a
été surprise et culbutée ; sa gauche tournée à la faveur
des bois, son flanc attaqué, sa retraite coupée ; que douze
canons, vingt caissons, trente fourgons sont pris, deux
généraux tués, trois à quatre mille hommes perdus, et le
bagage ; qu'enfin le roi est blessé. Il n'a pu arracher à
l'ennemi les restes de son avant-garde que par des charges multipliées sur les troupes nombreuses qui déjà occupaient, derrière lui, le grand chemin, sa seule retraite.

Cependant l'honneur est sauvé. L'attaque de front,
conduite par Kutusof, a été molle ; Poniatowski, à quelques lieues à droite, a résisté glorieusement ; Murat et
les carabiniers, par des efforts surnaturels, ont arrêté
Bagawout près d'entrer dans notre flanc gauche ; ils ont
rétabli le combat. Claparède et Latour-Maubourg ont
nettoyé le défilé de Spas-kaplia, qu'occupait déjà Platof, à deux lieues en arrière de notre ligne. Deux généraux russes sont tués, d'autres blessés, la perte des
ennemis est considérable ; mais il leur reste l'avantage
de l'attaque, nos canons, notre position, enfin la victoire.

Pour Murat, il n'a plus d'avant-garde : l'armistice
avait perdu la moitié des restes de sa cavalerie, ce combat l'a achevée ; ses débris, exténués de faim, pourraient

à peine fournir une charge. Et voilà la guerre recommencée! C'était le 18 octobre.

A cette nouvelle, Napoléon retrouve le feu de ses premières années. Mille ordres d'ensemble et de détail, tous différents, tous d'accord, tous nécessaires, jaillissent à la fois de son génie impétueux! La nuit n'est point encore venue, et déjà toute son armée est en mouvement. L'Empereur lui-même, avant que le jour du 19 octobre l'éclaire, sort de Moscou; il s'écrie : « Marchons sur « Kalougha, et malheur à ceux qui se trouveront sur « mon passage! »

V.

MALO-IAROSLAVETZ.

Dans la partie méridionale de Moscou, près de l'une de ses portes, un de ses plus larges faubourgs se divise en deux grandes routes ; toutes deux vont à Kalougha : l'une, celle de gauche, est la plus ancienne ; l'autre est neuve. C'était sur la première que Kutusof venait de battre Murat. Ce fut par cette même route que Napoléon sortit de Moscou, le 19 octobre, en annonçant à ses officiers qu'il allait regagner les frontières de la Pologne par Kalougha et Smolensk. Puis, montrant un ciel toujours pur, il leur demanda : « Si dans ce soleil brillant ils ne « reconnaissaient pas son étoile ! » Mais cet appel à sa fortune et l'expression sinistre de ses traits démentaient la sécurité qu'il affectait !

Napoléon, entré dans Moscou avec quatre-vingt-dix mille combattants et vingt mille malades et blessées, en sortait avec plus de cent mille combattants ; il n'y laissait que douze cents malades. Son séjour, malgré les

pertes journalières, lui avait donc servi à reposer son infanterie, à compléter ses munitions, à augmenter ses forces
de dix mille hommes, et à protéger le rétablissement ou
la retraite d'une grande partie de ses blessés. Mais, dès
cette première journée, il put remarquer que sa cavalerie et son artillerie se traînaient plutôt qu'elles ne marchaient.

Un spectacle fâcheux ajoutait aux tristes pressentiments de notre chef. L'armée, depuis la veille, sortait de
Moscou sans interruption. Dans cette colonne de cent
quarante mille hommes et d'environ cinquante mille chevaux de toute espèce, cent mille combattants marchant
à la tête, avec leurs sacs, leurs armes, plus de cinq cent
cinquante canons et deux mille voitures d'artillerie, rappelaient encore cet appareil terrible de guerriers vainqueurs du monde. Mais le reste, dans une proportion effrayante, ressemblait à une horde de Tartares après une
heureuse invasion. C'était, sur trois ou quatre files d'une
longueur infinie, un mélange, une confusion de calèches,
de caissons, de riches voitures et de chariots de toute
espèce. Ici, des trophées de drapeaux russes, turcs et
persans, et cette gigantesque croix du grand Yvan ; là,
des paysans russes, avec leurs barbes, conduisant ou portant notre butin, dont ils font partie ; d'autres, traînant
à force de bras jusqu'à des brouettes pleines de tout ce
qu'ils ont pu emporter. Les insensés n'atteindront pas
ainsi la fin de la première journée ; mais devant leur
folle avidité huit cents lieues de marche et de combats
disparaissent !

On remarquait surtout, dans cette suite d'armée, une foule d'hommes de toutes les nations, sans uniformes, sans armes, et des valets jurant dans toutes les langues, et faisant avancer, à force de cris et de coups, des voitures élégantes, traînées par des chevaux nains attelés de cordes. Elles sont pleines de butin arraché à l'incendie, ou de vivres. Elles portent aussi des femmes françaises avec leurs enfants. Jadis ces femmes furent d'heureuses habitantes de Moscou ; elles fuient aujourd'hui la haine des Moscovites, que l'invasion a appelée sur leurs têtes ; l'armée est leur seul asile. Quelques filles russes, captives volontaires, suivaient aussi.

On croyait voir une caravane, une nation errante, ou plutôt une de ces armées de l'antiquité, revenant toute chargée d'esclaves et de dépouilles après une grande destruction.

On ne concevait pas comment la tête de cette colonne pourrait traîner et soutenir, pendant une si longue marche, une aussi lourde masse d'équipages.

Malgré la largeur du chemin et les cris de son escorte, Napoléon avait peine à se faire jour au travers de cette immense cohue. Il ne fallait sans doute que l'embarras d'un défilé, quelques marches forcées, ou une boutade de cosaques, pour nous débarrasser de tout cet attirail ; mais le sort ou l'ennemi avaient seuls le droit de nous alléger ainsi. Pour l'Empereur, il sentait bien qu'il ne pouvait ni ôter ni reprocher à ses soldats ce fruit de tant de travaux. D'ailleurs, les vivres cachaient le butin ; et lui, qui ne pouvait pas donner aux siens les subsistances qu'il

12.

leur devait, pouvait-il leur défendre d'en emporter ? Enfin, les transports militaires manquant, ces voitures étaient, pour les malades et les blessés, la seule voie de salut.

Napoléon se dégagea donc, en silence, de l'immense attirail qu'il entraînait après lui, et s'avança sur la vieille route de Kalougha. Il poussa dans cette direction pendant quelques heures, annonçant qu'il allait vaincre Kutusof sur le champ même de sa victoire. Mais tout à coup, au milieu du jour, à la hauteur du château de Krasnopachra, où il s'arrêta, il tourna subitement à droite avec son armée, et gagna, en trois marches, et à travers champs, la nouvelle route de Kalougha.

Au milieu de cette manœuvre la pluie le surprit, gâta les chemins de traverse, et le força d'y séjourner. Ce fut un grand malheur. On ne tira qu'avec peine nos canons de ces bourbiers.

Toutefois l'Empereur avait masqué son mouvement par le corps de Ney et les débris de la cavalerie de Murat, restés derrière la Motscha et à Woronowo. Kutusof, trompé par ce simulacre, attendit encore la Grande Armée sur l'ancienne route, tandis que le 23 octobre, transportée tout entière sur la nouvelle,' elle n'avait plus qu'une marche à faire pour passer paisiblement à côté de lui, et pour le devancer vers Kalougha.

Une lettre de Berthier à Kutusof, datée du premier jour de cette marche de flanc, fut à la fois une dernière tentative de paix, et peut-être une ruse de guerre. Elle resta sans réponse satisfaisante.

Le 23, le quartier impérial était à Borowsk. Cette nuit fut douce pour l'Empereur : il apprit qu'à six heures du soir Delzons et sa division avaient, à quatre lieues devant lui, trouvé vide Malo-Iaroslavetz et les bois qui la dominent ; c'était une position forte, à portée de Kutusof, et le seul point sur lequel il pouvait nous couper la nouvelle route de Kalougha.

L'Empereur voulut d'abord assurer ce succès par sa présence : l'ordre de marche fut même donné ; on ignore pourquoi il le retira. Il passa toute cette soirée à cheval, non loin de Borowsk, sur la gauche de la route, du côté où il supposait Kutusof. Il examinait, au travers d'une grosse pluie, le terrain, comme s'il eût pu devenir un champ de bataille. Le lendemain 24, il apprit qu'on disputait à Delzons la possession de Malo-Iaroslavetz ; il ne s'en émut guère, soit confiance, soit incertitude dans ses projets.

Il sortait donc de Borowsk, tard et sans se hâter quand le bruit d'un combat très vif arriva jusqu'à lui. Alors il s'inquiète ; il court se placer sur une hauteur, et il écoute : « Les Russes l'avaient-ils prévenu ? Sa manœuvre était-« elle manquée ? N'avait-il point mis assez de rapidité « dans sa marche, où il s'agissait de dépasser le flanc « gauche de Kutusof ? »

En effet, on dit qu'il y eut dans tout ce mouvement un peu de l'engourdissement qui suit un long repos. Moscou n'est séparée de Malo-Iaroslavetz que par cent dix werstes : quatre journées suffisaient pour les franchir ; on en mit six. Mais l'armée, surchargée de vivres et de butin, était lourde, les chemins étaient marécageux. On avait été forcé de sacrifier tout un jour au passage de la Nara et de son marais, ainsi qu'au ralliement des différents corps. D'ailleurs, en défilant si près de l'ennemi, il fallait marcher serré pour ne pas lui prêter un flanc trop allongé. Quoi qu'il en soit, on peut dater tous nos malheurs de ce séjour.

Cependant l'Empereur écoute encore ; le bruit augmente : « Est-ce donc une bataille ? » s'écrie-t-il. Chaque décharge le déchire, car il ne s'agissait plus pour lui de conquérir, mais de conserver, et il presse Davout qui le suit ; mais ce maréchal n'arriva près du champ de bataille qu'avec la nuit, quand les feux s'affaiblissaient, quand tout était décidé.

L'Empereur vit la fin du combat, mais sans pouvoir secourir le vice-roi. Une bande de cosaques de Twer faillit prendre, à peu de distance de lui, l'un de ses officiers.

Quand la nuit fut venue, un général envoyé par le prince Eugène, lui vint tout expliquer :

« Hier, Delzons ne trouva point l'ennemi à Malo-Ia-
« roslavetz ; mais il ne crut pas devoir placer toute sa
« division dans la ville haute, au delà d'une rivière, d'un
« défilé, et sur la crête d'un précipice dans lequel une
« surprise nocturne aurait pu la jeter. Il est donc resté
« sur cette rive basse de la Louja, et n'a fait occuper la
« ville et observer la plaine haute que par deux batail-
« lons.

« La nuit finissait ; il était quatre heures, tout dormait
« encore dans les bivouacs de Delzons, hors quelques sen-

« tinelles, quand tout à coup les Russes de Doctorof
« sortent des bois avec des cris épouvantables. Nos sen-
« tinelles sont renversées sur leurs postes, les postes sur
« leurs bataillons, les bataillons sur la division ; ce n'était
« point un coup de main, car les Russes avaient montré
« du canon ! Dès le commencement de l'attaque, ses
« éclats avaient été à trois lieues de là, porter au vice-
« roi la nouvelle d'un combat sérieux. »

Le rapport ajoutait : « Qu'alors le prince était accouru
« avec quelques officiers ; que ses divisions et sa garde
« l'avaient suivi précipitamment. A mesure qu'il s'est
« approché, un vaste amphithéâtre tout animé s'est dé-
« ployé devant lui ; la Louja en marquait le pied, et déjà
« une nuée de tirailleurs russes disputaient ses rives. »

Derrière eux, et du haut des escarpements de la ville,
leur avant-garde plongeait ses feux sur Delzons ; au delà,
sur la plaine haute, toute l'armée de Kutusof accourait,
en deux longues et noires colonnes. On les voyait se pro-
longer et se retrancher sur cette pente rase, d'une demi-
lieue de rayon, d'où elles dominaient et embrassaient tout
par leur nombre et leur position ; déjà même elles s'éta-
blissaient en travers de cette vieille route de Kalougha,
libre hier, et que nous étions maîtres d'occuper et de
parcourir, mais que désormais Kutusof pourra défendre
pied à pied.

En même temps l'artillerie ennemie a profité des hauteurs qui, de son côté, bordent la rivière ; ses feux traver-
sent le fond du repli dans lequel Delzons et ses troupes
sont engagés. La position était intenable, et toute hési-

tation funeste. Il fallait en sortir, ou par une prompte retraite ou par une attaque impétueuse ; mais c'était devant nous qu'était notre retraite, et le vice-roi a ordonné l'attaque.

Après avoir franchi la Louja sur un pont étroit, la grande route de Kalougha entre dans Malo-Iaroslavetz, en suivant le fond d'un ravin qui monte dans la ville. Les Russes remplissaient en masse ce chemin creux ; Delzons et ses Français s'y enfoncent la tête baissée ; les Russes, rompus, sont renversés : ils cèdent, et bientôt nos baïonnettes brillent sur les hauteurs.

Delzons, se croyant sûr de la victoire, l'annonça. Il n'avait plus qu'une enceinte de bâtiments à envahir, mais ses soldats hésitèrent. Lui s'avança ; et il les encourageait du geste, de la voix, et de son exemple, quand une balle le frappa au front et l'étendit par terre. On vit alors son frère se jeter sur lui, le couvrir de son corps, le serrer dans ses bras, et vouloir l'arracher du feu et de la mêlée ; mais une seconde balle l'atteignit lui-même, et tous deux expirèrent ensemble.

Cette perte laissait un grand vide, qu'il fallut remplir. Guilleminot remplaça Delzons ; et d'abord il jeta cent grenadiers dans une église et dans son cimetière, dont ils crénelèrent les murs. Cette église, située à gauche du grand chemin, le dominait ; on lui dut la victoire. Cinq fois, dans cette journée, ce poste se trouva dépassé par les colonnes russes qui poursuivaient les nôtres, et cinq fois ses coups, ménagés et tirés à propos sur leur flanc et sur leurs derrières, inquiétèrent et ralentirent leur im-

pulsion; puis, quand nous reprenions l'offensive, cette
position les mettait entre deux feux, et assurait le succès
de nos attaques.

A peine ce général a-t-il fait cette disposition, que
des nuées de Russes l'assaillent; il est repoussé vers le
pont, où le vice-roi se tenait pour juger des coups et
préparer ses réserves. D'abord les secours qu'il envoya
ne vinrent que faibles, les uns après les autres; et,
comme il arrive toujours, chacun d'eux, insuffisant
pour un grand effort, fut successivement détruit sans
résultat.

Enfin toute la 14ᵉ division s'engage; alors le combat
remonte et regagne une troisième fois les hauteurs. Mais
dès que les Français dépassent les maisons, dès qu'ils
s'éloignent du point central d'où ils sont partis, dès
qu'ils paraissent dans la plaine, où ils sont à découvert,
où le cercle s'agrandit, ils ne suffisent plus : alors écrasés
par les feux de toute une armée, ils s'étonnent et s'é-
branlent; de nouveaux Russes accourent sans cesse, et
nos rangs éclaircis cèdent et se brisent, les obstacles
du terrain augmentaient leur désordre; et les voilà encore qui redescendent précipitamment en abandonnant
tout.

Mais des obus avaient embrasé derrière eux cette ville
de bois : en reculant, ils rencontrent l'incendie; le feu
les repousse sur le feu; les recrues russes, fanatisées,
s'acharnent; nos soldats s'indignent; on se bat corps à
corps : on en voit se saisir d'une main, frapper de l'autre, et, vainqueur ou vaincu, rouler au fond des préci-

pices et dans les flammes sans lâcher prise. Là les blessés expirent, ou étouffés par la fumée, ou dévorés par des charbons ardents. Bientôt leurs squelettes, noircis et calcinés, sont d'un aspect hideux, quand l'œil y démêle un reste de forme humaine.

Cependant tous ne firent pas également bien leur devoir : on remarqua un chef, grand parleur, qui, du fond d'un ravin, employait à pérorer le temps d'agir. Il retenait près de lui, dans ce lieu sûr, ce qu'il fallait de troupes pour l'autoriser à y rester lui-même, laissant le reste s'exposer en détail, sans ensemble, et au hasard.

La 15ᵉ division restait encore. Le vice-roi l'appelle ; elle s'avance en jetant une brigade à gauche dans le faubourg, et une à droite dans la ville. C'étaient des Italiens, des recrues ; c'était la première fois qu'ils combattaient. Ils montèrent en poussant des cris d'enthousiasme, ignorant le danger ou le méprisant, par cette singulière disposition qui rend la vie moins chère dans sa fleur qu'à son déclin, soit que jeune on craigne moins la mort, par l'instinct de son éloignement, ou qu'à cet âge, riche de jours et prodigue de tout, on prodigue sa vie comme les riches leur fortune.

Le choc fut terrible ; tout fut reconquis une quatrième fois, et tout perdu de même. Plus ardents que leurs anciens pour commencer, ils se dégoûtèrent plus tôt, et revinrent, en fuyant, sur les vieux bataillons qui les soutinrent, et qui furent obligés de les ramener au danger.

Ce fut alors que les Russes, enhardis par leur nombre

sans cesse croissant et par le succès, descendirent par leur droite pour s'emparer du pont et nous couper toute retraite. Le prince Eugène en était à sa dernière réserve; il s'engagea lui-même avec sa garde. A cette vue et à ses cris, les restes des 13°, 14° et 15° divisions se raniment : elles font un dernier et puissant effort, et, pour la cinquième fois, la guerre est encore reportée sur les hauteurs.

En même temps le colonel Péraldi et les chasseurs italiens culbutaient, à coups de baïonnette, les Russes qui déjà voyaient la gauche du pont; et, sans reprendre haleine, enivrés de la fumée et des feux qu'ils ont traversés, des coups qu'ils donnaient, et de leur victoire, ils s'emportèrent au loin dans la plaine haute, et voulurent s'emparer des canons ennemis; mais une des crevasses profondes dont le sol russe est sillonné les arrêta sous un feu meurtrier : leurs rangs s'ouvrirent, la cavalerie ennemie les attaqua; ils furent repoussés jusque dans les jardins du faubourg. Là ils s'arrêtent et se resserrent; Durrieu, Gifflinga, Trezel, Français et Italiens, tous défendent avec acharnement les issues hautes de la ville, et les Russes, enfin rebutés, reculent et se concentrent sur la route de Kalougha, entre les bois et Malo-Iaroslavetz.

C'est ainsi que dix-huit mille Italiens et Français, ramassés au fond d'un ravin, ont vaincu cinquante mille Russes placés au-dessus de leurs têtes, et secondés par tous les obstacles que peut offrir une ville bâtie sur une pente rapide !

Toutefois l'armée contemplait avec tristesse ce champ de bataille, où sept généraux et quatre mille Français et Italiens venaient d'être blessés ou tués. La vue des pertes de l'ennemi ne consolait pas ; elle n'était pas double de la nôtre, et leurs blessés seraient sauvés. On se rappelait d'ailleurs que, dans une pareille position, Pierre Ier, en sacrifiant dix Russes contre un Suédois, avait cru, non seulement ne faire qu'une perte égale, mais même gagner à ce terrible marché. On gémissait surtout en pensant qu'un choc si sanglant eût pu être épargné.

En effet, des feux qui brillèrent sur notre gauche dans la nuit du 23 au 24, avertirent du mouvement des Russes vers Malo-Iaroslavetz ; et cependant on remarquait qu'on y avait marché languissamment, qu'une division seule, jetée à trois lieues de tout secours y avait été négligemment aventurée ; que les corps d'armée étaient restés hors de portée les uns des autres. Qu'étaient devenus ces mouvements rapides et décisifs de Marengo, d'Ulm et d'Eckmühl ? Pourquoi cette marche molle et pesante dans une circonstance si critique ? Était-ce notre artillerie et nos bagages qui nous avaient tant alanguis ? C'était là ce qu'il y avait de plus vraisemblable.

Quand l'Empereur écouta le rapport de ce combat, il était à quelques pas à droite de la grande route, au fond d'un ravin, sur le bord du ruisseau et du village de Ghorodinia, dans une cabane de tisserand, maison de bois, vieille, délabrée, infecte. Là il se trouvait à une demi-lieue de Malo-Iaroslavetz, à l'entrée du repli de la Louja. Ce fut dans cette habitation vermoulue, et dans une

chambre sale, obscure, et partagée en deux par une toile,
que le sort de l'armée et de l'Europe allait se décider!

Les premières heures de la nuit se passèrent à recevoir
des nouvelles. Toutes annonçaient que l'ennemi se préparait pour le lendemain à une bataille, que tous incli-
naient à refuser. A onze heures du soir Bessières entra.
Ce maréchal devait son élévation à d'honorables services et à l'affection de l'Empereur, qui s'était attaché à
lui comme à sa création. Il est vrai qu'on ne pouvait
être favori de Napoléon comme d'un autre monarque;
qu'il fallait, du moins l'avoir suivi, lui être de quelque
utilité, car il sacrifiait peu à l'agréable; qu'enfin il fallait avoir été plus que le témoin de tant de victoires;
et l'Empereur, fatigué, s'habituait à regarder par des
yeux qu'il croyait avoir formés.

Il venait d'envoyer ce maréchal pour examiner l'attitude des ennemis. Bessières a obéi; il a soigneusement
parcouru le front de la position des Russes : « Elle est,
« dit-il, inattaquable! — O Ciel! s'écrie l'Empereur en
« joignant les mains; avez-vous bien vu? Est-il bien
« vrai? M'en répondez-vous? » Bessières répète son assertion : il affirme, « que trois cents grenadiers suffi-
« raient là pour arrêter une armée! » On vit alors
Napoléon croiser ses bras d'un air consterné, baisser la
tête, et rester comme enseveli dans les plus tristes réflexions : « Son armée est victorieuse, et lui vaincu! Sa
« route est coupée, sa manœuvre déjouée; Kutusof, un
« vieillard, un Scythe, l'a prévenu! Et il ne peut ac-
« cuser son étoile! Le soleil de France ne semble-t-il

« pas l'avoir suivi en Russie ? Hier encore la route de
« Malo-Iaroslavetz n'était-elle pas libre ? Sa fortune ne
« lui a donc pas manqué ; est-ce lui qui a manqué à
« sa fortune ? »

Perdu dans cet abîme de pensées désolantes, il tombe
dans une si grande contention d'esprit, qu'aucun de
ceux qui l'approchent n'en peut tirer une parole. A peine,
à force d'importunités, parvient-on à obtenir de lui un
signe de tête. Il veut enfin prendre quelque repos ; mais
une brûlante insomnie le travaille. Tout le reste de cette
cruelle nuit, il se couche, se relève, appelle sans cesse,
sans toutefois qu'aucun mot trahisse sa détresse : c'est
seulement par l'agitation de son corps qu'on juge de
celle de son esprit.

Vers quatre heures du matin, un de ses officiers d'ordonnance, le prince d'Arenberg, vint l'avertir que, dans
l'ombre de la nuit et des bois, et à la faveur de quelques
plis de terrain, des cosaques se glissaient entre lui et
ses avant-postes. L'Empereur venait d'envoyer Poniatowski sur sa droite, à Kremenskoé. Il attendait si peu
l'ennemi de ce côté, qu'il avait négligé de faire éclairer
son flanc droit. Il méprisa donc l'avis de son officier
d'ordonnance.

Dès que le soleil du 25 se montra à l'horizon, il monta
à cheval et s'avança sur la route de Kalougha, qui n'é-
tait plus pour lui que celle de Malo-Iaroslavetz. Pour
atteindre le pont de cette ville il fallait qu'il traversât
la plaine, longue et large d'une demi-lieue, que la Louja
embrasse de son contour : quelques officiers seulement

suivaient l'Empereur. Les quatre escadrons de son escorte habituelle, n'ayant pas été avertis, se hâtaient
pour le rejoindre, mais ne l'avaient pas encore atteint.
La route était couverte de caissons d'ambulance, d'artillerie et de voitures de luxe : c'était l'intérieur de
l'armée, chacun marchait sans défiance.

On vit d'abord au loin, vers la droite, courir quelques pelotons, puis de grandes lignes noires s'avancer.
Alors des clameurs s'élevèrent ; déjà quelques femmes et
quelques goujats revenaient sur leurs pas en courant,
n'entendant plus rien, ne répondant à aucune question,
l'air tout effaré, sans voix et sans haleine. En même temps
la file des voitures s'arrêtait incertaine, le trouble s'y
mettait ; les uns voulaient continuer, d'autres retourner :
elles se croisèrent, se culbutèrent ; ce fut bientôt un tumulte, un désordre complet.

L'Empereur regardait et souriait, s'avançant toujours,
et croyant à une terreur panique. Ses aides de camp
soupçonnaient des cosaques, mais ils les voyaient marcher si bien pelotonnés, qu'ils en doutaient encore ; et
si ces misérables n'eussent pas hurlé en attaquant, comme
ils le font tous pour s'étourdir sur le danger, peut-être
que Napoléon ne leur eût pas échappé. Ce qui augmenta le péril, c'est qu'on prit d'abord ces clameurs pour
des cris de « *Vive l'Empereur !* »

C'était Platof et six mille cosaques qui, derrière notre
avant-garde victorieuse, avaient tenté de traverser la
rivière, la plaine basse et le grand chemin, en enlevant
tout sur leur passage ; et dans cet instant même où

l'Empereur, tranquille au milieu de son armée et des replis d'une rivière ravineuse, s'avançait en ne voulant pas croire à un projet si audacieux, ils l'exécutaient !

Une fois lancés, ils s'approchèrent si rapidement, que Rapp n'eut que le temps de dire à l'Empereur : « Ce sont eux, retournez ! » L'Empereur, soit qu'il vît mal, soit répugnance à fuir, s'obstina ; et il allait être enveloppé, quand Rapp saisit la bride de son cheval et le fit tourner en arrière, en lui criant : « Il le faut ! » Et réellement il convenait de fuir. La fierté de Napoléon ne put s'y décider. Il mit l'épée à la main, le prince de Neuchâtel et le grand écuyer l'imitèrent ; et, se plaçant sur le côté gauche de la route, ils attendirent la horde. Quarante pas les en séparaient à peine. Rapp n'eut que le temps de se retourner et de faire face à ces barbares, dont le premier enfonça si violemment sa lance dans le poitrail de son cheval, qu'il le renversa. Les autres aides de camp et quelques cavaliers de la garde dégagèrent ce général. Cette action, le courage de Lecoulteux, les efforts d'une vingtaine d'officiers et de chasseurs, et surtout la soif de ces barbares pour le pillage, sauvèrent l'Empereur !

Pourtant ils n'avaient qu'à étendre la main pour le saisir ; car, au même moment, la horde, en traversant la grande route, y culbuta tout, chevaux, hommes, voitures, blessant et tuant les soldats du train qu'ils entraînaient dans les bois pour les dépouiller ; puis, détournant les chevaux attelés aux canons, ils les emmenaient à travers champs. Mais ils n'eurent qu'une victoire

d'un instant, un triomphe de surprise. La cavalerie de
la garde accourut : à cette vue, ils lâchèrent prise, ils
s'enfuirent, et ce torrent s'écoula, en laissant, il est vrai,
de fâcheuses traces, mais en abandonnant tout ce qu'il
entraînait.

Cependant plusieurs de ces barbares s'étaient montrés
audacieux jusqu'à l'insolence. On les avait vus se retirer
à travers l'intervalle de nos escadrons, au pas, et en re-
chargeant tranquillement leurs armes. Ils comptaient
sur la pesanteur de nos cavaliers d'élite et sur la légè-
reté de leurs chevaux, qu'ils pressent avec un fouet.
Leur fuite s'était opérée sans désordre : ils avaient fait
face plusieurs fois, sans attendre, il est vrai, jusqu'à la
portée du feu, de sorte qu'ils avaient à peine laissé quelques blessés et pas un prisonnier. Enfin, ils nous avaient
attirés sur des ravins hérissés de broussailles, où leurs
canons, qui les y attendaient, nous avaient arrêtés. Tout
cela faisait réfléchir. Notre armée était usée, et la guerre
renaissait toute neuve et entière !

L'Empereur, frappé d'étonnement qu'on eût osé l'attaquer, s'arrêta jusqu'à ce que la plaine fût nettoyée ;
puis il regagna Malo-Iaroslavetz, où le vice-roi lui
montra les obstacles vaincus la veille.

La terre elle-même en disait assez. Jamais champ de
bataille ne fut d'une plus terrible éloquence ! Ses formes
prononcées, ses ruines toutes sanglantes ; les rues, dont
on ne reconnaissait plus la trace qu'à la longue traînée
de morts et de têtes écrasées par les roues des canons ;
des blessés, qu'on apercevait encore sortant des décom-

bres, et se traînant avec leurs habits, leurs cheveux, et leurs membres à demi consumés, en poussant des cris lamentables ; enfin le bruit lugubre des tristes et derniers honneurs que les grenadiers rendaient aux restes de leurs colonels et de leurs généraux tués ; tout attestait le choc le plus acharné. L'Empereur, dit-on, n'y vit que de la gloire ; il s'écria : « Que l'honneur d'une si belle jour- « née appartenait tout entier au prince Eugène ! » Mais, déjà saisi d'une funeste impression, ce spectacle l'ébranla. Il s'avança ensuite dans la plaine haute.

Mes compagnons ! vous le rappelez-vous, ce champ funeste, où s'arrêta la conquête du monde, où vingt ans de victoires vinrent échouer, où commença le grand écroulement de notre fortune ? Vous représentez-vous encore cette ville bouleversée et sanglante, ces profonds ravins, et les bois qui environnent cette plaine haute, et en font comme un champ clos ? D'un côté, les Français venant du nord qu'ils évitent ; de l'autre, à l'entrée des bois, les Russes gardant le sud, et cherchant à nous re- pousser sur leur puissant hiver ; Napoléon entre ces deux armées au milieu de cette plaine, ses pas et ses regards errant du midi à l'ouest, sur les routes de Kalougha et de Medyn. Toutes deux lui sont fermées : sur celle de Kalou- gha, Kutusof et cent vingt mille hommes paraissent prêts à lui disputer vingt lieues de défilés ; du côté de Medyn, il voit une cavalerie nombreuse : c'est Platof et ces mêmes hordes qui viennent de pénétrer dans le flanc de l'armée, qui l'ont traversée de part en part, et qui en sont ressorties chargées de butin, pour se reformer sur son flanc droit, où des renforts et leur artillerie les ont attendus. C'est de ce côté que les yeux de l'Empereur se sont attachés le plus longtemps, qu'il a consulté ses cartes, écouté ses chefs, et apprécié tout ce qu'avait de critique sa position, par l'extrême violence de leurs dissentiments, dont sa présence ne peut contenir l'expression. Puis, tout chargé de regrets et de tristes pressentiments, on l'a vu revenir lentement dans son quartier général.

Murat, le prince Eugène, Berthier, Davout et Bessières l'avaient suivi. Cette chétive habitation d'un obscur artisan renfermait un Empereur deux rois, trois généraux d'armée ! Ils allaient y décider de l'Europe, et de l'armée qui l'avait conquise ! Smolensk était le but. Y marchera-t-on par Kalougha, Medyn ou Mojaïsk ? Cependant Napoléon est assis devant une table ; sa tête s'appuie sur ses mains qui cachent ses traits, et sans doute aussi la détresse qu'ils expriment.

On respectait un silence plein de destinées si imminentes, quand Murat, qui ne marchait que par bonds, se fatigue de cette hésitation. N'écoutant que son génie, tout entier dans la chaleur de son sang, il s'élance hors de cette incertitude par un de ces premiers mouvements qui élèvent ou précipitent !

Il se lève, il s'écrie : « Qu'on pourra l'accuser encore
« d'imprudence, mais qu'à la guerre c'est aux circons-
« tances à décider de tout, et à donner à chaque chose
« son nom; que là où il n'y a plus qu'à attaquer, la pru-
« dence devient témérité, et la témérité prudence; que

13.

« s'arrêter est impossible, fuir dangereux ; qu'il faut
« donc poursuivre. Qu'importe cette attitude mena-
« çante des Russes, et leurs bois impénétrables ? Il les
« méprise ! Qu'on lui donne seulement les restes de sa
« cavalerie et celle de la garde, et il va s'enfoncer dans
« leurs forêts, dans leurs bataillons, renverser tout, et
« rouvrir à l'armée la route de Kalougha ! »

Ici Napoléon, soulevant sa tête, fit tomber toute cette
fougue, en disant : « Que c'était assez de témérités ;
« qu'on n'avait que trop fait pour la gloire ; qu'il était
« temps de ne plus songer qu'à sauver les restes de l'ar-
« mée ! »

Alors Bessières, soit que son orgueil eût frémi à l'idée
d'obéir au roi de Naples, soit désir de conserver intacte
cette cavalerie de la garde, qu'il avait formée, dont il répondait à Napoléon, et dans laquelle consistait son commandement, Bessières, qui se sent soutenu, ose ajouter :
« Que, pour de pareils efforts, dans l'armée, dans la garde
« même, l'élan manquerait. Déjà l'on y disait que, les
« transports étant insuffisants, désormais le vainqueur
« atteint resterait en proie aux vaincus ; qu'ainsi toute
« blessure serait mortelle ; Murat serait donc suivi mol-
« lement, et dans quelle position ? On venait d'en recon-
« naître la force. Contre quels ennemis ? n'avait-on pas
« remarqué le champ de bataille de la veille, et avec
« quelle fureur les recrues russes, à peine armées et vê-
« tues, venaient de s'y faire tuer ? » Ce maréchal finit en
prononçant le mot de *retraite*, que l'Empereur approuva
de son silence.

Aussitôt le prince d'Eckmühl déclara que, « puis-
« qu'on se décidait à se retirer, il demandait que ce fût
« par Medyn et Smolensk. » Mais Murat interrompt Davout ; et, soit inimitié ou découragement, suite ordinaire
d'une témérité repoussée, il s'étonne « qu'on ose proposer
« à l'Empereur une si grande imprudence ! Davout a-t-il
« juré la perte de l'armée ? Veut-il qu'une si longue
« et si lourde colonne aille se traîner, sans guides et
« incertaine, sur une route inconnue, à portée de Kutu-
« sof, offrant son flanc à tous les coups de l'ennemi ?
« Sera-ce lui, Davout, qui la défendra ? Pourquoi, quand
« derrière nous Borowsk et Véréia nous conduisent sans
« danger à Mojaïsk, refuser cette voie de salut ? Là des
« vivres doivent avoir été rassemblés, tout nous y est
« connu, aucun traître ne nous égarera. »

A ces mots, Davout, tout brûlant d'une colère qu'il
concentre avec effort, répond « qu'il propose une re-
« traite à travers un sol fertile, sur une route vierge,
« nourricière, grasse, intacte, dans des villages encore
« debout, et par le chemin le plus court, afin que l'en-
« nemi ne s'en serve pas pour nous couper la route de
« Mojaïsk à Smolensk, celle que désigne Murat ; et
« quelle route ? un désert de sables et de cendres, où des
« convois de blessés s'ajouteront à nos embarras, où nous
« ne trouverons que des débris, des traces de sang, des
« squelettes, et la famine !

« Qu'au reste il doit son avis quand on le lui demande ;
« qu'il obéira à l'ordre qui lui sera contraire avec le
« même zèle qu'il exécuterait celui qu'il aurait inspiré ;

« mais que l'Empereur seul avait le droit de lui imposer
« silence, et non Murat, qui n'était pas son souverain, et
« qui ne le serait jamais ! »

La querelle s'échauffant, Bessières et Berthier s'inter-
posèrent. Pour l'Empereur, toujours absorbé dans la
même attitude, il paraissait insensible. Enfin il rompit
son silence et ce conseil par ces mots : « C'est bien, Mes-
« sieurs ; je me déciderai ! »

Il se décida à se retirer, et ce fut par le chemin qui d'a-
bord l'éloignait le plus promptement de l'ennemi ; mais
il fallut encore un cruel effort pour qu'il pût s'arracher à
lui-même un ordre de marche si nouveau pour lui ! Cet
effort fut si pénible, il coûta tant à sa fierté, que dans ce
combat intérieur il perdit l'usage de ses sens. Ceux qui le
secoururent ont dit que le rapport d'une autre échauffourée de cosaques, vers Borowsk, à quelques lieues
derrière l'armée, fut le faible et dernier choc qui acheva
de le déterminer à cette funeste résolution.

Ce qui est remarquable, c'est qu'il ordonna cette retraite vers le nord, au même moment où Kutusof et ces
Russes, tout ébranlés du choc de Malo-Iaroslavetz, se
retiraient vers le sud.

Dans cette même nuit, une même anxiété avait agité le
camp des Russes. Pendant le combat de Malo-Iaroslavetz,
on avait vu Kutusof ne s'approcher du champ de bataille
qu'en tâtonnant, s'arrêtant à chaque pas, sondant le
terrain, comme s'il eût craint de le voir manquer sous
lui, et se faisant arracher successivement les différents
corps qu'il envoyait au secours de Doctorof. Il n'osa

venir lui-même se placer en travers du chemin de Napoléon qu'à l'heure où les batailles générales ne sont plus à craindre.

Alors Wilson, tout échauffé du combat, était accouru vers lui ; Wilson, cet Anglais actif, remuant, celui qu'on vit en Égypte, en Espagne, et partout l'ennemi des Français et de Napoléon. Il représentait dans l'armée russe les alliés ; c'était, au milieu de la puissance de Kutusof, un homme indépendant, un observateur, un juge même, motifs infaillibles d'aversion ; sa présence était odieuse au vieillard russe, et, la haine ne manquant jamais d'engendrer la haine, tous deux se détestaient.

Wilson lui reproche son inconcevable lenteur : cinq fois, dans une seule journée, elle venait de leur faire manquer la victoire, comme à Vinkowo ; et il lui rappelle ce combat du 18 octobre. En effet, ce jour-là Murat était perdu si Kutusof eût occupé fortement le front des Français par une vive attaque quand Beningsen tournait leur aile gauche. Mais, soit insouciance ou lenteur, défauts de la vieillesse ; soit comme le disent plusieurs Russes, que Kutusof fût plus envieux de Beningsen qu'ennemi de Napoléon, le vieillard avait attaqué trop mollement, trop tard, et s'était arrêté trop tôt.

Wilson continue, il l'interpelle ; il lui demande pour le lendemain une bataille décisive.

Mais Wilson est repoussé, et pourtant Kutusof, enfermé avec l'armée française dans cette plaine haute de Malo-Iaroslavetz, se trouve forcé d'y montrer l'appareil le plus menaçant. Il y déploie, le 25, toutes ses divisions, et sept cents pièces d'artillerie. Dans les deux armées on ne doute plus qu'un dernier jour ne soit arrivé ; Wilson y croit lui-même. Il a remarqué que les lignes russes sont ados-sées à un ravin fangeux que traverse un pont mal sûr. Cette seule voie de retraite, à la vue de l'ennemi, lui pa-raît impraticable : il faut enfin que Kutusof vainque ou périsse, et l'Anglais sourit à l'espoir d'une bataille déci-sive : que son issue soit fatale à Napoléon, ou dangereuse pour la Russie, elle sera sanglante, et l'Angleterre ne peut qu'y gagner.

Toutefois, la nuit venue, inquiet encore, il parcourt les rangs ; il jouit en écoutant Kutusof jurer enfin qu'il va combattre ; il triomphe en voyant tous les généraux russes se préparer pour un choc terrible ; Beningsen seul en doute encore. Néanmoins l'Anglais, en songeant que la position ne permettait plus de reculer, reposait enfin en attendant le jour, quand, vers trois heures du matin, un ordre général de retraite le réveille. Tous ses efforts furent inutiles. Kutusof était décidé à fuir vers le sud, d'abord à Gonczarewo, puis au delà de Kalougha, et déjà, sur l'Oka, tout était prêt pour son passage.

C'était dans ce même instant que Napoléon ordonnait aux siens de se retirer vers le nord, sur Mojaïsk. Les deux armées se tournèrent donc le dos, en se trompant mutuellement par leurs arrière-gardes.

Du côté de Kutusof, Wilson assure que ce fut comme une déroute. On vit de toutes parts arriver à l'entrée du pont, auquel l'armée russe était adossée, la cavalerie, les canons, les voitures et les bataillons. Là toutes ces colonnes, accourant de la droite, de la gauche et du centre, se rencontrent, se pressent, et se confondent en une masse si énorme, si amoncelée, qu'elle perd toute puissance de mouvement. On fut plusieurs heures à pouvoir désencombrer et faire dégorger ce passage. Quelques boulets de Davout, qu'il crut perdus, tombèrent dans cette bagarre.

Napoléon n'avait qu'à avancer sur cette foule en désordre. Ce fut lorsque le plus grand effort, celui de Malo-Iaroslavetz, était fait, et quand il n'y avait plus qu'à marcher, qu'il se retira. Mais voilà la guerre : on n'essaie, on n'ose jamais assez. *L'ost ignore ce que fait l'ost;* les avant-postes sont les dehors de ces deux grands corps ennemis ; c'est par là qu'ils s'en imposent. Il y a un abîme entre deux armées en présence !

Au reste, ce fut peut-être parce que l'empereur avait manqué de prudence à Moscou, qu'ici il manqua de témérité ; il se fatigua ; ces deux échauffourées de cosaques l'avaient dégoûté ; ses blessés l'attendrirent ; tant d'horreurs le rebutèrent ; et, comme les hommes de résolutions extrêmes, n'espérant plus de victoire entière, il se résolut à une retraite précipitée.

Depuis ce moment il ne vit plus que Paris, de même qu'en partant de Paris il n'avait eu en vue que Moscou ! Ce fut le 26 octobre que commença le fatal mouvement de notre retraite. Davout, avec vingt-cinq mille hommes, resta à l'arrière-garde. Pendant qu'il avançait de quelques pas, et jetait, sans le savoir, la terreur chez les Russes, la grande armée, étonnée, leur tournait le dos. Elle mar-

chait les yeux baissés, comme honteuse et humiliée. Au
milieu d'elle son chef, sombre et silencieux, paraissait
mesurer avec anxiété sa ligne de communication avec les
places de la Vistule.

Napoléon, réduit à de si hasardeuses conjectures, arrivait tout pensif à Véréia, quand Mortier se présenta
devant lui. Mais je m'aperçois qu'entraînée, comme nous
l'étions alors, par cette rapide succession de scènes violentes et d'événements mémorables, mon attention s'est
détournée d'un fait digne de remarque. Le 23 octobre, à
une heure et demie du matin, l'air avait été ébranlé par
une effrayante explosion ; les deux armées s'en étonnèrent
un instant, quoiqu'on ne s'étonnât plus guère, s'attendant
à tout.

Mortier avait obéi ; le Kremlin n'existait plus : des
tonneaux de poudre avaient été placés dans toutes les
salles du palais des czars, et cent quatre-vingt-trois milliers sous les voûtes qui les soutenaient. Le maréchal,
avec huit mille hommes, était resté sur ce volcan, qu'un
obus russe pouvait faire éclater. Là il couvrait la marche
de l'armée sur Kalougha, et la retraite de nos différents
convois vers Mojaïsk.

Dans ces huit mille hommes, il y en avait à peine deux
mille sur lesquels Mortier pût compter ; les autres, cavaliers démontés, hommes de régiments et de pays divers,
sous des chefs nouveaux, sans habitudes pareilles, sans
souvenirs communs, enfin sans rien de ce qui lie, formaient ensemble bien moins un corps organisé qu'un attroupement : ils ne devaient pas tarder à se disperser.

Le commandement du génie avait été confié au brave et savant colonel Després. Cet officier arrivait du fond de l'Espagne ; il venait de voir se terminer, au commencement de septembre, la retraite de Madrid à Valence ; il vit commencer, pendant le mois suivant, celle de Moscou à Vilna. Partout nos armes fléchissaient.

On regardait le duc de Trévise comme un homme sacrifié. Les autres chefs, ses vieux compagnons de gloire, l'avaient quitté les larmes aux yeux, et l'Empereur en lui disant « qu'il comptait sur sa fortune, « mais qu'au « reste, à la guerre, il fallait bien faire une part au feu ! » Mortier s'était résigné sans hésitation. Il avait ordre de défendre le Kremlin, puis, en se retirant, de le faire sauter, et d'incendier les restes de la ville. C'était du château de Krasno-Pachra, le 21 octobre, que Napoléon lui avait envoyé ses derniers ordres. Mortier devait, après les avoir exécutés, se diriger sur Véréia, et former l'arrière-garde de l'armée.

Dans cette lettre Napoléon lui recommandait surtout « de charger sur les voitures de la jeune garde, sur celles « de la cavalerie à pied, et sur toutes celles qu'il trouve- « rait, les hommes qui restaient encore aux hôpitaux. « Les Romains, ajoutait-il, donnaient des couronnes ci- « viques à ceux qui sauvaient des citoyens ; le duc de « Trévise en méritera autant qu'il sauvera de soldats ! « Qu'il les fasse monter sur ses chevaux, sur ceux de tout « son monde. C'est ainsi que lui, Napoléon, a fait à Saint- « Jean-d'Acre. Il doit d'autant plus prendre cette mesure, « qu'à peine le convoi aura rejoint l'armée, on trouvera

« à lui donner les chevaux et les voitures que la consom-
« mation aura rendus inutiles. L'Empereur espère qu'il
« aura sa satisfaction à témoigner au duc de Trévise
« pour lui avoir sauvé cinq cents hommes. Il doit com-
« mencer par les officiers, ensuite par les sous-officiers, et
« préférer les Français : qu'il assemble donc tous les géné-
« raux et officiers sous ses ordres, pour leur faire sentir
« l'importance de cette mesure, et combien ils mérite-
« ront de l'Empereur, s'ils lui ont sauvé cinq cents hom-
« mes ! »

Cependant, à mesure que la Grande Armée était sortie
de Moscou, les cosaques avaient pénétré dans ses faubourgs, et Mortier s'était retiré vers le Kremlin, comme
un reste de vie se retire vers le cœur, à mesure que la mort
s'empare des extrémités. Ces cosaques éclairaient dix
mille Russes, que commandait Wintzingerode.

Cet étranger, enflammé de haine contre Napoléon,
exalté du désir de reprendre Moscou et de se naturaliser
en Russie par cet exploit signalé, s'emporta loin des
siens : il traverse en courant la colonie géorgienne, se
précipite vers la ville chinoise et le Kremlin, rencontre
des avant-postes, les méprise, tombe dans une embuscade ; et, se voyant pris dans cette ville qu'il venait
prendre, il change soudain de rôle, agite en l'air son
mouchoir, et se déclare parlementaire.

On le conduisit au duc de Trévise. Là il se réclama
audacieusement du droit des gens qu'on violait, disait-il,
en sa personne. Mortier lui répondit « qu'un général
« en chef qui se présentait ainsi pouvait être pris pour

« un soldat téméraire, mais jamais pour un parlementaire,
« et qu'il eût à rendre sur-le-champ son épée ! » Alors,
n'espérant plus en imposer, le général russe se résigna, et
convint de son imprudence.

Enfin, après quatre jours de résistance, les Français
abandonnent pour jamais cette ville fatale. Ils emportent
avec eux quatre cents blessés ; mais, en se retirant, ils
déposent, dans un lieu sûr et secret, un artifice habilement préparé qu'un feu lent dévorait déjà ; ses progrès
étaient calculés : on savait l'heure à laquelle son feu devait atteindre l'immense amas de poudre renfermé dans
les fondations de ces palais condamnés.

Mortier se hâte de fuir, mais en même temps qu'il s'é-
loigne rapidement, d'avides Cosaques et de sales moujiks,
attirés, dit-on, par la soif du pillage, accourent, s'approchent ; ils écoutent, et, s'enhardissant du calme apparent
qui règne dans la forteresse, ils osent y pénétrer ; ils mon-
tent, et déjà leurs mains avides de pillage s'étendaient,
quand tout à coup tous sont détruits, écrasés, lancés dans
les airs avec ces murs qu'ils venaient dépouiller, et trente
mille fusils qu'on y avait abandonnés ; puis, avec tous
ces débris de murailles et ces tronçons d'armes, leurs
membres mutilés vont au loin retomber en une pluie effroyable !

La terre trembla sous les pas de Mortier. A dix lieues
plus loin, à Feminskoé, l'Empereur entendit cette explosion.

C'est ainsi désormais que tout sera brûlé derrière lui.
En conquérant, Napoléon avait conservé ; en se retirant,

il détruira : soit nécessité, pour ruiner l'ennemi et ralentir sa marche, à la guerre tout étant impérieux ; soit représailles, terrible effet des guerres d'invasion, qui d'abord légitiment tous les moyens de défense, ce qui motive ensuite ceux d'attaque.

Au reste l'agression, dans ce terrible genre de guerre, n'était point du côté de Napoléon. Le 19 octobre Berthier avait écrit à Kutusof pour l'engager « à régler les « hostilités de manière à ce qu'elles ne laissassent supporter « porter à l'empire moscovite que les maux indispensables « bles de l'état de guerre ; la dévastation de la Russie étant « aussi nuisible à cet empire qu'elle affectait douloureusement « sement Napoléon. » Mais Kutusof avait répondu « qu'il « lui était impossible de contenir le patriotisme russe ; » ce qui était avouer la guerre de Tartares que nous faisaient ses milices, et ce qui autorisait en quelque sorte à la leur rendre.

Les mêmes feux consumèrent Véréia, où Mortier venait de rejoindre l'Empereur et de lui amener Wintzingerode. A la vue de ce général allemand, toutes les douleurs cachées de Napoléon prirent feu ; son accablement devint colère, et il déchargea sur cet ennemi tout le chagrin qui l'oppressait. « Qui êtes-vous ? » lui cria-t-il en croisant les bras avec violence, comme pour se saisir et se contenir lui-même : « Qui êtes-vous ? Un homme sans « patrie ! Vous avez toujours été mon ennemi personnel ! « Quand j'ai fait la guerre aux Autrichiens, je vous ai « trouvé dans leurs rangs ! L'Autriche est devenue mon « alliée, et vous avez demandé du service à la Russie.

« Vous avez été l'un des plus ardents fauteurs de la guerre
« actuelle. Cependant vous êtes né dans les États de la
« Confédération du Rhin; vous êtes mon sujet. Vous
« n'êtes point un ennemi ordinaire, vous êtes un rebelle;
« j'ai le droit de vous faire juger! Gendarmes d'élite,
« saisissez cet homme-là ! » Les gendarmes restèrent immobiles, comme des hommes accoutumés à voir se terminer sans effet ces scènes violentes, et sûrs d'obéir mieux
en désobéissant.

L'Empereur reprit : « Voyez-vous, monsieur, ces cam-
« pagnes dévastées, ces villages en flammes! A qui doit-
« on reprocher ces désastres? A cinquante aventuriers
« comme vous, soudoyés par l'Angleterre, qui les a jetés
« sur le continent. Mais le poids de cette guerre retom-
« bera sur ceux qui l'ont provoquée : dans six mois je
« serai à Pétersbourg, et l'on me fera raison de toutes
« ces fanfaronnades ! »

Alors, s'adressant à l'aide de camp de Wintzingerode,
prisonnier comme lui : « Pour vous, comte Narischkin,
« je n'ai rien à vous reprocher; vous êtes Russe, vous
« faites votre devoir ; mais comment un homme de l'une
« des premières familles de Russie a-t-il pu devenir l'aide
« de camp d'un étranger mercenaire ? Soyez l'aide de
« camp d'un général russe; cet emploi sera beaucoup plus
« honorable. »

Jusque-là le général Wintzingerode n'avait pu répondre
à ces violentes paroles que par son attitude ; elle fut calme
comme sa réplique. Il répondit : « Que l'empereur
« Alexandre était son bienfaiteur et celui de sa famille;

« que tout ce qu'il possédait, il le tenait de lui ; que la
« reconnaissance l'avait rendu son sujet ; qu'il était au
« poste que son bienfaiteur lui avait assigné ; qu'il avait
« donc fait son devoir. »

Napoléon ajouta quelques menaces déjà moins violentes ; et il s'en tint aux paroles, soit qu'il eût jeté toute
sa colère dans un premier mouvement, soit qu'il n'eût
voulu qu'en effrayer tous les Allemands qui seraient tentés
de l'abandonner. Ce fut ainsi du moins qu'autour de lui
on apprécia sa violence. Elle déplut, on n'en tint compte,
et chacun s'empressa autour du général prisonnier pour
le rassurer et le consoler. Ces soins continuèrent jusqu'en
Lithuanie, où les cosaques reprirent Wintzingerode et son
aide de camp. L'Empereur avait affecté de traiter avec
bonté ce jeune seigneur russe, en même temps qu'il avait
tonné contre ce général ; ce qui prouve qu'il y avait eu du
calcul jusque dans sa colère.

VI.

VIAZMA.

Le 28 octobre nous revîmes Mojaïsk. Cette ville était encore remplie de blessés ; les uns furent emportés, les autres réunis et abandonnés, comme à Moscou, à la générosité des Russes. Napoléon dépassa cette ville de quelques werstes, et l'hiver commença. Ainsi, après un combat terrible et dix jours de marches et de contremarches, l'armée, qui n'avait emporté de Moscou que quinze rations de farine par homme, n'était avancée dans sa retraite que de trois journées. Elle manquait de vivres, et l'hiver l'avait atteinte !

Déjà quelques hommes succombaient. Dès les premiers jours de la retraite, le 26 octobre, on avait brûlé des voitures de vivres que les chevaux ne pouvaient plus traîner. L'ordre de tout incendier derrière soi vint alors ; on obéit en faisant sauter dans les maisons des caissons de poudres dont les attelages étaient épuisés. Mais enfin, l'ennemi ne reparaissant pas encore, nous semblions ne recommencer qu'un pénible voyage; et Napoléon, en revoyant cette route connue, se rassurait, quand, vers le soir, un chasseur russe prisonnier lui fut envoyé par Davout.

D'abord il le questionna négligemment; mais le hasard voulut que ce moscovite eût quelque idée des routes, des noms, et des distances : il répondit « que toute l'ar- « mée russe marchait par Medyn sur Viazma. » Alors l'Empereur devint attentif. Kutusof voulait-il le prévenir là comme à Malo-Iaroslavetz, lui couper sa retraite sur Smolensk comme sur Kalougha, l'enfermer dans ce désert, sans vivres, sans abri, et au milieu d'une insurrection générale? Cependant son premier mouvement le porta à mépriser cet avis; car soit fierté, soit expérience, il s'était accoutumé à ne pas supposer à ses adversaires l'habileté qu'il aurait eue à leur place.

Ici pourtant il eut un autre motif. Sa sécurité n'était qu'affectée; car il était évident que l'armée russe prenait la route de Medyn, celle-là même que Davout avait conseillée pour l'armée française; et Davout, par amour-propre, ou par inadvertance, n'avait pas confié à sa dépêche seule cette alarmante nouvelle. Napoléon en craignit l'effet sur les siens; c'est pourquoi il parut la repousser avec mépris; mais, en même temps, il ordonna que le lendemain sa garde marchât en toute hâte, et tant que durerait le jour, jusqu'à Gjatz. Il voulait y donner un séjour et des vivres à cette troupe d'élite, s'assurer de plus près de la marche de Kutusof, et le prévenir sur ce point.

Mais le temps n'avait point été appelé à son conseil; il parut s'en venger. L'hiver était si près de nous, qu'il n'avait fallu qu'un coup de vent de quelques minutes pour l'amener âpre, mordant, dominateur! On sentit aussitôt qu'en ce pays il était indigène, et nous étrangers. Tout changea : les chemins, les figures, les courages; l'armée devint morne, la marche pénible; la consternation commença.

A quelques lieues de Mojaïsk, il fallut traverser la Kolougha. Ce n'était qu'un gros ruisseau; deux arbres, autant de chevalets, et quelques planches suffisaient pour en assurer le passage; mais le désordre était tel, et l'incurie si grande, que l'Empereur y fut arrêté. On y noya plusieurs canons qu'on voulut faire passer à gué. Il semblait que chaque corps d'armée marchât pour son compte, qu'il n'y eût point d'état-major, point d'ordre général, point de nœud commun, rien qui liât tous ces corps ensemble. Et en effet, l'élévation de chacun de leurs chefs les rendait trop indépendants les uns des autres. L'Empereur lui-même s'était tant grandi, qu'il se trouvait à une distance démesurée des détails de son armée; et Berthier, placé comme intermédiaire entre lui et des chefs, tous rois, princes ou maréchaux, était obligé à trop de ménagements. Il était d'ailleurs insuffisant à cette position.

L'Empereur, arrêté par ce faible obstacle d'un pont rompu, se contenta de faire un geste de mécontentement et de mépris, à quoi Berthier ne répondit que par un air de résignation. Cet ordre de détail ne lui avait pas été dicté par l'Empereur, il ne se croyait donc pas coupable, car Berthier n'était plus qu'un écho fidèle, qu'un miroir, et rien de plus. Toujours prêt, clair et net, la nuit comme le jour, il réfléchissait, il répétait l'Empereur, mais n'ajoutait rien, et ce que Napoléon oubliait était oublié sans ressource.

Après la Kologha, on marchait absorbé, quand plusieurs de nous, levant les yeux, jetèrent un cri de saisissement ! Soudain chacun regarda autour de soi : on vit une terre toute piétinée, nue, dévastée, tous les arbres coupés à quelques pieds du sol, et plus loin des mamelons écrêtés ; le plus élevé paraissait le plus difforme. Il semblait que ce fût un volcan éteint et détruit. Tout autour, la terre était couverte de débris de casques et de cuirasses, de tambours brisés, de tronçons d'armes, de lambeaux d'uniforme, et d'étendards tachés de sang.

Sur ce sol désolé gisaient trente milliers de cadavres à demi dévorés. Quelques squelettes restés sur l'éboulement de l'une de ces collines, dominaient tout. Il semblait que la mort eût établi là son empire : c'était cette terrible redoute, conquête et tombeau de Caulaincourt. Alors le cri : « C'est le champ de la grande bataille ! » forma un long et triste murmure. L'Empereur passa vite. Personne ne s'arrêta : le froid, la faim, et l'ennemi pressaient ; seulement on détournait la tête en marchant, pour jeter un triste et dernier regard sur ce vaste tombeau de tant de compagnons d'armes sacrifiés inutilement, et qu'il fallait abandonner !

C'était là que nous avions tracé avec le fer et le sang

l'une des plus grandes pages de notre histoire ! Quelques
débris le disaient encore, et bientôt ils allaient être effacés.
Un jour le voyageur passerait avec indifférence sur ce
champ semblable à tous les autres ; cependant, quand il
apprendra que ce fut celui de la grande bataille, il re-
viendra sur ses pas, il le fixera longtemps de ses regards
curieux, il en gravera les moindres accidents dans sa mémoire avide, et sans doute qu'alors il s'écriera : « Quels
« hommes ! Quel chef ! Quelle destinée ! Ce sont eux
« qui, treize ans plus tôt dans le Midi, sont venus tenter
« l'Orient par l'Égypte, et se briser contre ses portes !
« Depuis, ils ont conquis l'Europe ! et les voilà qui re-
« viennent, par le Nord, se présenter de nouveau devant
« cette Asie, pour s'y briser encore ! Qui donc les a
« poussés dans cette vie errante et aventureuse ? Ce n'é-
« taient point des barbares cherchant de meilleurs climats,
« des habitations plus commodes, des spectacles plus eni-
« vrants, de plus grandes richesses ; au contraire, ils
« possédaient tous ces biens, ils jouissaient de tant de
« délices, et ils les ont abandonnés pour vivre sans
« abri, sans pain, pour tomber chaque jour et successi-
« vement, ou morts, ou mutilés ! Quelle nécessité les a
« poussés ? Et quoi donc, si ce n'est la confiance dans un
« chef jusque-là infaillible ! l'ambition d'achever un
« grand ouvrage glorieusement commencé ! l'enivrement
« de la victoire, et surtout cette insatiable passion de la
« gloire, cet instinct puissant, qui pousse l'homme à la
« mort pour chercher l'immortalité ! »
Cependant l'armée s'écoulait dans un grave et silen-

cieux recueillement devant ce champ funeste, lorsqu'une
des victimes de cette sanglante journée y fut, dit-on,
aperçue vivant encore, et perçant l'air de ses gémissements. On y courut : c'était un soldat français. Ses deux
jambes avaient été brisées dans le combat ; il était tombé
parmi les morts ; il y fut oublié. Le corps d'un cheval,
éventré par un obus, fut d'abord son abri ; ensuite, pendant
cinquante jours, l'eau bourbeuse d'un ravin, où il avait
roulé, et la chair putréfiée des morts servirent d'appareil
à ses blessures et de soutien à son être mourant. Ceux
qui disent l'avoir découvert affirment qu'ils l'ont sauvé.

Plus loin on revit la grande abbaye ou l'hôpital de Kolotskoï, spectacle plus affreux encore que celui du champ
de bataille. A Borodino c'était la mort, mais aussi le
repos ; là du moins le combat était fini ; à Kolotskoï, il
durait encore : la mort y semblait poursuivre ces victimes
échappées au combat ; elle pénétrait en eux par tous leurs
sens à la fois. Pour la repousser, tout manquait, excepté
des ordres inexécutables dans ces déserts, et qui d'ailleurs, donnés de trop haut et de trop loin, passaient par
trop de mains pour être exécutés.

Toutefois, malgré la faim, le froid, et le dénument le
plus complet, le dévouement de quelques chirurgiens et un
reste d'espoir soutenaient encore un grand nombre de
blessés dans ce séjour fétide. Mais quand ils virent que
l'armée repassait, qu'ils allaient être abandonnés, qu'il
n'y avait plus d'espoir, les moins faibles se traînèrent
sur le seuil de la porte ; ils bordèrent le chemin, et nous
tendirent leurs mains suppliantes !

L'Empereur venait d'ordonner que chaque voiture, quelle qu'elle fût, reçût un de ces malheureux, et que les plus faibles fussent, comme à Moscou, laissés sous la protection de ceux des officiers russes prisonniers et blessés que nos soins avaient rétablis. Il s'arrêta pour faire exécuter cet ordre, et ce fut au feu de ses caissons abandonnés que lui et la plupart des siens se ranimèrent. Depuis le matin, une multitude d'explosions avertissaient des nombreux sacrifices de cette espèce, que déjà l'on était obligé de faire.

Pendant cette halte on vit une action atroce. Plusieurs blessés venaient d'être placés sur des charrettes de vivandiers. Ces misérables, dont le butin de Moscou surchargeait les voitures, ne reçurent qu'en murmurant ce nouveau poids ; on les contraignit à l'accepter ; ils se turent. Mais à peine furent-ils en marche, qu'ils se ralentirent ; ils se laissèrent dépasser par leur colonne ; alors, profitant d'un instant de solitude, ils jetèrent dans ces fossés tous ces infortunés confiés à leurs soins. Un seul survécut assez pour être recueilli par les premières voitures qui passèrent ; c'était un général. On sut par lui ce crime. Un frémissement d'horreur se propagea dans la colonne ; il parvint jusqu'à l'Empereur, car les souffrances n'étaient pas encore assez vives et assez universelles pour éteindre la pitié, et concentrer en soi toutes les affections.

Le soir de cette longue journée, la colonne impériale approcha de Gjatz, surprise de trouver sur son passage des Russes tués tout nouvellement. On remarquait que

14.

chacun d'eux avait la tête brisée de la même manière,
et que sa cervelle sanglante était répandue près de lui.
On savait que deux mille prisonniers russes marchaient
devant, et que c'étaient des Espagnols, des Portugais, et
des Polonais qui les conduisaient. Chacun, suivant son
caractère, s'indignait, approuvait, ou restait indifférent.
Autour de l'Empereur, ces différentes impressions restaient
muettes. Caulaincourt éclata, il s'écria : « Que c'était
« une atroce cruauté! Voilà donc la civilisation que
« nous apportions en Russie! Quel serait sur l'ennemi
« l'effet de cette barbarie? Ne lui laissions-nous pas nos
« blessés, une foule de prisonniers? Lui manquerait-il
« de quoi exercer d'horribles représailles? »

Napoléon garda un sombre silence, mais le lendemain
ces meurtres avaient cessé. On se contenta de laisser ces
malheureux mourir de faim dans les enceintes où, pendant la nuit, on les parquait comme des bêtes. C'était
sans doute encore une barbarie; mais que pouvait-on
faire? Les échanger? L'ennemi s'y refusait. Les relâcher?
Ils auraient été publier le dénûment général, et bientôt,
réunis à d'autres, ils seraient revenus s'acharner sur nos
pas. Dans cette guerre à mort, leur donner la vie c'eût
été se sacrifier soi-même. On fut cruel par nécessité. Le
mal venait de s'être jeté dans une si terrible alterna-
tive!

Au reste, dans leur marche vers l'intérieur de la Russie,
nos soldats prisonniers ne furent pas traités plus humainement, et là pourtant l'impérieuse nécessité n'était
point une excuse.

Enfin on atteignit Gjatz avec la nuit ; mais cette première journée d'hiver avait été cruellement remplie : l'aspect du champ de bataille, de ces deux hôpitaux abandonnés, cette multitude de caissons livrés aux flammes, ces Russes fusillés, l'excessive longueur de la route, les premières atteintes de l'hiver, tout la rendit funeste ; la retraite devenait fuite ; et c'était un spectacle bien nouveau que Napoléon contraint de céder et de fuir !

Plusieurs de nos alliés en jouissaient avec cette secrète satisfaction qu'ont les inférieurs de voir leurs chefs enfin dominés et forcés de plier à leur tour. Ils se laissaient aller à cette triste envie qu'inspire un bonheur extraordinaire, dont il est rare qu'on n'ait pas abusé, et qui choque l'égalité, premier besoin des hommes. Mais cette maligne joie s'éteignit bientôt, et se perdit dans un malheur universel !

La fierté souffrante de Napoléon supposa ces pensées. On s'en aperçut dans une halte de ce jour : là, sur les sillons roidis d'un champ gelé et parsemé de débris russes et français, il voulut, par la puissance de ses paroles, se décharger du poids de l'insupportable responsabilité de tant de malheurs. Cette guerre, qu'en effet il avait redoutée, il en voua l'auteur à l'horreur du monde entier. Ce fut ***** qu'il en accusa : « C'était ce ministre russe, « vendu aux Anglais, qui l'avait fomentée ! Le perfide y « avait entraîné Alexandre et lui ! »

Ces paroles, prononcées devant deux de ses généraux, étaient écoutées avec ce silence commandé par un ancien respect, auquel se joignait déjà celui qu'on devait au malheur. Mais le duc de Vicence, trop impatient peut-être, s'irrita : il fit un geste de colère et d'incrédulité, et rompit, en se retirant brusquement, ce pénible entretien.

De Gjatz l'Empereur gagna Viazma en deux marches. Il y séjourna pour attendre le prince Eugène et Davout, et pour observer le chemin de Medyn et d'Iouknow, qui débouche en cet endroit sur la grande route de Smolensk; c'était ce chemin de traverse qui, de Malo-Iaroslavetz, devait amener l'armée russe sur son passage. Mais le 1er novembre, après trente-six heures d'attente, Napoléon n'en avait aperçu aucun avant-coureur. Il partit, flottant entre l'espoir que Kutusof s'était endormi et la crainte que le Russe n'eût laissé Viazma à sa droite, et ne fut allé lui couper la retraite à deux marches plus loin, vers Dorogobouje. Toutefois il laissa Ney à Viazma, pour recueillir le premier le quatrième corps, et relever, à l'arrière-garde, Davout qu'il jugeait fatigué.

Il se plaignait de la lenteur de celui-ci : il lui reprochait d'être encore à cinq marches derrière lui, quand il n'aurait dû être attardé que de trois journées ; il jugeait le génie de ce maréchal trop méthodique pour diriger convenablement une marche si irrégulière.

Mais la route était, à chaque instant, traversée par des fonds marécageux. Une pente de verglas y entraînait les voitures ; elles s'y enfonçaient : pour les en retirer, il fallait gravir contre la rampe opposée, sur un chemin de glace, où les pieds des chevaux, couverts d'un fer usé et poli, ne pouvaient pas mordre ; à tout moment eux et leurs conducteurs tombaient épuisés les uns sur les autres. Aussitôt les soldats affamés se jetaient sur ces chevaux abattus, et les dépeçaient; puis sur des feux faits des débris de leurs voitures, ils grillaient ces chairs toutes sanglantes, et les dévoraient.

Cependant les artilleurs, troupe d'élite, et leurs officiers, tous sortis de la première école du monde, écartaient ces malheureux, et couraient dételer leurs propres calèches et leurs fourgons, qu'ils abandonnaient pour sauver les canons. Ils y attelaient leurs chevaux; ils s'y attelaient eux-mêmes. Les cosaques, qui voyaient de loin ce désastre, n'osaient en approcher; mais, avec leurs pièces légères portées sur des traîneaux, ils jetaient des boulets dans tout ce désordre et l'augmentaient.

Le premier corps avait déjà perdu dix mille hommes. Néanmoins, à force de peines et de sacrifices, le vice-roi et le prince d'Eckmühl étaient arrivés, le 2 novembre, à deux lieues de Viazma. Pendant le calme trompeur de cette nuit, l'avant-garde russe arrivait de Malo-Iaroslavetz, où notre retraite avait fait cesser la sienne; elle côtoyait les deux corps français et celui de Poniatowski, dépassait leurs bivouacs, et disposait ses colonnes d'attaque contre le flanc gauche de la route, dans l'intervalle de deux lieues qu'avaient laissé Davout et Eugène entre eux et Viazma.

Miloradowitch, celui qu'on appelait le *Murat russe*, commandait cette avant-garde. C'était, selon ses compatriotes, un guerrier infatigable, avantageux, impétueux comme ce roi-soldat, d'une stature aussi remarquable, et,

comme lui, favorisé de la fortune. Jamais on ne le vit
blessé, quoiqu'une foule d'officiers et de soldats eussent
été tués autour de lui, et plusieurs chevaux sous lui. Il
méprisait les principes de la guerre; il mettait même de
l'art à ne pas suivre les règles de cet art, prétendant surprendre l'ennemi par des coups inattendus, car il est
prompt à se décider; il dédaigne de rien préparer, attendant conseil des lieux et des circonstances, et ne se conduisant que par inspirations subites; du reste, général
sur le champ de bataille seulement, sans prévoyance d'administration d'aucun genre, ou privée ou publique, dissi-
pateur cité, et, ce qui est rare, probe et prodigue.

C'était ce général, avec Platof et vingt mille hommes,
qu'on allait avoir à combattre.

Le 3 novembre, le prince Eugène s'acheminait vers
Viazma, où ses équipages et son artillerie le précédaient,
quand les premières lueurs du jour lui montrèrent à la
fois : sa retraite menacée, à sa gauche, par une armée;
derrière lui, son arrière-garde coupée; à sa droite, la
plaine couverte de traîneurs et de chariots épars, fuyant
sous les lances ennemies. En même temps, vers Viazma,
il entend le maréchal Ney, qui devait le secourir, combattre pour sa propre conservation.

Ce prince n'était point de ces généraux nés de la faveur,
pour qui tout est imprévu et cause d'étonnement, faute
d'expérience. Il envisage aussitôt et le mal et le remède.
Il s'arrête, fait volte-face, déploie ses divisions à droite
du grand chemin, et contient dans la plaine les colonnes
russes qui cherchaient à lui faire perdre cette route. Déjà

même leurs premières troupes, en débordant la droite des Italiens, s'en étaient emparées sur un point, et elles s'y maintenaient, quand Ney lança de Viazma un de ses régiments, qui les attaqua par derrière, et leur fit lâcher prise.

En même temps Compans, général de Davout, joint sa division à l'arrière-garde italienne ; ils se font jour, et pendant que, réunis au vice-roi, ils combattent, Davout avec sa colonne s'écoule rapidement derrière eux par le côté gauche du grand chemin ; puis, le traversant aussitôt qu'il les a dépassés, il réclame son rang de bataille, prend l'aile droite, et se trouve entre Viazma et les Russes. Le prince Eugène lui cède ce terrain qu'il a défendu, et passe de l'autre côté de la route. Alors l'ennemi commence à s'étendre devant eux, et cherche à déborder leurs ailes.

Par le succès de cette première manœuvre, les deux corps français et italien n'avaient pas conquis le droit de continuer leur retraite, mais seulement la possibilité de la défendre. Ils comptaient encore trente mille hommes ; mais dans le premier corps, celui de Davout, il y avait du désordre : cette manœuvre précipitée, cette surprise, tant de misère, et surtout l'exemple fatal d'une foule de cavaliers démontés, sans armes, et courant çà et là, tout égarés de frayeur, le désorganisaient.

Ce spectacle encouragea l'ennemi : il crut à une déroute. Son artillerie, supérieure en nombre, manœuvrait au galop ; elle prenait en écharpe et en flanc nos lignes qu'elle abattait, quand les canons français, déjà à Viazma et qu'on faisait revenir en hâte, se traînaient avec peine.

Cependant Davout et ses généraux avaient encore autour d'eux leurs plus fermes soldats. On voyait plusieurs de ces chefs, blessés depuis la Moskowa, l'un le bras en écharpe, l'autre la tête enveloppée de linges, soutenir les meilleurs, retenir les plus ébranlés, s'élancer sur les batteries ennemies, les faire reculer, se saisir même de trois de leurs pièces, enfin étonner à la fois les ennemis et leurs fuyards, et combattre l'exemple du mal par un noble exemple.

Alors Miloradowitch, sentant sa proie lui échapper, demanda du secours; et ce fut encore Wilson, qui se trouvait partout où il pouvait le plus nuire à la France, qui courut appeler Kutusof. Il trouva le vieux maréchal se reposant avec son armée au bruit du combat. L'ardent Wilson, pressant comme la circonstance, l'excite vainement; il ne peut l'émouvoir. Transporté d'indignation, il l'appelle *traître*; il lui déclare qu'à l'instant même un de ses Anglais va courir à Pétersbourg dénoncer sa trahison à son empereur et à ses alliés.

Cette menace n'ébranla point Kutusof : il s'obstina dans son inaction; soit qu'aux glaces de l'âge se fussent jointes celles de l'hiver, et que, dans son corps tout cassé, son esprit se trouvât affaissé sous le poids de tant de ruines; soit que, par un autre effet de la vieillesse, on devienne prudent quand on n'a presque plus rien à risquer, et temporisateur quand on n'a plus de temps à perdre. Il parut encore croire, comme à Malo-Iaroslavetz, que l'hiver moscovite pouvait seul abattre Napoléon; que ce génie, vainqueur des hommes, n'était pas encore assez vaincu par la nature; qu'il fallait laisser au climat l'honneur de cette victoire, et au ciel russe sa vengeance.

Miloradowitch, réduit à lui-même, s'efforçait alors de rompre le corps de bataille français ; mais ses feux y pouvaient seuls pénétrer : ils y firent d'affreux ravages. Eugène et Davout s'affaiblissaient ; et comme ils entendaient un autre combat en arrière de leur droite, ils crurent que c'était tout le reste de l'armée russe qui arrivait sur Viazma par le chemin d'Iuknof, dont Ney défendait le débouché.

Ce n'était qu'une avant-garde ; mais le bruit de cette bataille en arrière de leur bataille, et menaçant leur retraite, les inquiéta. Le combat durait déjà depuis sept heures ; les bagages devaient être écoulés, la nuit s'approchait, les généraux français commencèrent donc à se retirer.

Ce mouvement rétrograde accrut l'ardeur de l'ennemi, et, sans un mémorable effort des 25e, 57e et 85e régiments, et la protection d'un ravin, le corps de Davout eût été enfoncé, tourné par sa droite, et détruit. Le prince Eugène, moins vivement attaqué, put effectuer plus rapidement sa retraite au travers de Viazma ; mais les Russes l'y suivirent : ils avaient pénétré dans cette ville, lorsque Davout, poussé par vingt mille hommes, et écrasé par quatre-vingts pièces de canon, voulut y passer à son tour.

La division Morand s'engagea la première dans la ville ; elle marchait avec confiance, croyant le combat fini, quand les Russes, que cachaient les sinuosités des rues, tombèrent tout à coup sur elle. La surprise fut complète, et le désordre grand ; toutefois Morand rallia, raffermit les siens, rétablit le combat, et se fit jour.

Ce fut Compans qui termina tout. Il fermait la marche avec sa division. Se sentant serré de trop près par les plus braves troupes de Miloradowitch, il se retourna, courut lui-même sur les plus acharnés, les culbuta, et, s'étant fait ainsi respecter, il acheva tranquillement sa retraite. Ce combat fut glorieux pour chacun, et son résultat fâcheux pour tous : l'ordre et l'ensemble y manquèrent. Il y aurait eu assez de soldats pour vaincre, s'il n'y avait pas eu trop de chefs. Ce ne fut que vers deux heures que ceux-ci se réunirent pour concerter leurs manœuvres ; encore furent-elles exécutées sans accord.

Lorsqu'enfin la rivière, la ville de Viazma, la nuit, une fatigue mutuelle, et le maréchal Ney, eurent séparé de l'ennemi, le péril étant ajourné et les bivouacs établis, on se compta. Plusieurs canons brisés, des bagages et quatre mille morts ou blessés manquaient. Beaucoup de soldats s'étaient dispersés. On avait sauvé l'honneur ; mais il y avait dans les rangs des vides immenses. Il fallut tout resserrer, tout réduire, pour mettre quelque ensemble dans ce qui restait. Chaque régiment formait à peine un bataillon, chaque bataillon un peloton. Les soldats n'avaient plus leurs places, leurs compagnons et leurs chefs accoutumés.

Cette triste réorganisation se fit à la lueur de l'incendie de Viazma, et au bruit successif des coups de canon de Ney et de Miloradowitch, dont les retentissements se prolongeaient au travers de la double obscurité de la nuit et des forêts. Plusieurs fois ces restes de braves soldats se crurent attaqués, et se traînèrent à leurs armes. Le lendemain, quand ils reprirent leurs rangs, ils s'étonnèrent de leur petit nombre.

Toutefois l'exemple des chefs, et l'espoir de retrouver tout à Smolensk, soutenaient les courages, et surtout l'aspect d'un soleil brillant encore, de cette source universelle d'espoir et de vie, qui semblait contredire et désavouer tous les spectacles de désespoir et de mort dont nous étions déjà environnés.

Mais le 6 novembre le ciel se déclare. Son azur disparaît. L'armée marche enveloppée de vapeurs froides. Ces vapeurs s'épaississent : bientôt c'est un nuage immense qui s'abaisse et fond sur elle en gros flocons de neige. Il semble que le ciel descende et se joigne à cette terre et à ces peuples ennemis pour achever notre perte ! Tout alors est confondu et méconnaissable : les objets changent d'aspect ; on marche sans savoir où l'on est, sans apercevoir son but ; tout devient obstacle. Pendant que le soldat s'efforce pour se faire jour au travers de ces tourbillons de vents et de frimas, les flocons de neige, poussés par la tempête, s'amoncellent et s'arrêtent dans toutes les cavités ; leur surface cache des profondeurs inconnues qui s'ouvrent perfidement sous nos pas. Là le soldat s'engouffre, et les plus faibles, s'abandonnant, y restent ensevelis.

Ceux qui suivent se détournent, mais la tourmente leur fouette au visage la neige du ciel et celle qu'elle enlève à la terre ; elle semble vouloir avec acharnement s'opposer à leur marche. L'hiver moscovite, sous cette nouvelle forme, les attaque de toutes parts : il pénètre au travers de leurs légers vêtements et de leur chaussure déchirée. Leurs habits mouillés se gèlent sur eux ; cette enveloppe de glace saisit leurs corps et roidit tous leurs membres ; un vent aigre et violent coupe leur respiration ; il s'en empare au moment où ils l'exhalent, et en forme des glaçons qui pendent par leur barbe autour de leur bouche.

Les malheureux se traînent encore, en grelottant, jusqu'à ce que la neige, qui s'attache sous leurs pieds en forme de pierre, quelques débris, une branche, ou le corps de l'un de leurs compagnons, les fasse trébucher et tomber. Là ils gémissent en vain ; bientôt la neige les couvre ; de légères éminences les font reconnaître : voilà leur sépulture ! La route est toute parsemée de ces ondulations, comme un champ funéraire ; les plus intrépides ou les plus indifférents s'affectent ; ils passent rapidement en détournant leurs regards. Mais devant eux, autour d'eux, tout est neige : leur vue se perd dans cette immense et triste uniformité ; l'imagination s'étonne : c'est comme un grand linceul dont la nature enveloppe l'armée ! Les seuls objets qui s'en détachent, ce sont de sombres sapins, des arbres de tombeaux, avec leur funèbre verdure, et la gigantesque immobilité de leurs noires tiges, et leur grande tristesse qui complète cet aspect désolé d'un deuil général, d'une nature sauvage, et d'une armée mourante au milieu d'une nature morte !

Tout, jusqu'à leurs armes, encore offensives à Malo-

Iaroslavetz, mais, depuis, seulement défensives, se tourna
alors contre eux-mêmes. Elles parurent à leurs bras engourdis un poids insupportable. Dans les chutes fréquentes
qu'ils faisaient, elles s'échappaient de leurs mains, elles se
brisaient ou se perdaient dans la neige. S'ils se relevaient,
c'était sans elles, car ils ne les jetèrent point, la faim et
le froid les leur arrachèrent. Les doigts de beaucoup
d'autres gelèrent sur le fusil qu'ils tenaient encore, et qui
leur ôtait le mouvement nécessaire pour y entretenir un
reste de chaleur et de vie.

Bientôt l'on rencontra une foule d'hommes de tous les
corps, tantôt isolés, tantôt par troupes. Ils n'avaient point
déserté lâchement leurs drapeaux : c'était le froid, l'inanition qui les avait détachés de leurs colonnes. Dans cette
lutte générale et individuelle, ils s'étaient séparés les
uns des autres, et les voilà désarmés, vaincus, sans défense, sans chefs, n'obéissant qu'à l'instinct pressant de
leur conservation.

La plupart, attirés par la vue de quelques sentiers la-
téraux, se dispersent dans les champs avec l'espoir d'y
trouver du pain et un abri pour la nuit qui s'approche ;
mais, dans leur premier passage, tout a été dévasté sur
une largeur de sept à huit lieues ; ils ne rencontrent que
des cosaques et une population armée qui les entourent,
les blessent, les dépouillent, et les laissent, avec des rires
féroces, expirer tout nus sur la neige ! Ces peuples, soule-
vés par Alexandre et Kutusof, et qui ne surent pas alors,
comme depuis, venger noblement une patrie qu'ils n'a-
vaient pas pu défendre, côtoient l'armée sur ses deux

flancs, à la faveur des bois. Tous ceux qu'ils n'ont point achevés avec leurs piques et leurs haches, ils les ramènent sur la fatale et dévorante grande route.

La nuit arrive alors, une nuit de seize heures! Mais, sur cette neige qui couvre tout, on ne sait où s'arrêter, où s'asseoir, où se reposer, où trouver quelque racine pour se nourrir, et des bois secs pour allumer les feux! Cependant la fatigue, l'obscurité, des ordres répétés, arrêtent ceux que leurs forces morales et physiques et les efforts des chefs ont maintenus ensemble. On cherche à s'établir; mais la tempête toujours active disperse les premiers apprêts des bivouacs. Les sapins, tout chargés de frimas, résistent obstinément aux flammes; leur neige, celle du ciel, dont les flocons se succèdent avec acharnement, celle de la terre, qui se fond sous les efforts des soldats et par l'effet des premiers feux, éteignent ces feux, les forces et les courages.

Lorsqu'enfin la flamme l'emportant s'éleva, autour d'elle les officiers et les soldats apprêtèrent leurs tristes repas : c'étaient des lambeaux maigres et sanglants de chair arrachés à des chevaux abattus, et, pour bien peu, quelques cuillerées de farine de seigle délayée dans de l'eau de neige. Le lendemain, des rangées circulaires de soldats étendus roides morts marquèrent les bivouacs; les alentours étaient jonchés des corps de plusieurs milliers de chevaux!

Depuis ce jour, on commença à moins compter les uns sur les autres. Dans cette armée vive, susceptible de toutes les impressions, et raisonneuse par une civilisation avancée, le désordre se mit vite; le découragement et

l'indiscipline se communiquèrent promptement, l'imagination allant sans mesure dans le mal comme dans le bien.
Dès lors, à chaque bivouac, à tous les mauvais passages,
à tout instant, il se détacha des troupes encore organisées
quelque portion qui tomba dans le désordre. Il y en eut
pourtant qui résistèrent à cette grande contagion d'indiscipline et de découragement : ce furent les officiers,
les sous-officiers et des soldats tenaces. Ceux-là furent des
hommes extraordinaires : ils s'encourageaient en répétant
le nom de Smolensk dont ils se sentaient approcher, et où
tout leur avait été promis.

Ce fut ainsi que, depuis ce déluge de neige et le redoublement de froid qu'il annonçait, chacun, chef comme
soldat, conserva ou perdit sa force d'esprit, suivant son
caractère, son âge, et son tempérament. Celui de nos chefs
que jusque-là on avait vu le plus rigoureux pour le main-
tien de la discipline, ne se trouva plus l'homme de la circonstance. Jeté hors de toutes ses idées arrêtées de régu-
larité, d'ordre et de méthode, il fut saisi de désespoir à la
vue d'un désordre si général, et jugeant avant les autres
tout perdu, il se sentit lui-même prêt à tout abandonner.

De Gjatz à Mikalewska, village entre Dorogobouje et
Smolensk, il n'arriva rien de remarquable dans la colonne
impériale, si ce n'est qu'il fallut jeter dans le lac de Semlewo les dépouilles de Moscou : des canons, des armures
gothiques, ornements du Kremlin, et la croix du grand
Yvan y furent noyés. Trophées, gloire, tous ces biens
auxquels nous avions tout sacrifié, devenaient à charge ;
il ne s'agissait plus d'embellir, d'orner sa vie, mais de la

sauver. Dans ce grand naufrage, l'armée, comme un grand vaisseau battu par la plus horrible des tempêtes, jetait, sans hésiter, à cette mer de neige et de glace, tont ce qui pouvait appesantir ou retarder sa marche !

Le 3 et le 4 novembre Napoléon avait séjourné à Slaw-kowo. Ce repos et la honte de paraître fuir enflammèrent son imagination. On l'entendit dicter des ordres, d'après lesquels son arrière-garde, paraissant reculer en désordre, devait attirer les Russes dans une embuscade où lui-même les attendrait ; mais ce vain projet s'évanouit avec la préoccupation qui l'avait enfanté. Le 5 il avait couché à Doro-gobouje. Il y trouva les moulins à bras commandés pour l'expédition ; on en fit une tardive et bien inutile distribution ; les cantonnements de Smolensk furent alors projetés.

Ce fut le lendemain, à la hauteur de Mikalewska, et le 6 novembre, à l'instant où ces nuées chargées de frimas crevaient sur nos têtes, que l'on vit le comte Daru accourir, et un cercle de vedettes se former autour de lui et de l'Empereur.

Une estafette, la première qui, depuis dix jours, avait pu pénétrer jusqu'à nous, venait d'apporter la nouvelle de cette étrange conjuration (1) tramée, dans Paris même, par un général obscur, et au fond d'une prison. Il n'avait eu d'autres complices que la fausse nouvelle de notre destruction, et de faux ordres à quelques troupes d'arrêter le ministre, le préfet de police et le commandant de Paris. Tout avait réussi par l'impulsion d'un premier mouve-

(1) La conspiration Malet.

ment, par l'ignorance et par l'étonnement général ; mais
aussi, dès le premier bruit qui s'en était répandu, un
ordre avait suffi pour rejeter dans les fers le chef avec ses
complices ou ses dupes.

L'Empereur apprenait à la fois leur crime et leur supplice. Ceux qui de loin cherchaient à lire sur ses traits
ce qu'ils devaient penser, n'y virent rien : il se concentra,
ses premières et seules paroles à Daru furent : « Eh bien !
si nous étions restés à Moscou ! » Puis il se hâta d'entrer
dans une maison palissadée qui avait servi de poste de
correspondance.

Dès qu'il fut seul avec ses officiers les plus dévoués,
toutes ses émotions éclatèrent à la fois par des exclamations d'étonnement, d'humiliation et de colère ! Quelques
instants après il fit venir plusieurs autres militaires pour
remarquer l'effet que produisait une si étrange nouvelle.
Il vit une douleur inquiète, de la consternation, et la
confiance dans la stabilité de son gouvernement tout
ébranlée. Il put savoir qu'on s'abordait en gémissant, et
en répétant qu'ainsi la grande révolution de 1789, qu'on
avait crue terminée, ne l'était donc pas. Déjà vieillis par
les efforts qu'on avait faits pour en sortir, fallait-il donc
s'y replonger de nouveau, et rentrer encore dans la terrible carrière des bouleversements politiques ? Ainsi la
guerre nous atteignait partout, et nous pourrions perdre
tout à la fois.

Quelques-uns se réjouirent de cette nouvelle, dans
l'espoir qu'elle hâterait le retour de l'Empereur en France,
qu'elle l'y fixerait, et qu'il n'irait plus se risquer au de-

15.

hors, n'étant pas sûr du dedans. Le lendemain les souffrances du moment firent cesser les conjectures. Quant à Napoléon, toutes ses pensées le précédaient encore dans Paris, et il s'avançait machinalement vers Smolensk, quand lui-même fut rappelé tout entier au lieu et au moment présent par l'arrivée d'un aide de camp de Ney.

Depuis Viazma ce maréchal avait commencé à soutenir cette retraite, mortelle pour tant d'autres, et pour lui immortelle! Jusqu'à Dorogobouje, elle n'avait été inquiétée que par quelques bandes de cosaques, insectes importuns, qu'attiraient nos mourants et nos voitures abandonnées, fuyant partout où l'on portait la main, mais fatiguant par leur retour continuel.

Ce n'était point le sujet du message de Ney. En approchant de Dorogobouje, il avait rencontré les traces du désordre dans lequel étaient tombés les corps qui le précédaient; il n'avait pu les effacer. Jusque-là il s'était résigné à laisser à l'ennemi des bagages; mais il avait rougi de honte à la vue des premiers canons abandonnés devant Dorogobouje.

Ce maréchal s'y était arrêté. Là, après une nuit horrible, où la neige, le vent et la famine avaient chassé des feux la plupart de ses soldats, l'aurore, qu'on attend toujours si impatiemment au bivouac, avait amené la tempête, l'ennemi, et le spectacle d'une défection presque générale. En vain lui-même venait de combattre à la tête de ce qui lui restait de soldats et d'officiers; il se voyait obligé de reculer précipitamment jusque derrière le Dnieper : « c'est de quoi il faisait avertir l'Empereur.

Il voulait qu'il sût tout. Son aide de camp, le colonel Dalbignac, devait lui dire : « Que, dès Malo-Iaroslavetz, « le premier mouvement de retraite, pour des soldats qui « n'avaient jamais reculé, avait décontenancé l'armée; « que l'affaire de Viazma l'avait ébranlée; et qu'enfin ce « déluge de neige, et le redoublement de froid qu'il an- « nonçait, en achevait la désorganisation !

« Qu'une multitude d'officiers ayant tout perdu, pe- « lotons, bataillons, régiments, divisions même, s'ajou- « taient aux masses errantes. On les voyait par troupes « de généraux, de colonels, et d'officiers de tous grades, « mêlés avec des soldats, et marchant à l'aventure, tan- « tôt avec une colonne, tantôt avec une autre ; que, l'or- « dre ne pouvant exister devant le désordre, cet exemple « entraînait jusqu'à ces vieux cadres de régiments qui « avaient traversé toute la guerre de la révolution !

« Qu'on entendait dans les rangs les meilleurs soldats « se demander pourquoi c'était à eux seuls à combattre « pour assurer la fuite des autres ; et comment on croyait « les encourager, quand ils entendaient les cris de dé- « sespoir qui partaient des bois voisins, où les grands « convois de leurs blessés, inutilement traînés depuis « Moscou, venaient d'être abandonnés. Voilà donc le sort « qui les attendait ! Qu'avaient-ils à gagner autour du « drapeau ? Pendant le jour c'étaient des travaux, des « combats continuels, et la nuit, la famine; jamais d'a- « bris, des bivouacs encore plus meurtriers que les com- « bats : la faim et le froid en repoussaient le sommeil, « ou si la fatigue l'emportait un instant, le repos, qui

« devait refaire, achevait. Enfin l'aigle ne protégeait
« plus, il tuait !

« Pourquoi donc s'obstiner autour de lui, pour suc-
« comber par bataillon, par masse? Il valait mieux se
« disperser ; et puisqu'il n'y avait plus qu'à fuir, disputer
« de vitesse; alors ce ne seraient plus les meilleurs qui
« succomberaient ; derrière eux les lâches ne dévoreraient
« plus les restes de la grande route ! » Enfin, l'aide de
camp devait dévoiler à l'Empereur toute l'horreur de sa
situation. Ney en rejetait la responsabilité.

Mais Napoléon en voyait assez autour de lui pour juger du reste. Les fuyards le dépassaient ; il sentait qu'il
n'y avait plus qu'à sacrifier successivement l'armée, partie par partie, en commençant par les extrémités, pour
en sauver la tête. Quand donc l'aide de camp voulut
commencer, il l'interrompit brusquement par ces mots :
« Colonel, je ne vous demande pas ces détails ! » Celui-ci
se tut, comprenant que, dans ce désastre, désormais irré-
médiable, et où il fallait à chacun toute sa force, l'Empereur craignait des plaintes qui ne pouvaient qu'affaiblir
celui qui s'y laissait aller et celui qui les entendait.

Il remarqua l'attitude de Napoléon, celle qu'il conserva
pendant toute cette retraite : elle était grave, silencieuse
et résignée ; souffrant moins de corps que les autres, mais
bien plus d'esprit, et acceptant son malheur.

En ce moment le général Charpentier lui envoyait
de Smolensk un convoi de vivres. Bessières voulut s'en
emparer ; mais l'Empereur les fit passer sur-le-champ au
« prince de la Moskowa, en disant : « Que c'était à ceux

« qui se battaient à manger avant les autres ! » En même temps il envoya recommander à Ney « de se défendre « assez pour lui donner quelque séjour à Smolensk, où « l'armée mangerait, reposerait, et se réorganiserait. »

Mais si cet espoir soutint les uns dans leur devoir, beaucoup d'autres abandonnèrent tout pour courir vers ce terme promis à leurs souffrances. Pour Ney, il vit qu'il fallait une victime, et qu'il était désigné ; il se dévoua, acceptant tout entier un danger grand comme son courage ! Dès lors il n'attache plus son honneur à des bagages, ni même à des canons, que l'hiver seul lui arrache. Un premier repli du Borysthène en arrête et retient une partie au pied de ses rampes de glace ; il les sacrifie sans hésiter, passe cet obstacle, se retourne, et force le fleuve ennemi qui traversait la route à lui servir de défense.

Toutefois les Russes s'avançaient à la faveur d'un bois et de nos voitures abandonnées ; de là, ils fusillaient les soldats de Ney ; la moitié de ceux-ci, dont les armes glacées gèlent les mains engourdies, se découragent : ils lâchent prise, s'autorisant de leur faiblesse de la veille, fuyant parce qu'ils avaient fui ; ce qu'avant ils auraient regardé comme impossible. Mais Ney se jette au milieu d'eux, arrache une de leurs armes, et les ramène au feu, que lui-même recommence, exposant sa vie en soldat, le fusil à la main, comme lorsqu'il n'était ni époux, ni père, ni riche, ni puissant et considéré ; enfin, comme s'il avait encore tout à gagner, quand il avait tout à perdre ! En même temps qu'il redevint soldat, il resta général : il s'aida du terrain, s'appuya d'une hauteur, se couvrit d'une maison palissadée. Ses généraux et ses colonels, parmi lesquels lui-même remarqua Fezensac, le secondèrent vigoureusement, et l'ennemi, qui s'attendait à poursuivre, recula !

Par cette action, Ney donna vingt-quatre heures de répit à l'armée ; elle en profita pour s'écouler vers Smolensk. Le lendemain, et tous les jours suivants, ce fut un même héroïsme : de Viazma à Smolensk il combattit dix jours entiers !

Le 13 novembre il touchait à cette ville, où il ne devait entrer que le lendemain, et faisait volte-face pour maintenir l'ennemi, quand tout à coup les hauteurs, auxquelles il voulait appuyer sa gauche, se couvrirent d'une foule de fuyards. Dans leur effarement ces malheureux se précipitaient et roulaient jusqu'à lui sur la neige glacée qu'ils teignaient de leur sang. Une bande de cosaques, qu'on vit bientôt au milieu d'eux, fit comprendre la cause de ce désordre. Le maréchal, étonné, ayant fait dissiper cette nuée d'ennemis, aperçut derrière elle l'armée d'Italie, revenant sans bagages, sans canons, toute dépouillée.

Platof l'avait tenue comme assiégée depuis Dorogobouje. Le prince Eugène avait quitté la grande route près de cette ville, et repris, pour se diriger sur Vitepsk, celle qui, deux mois avant, l'avait amené de Smolensk ; mais alors le Wop, qu'il traversa, n'était qu'un ruisseau ; on l'avait à peine remarqué : on y retrouva une rivière. Elle coulait sur un lit de fange que resserrent deux rives escarpées. Il fallut trancher ses berges roides et glacées, et donner l'ordre de démolir, pendant la nuit, les maisons voisines pour en construire un pont. Le vice-roi, plus estimé que craint, ne fut point obéi. Les pontonniers se rebutèrent, et, quand le jour reparut avec les cosaques, le pont, deux fois rompu, était abandonné.

Cinq à six mille soldats, encore en ordre, deux fois autant d'hommes débandés, de malades et de blessés, plus de cent canons, leurs caissons, et une multitude d'équipages, bordaient l'obstacle. Ils couvraient une lieue de terrain. On tenta un gué à travers les glaçons que charriait le torrent. Les premiers canons qui se présentèrent atteignirent l'autre rive; mais, de moment en moment, l'eau s'élevait en même temps que le gué se creusait sous les roues et sous les efforts des chevaux : un chariot s'engrava; d'autres s'y ajoutèrent, et tout fut arrêté.

Cependant, le jour s'avançait; on s'épuisait en efforts inutiles; la faim, le froid et les cosaques devenaient pressants, et le vice-roi se vit enfin réduit à ordonner l'abandon de son artillerie et de tous ses bagages. Ce fut alors un spectacle de désolation. Les possesseurs de ces biens eurent à peine le temps de s'en séparer : pendant qu'ils choisissent leurs effets les plus indispensables et qu'ils en chargent des chevaux, une foule de soldats accourt; c'est surtout sur les voitures de luxe qu'ils se précipitent : ils brisent, ils enfoncent tout, se vengeant de leur misère sur ces richesses, de leurs privations sur ces jouissances, et les enlevant aux cosaques qui les regardaient de loin.

C'était aux vivres que la plupart en voulaient. Ils

écartaient et rejetaient, pour quelques poignées de farine, les vêtements brodés, des tableaux, des ornements
de toute espèce, et des bronzes dorés. Le soir ce fut un
singulier aspect que celui de ces richesses de Paris et
de Moscou, de ce luxe de deux des plus grandes villes
du monde, gisant épars et dédaigné sur une neige sauvage et déserte !

En même temps la plupart des artilleurs, désespérés,
enclouent leurs pièces, et dispersent leur poudre. D'autres en établissent une traînée qu'ils poussent jusque
sous des caissons arrêtés au loin, en arrière de nos bagages. Ils attendent que les cosaques les plus avides soient
accourus, et, quand ils les voient en grand nombre, tous
acharnés au pillage, ils jettent la flamme d'un bivouac sur
cette poudre. Le feu court, et dans l'instant il atteint
son but : les caissons sautent, les obus éclatent, et ceux
des cosaques qui ne sont pas détruits se dispersent épou-
vantés !

Quelques centaines d'hommes, qu'on appelait encore
la 14e division, furent opposés à ces hordes, et suffirent
pour les contenir hors de portée jusqu'au lendemain. Tout
le reste, soldats, administrateurs, femmes et enfants,
malades et blessés, poussés par les boulets ennemis, se
pressaient sur la rive du torrent. Mais à la vue de ses
eaux grossies, de leurs glaçons massifs et tranchants et
de la nécessité d'augmenter, en se plongeant dans ces
flots glacés, le supplice d'un froid déjà intolérable, tous
hésitèrent.

Il fallut qu'un Italien, le colonel Delfanti, s'élançât le

premier. Alors les soldats s'ébranlèrent et la foule suivit.
Il resta les plus faibles, les moins déterminés, ou les
plus avares. Ceux qui ne surent point rompre avec leur
butin, et quitter la fortune qui les quittait, ceux-là furent
surpris dans leur hésitation. Le lendemain on vit de
sauvages cosaques, au milieu de tant de richesses, être
encore avides des vêtements sales et déchirés de ces
malheureux devenus leurs prisonniers : ils les dépouil-
lèrent, et les réunirent ensuite en troupeaux, puis ils les
faisaient marcher nus, sur la neige, à grands coups du
bois de leurs lances.

L'armée d'Italie, ainsi démantelée, toute pénétrée des
eaux du Wop, sans vivres, sans abri, passa la nuit sur la
neige, près d'un village où ses généraux voulurent en
vain se loger. Leurs soldats assiégeaient ces maisons de
bois. Ces malheureux fondaient en désespérés et par
essaims sur chaque habitation, profitant de l'obscurité
qui les empêchait de reconnaître leurs chefs et d'en être
reconnus. Ils arrachaient tout, portes, fenêtres, et jusqu'à
la charpente des toits, peu touchés de réduire d'autres,
quels qu'ils fussent, à bivouaquer comme eux-mêmes.

Leurs généraux les repoussaient inutilement : ils se
laissaient frapper sans se plaindre, sans se révolter, mais
sans s'arrêter, même ceux des gardes royale et impériale ;
car, dans toute l'armée, c'était, chaque nuit, des scènes
pareilles. Les malheureux restaient silencieusement et
activement acharnés sur ces murs de bois, qu'ils dépeçaient de tous les côtés à la fois, et qu'après de vains
efforts leurs chefs étaient obligés d'abandonner, de peur

qu'ils ne s'écroulassent sur eux. C'était un singulier mélange de persévérance dans leur dessein, et de respect
pour l'emportement de leurs généraux.

Les feux bien allumés, ils passèrent la nuit à se sécher
au bruit des cris, des imprécations, des gémissements de
ceux qui achevaient de franchir le torrent, ou qui, du
haut de ses berges, roulaient et se perdaient dans ses
glaçons.

C'est un fait honteux pour l'ennemi, qu'au milieu de
ce désastre, et à la vue d'un si riche butin, quelques centaines d'hommes, laissés à une demi-lieue du vice-roi, et
sur l'autre rive du Wop, aient arrêté, pendant vingt
heures, non seulement le courage, mais aussi la cupidité
des cosaques de Platof !

Peut-être l'hetman crut-il avoir assuré pour le lendemain la perte du vice-roi. En effet toutes ses mesures
furent si bien prises, qu'à l'instant où l'armée d'Italie,
après une marche inquiète et désordonnée, apercevait
Doukhowtchina, ville encore entière, et se hâtait avec
joie d'aller s'y abriter, elle en vit sortir plusieurs milliers
de cosaques avec des canons, qui l'arrêtèrent tout à coup.

En même temps Platof, avec toutes ses hordes, accourut et attaqua son arrière-garde et ses deux flancs.

Plusieurs témoins disent qu'alors ce fut un tumulte,
un désordre complet ; que les hommes débandés, les
femmes, les valets, se précipitèrent les uns sur les autres,
et tout au travers des rangs ; qu'enfin il y eut un instant
où cette malheureuse armée ne fut plus qu'une foule
informe, une vile cohue qui tourbillonnait sur elle-même !

On crut tout perdu. Mais le sang-froid du prince et les efforts des chefs sauvèrent tout. Les hommes d'élite se dégagèrent, les rangs se rétablirent. On avança en tirant quelques coups de fusil, et l'ennemi, qui avait tout pour lui, hors le courage, seul bien qui nous restât, s'ouvrit et s'écarta, s'en tenant à une vaine démonstration.

On prit sa place encore toute chaude dans cette ville, hors de laquelle il alla bivouaquer et préparer de pareilles surprises jusques aux portes de Smolensk ; car le désastre du Wop avait fait renoncer à se séparer de l'empereur. Là ces hordes s'enhardirent ; elles enveloppèrent la 14ᵉ division. Quand le prince Eugène voulut la dégager, les soldats et leurs officiers, roidis par vingt degrés d'un froid que le vent rendait déchirant, restèrent étendus sur les cendres chaudes de leurs feux. On leur montra inutilement leurs compagnons environnés, l'ennemi qui s'approchait, enfin les balles et les boulets qui les atteignaient déjà : ils s'obstinèrent à ne pas se lever, protestant qu'ils aimaient mieux périr que d'avoir à supporter plus longtemps des maux aussi cruels. Les vedettes elles-mêmes avaient abandonné leurs postes. Le prince Eugène réussit cependant à sauver son arrière-garde.

C'était en revenant avec elle sur Smolensk que ses traîneurs avaient été culbutés sur les soldats de Ney. Ils leur communiquèrent leur effroi : tous se précipitèrent vers le Dnieper, et ils s'amoncelaient à l'entrée du pont, sans songer à se défendre, lorsqu'une charge du 4ᵉ régiment arrêta l'ennemi.

Son colonel, le jeune Fezensac, sut ranimer ces hom-

mes à demi perclus de froid. Là, comme dans tout ce qui
est action, on vit la supériorité des sentiments de l'âme
sur les sensations du corps : car toute sensation physique
portait à se rebuter et à fuir, la nature le conseillait de
ses cent voix les plus pressantes, et pourtant quelques
mots d'honneur suffirent pour obtenir le dévouement le
plus héroïque ! Les soldats du 4ᵉ régiment coururent en
furieux contre l'ennemi, contre la montagne de neige et
de glace dont il était maître, et contre l'ouragan du Nord,
car ils avaient tout contre eux ! Ney lui-même fut obligé
de les modérer.

Un reproche de leur colonel avait opéré ce changement.
Ces simples soldats se dévouaient pour ne pas manquer à
eux-mêmes, par cet instinct qui veut du courage dans
l'homme ; enfin par habitude et amour de la gloire ; mot
bien éclatant pour une position si obscure ! Car qu'est-ce
que la gloire d'un tirailleur qui périt sans témoins, qui
n'est loué, blâmé ou regretté que par une escouade ?
Mais le cercle de chacun lui suffit ; une petite association
renferme autant de passions qu'une grande. Les propor-
tions des corps sont différentes ; mais ils sont composés
des mêmes éléments : c'est la même vie qui les anime ;
et les regards d'un peloton excitent un soldat, comme
ceux d'une armée enflamment un général !

Enfin l'armée a revu Smolensk ! elle a touché à ce
terme tant de fois offert à ses souffrances. Les soldats se
la montrent. Là voilà cette terre promise, où sans doute
leur famine va retrouver l'abondance, leur fatigue le repos ; où les bivouacs par dix-neuf degrés de froid vont

être oubliés dans des maisons bien échauffées. Là ils goûteront un sommeil réparateur ; ils pourront refaire leur habillement ; là de nouvelles chaussures et des vêtements propres au climat leur seront distribués !

A cette vue le corps d'élite, quelques soldats, et les cadres ont seuls conservé leurs rangs ; le reste a couru et s'est précipité. Des milliers d'hommes, la plupart sans armes, ont couvert les deux rives escarpées du Borysthène ; ils se sont pressés en masse contre les hautes murailles et les portes de la ville ; mais leur foule désordonnée, leurs figures hâves, noircies de terre et de fumée, leurs uniformes en lambeaux, les vêtements bizarres par lesquels ils y ont suppléé, enfin leur aspect étrange, hideux, et leur ardeur effrayante, ont épouvanté. On a cru que si l'on ne repoussait l'irruption de cette multitude enragée de faim, elle mettrait tout au pillage, et les portes lui ont été fermées !

On espérait aussi que, par cette rigueur, on forcerait à se rallier. Alors, dans les restes de cette malheureuse armée, il s'est établi une horrible lutte entre l'ordre et le désordre. C'est vainement que les uns ont prié, pleuré, conjuré, qu'ils ont menacé et cherché à ébranler les portes, qu'ils sont tombés mourants aux pieds de leurs compagnons chargés de les repousser ; ils les ont trouvés inexorables : il a fallu qu'ils attendissent l'arrivée de la première troupe, encore commandée et en ordre.

C'était la vieille et la jeune garde. Les hommes débandés n'entrèrent qu'à sa suite ; eux et les autres corps qui, depuis le 8 jusqu'au 14, arrivèrent successivement,

crurent qu'on n'avait retardé leur entrée que pour donner
plus de repos et de vivres à cette garde. Leurs souffrances les rendirent injustes, ils la maudirent : « Seraient-ils
« donc sans cesse sacrifiés à cette classe privilégiée, à
« cette vaine parure qu'on ne voyait plus la première
« qu'aux revues, aux fêtes et surtout aux distributions ?
« L'armée n'aurait-elle jamais que ses restes ? Pour les
« obtenir, faudrait-il toujours attendre qu'elle fût ras-
« sasiée ? » On ne pouvait que leur répondre : qu'il
fallait, du moins, conserver un corps entier, et donner
la préférence à celui qui dans une dernière occasion,
pourrait faire un puissant effort.

Cependant ces malheureux sont dans cette Smolensk
tant désirée ; ils ont laissé les rampes du Borysthène
jonchées des corps mourants des plus faibles d'entre eux ;
l'impatience et plusieurs heures d'attente les ont achevés. Ils en laissent d'autres sur l'escarpement de glace
qu'il leur faut surmonter pour atteindre la haute ville.
Le reste court aux magasins, et là il en expire encore
pendant qu'ils en assiègent les portes ; car on les a repoussés : « Qui sont-ils ? De quel corps ? Comment les
« reconnaître ? Les distributeurs des vivres en sont res-
« ponsables : ils ne doivent les délivrer qu'à des officiers
« autorisés, et porteurs de reçus contre lesquels ils échan-
« geront les rations qui leur sont confiées ; et ceux qui
« se présentent n'ont plus d'officiers, ils ne savent où
« sont leurs régiments ! » Les deux tiers de l'armée sont
ainsi.

Ces infortunés se répandent dans les rues, n'ayant plus

d'espoir que le pillage. Mais partout des chevaux disséqués jusqu'aux os leur annoncent la famine ; partout les portes et les fenêtres des maisons, brisées et arrachées, ont servi à alimenter les bivouacs : ils n'y trouvent point d'asiles ; point de quartiers d'hiver préparés, point de bois ; les malades, les blessés, restent dans les rues, sur les charrettes qui les ont apportés. C'est encore, c'est toujours la fatale grande route passant au travers d'un vain nom ; c'est un nouveau bivouac dans de trompeuses ruines, plus froides encore que les forêts qu'ils viennent de quitter !

Alors seulement ces hommes débandés cherchent leurs drapeaux ; ils les rejoignent momentanément pour y trouver des vivres ; mais tout le pain qu'on avait pu confectionner venait d'être distribué : il n'y avait plus de biscuit, point de viande. On leur délivra de la farine de seigle, des légumes secs et de l'eau-de-vie. Il fallut des efforts inouïs pour empêcher les détachements des différents corps de s'entre-tuer aux portes des magasins ; puis, quand après de longues formalités ces misérables vivres étaient délivrés, les soldats refusaient de les porter à leurs régiments : ils se jetaient sur les sacs, en arrachaient quelques livres de farine, et s'allaient cacher pour les dévorer. Il en fut de même pour l'eau-de-vie. Le lendemain on trouva les maisons pleines de cadavres de ces infortunés.

Enfin cette funeste Smolensk, que l'armée avait crue le terme de ses souffrances, n'en marquait que les commencements ! Une immensité de douleur se déroulait

devant nous : il fallait marcher encore quarante jours
sous ce joug de fer ! Les uns, déjà surchargés des maux
présents, s'anéantirent et succombèrent devant cet effrayant avenir ; quelques autres se révoltèrent contre leur
destinée : ils ne comptèrent plus que sur eux-mêmes, et
résolurent de vivre à quelque prix que ce fût.

Dès lors, suivant qu'ils se trouvèrent les plus forts ou
les plus faibles, ils arrachèrent violemment ou dérobèrent
à leurs compagnons mourants leurs subsistances, leurs
vêtements, et même l'or dont ils avaient rempli leurs
sacs au lieu de vivres. Puis ces misérables, que le désespoir avait poussés au brigandage, jetaient leurs armes
pour sauver leur infâme butin, profitant d'une position
commune, d'un nom obscur, d'un uniforme devenu méconnaissable, et de la nuit, enfin de tous les genres d'obs-
curités, toutes favorables à la lâcheté et au crime ! Si des
écrits, déjà publiés, n'avaient pas exagéré ces horreurs,
je me serais tu sur des détails si répugnants ; car ces
atrocités furent rares, et l'on fit justice des plus coupables.

L'Empereur arriva, le 9 novembre, au milieu de cette
scène de désolation. Il s'enferma dans l'une des maisons
de la place neuve, et n'en sortit, le 14, que pour continuer sa retraite. Il comptait sur quinze jours de vivres
et de fourrages pour une armée de cent mille hommes :
il ne s'en trouvait pas la moitié en farine, riz et eau-de-
vie ! La viande manquait. On entendit ses cris de fureur
contre l'un des hommes chargés de cet approvisionnement.
Le munitionnaire n'obtint la vie qu'en se traînant longtemps sur ses genoux aux pieds de Napoléon ! Peut-être

les raisons qu'il donna firent-elles plus pour lui que ses supplications.

« Quand il arriva, dit-il, les bandes de traîneurs qu'en
« s'avançant l'armée laissa derrière elle, avaient comme
« enveloppé Smolensk de terreur et de destruction. On y
« mourait de faim comme sur la route. Lorsqu'un peu
« d'ordre avait été rétabli, les juifs seuls s'étaient d'abord
« offerts pour fournir les vivres qui manquaient. De
« plus nobles motifs avaient ensuite attiré les secours de
« quelques seigneurs lithuaniens. Enfin la tête des longs
« convois de vivres, rassemblés en Allemagne, avait
« paru. C'étaient les voitures *comtoises;* elles seules avaient
« traversé les sables lithuaniens, encore n'avaient-elles
« apporté que deux cents quintaux de farine et de riz ;
« plusieurs centaines de bœufs allemands et italiens
« étaient aussi arrivés avec elles.

« Cependant l'entassement des cadavres dans les mai-
« sons, les cours et les jardins, et leurs exhalaisons mor-
« bifiques, empestaient l'air. Les morts tuaient les vi-
« vants. Les employés, comme beaucoup de militaires,
« avaient été atteints : les uns étaient devenus comme
« imbéciles ; ils pleuraient, ou fixaient sur la terre un œil
« hagard et opiniâtre. Il y en avait eu dont les cheveux
« s'étaient roidis, dressés et tordus en cordes; puis, au
« milieu d'un torrent de blasphèmes, d'une horrible con-
« vulsion, ou d'un rire encore plus affreux, ils étaient
« tombés morts.

« En même temps il avait fallu promptement abattre
« le plus grand nombre des bœufs amenés d'Allemagne

« et d'Italie : ces animaux ne voulaient plus ni marcher
« ni manger; leurs yeux, renfoncés dans leur orbite,
« étaient mornes et sans mouvement; on les tuait sans
« qu'ils cherchassent à éviter le coup. D'autres malheurs
« sont arrivés : plusieurs convois ont été interceptés, des
« magasins pris; un parc de huit cents bœufs vient
« d'être enlevé à Krasnoé. »

Cet homme ajouta, « qu'il fallait aussi avoir égard à
« la grande quantité de détachements qui avaient passé
« dans Smolensk; au séjour qu'y avaient fait le maré-
« chal Victor, vingt-huit mille hommes et environ
« quinze mille malades; à la multitude de postes et de
« maraudeurs, que l'insurrection et l'approche de l'en-
« nemi avaient rejetés dans la ville. Tous avaient vécu
« sur les magasins : il avait fallu délivrer près de soixante
« mille rations par jour; enfin on avait poussé des vivres
« et des troupeaux vers Moscou, jusqu'à Mojaïsk, vers
« Kalougha, jusqu'à Elnia. »

Plusieurs de ces allégations étaient fondées. D'autres
magasins étaient encore échelonnés depuis Smolensk jusqu'à Minsk et Vilna. Ces deux villes étaient, bien plus
encore que Smolensk, des centres d'approvisionnement,
dont les places de la Vistule formaient la première ligne.
La totalité des vivres distribués dans cette étendue était
incommensurable, les efforts pour les y transporter gigantesques, et le résultat presque nul : ils étaient insuffisants dans cette immensité.

Ainsi les grandes expéditions s'écrasent sous leur
propre poids! Les bornes humaines avaient été dépas-

sées : le génie de Napoléon, en voulant s'élever au-dessus du temps, du climat et des distances, s'était comme perdu dans l'espace ; quelque grande que fût sa mesure, il avait été au delà !

Au reste il s'emportait par besoin. Il ne s'était point fait illusion sur ce dénûment. Alexandre seul l'avait trompé. Accoutumé à triompher de tout par la terreur de son nom et par l'étonnement qu'inspiraient son audace, son armée, lui, sa fortune, il avait tout mis au hasard d'un premier mouvement d'Alexandre. C'était toujours le même homme de l'Égypte, de Marengo, d'Ulm, d'Esslingen ; c'était Fernand Cortez ; c'était le Macédonien brûlant ses vaisseaux, et surtout voulant, malgré ses soldats, s'enfoncer encore dans l'Asie inconnue ; c'était enfin César, risquant sur une barque toute sa fortune !

Cependant la surprise de Vinkowo, cette attaque inopinée de Kutusof devant Moscou, n'avaient été qu'une étincelle d'un grand incendie. Au même jour, à la même heure, toute la Russie avait repris l'offensive ! Le plan général des Russes s'était tout à coup développé. L'aspect de la carte devenait effrayant.

Le 18 octobre, à l'instant même où le canon de Kutusof avait détruit les espérances de gloire et de paix de Napoléon, Wittgenstein, à cent lieues derrière sa gauche, s'était précipité sur Polotsk ; Tchitchakof, derrière sa droite, à deux cents lieues plus loin, avait profité de sa supériorité sur Schwartzenberg ; et tous deux, l'un descendant du nord, l'autre s'élevant du sud, s'étaient efforcés de se rejoindre vers Borizof.

C'était le passage le plus difficile de notre retraite, et déjà ces deux armées ennemies y touchaient, quand douze marches, l'hiver, la famine, et la grande armée russe, en séparaient encore Napoléon.

Dans Smolensk on ne faisait que soupçonner le danger de Minsk; mais des officiers, présents à la perte de Polotsk, en racontaient les détails; on se pressait autour d'eux.

Depuis le combat du 18 août, celui qui fit Saint-Cyr maréchal, ce général était resté, sur la rive russe de la Düna, maître de Polotsk et d'un camp retranché en avant de ses murs. Le 19 octobre Saint-Cyr blessé avait dû battre en retraite vers Smolensk après trois glorieuses journées où quatorze mille Français luttant contre plus de cinquante mille Russes commandés par Wittgenstein et Steinheil, tuèrent ou blessèrent dix mille Russes et six généraux.

D'un côté, Polotsk, la Düna, Vitepsk étaient perdus et Wittgenstein à quatre jours de Borizof.

De l'autre, la défaite de Baraguay-d'Hilliers et l'enlèvement de la brigade Augereau ouvraient à Kutusof la route d'Elnia par laquelle Kutusof peut nous prévenir à Krasnoé comme il l'a fait à Viazma. En arrière le prince Eugène était vaincu par le Wop. En même temps à cent lieues en avant de nous Schwartzenberg annonçait à l'Empereur qu'il couvrait Varsovie, c'est-à-dire qu'il découvrait Minsk et Borizof, le magasin, la retraite de la Grande Armée. L'empereur d'Autriche semblait livrer son gendre à la Russie.

VII.

KRASNOÉ. — LE MARÉCHAL NEY EST CRU PERDU.

Napoléon était dans Smolensk depuis cinq jours. On savait que Ney avait reçu l'ordre d'y arriver le plus tard possible, et Eugène celui de rester deux jours à Doukhowtchina : « Ce n'était donc pas la nécessité d'attendre « l'armée d'Italie qui retenait ! A quoi devait-on attri- « buer cette stagnation, quand la famine, la maladie, « l'hiver, quand trois armées ennemies marchaient au- « tour de nous ?

« Pendant que nous nous étions enfoncés dans le « cœur du colosse russe, ses bras n'étaient-ils pas restés « avancés et étendus vers la mer Baltique et la mer « Noire ? Les laisserait-il immobiles, aujourd'hui que, « loin de l'avoir frappé mortellement, nous étions frappés « nous-mêmes ? N'était-il pas venu le moment fatal où « ce colosse allait nous envelopper de ses bras mena- « çants ? Croyait-on les lui avoir paralysés, en leur op- « posant des Autrichiens au sud et des Prussiens au « nord ? C'était bien plutôt les Polonais et les Français,

16.

« mêlés à ces alliés dangereux, qu'on avait ainsi rendus
« inutiles !

« Mais, sans aller chercher au loin des causes d'in-
« quiétude, l'Empereur a-t-il ignoré la joie des Russes
« quand, trois mois plus tôt, il se heurta si rudement
« contre Smolensk, au lieu de marcher à droite, vers
« Elnia, où il eût coupé l'armée ennemie de sa capitale ?
« Aujourd'hui que la guerre est ramenée sur les mêmes
« lieux, ces Russes, dont tous les mouvements sont plus
« libres que ne l'étaient les nôtres, nous imiteront-ils ?
« Se tiendront-ils derrière nous, quand ils peuvent se
« placer en avant de nous, sur notre retraite ?

« Répugne-t-il à Napoléon de supposer l'attaque de
« Kutusof plus audacieuse que ne l'a été la sienne ? Les
« circonstances sont-elles donc les mêmes ? Tout, dans
« la retraite des Russes, ne les a-t-il pas secondés, tandis
« que dans la nôtre tout nous est contraire ? Augereau
« et sa brigade enlevés sur cette route ne l'éclairent-ils
« point ? Qu'avait-on à faire dans cette Smolensk brû-
« lée, dévastée, que d'y prendre des vivres et de passer
« vite ?

« Mais sans doute l'Empereur croit, en datant cinq
« jours de cette ville, donner à une déroute l'apparence
« d'une lente et glorieuse retraite ! Voilà pourquoi il
« vient d'ordonner la destruction des tours d'enceinte de
« Smolensk, ne voulant plus, a-t-il dit, être arrêté par
« ses murailles ; comme s'il s'agissait de rentrer dans cette
« ville, quand on ignorait si l'on en pourrait sortir !

« Croira-t-on qu'il veut donner le loisir aux artilleurs

« de ferrer leurs chevaux contre la glace ? Comme si l'on
« pouvait obtenir un travail quelconque d'ouvriers exté-
« nués par la faim, par les marches ; de malheureux à
« qui le jour entier ne suffit pas pour trouver des vivres,
« pour les préparer, dont les forges sont abandonnées ou
« gâtées, et qui d'ailleurs manquent des matériaux pour
« un travail si considérable !

« Mais peut-être l'Empereur a-t-il voulu se donner le
« temps de pousser en avant de lui, hors du danger et
« des rangs, cette foule embarrassante de soldats devenus
« inutiles, de rallier les meilleurs, et de réorganiser l'ar-
« mée ? Comme s'il était possible de faire parvenir un
« ordre quelconque à des hommes si épars, ou de les ral-
« lier, sans logements, sans distributions, à des bivouacs ;
« enfin de penser à une réorganisation pour des corps
« mourants, dont l'ensemble ne tient plus à rien, que le
« moindre attouchement peut dissoudre ! »

Tels étaient autour de Napoléon les discours de ses
officiers, ou plutôt leurs réflexions secrètes ; car leur dévouement devait se soutenir tout entier deux ans encore,
au milieu des plus grands malheurs et de la révolte générale des nations !

L'Empereur tenta pourtant un effort qui ne fut pas
tout à fait infructueux : ce fut le ralliement, sous un
seul chef, de tout ce qui restait de cavalerie ; mais, sur
trente-sept mille cavaliers présents au passage du Niémen, il ne s'en trouva que dix-huit cents encore à cheval.
Napoléon en donna le commandement à Latour-Maubourg. Personne ne réclama, soit fatigue ou estime.

Quant à Latour-Maubourg, il reçut cet honneur ou ce fardeau sans joie et sans regret. C'était un être à part : toujours prêt sans être empressé, calme et actif, d'une sévérité de mœurs remarquable, mais naturelle et sans ostentation ; du reste simple et vrai dans ses rapports, n'attachant la gloire qu'aux actions et non aux paroles. Il marcha toujours avec le même ordre et la même mesure, au milieu d'un désordre démesuré ; et pourtant, ce qui fait honneur au siècle, il arriva aussi vite, aussi haut, et aussitôt que les autres.

Cette faible réorganisation, la distribution d'une partie des vivres, le pillage du reste, le repos que prirent l'Empereur et sa garde, la destruction d'une partie de l'artillerie et des bagages, enfin l'expédition de beaucoup d'ordres, furent à peu près tout le fruit qu'on retira de ce funeste séjour. Du reste tout le mal prévu arriva. On ne rallia quelques centaines d'hommes que pour un instant. L'explosion des mines fit à peine sauter quelques pans de murailles, et ne servit, au dernier jour, qu'à chasser hors de la ville les traîneurs qu'on n'avait pas pu mettre en mouvement.

Des hommes découragés, des femmes, et plusieurs milliers de malades et de blessés furent abandonnés ; et à l'instant où le désastre d'Augereau près d'Elnia faisait trop voir que Kutusof, poursuivant à son tour, ne s'attachait pas exclusivement à la grande route ; que de Viazma il marchait directement, par Elnia, sur Krasnoé ; lorsqu'enfin on aurait dû prévoir qu'on allait avoir à se faire jour au travers de l'armée russe, ce fut le 14 novembre seulement que la grande armée, ou plutôt trente-six mille combattants commencèrent à s'ébranler.

La vieille et la jeune garde n'avaient plus alors que neuf à dix mille baïonnettes et deux mille cavaliers ; Davout et le premier corps, cinq à six mille ; le prince Eugène et l'armée d'Italie, cinq mille ; Poniatowski, huit cents ; Junot et les Westphaliens, sept cents ; Latour-Maubourg et le reste de la cavalerie, quinze cents. On pouvait compter encore mille hommes de cavalerie légère, et cinq cents cavaliers démontés que l'on était parvenu à réunir.

Cette armée était sortie de Moscou forte de cent mille combattants ; en vingt-cinq jours elle était réduite à trente-six mille hommes ! Déjà l'artillerie avait perdu trois cent cinquante canons, et pourtant ces faibles restes étaient toujours divisés en huit armées, que surchargeaient soixante mille traîneurs sans armes, et une longue traînée de canons et de bagages.

On ne sait si ce fut cet embarras d'hommes et de voitures, ou, ce qui est plus vraisemblable, une fausse sécurité, qui conduisit l'Empereur à mettre un jour d'intervalle entre le départ de chaque maréchal. Mais enfin lui, Eugène, Davout et Ney, ne sortirent de Smolensk que successivement. Ney ne devait en partir que le 16 ou le 17. Il avait l'ordre de faire scier les tourillons des pièces qu'on abandonnait, de les faire enterrer, de détruire leurs munitions, de pousser tous les traîneurs devant lui, et de faire sauter les tours d'enceinte de la ville.

Cependant Kutusof nous attendait à quelques lieues de là, et ces restes de corps d'armée ainsi distendus et morcelés, il allait les faire passer tour à tour par les armes !

Ce fut le 14 novembre, vers cinq heures du matin, que la colonne impériale sortit enfin de Smolensk. Sa marche était encore décidée, mais morne et taciturne comme la nuit, comme cette nature muette et décolorée au milieu de laquelle elle s'avançait.

Ce silence n'était interrompu que par le retentissement des coups dont on accablait les chevaux, et par des imprécations courtes et violentes quand les ravins se présentèrent, et que, sur ces pentes de glace, les hommes, les chevaux et les canons roulèrent, dans l'obscurité, les uns sur les autres. Cette première journée fut de cinq lieues. Il fallut à l'artillerie de la garde vingt-deux heures d'efforts pour les parcourir.

Néanmoins cette première colonne arriva sans une grande perte d'hommes à Korythnia, que dépassa Junot avec son corps d'armée westphalien, réduit à sept cents hommes. Une avant-garde avait été poussée jusqu'à Krasnoé. Des blessés et des hommes débandés étaient même près d'atteindre Liady. Korythnia est à cinq lieues de Smolensk ; Krasnoé, à cinq lieues de Korythnia ; Liady, à quatre lieues de Krasnoé. De Korythnia à Krasnoé, à deux lieues à droite du grand chemin, coule le Borysthène.

C'est à la hauteur de Korythnia qu'une autre route, celle d'Elnia à Krasnoé, se rapproche du grand chemin.

Ce jour-là même elle nous amenait Kutusof : il la couvrait tout entière avec quatre-vingt-dix mille hommes ; il côtoyait, il dépassait Napoléon ; et, par des chemins qui vont d'une route à l'autre, il envoyait des avantgardes traverser notre retraite.

En même temps Kutusof, avec le gros de son armée, s'acheminait, et s'établissait en arrière de ces avantgardes, et à portée de toutes, s'applaudissant du succès de ses manœuvres, que sa lenteur lui aurait fait manquer sans notre imprévoyance ; car ce fut un combat de fautes où les nôtres ayant été plus graves, nous pensâmes tous périr. Les choses ainsi disposées, le général russe dut croire que l'armée française lui appartenait de droit ; mais le fait nous sauva. Kutusof se manqua à lui-même au moment de l'action : sa vieillesse exécuta à demi, et mal, ce qu'elle avait sagement combiné.

Pendant que toutes ces masses se disposaient autour de Napoléon, lui, tranquille dans une misérable masure, la seule qui restât du village de Korythnia, semblait ou ignorer ou mépriser tous ces mouvements d'hommes, d'armes et de chevaux qui l'environnaient de toutes parts : du moins n'envoya-t-il pas l'ordre aux trois corps restés à Smolensk de se hâter ; lui-même attendit le jour pour se mettre en marche.

Sa colonne s'avança sans précaution ; elle était précédée par une foule de maraudeurs qui se pressaient d'ateindre Krasnoé, lorsqu'à deux lieues de cette ville une rangée de Cosaques, placés depuis les hauteurs à notre gauche jusqu'en travers de la grande route, leur apparut.

Saisis d'étonnement, nos soldats s'arrêtèrent ; ils ne s'attendaient à rien de pareil, et d'abord ils crurent que, sur cette neige, un destin ennemi avait tracé entre eux et l'Europe cette ligne longue, noire et immobile, comme le terme fatal assigné à leurs espérances.

Quelques-uns, abrutis par la misère, insensibles, les yeux fixés vers leur patrie, et suivant machinalement et obstinément cette direction, n'écoutèrent aucun avertissement : ils allèrent se livrer ; les autres se pelotonnèrent, et l'on resta de part et d'autre à se considérer. Mais bientôt quelques officiers survinrent ; ils mirent quelque ordre dans ces hommes débandés, et sept à huit tirailleurs qu'ils lancèrent suffirent pour percer ce rideau si menaçant.

Les Français souriaient de l'audace d'une si vaine démonstration, quand tout à coup, des hauteurs à leur gauche, une batterie ennemie éclata. Ses boulets traversaient la route; en même temps trente escadrons se montrèrent du même côté ; ils menacèrent le corps westphalien qui s'avançait, et dont le chef, se troublant, ne fit aucune disposition.

Ce fut un officier blessé, inconnu à ces Allemands, et que le hasard avait amené là, qui, d'une voix indignée, s'empara de leur commandement.

Ils obéirent ainsi que leur chef. Dans ce danger pressant les distances de convention disparurent. L'homme réellement supérieur s'étant montré servit de ralliement à la foule, qui se groupa autour de lui, et dans laquelle celui-ci put voir le général en chef muet, interdit, rece-

vant docilement son impulsion, et reconnaissant sa supériorité, qu'après le danger il contesta, mais dont il ne
chercha pas, comme il arrive trop souvent, à se venger.

Cet officier blessé était Exelmans! Dans cette action
il fut tout : général, officier, soldat, artilleur même,
car il se saisit d'une pièce abandonnée, la chargea, la
pointa, et la fit servir encore une fois contre nos ennemis. Quant au chef des westphaliens, depuis cette campagne, sa fin funeste et prématurée fit présumer que déjà
d'excessives fatigues et les suites de cruelles blessures
l'avaient frappé mortellement.

L'ennemi, voyant cette tête de colonne marcher en
bon ordre, n'osa l'attaquer que par ses boulets ; ils furent
méprisés, et bientôt on les laissa derrière soi. Quand ce
fut aux grenadiers de la vieille garde à passer au travers de ce feu, ils se ressessèrent autour de Napoléon,
comme une forteresse mobile, fiers d'avoir à le protéger.
Leur musique exprima cet orgueil. Au plus fort du danger elle lui fit entendre cet air dont les paroles sont si
connues : « *Où peut-on être mieux qu'au sein de sa*
« *famille?* » Mais l'Empereur, qui ne négligeait rien,
l'interrompit en s'écriant : « Dites plutôt : Veillons au
salut de l'Empire ! » Paroles plus convenables à sa préoccupation et à la position de tous.

En même temps les feux de l'ennemi devenant importuns, il les envoya éteindre, et deux heures après il
atteignit Krasnoé. Le seul aspect de Sébastiani et des
premiers grenadiers qui le devançaient avait suffi pour

en repousser l'infanterie ennemie. Napoléon y entra inquiet, ignorant à qui il avait eu affaire, et avec une cavalerie trop faible pour qu'il pût se faire éclairer par
elle hors de portée du grand chemin. Il laissa Mortier
et la jeune garde à une lieue derrière lui, tendant ainsi
de trop loin une main trop faible à son armée, et décidé
à l'attendre.

Le passage de la colonne n'avait pas été sanglant,
mais elle n'avait pu vaincre le terrain comme les hommes : la route était montueuse, chaque éminence retint
des canons, qu'on n'encloua pas, et des bagages qu'on
pilla avant de les abandonner. Les Russes, de leurs collines, virent tout l'intérieur de l'armée, ses faiblesses, ses
difformités, ses parties les plus honteuses, enfin tout ce
que d'ordinaire on cache avec le plus de soin.

Néanmoins il semblait que, du haut de sa position,
Miloradowitch se fût contenté d'insulter au passage de
l'Empereur et de cette vieille garde depuis si longtemps
l'effroi de l'Europe. Il n'osa ramasser ses débris que
lorsqu'elle se fut écoulée ; mais alors il s'enhardit, res-
serra ses forces, et, descendant de ses hauteurs, il s'établit fortement avec vingt mille hommes en travers de la
grande route : par ce mouvement il séparait de l'Empereur, Eugène, Davout et Ney, et fermait à ces trois
chefs le chemin de l'Europe.

Pendant qu'il se préparait ainsi, Eugène s'efforçait de
réunir dans Smolensk ses troupes dispersées : il les arracha avec peine du pillage des magasins, et ne réussit à
rallier huit mille hommes que lorsque la journée du 15

fut avancée. Il fallut qu'il leur promît des vivres, et qu'il leur montrât la Lithuanie, pour les décider à se remettre en route. La nuit arrêta ce prince à trois lieues de Smolensk; déjà la moitié de ses soldats avaient quitté leurs rangs. Le lendemain il continua sa route avec ceux que le froid de la nuit et de la mort n'avait pas fixés autour de leurs bivouacs.

Le bruit du canon qu'on avait entendu la veille avait cessé; la colonne royale s'avançait péniblement, ajoutant ses débris à ceux qu'elle rencontrait. A sa tête le vice-roi et son chef d'état-major, abîmés dans leurs tristes pensées, laissaient leurs chevaux marcher en liberté. Ils se détachèrent insensiblement de leur troupe, sans s'apercevoir de leur isolement; car la route était parsemée de traîneurs et d'hommes marchant à volonté, qu'on avait renoncé à maintenir en ordre.

Ils continuèrent ainsi jusqu'à deux lieues de Krasnoé; mais alors un mouvement singulier qui se passait devant eux fixa leurs regards distraits. Plusieurs des hommes débandés s'étaient arrêtés subitement. Ceux qui les suivaient, les atteignant, se groupaient avec eux; d'autres, déjà plus avancés, reculaient sur les premiers, ils s'attroupaient; bientôt ce fut une masse. Alors le vice-roi, surpris, regarde autour de lui : il s'aperçoit qu'il a devancé d'une heure de marche son corps d'armée, qu'il n'a près de lui qu'environ quinze cents hommes de tous grades, de toutes nations, sans organisation, sans chefs, sans ordre, sans armes prêtes ou propres pour un combat, et qu'il est sommé de se rendre.

Cette sommation vient d'être repoussée par une exclamation générale d'indignation! Mais le parlementaire russe, qui s'est présenté seul, a insisté : « Napoléon et « sa garde, a-t-il dit, sont battus; vingt mille Russes « vous environnent; vous n'avez plus de salut que dans « des conditions honorables, et Miloradowitch vous les « propose! »

A ces mots, Guyon, l'un de ces généraux dont tous les soldats étaient morts ou dispersés, s'est élancé de la foule, et d'une voix forte s'est écrié : « Retournez promp- « tement d'où vous venez; allez, dites à celui qui vous « envoie que, s'il a vingt mille hommes, nous en avons « quatre-vingt-mille! » et le Russe, interdit, s'est retiré.

Un instant avait suffi pour cet événement, et déjà des collines à gauche de la route jaillissaient des éclairs et des tourbillons de fumée : une grêle d'obus et de mitraille balayait le grand chemin, et des têtes de colonnes menaçantes montraient leurs baïonnettes.

Le vice-roi eut un moment d'hésitation. Il lui répugnait de quitter cette malheureuse troupe; mais enfin, lui laissant son chef d'état-major, il retourna à ses divisions pour les amener au combat, pour leur faire dépasser l'obstacle avant qu'il devînt insurmontable, ou pour périr : car ce n'était pas avec l'orgueil d'une couronne et de tant de victoires qu'on pouvait songer à se rendre.

Cependant Guilleminot appelle à lui les officiers qui, dans cet attroupement, se trouvent mêlés avec les soldats. Plusieurs généraux, des colonels, un grand nombre d'officiers, en sortent et l'entourent ; ils se concertent, et, le proclamant leur chef, ils se partagent en pelotons tous ces hommes confondus en une seule masse, et qu'il était impossible de remuer.

Cette organisation se fit sous un feu violent. Des officiers supérieurs allèrent se placer fièrement dans les rangs et redevinrent soldats. Par une autre fierté quelques marins de la garde ne voulurent pour chef qu'un de leurs officiers, tandis que chacun des autres pelotons était commandé par un général. Jusque-là ils n'avaient eu que l'Empereur pour colonel ; près de périr ils soutenaient leur privilège, que rien ne leur faisait oublier, et qu'on respecta.

Tous ces braves gens, ainsi disposés, continuèrent leur marche vers Krasnoé ; et déjà ils avaient dépassé les batteries de Miloradowitch, quand celui-ci, lançant ses colonnes sur leurs flancs, les serra de si près qu'il les força de faire volte-face, et de choisir une position pour se défendre. Il faut le dire pour l'éternelle gloire de ces guerriers, ces quinze cents Français et Italiens, un contre dix, et n'ayant pour eux qu'une contenance décidée et quelques armes en état de faire feu, tinrent leurs ennemis en respect pendant une heure.

Mais le vice-roi et les restes de ses divisions ne paraissaient pas. Une plus longue résistance devenait impossible. Les sommations de mettre bas les armes se multipliaient. Pendant ces courtes suspensions on entendait le canon gronder au loin devant et derrière soi. Ainsi « toute l'armée était attaquée à la fois ; et de

« Smolensk à Krasnoé ce n'était qu'une bataille ! Si
« l'on voulait du secours, il n'y en avait donc pas à
« attendre : il fallait l'aller chercher ; mais de quel
« côté ? Vers Krasnoé cela était impossible, on en était
« trop loin ; tout portait à croire qu'on s'y battait. Il
« faudrait d'ailleurs se remettre en retraite ; et ces Rus-
« ses de Miloradowitch, qui de leurs rangs criaient de
« mettre bas les armes, on en était trop près pour oser
« leur tourner le dos. Il valait donc bien mieux, puis-
« qu'on regardait Smolensk, puisque le prince Eugène
« était de ce côté, se serrer en une seule masse, bien
« lier tous ces mouvements, et, marchant tête baissée,
« rentrer en Russie au travers de ces Russes, rejoindre
« le vice-roi, puis tous ensemble revenir, renverser
« Miloradowitch, et gagner enfin Krasnoé. »

A cette proposition de leur chef, on répondit par un
cri d'assentiment unanime. Aussitôt la colonne, serrée en
masse, se précipita au travers de dix mille fusils et canons ennemis ; et d'abord ces Russes, saisis d'étonnement,
s'ouvrent et laissent ce petit nombre de guerriers presque désarmés s'avancer jusqu'au milieu d'eux. Puis,
quand ils comprennent leur résolution, soit admiration
ou pitié, des deux côtés de la route que bordent les bataillons ennemis, ils crient aux nôtres de s'arrêter, ils les
conjurent de se rendre ; mais on ne leur répond que par
une marche décidée, un silence farouche, et la pointe des
armes. Alors tous les feux russes éclatent à la fois, à
bout portant, et la moitié de la colonne héroïque tombe
blessée ou morte !

Le reste continua sans qu'un seul quittât le gros de sa troupe, qu'aucun Moscovite n'osa approcher ! Peu de ces infortunés revirent le vice-roi et leurs divisions qui s'avançaient. Alors seulement ils se désunirent. Ils coururent pour se jeter dans ces faibles rangs, qui s'ouvrirent pour les recevoir et les protéger.

Depuis une heure le canon des Russes les éclaircissait. En même temps qu'une moitié de leurs forces avait poursuivi Guilleminot, et l'avait contraint de rétrograder, Miloradowitch, à la tête de l'autre moitié, avait arrêté le prince Eugène. Sa droite était appuyée à un bois que protégeaient des hauteurs toutes garnies de canons ; sa gauche touchait à la grande route, mais plus en arrière, timidement, et en se refusant. Cette disposition avait dicté celle d'Eugène. La colonne royale, à mesure qu'elle était arrivée, s'était déployée à droite de cette route, sa droite plus en avant que sa gauche. Le prince mettait ainsi obliquement, entre lui et l'ennemi, le grand chemin qu'on se disputait. Chacune des deux armées l'occupait par sa gauche.

Les Russes, placés dans une position si offensive, s'y défendaient ; leurs boulets seuls attaquaient Eugène. Une canonnade, foudroyante de leur côté et presque nulle du nôtre, était engagée. Eugène, fatigué de leurs feux, se décide : il appelle la 14e division française, la dispose à gauche du grand chemin, et lui montre la hauteur boisée où s'appuie l'ennemi, et qui fait sa principale force ; c'est le point décisif, le nœud de l'action, et, pour faire tomber le reste, il faut l'enlever. Il ne l'espérait pas ; mais cet

effort fixerait de ce côté l'attention et les forces de l'ennemi, la droite de la grande route pourrait rester libre, et
l'on essaierait d'en profiter.

Trois cents soldats, formés en trois troupes, furent les
seuls qu'on put décider à monter à cet assaut. On vit ces
hommes dévoués s'avancer résolûment, contre des milliers
d'ennemis, sur une position formidable. Une batterie de
la garde italienne s'avança pour les protéger ; mais d'a-
bord les batteries russes la brisèrent, et leur cavalerie s'en
empara.

Cependant les trois cents Français, que déchire la mitraille, persévèrent ; et déjà ils atteignaient la position
ennemie, quand soudain, des deux côtés du bois, débou-
chent au galop deux masses de cavalerie qui fondent sur
eux, les écrasent, et les massacrent. Tous périrent, emportant avec eux tout ce qui restait de discipline et de
courage dans leur division !

Ce fut alors que reparut le général Guilleminot. Dans
une position si critique, que le prince Eugène, avec quatre milliers d'hommes affaiblis, restes de plus de quarante-
deux mille, n'ait point désespéré, qu'il ait encore montré
une contenance audacieuse, on le conçoit de ce chef ; mais
que la vue de notre désastre et l'ardeur du succès n'aient
inspiré aux Russes que des efforts indécis, et qu'enfin ils
aient laissé la nuit terminer le combat, c'est ce qui fait
encore aujourd'hui le sujet de notre étonnement. La
victoire était si nouvelle pour eux, que, la tenant dans
leurs mains, ils ne surent point en profiter : ils remirent
au lendemain pour achever.

Mais le vice-roi s'apercevait que la plupart de ces Moscovites, attirés par ses démonstrations, s'étaient portés à la gauche de la route, et il attendait que la nuit, cette alliée du plus faible, eût enchaîné tous leurs mouvements. Alors laissant des feux de ce côté pour tromper l'ennemi, il s'en écarte, et, tout au travers des champs, il tourne, il dépasse en silence la gauche de la position de Miloradowitch, pendant que, trop sûr de son succès, ce général y rêvait à la gloire de recevoir le lendemain l'épée du fils de Napoléon.

Au milieu de cette marche hasardeuse il y eut un moment terrible. Dans l'instant le plus critique, quand ces hommes, restes de tant de combats, s'écoulaient, en retenant leur haleine et le bruit de leurs pas, le long de l'armée russe ; quand tout pour eux dépendait d'un regard ou d'un cri d'alarme, tout à coup la lune, sortant brillante d'un nuage épais, vint éclairer leurs mouvements. En même temps une voix russe éclate, leur crie d'arrêter, et leur demande qui ils sont. Ils se crurent perdus ! Mais Klisky, un Polonais, court à ce Russe, et lui parlant dans sa langue, sans se troubler : « Tais-toi, malheureux ! lui « dit-il à voix basse. Ne vois-tu pas que nous sommes du « corps d'Ouwarof, et que nous allons en expédition se- « crète ? » Le Russe, trompé, se tut.

Mais des cosaques accouraient à tous moments sur les flancs de la colonne, comme pour la reconnaître. Puis ils retournaient au gros de leur troupe. Plusieurs fois leurs escadrons s'avancèrent comme pour charger ; mais ils s'en tinrent toujours là, soit incertitude sur ce qu'ils voyaient,

17.

car on les trompa encore, soit prudence, car on s'arrêtait souvent en leur montrant un front déterminé.

Enfin, après deux heures d'une marche cruelle, on rejoignit la grande route ; et le vice-roi était déjà dans Krasnoé quand, le 17 novembre, Miloradowitch, descendant de ses hauteurs pour le saisir, ne trouvait plus sur le champ de bataille que des traîneurs, qu'aucun effort n'avait pu déterminer la veille à quitter leurs feux.

De son côté, l'Empereur, pendant toute la journée précédente, avait attendu le vice-roi. Le bruit de son combat l'avait ému. Un effort rétrograde pour percer jusqu'à lui avait été inutile, et la nuit, arrivant sans ce prince, avait augmenté l'inquiétude de son père adoptif. « Eugène et l'armée d'Italie, et ce long jour d'une attente « à tous moments trompée, avaient-ils donc fini à la « fois ? » Un seul espoir restait à Napoléon : c'est que le vice-roi, repoussé sur Smolensk, s'y serait réuni à Davout et à Ney, et que le lendemain tous les trois ensemble tenteraient un effort décisif.

Dans son anxiété, l'empereur rassemble les maréchaux qui lui restent : c'étaient Berthier, Bessières, Mortier, Lefebvre. Eux sont sauvés ; ils ont franchi l'obstacle ; la Lithuanie leur est ouverte ; ils n'ont qu'à continuer leur retraite ; mais abandonneront-ils leurs compagnons au milieu de l'armée russe ? Non sans doute ; et ils se décident à rentrer dans cette Russie pour les en sauver ou pour y succomber avec eux !

Cette détermination prise, Napoléon en prépara froidement les dispositions. De grands mouvements qui se

manifestaient autour de lui ne l'ébranlèrent point. Ils
lui montraient Kutusof s'avançant pour l'envelopper et
le saisir lui-même dans Krasnoé. Déjà même, dès la nuit
précédente, celle du 15 au 16, il avait appris qu'Oja-
rowski, avec une avant-garde d'infanterie russe, l'avait
dépassé, et qu'elle s'était établie à Maliewo, dans un village en arrière de sa gauche.

Le malheur l'irritant au lieu de l'abattre, il avait appelé Rapp, et s'était écrié : « Qu'il fallait partir sur-le-
« champ. » Puis, rappelant aussitôt son aide de camp :
« Mais non, avait-il repris. Que Roguet et sa division
« marchent seuls ! Toi, reste ; je ne veux pas que tu sois
« tué ici ; j'aurai besoin de toi pour Dantzick ! »

Rapp, en allant porter cet ordre à Roguet, s'étonna de
ce que son chef, entouré de quatre-vingt mille ennemis
qu'il allait attaquer le lendemain avec neuf mille hommes, doutât assez peu de son salut pour songer à ce qu'il
aurait à faire à Dantzick, dans une ville dont l'hiver,
deux autres armées ennemies, la famine, et cent quatre-
vingts lieues le séparaient.

L'attaque nocturne de Chirkowa et Maliewo réussit.
Roguet jugea de la position des ennemis par la direction
de leurs feux : ils occupaient deux villages liés par un
plateau que défendait un ravin. Ce général dispose sa
troupe en trois colonnes d'attaque : celles de droite et de
gauche s'approcheront sans bruit, et le plus près possible
de l'ennemi ; puis, au signal de charge, que lui-même va
leur donner du centre, elles se précipiteront sur les Russes
sans tirer, et à coups de baïonnette.

Aussitôt les deux ailes de la jeune garde engagèrent le combat. Pendant que les Russes, surpris et ne sachant où se défendre, flottaient de leur droite à leur gauche, Roguet, avec sa colonne, se rua brusquement sur leur centre et au milieu de leur camp, où il entra pêle-mêle avec eux. Ceux-ci, divisés et en désordre, n'eurent que le temps de jeter la plupart de leurs grosses et petites armes dans un lac voisin, et de mettre le feu à leurs abris ; mais ces flammes, au lieu de les préserver, ne firent qu'éclairer leur destruction.

Ce choc arrêta, pendant vingt-quatre heures, le mouvement de l'armée russe ; il donna à l'Empereur la possibilité de séjourner à Krasnoé, et au prince Eugène celle de l'y rejoindre pendant la nuit suivante. Napoléon reçut ce prince avec une joie vive ; mais bientôt il retomba dans une inquiétude d'autant plus grande pour Ney et Davout.

Autour de nous, le camp des Russes offrait un spectacle semblable à ceux de Vinkowo, de Malo-Iaroslawetz et de Viazma. Chaque soir, auprès de la tente du général, les reliques des saints moscovites, environnées d'un nombre infini de cierges, étaient exposées à l'adoration des soldats. Pendant que, suivant leur usage, chacun d'eux témoignait sa dévotion par une suite de signes de croix et de génuflexions mille fois répétés, des prêtres fanatisaient ces recrues par des exhortations qui paraîtraient ridicules et barbares à nos peuples civilisés.

On assure que le rapport d'un espion avait dépeint à Kutusof Krasnoé rempli d'une masse énorme de garde impériale, et que le vieux maréchal craignit de compromettre contre elle sa réputation. Mais le spectacle de notre détresse enhardit Beningsen : ce chef d'état-major décida Strogonof, Galitzin et Miloradowitch, plus de cinquante mille Russes avec cent pièces de canon, à oser à la pointe du jour attaquer, malgré Kutusof, quatorze mille Français et Italiens affamés, affaiblis, et à demi gelés.

C'était là le danger dont Napoléon comprenait toute l'imminence. Il pouvait s'y soustraire ; le jour n'était point encore venu. Il était libre d'éviter ce funeste combat, de gagner rapidement, avec Eugène et sa garde, Orcha et Borizof ; là il se rallierait aux trente mille Français de Victor et d'Oudinot, à Dombrowski, à Regnier, à Schwartzenberg, à tous ses dépôts, et il pourrait encore, l'année suivante, reparaître redoutable.

Le 17, avant le jour, il envoie ses ordres ; il s'arme, il sort, et lui-même, à pied, à la tête de sa vieille garde, il la met en mouvement. Mais ce n'est point vers la Pologne, son alliée, qu'il marche, ni vers cette France où il se retrouverait encore le chef d'une dynastie naissante et l'empereur de l'Occident. Il a dit, en saisissant son épée : « J'ai assez fait l'empereur, il est temps que je « fasse le général ! » Et c'est au milieu de quatre-vingt mille ennemis qu'il retourne, qu'il s'enfonce pour attirer sur lui tous leurs efforts, pour les détourner de Davout et de Ney, et arracher ces deux chefs du sein de cette Russie qui s'était refermée sur eux.

Le jour parut alors, montrant d'un côté les bataillons et les batteries russes qui, de trois côtés, devant, à droite,

et derrière nous, bordaient l'horizon ; et de l'autre, Napoléon et ses six mille gardes s'avançant d'un pas ferme,
et s'allant placer au milieu de cette terrible enceinte. En
même temps Mortier, à quelques pas devant son Empereur, développe en face de toute la grande armée russe
les cinq mille hommes qui lui restent.

Leur but était de défendre le flanc droit de la grande
route, depuis Krasnoé jusqu'au grand ravin, dans la
direction de Stachowa. Un bataillon des chasseurs de la
vieille garde, placé en carré comme un fort, auprès du
grand chemin, servit d'appui à la gauche de nos jeunes
soldats. A leur droite, dans les plaines de neige qui environnent Krasnoé, les restes de la cavalerie de la garde,
quelques canons, et les douze cents chevaux de Latour-
Maubourg, car depuis Smolensk le froid lui en avait tué
ou dispersé cinq cents, tinrent la place des bataillons et
des batteries qui manquaient à l'armée française.

L'artillerie du duc de Trévise fut renforcée par une
batterie commandée par Drouot, l'un de ces hommes
doués de toute la force de la vertu, qui pensent que le
devoir embrasse tout, et capables de faire simplement et
sans efforts les plus nobles sacrifices !

Claparède resta dans Krasnoé : il y défendit, avec
quelques soldats, les blessés, les bagages et la retraite. Le
prince Eugène continua à se retirer vers Lyadi. Son
combat de la veille et sa marche nocturne avaient achevé
son corps d'armée : ses divisions avaient encore quelque
ensemble, mais pour se traîner, pour mourir, et non pour
combattre !

Cependant Roguet avait été rappelé de Maliewo sur le champ de bataille. L'ennemi poussait des colonnes au travers de ce village, et s'étendait de plus en plus au delà de notre droite pour nous environner. La bataille s'engage alors. Mais quelle bataille ! Il n'y avait plus là pour l'Empereur d'illuminations soudaines, d'inspirations subites, d'éclairs, ni rien de ces grands coups si imprévus par leur hardiesse, qui ravissent la fortune, arrachent la victoire, et dont il avait tant de fois décontenancé, étourdi, écrasé ses ennemis : tous leurs pas étaient libres, tous les nôtres enchaînés, et ce génie de l'attaque était réduit à se défendre !

Aussi est-ce là qu'on a bien vu que la renommée n'est point une ombre vaine ; que c'est une force réelle et doublement puissante, par l'inflexible fierté qu'elle porte à ses favoris et par les timides précautions qu'elle suggère à ceux qui osent l'attaquer. Les Russes n'avaient qu'à marcher en avant, sans manœuvres, sans feux même ; leur masse suffisait ; ils en eussent écrasé Napoléon et sa faible troupe ; mais ils n'osèrent l'aborder ! L'aspect du conquérant de l'Égypte et de l'Europe leur imposa ! Les Pyramides, Marengo, Austerlitz, Friedland, une armée de victoires, semblèrent s'élever entre lui et tous ces Russes : on eût pu croire que, pour ces peuples soumis et superstitieux, une renommée si extraordinaire avait quelque chose de surnaturel ; qu'ils la jugeaient hors de leur portée, et qu'ils croyaient ne devoir l'attaquer et ne pouvoir l'atteindre que de loin ; qu'enfin, contre cette vieille garde, contre cette forteresse vivante, contre cette *colonne de granit*, comme son chef l'avait appelée, les hommes étaient impuissants, et que des canons pouvaient seuls la démolir !

Ils firent des brèches larges et profondes dans les rangs de Roguet et de la jeune garde ; mais ils tuèrent sans vaincre. Ces soldats nouveaux, dont la moitié n'avait point encore combattu, reçurent la mort pendant trois heures sans reculer d'un pas, sans faire un mouvement pour l'éviter, et sans pouvoir la rendre, leurs canons ayant été brisés, et les Russes se tenant hors de portée de leurs fusils.

Mais chaque instant renforçait l'ennemi et affaiblissait Napoléon. Le bruit du canon et Claparède l'avertissaient qu'en arrière de lui et de Krasnoé Beningsen se rendait maître de la route de Lyadi et de sa retraite. L'est, le sud, l'ouest, étincelaient de feux ennemis ; on ne respirait que d'un seul côté qui restait encore libre, celui du nord et du Dnieper, vers une éminence, au pied de laquelle étaient le grand chemin et l'Empereur. On crut alors s'apercevoir qu'elle se couvrait de canons. Ils étaient là sur la tête de Napoléon ; ils l'auraient écrasé à bout portant. On l'en avertit ; il y jeta un moment les yeux, et dit ces seuls mots : « Eh bien, qu'un bataillon de mes « chasseurs s'en empare ! » Puis aussitôt, sans s'en occuper davantage, ses regards et son attention se retournèrent vers le péril de Mortier.

Alors enfin parut Davout au travers d'un nuage de cosaques, qu'il dissipait en marchant précipitamment. A la vue de Krasnoé, les troupes de ce maréchal se débandèrent, et coururent, à travers champs, pour dépasser la droite de la ligne ennemie, par derrière laquelle elles arrivaient. Davout et ses généraux ne purent les rallier qu'à Krasnoé.

Le premier corps était sauvé, mais on apprenait en même temps que notre arrière-garde ne pouvait plus se défendre dans Krasnoé; que Ney était peut-être encore dans Smolensk, et qu'il fallait renoncer à l'attendre. Pourtant Napoléon hésitait : il ne pouvait se résoudre à ce grand sacrifice.

Mais enfin, comme tout allait périr, il se décide; il appelle Mortier, et, lui serrant la main avec douceur, il lui dit : « Qu'il n'a plus un instant à perdre; l'ennemi le déborde de toutes parts; déjà Kutusof peut atteindre Lyadi, Orcha même, et le dernier repli du Borysthène avant lui; il va donc s'y porter rapidement avec sa vieille garde, pour occuper ce passage. Davout relèvera Mortier; mais tous deux doivent s'efforcer de tenir dans Krasnoé jusqu'à la nuit; après quoi ils viendront le rejoindre. » Alors, le cœur plein du malheur de Ney et du désespoir de l'abandonner, il s'éloigne lentement du champ de bataille, traverse Krasnoé, où il s'arrête encore, et se fait ensuite jour jusqu'à Lyadi.

Mortier voulut obéir, mais les Hollandais de la garde perdaient en ce moment, avec un tiers des leurs, un poste important qu'ils défendaient, et l'ennemi avait couvert aussitôt d'artillerie cette position qu'il venait de nous enlever. Roguet, se sentant écrasé de ses feux, crut pouvoir les éteindre. Un régiment qu'il poussa contre la batterie russe fut repoussé. Un second, le 1er de voltigeurs, parvint jusqu'au milieu des Russes. Deux charges de cavalerie ne l'ébranlèrent point. Il s'avançait encore, lorsque, tout déchiré par la mitraille, une troisième charge l'acheva : Roguet n'en put sauver que cinquante soldats et onze officiers !

Ce général avait perdu la moitié des siens ; il était deux heures, et pourtant il étonnait encore les Russes par une contenance inébranlable, lorsqu'enfin, s'enhardissant du départ de l'Empereur, ceux-ci devinrent si pressants, que la jeune garde, serrée de trop près, ne put bientôt plus ni tenir ni reculer.

Heureusement quelques pelotons, que rallia Davout, et l'apparition d'une autre troupe de ses traîneurs, attirèrent l'attention des Russes. Mortier en profite. Il ordonne aux trois mille hommes qui lui restent de se retirer, pas à pas, devant ces cinquante mille ennemis. « L'entendez-« vous, soldats ! s'écrie le général Laborde, le maréchal « ordonne le pas ordinaire ! Au pas ordinaire, soldats ! » Et cette brave et malheureuse troupe, entraînant quelques-uns de ses blessés sous une grêle de balles et de mitraille, se retire lentement sur ce champ de carnage, comme sur un champ de manœuvre !

Quand Mortier eut mis Krasnoé entre lui et Beningsen il fut sauvé. L'ennemi ne coupait l'intervalle de cette ville à Lyadi que par le feu de ses batteries, qui bordaient le côté gauche de la grande route. Colbert et Latour-Maubourg les continrent sur leurs hauteurs. Au milieu de cette marche, un accident bizarre fut remarqué : un obus entra dans le corps d'un cheval, y éclata, et le mit en pièces sans blesser son cavalier, qui tomba debout et continua.

Le lendemain on marcha avec hésitation. Les traîneurs impatients prirent les devants ; tous dépassèrent Napoléon ; ils le virent à pied, un bâton à la main, s'avançant péniblement, avec répugnance, et s'arrêtant à chaque quart d'heure, comme s'il ne pouvait s'arracher à cette vieille Russie, dont alors il dépassait la frontière, et où i laissait son malheureux compagnon d'armes.

Le soir on atteignit Dombrowna, ville de bois, et peuplée comme Lyadi ; spectacle nouveau pour cette armée, qui depuis trois mois ne voyait que des ruines. On était enfin hors de la vieille Russie, hors de ces déserts de neige et de cendres ; on entrait dans un pays habité, ami, et dont on entendait le langage. En même temps le ciel s'adoucit, le dégel commença, on reçut quelques vivres.

Ainsi l'hiver, l'ennemi, la solitude, et même, pour quelques-uns, les bivouacs et la famine, tout cessait à la fois ; mais il était trop tard. L'Empereur voyait son armée détruite ; à tout moment le nom de Ney s'échappait de sa bouche avec des exclamations de douleur ! Cette nuit surtout on l'entendit gémir et s'écrier, « que la « misère de ses pauvres soldats lui déchirait le cœur ! et « pourtant qu'il ne pouvait les secourir sans se fixer en « quelque lieu ; mais où pouvoir se reposer, sans muni- « tions de guerre ni de bouche, et sans canons ? Il n'était « plus assez fort pour s'arrêter ; il fallait donc gagner « Minsk le plus vite possible. »

Il parlait ainsi, quand un officier polonais accourut avec la nouvelle que cette Minsk, son magasin, sa retraite, son unique espoir, venait de tomber au pouvoir des Russes! Tchitchakof y était entré le 16. Napoléon resta d'abord muet et comme frappé par ce dernier coup. Puis, s'élevant en proportion de son danger, il reprit froidement : « Eh « bien ! il ne nous reste plus qu'à nous faire jour avec nos « baïonnettes ! »

Mais pour joindre ce nouvel ennemi, qui avait échappé à Schwartzenberg, ou que Schwartzenberg avait peut-être laissé passer, car on ignorait tout, et pour échapper à Kutusof et à Wittgenstein il fallait traverser la Bérézina à Borizof. C'est pourquoi Napoléon envoie sur-le-champ (le 19 novembre, de Dombrowna,) à Dombrowski l'ordre de ne plus songer à combattre Hœrtel, et d'occuper promptement ce passage. Il écrit au duc de Reggio de marcher rapidement sur ce point, et de courir reprendre Minsk ; le duc de Bellune couvrira sa marche. Ces ordres donnés, son agitation s'apaise, et son esprit, fatigué de souffrir, s'affaisse.

Le jour était encore loin de paraître, lorsqu'un bruit singulier le tira de son assoupissement. Quelques-uns disent qu'on entendit d'abord quelques coups de feu, mais qu'ils étaient tirés par les nôtres pour faire sortir des maisons ceux qui s'y étaient abrités, et pour prendre leur place; d'autres prétendent que, par un désordre trop fréquent dans nos bivouacs où l'on s'appelait à grands cris, le nom de *Hausanne,* d'un grenadier, ayant été tout à coup fortement prononcé au milieu d'un profond silence, on crut entendre le cri d'alerte *aux armes !* qui annonce une surprise et l'ennemi.

Quoi qu'il en soit, tous aussitôt virent et crurent voir les cosaques, et un grand bruit de guerre et d'épouvante environna Napoléon. Lui, sans s'émouvoir, dit à Rapp : « Allez voir ; ce sont sans doute quelques misérables cosaques qui en veulent à notre sommeil ! » Mais bientôt ce fut un tumulte complet d'hommes qui couraient pour combattre ou fuir, et qui, se rencontrant dans les ténèbres, se prenaient pour ennemis.

Napoléon crut un instant à une attaque sérieuse. Un cours d'eau encaissé traversait la ville ; il demande si l'artillerie qui lui reste a été placée derrière ce ravin. On lui répond que ce soin a été négligé ; alors il court au pont, et lui-même fait passer promptement ses canons au delà de ce défilé.

Puis il revint à sa vieille garde, et s'arrêtant devant chaque bataillon : « Grenadiers, leur dit-il, nous nous « retirons sans avoir été vaincus par l'ennemi, ne le « soyons pas par nous-mêmes ! Donnons l'exemple à l'ar- « mée ! Parmi vous plusieurs ont déjà abandonné leurs « aigles, et même leurs armes ! Ce n'est point aux lois « militaires que je m'adresserai pour arrêter ce désordre, « mais à vous seuls ! Faites-vous justice entre vous ! C'est « à votre honneur que je confie votre discipline ! »

Il fit haranguer de même ses autres troupes. Ce peu de mots suffirent à ces vieux grenadiers, qui peut-être n'en avaient pas besoin. Le reste les reçut avec acclamation ; mais une heure après, quand on se remit en marche, ils étaient oubliés. Quant à son arrière-garde, s'en prenant surtout à elle d'une si chaude alarme, il envoya porter à Davout des paroles de colère.

A Orcha on trouva des établissements de vivres assez abondants, un équipage de pont de soixante bateaux, avec tous ses agrès qui furent tous brûlés, et trente-six canons attelés, qui furent distribués entre Davout, Eugène et Maubourg.

On revit là, pour la première fois, des officiers et des gendarmes chargés d'arrêter, sur les deux ponts du Dnieper, la foule des traîneurs, pour leur faire rejoindre leurs drapeaux. Mais ces aigles, qui jadis promettaient tout, on les fuyait comme de sinistres augures !

Déjà le désordre avait son organisation : il s'y trouvait des hommes qui s'y étaient rendus habiles. Une foule immense s'amassa, et bientôt des misérables crièrent : « Voilà les cosaques ! » Leur but était de précipiter la marche de ceux qui les précédaient, et d'augmenter le tumulte. Ils en profitaient pour enlever les vivres et les manteaux des hommes qui n'étaient pas sur leurs gardes.

Les gendarmes, qui revoyaient cette armée pour la première fois depuis son désastre, étonnés à l'aspect de tant de misère, effrayés d'une si grande confusion, se découragèrent. On pénétra en tumulte sur cette rive alliée. Elle eût été livrée au pillage sans la garde et quelques centaines d'hommes qui restaient au prince Eugène.

Napoléon entra dans Orcha avec six mille gardes, restes de trente-cinq mille ! Eugène, avec dix-huit cents soldats, restes de quarante-deux mille ! Davout, avec quatre mille combattants, restes de soixante-dix mille !

Ce maréchal lui-même avait tout perdu : il était sans linge et exténué de faim. Il se jeta sur un pain, qu'un de ses compagnons d'armes lui offrit, et le dévora. On lui donna un mouchoir pour qu'il pût essuyer sa figure couverte de frimas. Il s'écriait : « Que des hommes de fer « pouvaient seuls supporter de pareilles épreuves ; qu'il y « avait impossibilité matérielle d'y résister ; que les for- « ces humaines avaient des bornes, qu'elles étaient toutes « dépassées ! »

C'était lui qui, le premier, avait soutenu la retraite jusqu'à Viazma. On le voyait encore, suivant son habitude, s'arrêter à tous les défilés, et y rester le dernier de son corps d'armée, renvoyant chacun à son rang, et luttant toujours contre le désordre. Il poussait ses soldats à insulter et à dépouiller de leur butin ceux de leurs compagnons qui jetaient leurs armes ; seul moyen de retenir les uns et de punir les autres. Néanmoins on a accusé son génie méthodique et sévère, si déplacé au milieu de cette confusion universelle, d'en avoir été trop étonné.

L'Empereur tenta vainement d'arrêter ce découragement. Seul, on l'entendait gémir sur les souffrances de ses soldats ; mais, au dehors, sur cela même, il voulait paraître inflexible. Il fit donc proclamer : « Que chacun eût à ren- « trer dans ses rangs ; que sinon il ferait arracher aux « chefs leurs grades, et aux soldats leur vie ! »

Cette menace ne produisit ni bon ni mauvais effet sur des hommes devenus insensibles ou désespérés, fuyant, non le danger, mais la souffrance, et craignant moins la mort dont on les menaçait que la vie telle qu'on la leur offrait.

Mais l'assurance de Napoléon croissait avec le péril. A ses yeux, et au milieu de ces déserts de boue et de glace, cette poignée d'hommes était toujours la Grande Armée, et lui, le conquérant de l'Europe ! et il n'y avait pas d'illusion dans cette apparente fermeté : on en fut certain, quand, dans cette ville même, on le vit brûler de ses propres mains tous ceux de ses vêtements qui pouvaient servir de trophées à l'ennemi, s'il succombait.

Là furent malheureusement consumés tous les papiers qu'il avait rassemblés pour écrire l'histoire de sa vie ; car tel avait été son projet quand il partit pour cette funeste guerre. Il était alors déterminé à s'arrêter vainqueur et menaçant sur cette Düna et ce Borysthène, qu'aujourd'hui il revoyait fuyant et désarmé ! Alors, l'ennui de six mois d'hiver qui l'auraient retenu sur ces fleuves, lui paraissait son plus grand ennemi ; et, pour le combattre, cet autre César y eût dicté ses commentaires !

Cependant tout était changé : deux armées ennemies lui coupaient la retraite. Il s'agissait de savoir au travers de laquelle il tenterait de se faire jour ; et comme ces forêts lithuaniennes, où il allait s'enfoncer, lui étaient inconnues, il appela ceux des siens qui les avaient traversées pour arriver jusqu'à lui.

L'Empereur commença par leur dire « que le trop d'ha- « bitude des grands succès préparait souvent de grands « revers ; mais qu'il n'était pas question de récriminer. » Puis il parla de la prise de Minsk ; et, convenant de l'habileté des manœuvres persévérantes de Kutusof sur son flanc droit, il déclara « qu'il voulait abandonner sa ligne « d'opération sur Minsk, se joindre aux ducs de Bellune « et de Reggio, passer sur le ventre à Wittgenstein, « et regagner Vilna en tournant la Bérézina par ses « sources. »

Jomini combattit ce projet. Ce général suisse allégua la position de Wittgenstein dans de longs défilés. Sa résistance y pourrait être ou opiniâtre ou flexible, mais assez longue pour consommer notre perte. Il ajouta que, dans cette saison et dans un si-grand désordre, un changement de route achèverait de perdre l'armée; qu'elle s'égarerait dans ces chemins de traverse, au milieu de forêts stériles et marécageuses; il soutint que la grande route pouvait seule lui conserver quelque ensemble. Borizof et son pont sur la Bérézina étaient encore libres; il suffirait de l'atteindre.

C'est alors qu'il affirma connaître l'existence d'un chemin qui, à la droite de cette ville, s'élève sur des ponts de bois, au travers des marais lithuaniens. Selon lui c'était le seul chemin qui pouvait conduire l'armée à Vilna par Zembin et Molodetchno, en laissant, à gauche, et Minsk, et sa route plus longue d'une journée, et les cinquante ponts brisés qui la rendent impraticable, et Tchitchakof qui l'occupe. Ainsi l'on passerait entre les deux armées ennemies, en les évitant toutes deux.

L'Empereur fut ébranlé; mais comme il répugnait à sa fierté d'éviter un combat, et qu'il ne voulait sortir de la Russie que par une victoire, il appelle le général du génie Dode. Du plus loin qu'il le voit il lui crie « qu'il « s'agit de fuir par Zembin, ou d'aller vaincre Wittgens- « tein vers Smoliany ; » et, sachant que Dode arrivait de cette position, il lui demande si elle est attaquable.

Celui-ci répondit que Wittgenstein y occupait une hauteur qui commandait à toute cette contrée bourbeuse ; qu'il faudrait louvoyer à sa vue et à sa portée, en suivant les plis et replis que faisait la route, pour s'élever jusqu'au camp des Russes ; qu'ainsi notre colonne d'attaque prêterait longuement à leurs feux d'abord son flanc gauche, puis son flanc droit ; que cette position était donc inabordable de front, et que pour la tourner, il faudrait rétrograder vers Vitepsk, et prendre un trop long circuit.

Alors Napoléon, vaincu dans cette dernière espérance de gloire, se décida pour Borizof. Il ordonna au général Éblé d'aller, avec huit compagnies de sapeurs et de pontonniers, assurer son passage sur la Bérézina, et à Jomini de lui servir de guide.

Toutes ses illusions étaient détruites. A Smolensk, où il était arrivé et d'où il était parti le premier, il avait plutôt encore appris que vu son désastre. A Krasnoé, où nos misères s'étaient déroulées successivement sous ses yeux, le péril avait été une distraction ; mais à Orcha, il put contempler à la fois et à loisir toute son infortune !

. A Smolensk, trente mille combattants, cent cinquante canons, le trésor, l'espoir de vivre et de respirer derrière la Bérézina, restaient encore. Ici c'étaient à peine dix mille soldats, presque sans vêtements, sans chaussures,

embarrassés dans une foule de mourants, quelques canons et un trésor pillé !

En cinq jours tout s'était aggravé : la destruction et
la désorganisation avaient fait des progrès effrayants !
Minsk était pris. Ce n'était plus le repos, l'abondance
qu'il retrouverait au delà de la Bérézina, mais de nouveaux combats contre une armée nouvelle. Enfin la défection de l'Autriche semblait être déclarée, et peut-être
était-elle un signal donné à toute l'Europe !

Napoléon ignorait même s'il pourrait atteindre à Borizof le nouveau danger que les hésitations de Schwartzenberg paraissaient lui avoir préparé. On a vu qu'une
troisième armée russe, celle de Wittgenstein, menaçait à
sa droite l'intervalle qui le séparait de cette ville ; qu'il
lui avait opposé le duc de Bellune, et avait ordonné à ce
maréchal de retrouver l'occasion manquée le 1er novembre, et de reprendre l'offensive.

Victor avait obéi ; et le 14, le même jour où Napoléon
était sorti de Smolensk, ce maréchal et le duc de Reggio
avaient fait replier les premiers postes de Wittgenstein
vers Smoliany, préparant par ce combat une bataille qu'ils
étaient convenus de livrer le lendemain.

Les Français étaient trente mille contre quarante mille.
Là, comme à Viazma, c'était assez de soldats, s'ils n'a-
vaient pas eu trop de chefs.

Leurs maréchaux s'entendirent mal. Victor voulait manœuvrer sur l'aile gauche ennemie, déborder Wittgenstein avec les deux corps français, en marchant par Bots-
cheïkowo sur Kamen, et de Kamen, par Pouichma, sur

Bérésino. Oudinot désapprouva ce projet avec aigreur, disant que ce serait se séparer de la Grande Armée, qui nous appelait à son secours.

Ainsi l'un des chefs voulant manœuvrer, et l'autre attaquer de front, on ne fit ni l'un ni l'autre. Oudinot se retira pendant la nuit à Czéréia ; et Victor, s'apercevant au point du jour de cette retraite, fut obligé de la suivre.

Il ne s'arrêta qu'à une journée de la Lukolm, vers Senno, où Wittgenstein l'inquiéta peu. Mais enfin le duc de Reggio allait recevoir l'ordre, daté de Dombrowna, qui le dirigeait sur Minsk, et Victor allait rester seul devant le général russe. Il se pouvait qu'alors celui-ci reconnût sa supériorité ; et l'Empereur, dans Orcha, où il voit, le 20 novembre, son arrière-garde perdue, son flanc gauche menacé par Kutusof, et sa tête de colonne arrêtée à la Bérézina par l'armée de Volhinie, apprend que Wittgenstein et quarante mille autres ennemis, bien loin d'être battus et repoussés, sont prêts à fondre sur sa droite, et qu'il faut qu'il se hâte.

Mais Napoléon se décide lentement à quitter le Borysthène. Il lui semble que ce serait abandonner encore une fois le malheureux Ney, et renoncer pour toujours à cet intrépide compagnon d'armes. Là comme à Liady et à Dombrowna, à chaque instant du jour et de la nuit il appelle, il envoie demander si l'on n'a rien appris de ce maréchal ; mais rien de son existence ne transpire au travers de l'armée russe : voilà quatre jours que dure ce silence de mort ; et pourtant l'Empereur espère toujours !

Enfin, forcé le 20 novembre de quitter Orcha, il y laisse encore Eugène, Mortier et Davout, et s'arrête à deux lieues de là, demandant Ney, l'attendant encore. C'était une même douleur dans toute l'armée, dont alors Orcha contenait les restes. Dès que les soins les plus pressants laissèrent un instant de repos, toutes les pensées, tous les regards se tournèrent vers la rive russe. On écoutait si quelque bruit de guerre n'annoncerait pas l'arrivée de Ney, ou plutôt ses derniers soupirs ; mais l'on ne voyait que des ennemis, qui déjà menaçaient les ponts du Borysthène ! L'un des trois chefs voulut alors les détruire ; les autres s'y opposèrent : c'eût été se séparer encore plus de leur compagnon d'armes, convenir qu'ils désespéraient de le sauver, et, consternés d'une si grande infortune, ils ne pouvaient s'y résigner.

Mais enfin avec cette quatrième journée finit l'espoir. La nuit n'amena qu'un repos fatigant. On s'accusait du malheur de Ney, comme s'il eût été possible d'attendre plus longtemps le troisième corps dans les plaines de Krasnoé, où il eût fallu combattre vingt-huit heures de plus, quand il ne restait de forces et de munitions que pour une heure.

Déjà, comme dans toutes les pertes cruelles, on s'attachait aux souvenirs. Davout avait quitté le dernier l'infortuné maréchal, et Mortier et le vice-roi lui demandaient quelles avaient été ses dernières paroles. Dès les premiers coups de canon tirés le 15 sur Napoléon, Ney avait voulu que sur-le-champ on évacuât Smolensk à la suite du vice-roi ; Davout s'y était refusé, objectant les

18.

ordres de l'Empereur et l'obligation de détruire les remparts de la ville. Ces deux chefs s'étaient irrités, et, Davout, persévérant à demeurer jusqu'au lendemain, Ney, chargé de fermer la marche, avait été forcé de l'attendre.

Il est vrai que, le 16, Davout l'avait fait prévenir de son danger ; mais alors Ney, soit qu'il eût changé d'avis, soit irritation contre Davout, lui avait fait répondre « que tous les cosaques de l'univers ne l'empêcheraient « pas d'exécuter ses instructions ! »

Ces souvenirs et toutes les conjectures épuisées, on retombait dans un plus triste silence, quand soudain l'on entendit le pas de quelques chevaux, puis ce cri de joie : « Le maréchal Ney est sauvé, il reparaît, voici des cava- « liers polonais qui l'annoncent ! » En effet un de ses officiers accourait : il nous apprit que le maréchal s'avançait par la rive droite du Borysthène, et qu'il demandait du secours.

La nuit commençait ; Davout, Eugène, et le duc de Trévise n'avaient que sa courte durée pour ranimer et réchauffer leurs soldats, jusque-là toujours au bivouac. Pour la première fois, depuis Moscou, ces malheureux avaient reçu des vivres suffisants ; ils allaient les préparer et se reposer chaudement et à couvert ; comment leur faire reprendre leurs armes et les arracher de leurs asiles pendant cette nuit de repos, dont ils commencent à goûter la douceur inexprimable ? Qui leur persuadera de l'interrompre pour retourner sur leurs pas, et rentrer dans les ténèbres et les glaces russes ?

Eugène et Mortier se disputèrent ce dévouement. Le

premier ne l'emporta qu'en se réclamant de son rang suprême. Les abris et les distributions avaient produit ce que les menaces n'avaient pu faire ; les traîneurs s'étaient ralliés. Eugène retrouva quatre mille hommes ; au nom du danger de Ney tous marchèrent, mais ce fut leur dernier effort !

Ils s'avancèrent dans l'obscurité, par des chemins inconnus, et firent au hasard deux lieues, s'arrêtant à chaque moment pour écouter. Déjà l'anxiété augmentait. S'était-on égaré ? Était-il trop tard ? Leurs malheureux compagnons avaient-ils succombé ? Était-ce l'armée russe triomphante qu'on allait rencontrer ? Dans cette incertitude, le prince Eugène fit tirer quelques coups de canon. On crut alors entendre sur cette mer de neige des signaux de détresse : c'étaient ceux du troisième corps qui, n'ayant plus d'artillerie, répondaient au canon du quatrième par des feux de pelotons.

Les deux corps se dirigèrent aussitôt l'un sur l'autre. Les premiers qui s'aperçurent furent Ney et Eugène ; ils accoururent, Eugène plus précipitamment, et se jetèrent dans les bras l'un de l'autre ! Eugène pleurait, Ney laissait échapper des accès de colère ! L'un, heureux, attendri, exalté de l'héroïsme guerrier que son héroïsme chevaleresque venait recueillir ; l'autre encore tout échauffé du combat, irrité des dangers que l'honneur de l'armée avait courus dans sa personne, et s'en prenant à Davout, qu'il accusait à tort de l'avoir abandonné.

Quelques heures après, quand celui-ci voulut s'en excuser, il n'en put tirer qu'un regard rude et ces mots : « Moi,

« monsieur le maréchal, je ne vous reproche rien ;
« Dieu nous voit et vous juge ! »

Cependant, dès que les deux corps s'étaient reconnus,
ils n'avaient plus gardé de rangs. Soldats, officiers, généraux, tous avaient couru les uns vers les autres. Ceux d'Eugène serraient les mains à ceux de Ney ; ils les touchaient
avec une joie mêlée d'étonnement et de curiosité, et les
pressaient contre leur sein avec une tendre pitié ! Les
vivres, l'eau-de-vie qu'ils viennent de recevoir, ils les leur
prodiguent ; ils les accablent de questions. Puis, tous ensemble, ils marchent vers Orcha, tous impatients, ceux
d'Eugène d'entendre, ceux de Ney de raconter !

Ils dirent comment, le 17 novembre ils étaient sortis
de Smolensk avec douze canons, six mille baïonnettes et
trois cents chevaux, en y abandonnant cinq mille malades
à la discrétion de l'ennemi ; et que, sans le bruit du canon
de Platof et l'explosion des mines, leur maréchal n'eût
jamais pu arracher aux décombres de cette ville sept mille
traîneurs, sans armes, qui s'y étaient abrités. Ils racontent
quels furent les soins de leur chef pour les blessés, pour
les femmes, pour leurs enfants, et que cette fois encore le
plus brave a été le plus humain !

Aux portes de la ville une action infâme les a frappés
d'une horreur qui dure encore. Une mère a abandonné
son fils âgé de cinq ans : malgré ses cris et ses pleurs,
elle l'a repoussé de son traîneau trop chargé ! Elle-même
« criait d'un air égaré « qu'il n'avait pas vu la France !
« qu'il ne la regretterait pas ! qu'elle, elle connaissait la
« France ! qu'elle voulait revoir la France ! » Deux fois

Ney a fait replacer l'infortuné dans les bras de sa mère, deux fois elle l'a rejeté sur la neige glacée !

Mais ils n'ont point laissé sans punition ce crime solitaire au milieu de mille dévouements d'une tendresse sublime : cette femme dénaturée a été abandonnée sur cette même neige, d'où l'on a relevé sa victime pour la confier à une autre mère ; et ils montraient dans leurs rangs cet orphelin, que depuis on revit encore à la Bérézina, puis à Vilna, même à Kowno, et enfin qui échappa à toutes les horreurs de la retraite.

Cependant les officiers d'Eugène pressent ceux de Ney de leurs questions ; ceux-ci poursuivent : ils se montrent avec leur maréchal, s'avançant vers Krasnoé, tout au travers de nos immenses débris, traînant après eux une foule désolée, et précédés par une autre foule dont la faim hâte le pas.

Ils racontent comment ils ont trouvé le fond de chaque ravin rempli de casques, de schakos, de coffres enfoncés, d'habillements épars, de voitures et de canons, les uns renversés, les autres encore attelés de chevaux abattus, expirants et à demi dévorés ; comment vers Korithnya, à la fin de leur première journée, une violente détonation, et, sur leurs têtes, le sifflement de plusieurs boulets leur ont fait croire au commencement d'un combat. Cette décharge partait devant et tout près d'eux, sur la route même, et pourtant ils n'apercevaient point d'ennemis. Ricard et sa division se sont avancés pour les découvrir ; mais ils n'ont trouvé, dans un pli de la route, que deux batteries françaises, abandonnées avec leurs munitions, et,

dans les champs voisins, une bande de misérables cosaques fuyant, effrayés de l'audace qu'ils avaient eue d'y
mettre le feu, et du bruit qu'ils avaient fait.

Alors ceux de Ney s'interrompent pour demander à leur
tour ce qui s'est passé, quel est donc ce découragement
universel, et pourquoi l'on a abandonné à l'ennemi des
armes tout entières. N'avait-on pas eu le temps d'enclouer
les pièces, ou du moins de gâter leurs approvisionnements ?

Jusque-là cependant ils n'avaient, disaient-ils, rencontré que les traces d'une marche désastreuse. Mais le
lendemain tout a changé, et ils conviennent de leurs sinistres pressentiments, quand ils sont arrivés à cette
neige rouge de sang, parsemée d'armes en pièces et de
cadavres mutilés. Les morts marquaient encore les rangs,
les places de bataille ; ils se les sont montrés réciproquement.
Là avait été la 14e division : voilà encore, sur les plaques
de ses schakos brisés, les numéros de ses régiments. Là
fut la garde italienne : voilà ses morts, ils en ont reconnu
les uniformes ! Mais où sont ses restes vivants ? Et ce
terrain sanglant, toutes ces formes inanimées, ce silence
immobile et glacé du désert et de la mort, ils les ont inter-
rogés vainement : ils n'ont pu pénétrer ni dans le sort de
leurs compagnons, ni dans celui qui les attendait eux-
mêmes.

Ney les a entraînés rapidement par-dessus toutes ces
ruines, et ils se sont avancés, sans obstacle jusqu'à cet
endroit où la route plonge dans un profond ravin, d'où
elle s'élève ensuite sur un large plateau. C'était celui de
Katova, et ce même champ de bataille, où, trois mois plus

tôt, dans leur marche triomphale, ils avaient vaincu Newerowskoï, et salué Napoléon avec les canons conquis la
veille sur les ennemis. Ils ont, disent-ils, reconnu ce terrain, malgré la neige qui le défigurait.

Alors ceux de Mortier s'écrient « que c'était donc aussi
« cette même position où l'Empereur et eux les avaient
« attendus le 17, en combattant ! » Eh bien, reprennent
ceux de Ney, Kutusof, ou plutôt Miloradowitch, avait
pris la place de Napoléon, car le vieillard russe n'avait
point encore quitté Dobroé.

Déjà leurs hommes débandés rétrogradaient en leur
montrant ces plaines de neige toutes noires d'ennemis,
quand un Russe, se détachant des siens, a descendu la colline : il s'est présenté seul devant leur maréchal, et, soit
affectation de civilisation, soit respect pour le malheur de
leur chef, ou crainte de son désespoir, il a enveloppé de
termes adulateurs l'injonction de se rendre !

« C'est Kutusof qui l'a envoyé. Ce feld-maréchal n'o-
« serait faire une si cruelle proposition à un si grand gé-
« néral, à un guerrier si renommé, s'il lui restait une
« seule chance de salut. Mais quatre-vingt mille Russes
« sont devant et autour de lui, et, s'il en doute, Kutusof
« lui offre d'envoyer parcourir ses rangs, et compter ses
« forces. »

Le Russe n'avait point achevé, que tout à coup quarante décharges de mitraille, partant de la droite de son
armée, viennent, en déchirant l'air et nos rangs, l'interdire
et lui couper la parole. En même temps un officier français
s'élance sur lui, comme sur un traître, pour le tuer, et tout

à la fois Ney, qui retient ce transport, se livrant au sien,
lui crie : « Un maréchal ne se rend point ; on ne par-
« lemente pas sous le feu ; vous êtes mon prisonnier ! »
Et le malheureux officier, désarmé, est resté exposé aux
coups des siens. Il n'a été relâché qu'à Kowno, après
vingt-six jours, ayant partagé toutes nos douleurs, libre
d'y échapper, mais enchaîné par sa parole.

En même temps l'ennemi redouble ses feux, et ils
disent qu'alors toutes ces collines, il n'y a qu'un instant
froides et silencieuses, sont devenues des volcans en érup-
tion ; mais que Ney s'en est exalté ! Puis, s'enthousias-
mant chaque fois que le nom de leur maréchal revient
dans leurs discours, ils ajoutent qu'au milieu de tous ces
feux, cet homme de feu semblait être dans l'élément qui
lui était propre !

Kutusof ne l'a point trompé. On voit, d'un côté, quatre-
vingt mille hommes, des rangs entiers, pleins, profonds,
bien nourris, des lignes redoublées, de nombreux escadrons, une artillerie immense sur une position formidable,
enfin tout, et la Fortune, qui à elle seule tient lieu de tout ;
de l'autre côté, cinq mille soldats, une colonne traînante,
morcelée, une marche incertaine, languissante, des armes
incomplètes, sales, la plupart muettes et chancelantes
dans des mains affaiblies !

Et cependant le général français n'a songé ni à se
rendre, ni même à mourir, mais à percer, à se faire jour,
et cela sans penser qu'il tente un effort sublime ! Seul, et
ne s'appuyant sur rien, quand tout s'appuyait sur lui, il a
suivi l'impulsion de sa nature forte, et cet orgueil d'un

vainqueur à qui l'habitude des succès invraisemblables a fait croire tout possible !

Ce qui les étonnait le plus, c'est qu'ils eussent été si dociles, car tous ont été dignes de lui; et ils ajoutent que c'est là qu'ils ont bien vu que ce ne sont pas seulement les grandes opiniâtretés, les grands desseins, les grandes témérités qui font le grand homme, mais surtout cette puissance d'y entraîner les autres !

Ricard et ses quinze cents soldats étaient en tête ; Ney les lance contre l'armée ennemie, et dispose le reste pour les suivre. Cette division plonge avec la route dans le ravin, en ressort avec elle, et y retombe écrasée par la première ligne russe.

Le maréchal, sans s'étonner ni permettre qu'on s'étonne, en rassemble les restes, les forme en réserve, et s'avance à leur place ; Ledru, Razout et Marchand le secondent. Il ordonne à quatre cents Illyriens de prendre en flanc gauche l'armée ennemie ; et lui-même, avec trois mille hommes, il monte de front à cet assaut ! Il n'a point harangué ; il marche, donnant l'exemple, qui, dans un héros, est de tous les mouvements oratoires le plus éloquent, et de tous les ordres le plus impérieux ! Tous l'ont suivi. Ils ont abordé, enfoncé, renversé la première ligne russe, et, sans s'arrêter, ils se précipitaient sur la seconde, mais, avant de l'atteindre, une pluie de fer et de plomb est venue les assaillir. En un instant Ney a vu tous ses généraux blessés, la plupart de ses soldats morts ; leurs rangs sont vides, leur colonne déformée tourbillonne ; elle chancelle, recule et l'entraîne.

Ney reconnaît qu'il a tenté l'impossible, et il attend que la fuite des siens ait mis entre eux et l'ennemi le ravin, qui désormais est sa seule ressource. Là, sans espoir et sans crainte, il les arrête et les reforme. Il range deux mille hommes contre quatre-vingt mille ; il répond au feu de deux cents bouches avec six canons, et fait honte à la Fortune d'avoir pu trahir un si grand courage !

Mais alors ce fut elle sans doute qui frappa Kutusof d'inertie. A leur extrême surprise, ils ont vu ce Fabius russe, outré comme l'imitation, s'obstinant dans ce qu'il appelait son humanité, sa prudence, rester sur ses hauteurs avec ses vertus pompeuses, sans se laisser, sans oser vaincre, et comme étonné de sa supériorité. Il voyait Napoléon vaincu par sa témérité, et il fuyait ce défaut jusqu'au vice contraire !

Il ne fallait pourtant qu'un emportement d'indignation d'un seul des corps russes pour en finir ; mais tous ont craint de faire un mouvement décisif : ils sont restés attachés à leur glèbe avec une immobilité d'esclaves, comme s'ils n'avaient eu d'audace que dans leur consigne, et d'énergie que leur obéissance.

Ils avaient été longtemps incertains, ignorant quel ennemi ils combattaient ; car ils avaient cru que de Smolensk Ney avait fui par la rive droite du Dnieper, et ils se trompaient, comme il arrive souvent, parce qu'ils supposaient que leur ennemi avait fait ce qu'il aurait dû faire.

En même temps les Illyriens étaient revenus tout en

désordre ; ils avaient eu un étrange moment. Ces quatre
cents hommes, en s'avançant sur le flanc gauche de la
position ennemie, avaient rencontré cinq mille Russes qui
revenaient d'un combat partiel avec une aigle française
et plusieurs de nos soldats prisonniers.

Ces deux troupes ennemies, l'une retournant à sa position, l'autre allant l'attaquer, s'avançaient dans la même
direction et se côtoyaient, en se mesurant des yeux, sans
qu'aucune d'elles osât commencer le combat. Elles marchaient si près l'une de l'autre, que du milieu des rangs
russes, les Français prisonniers tendaient les mains aux
leurs en les conjurant de venir les délivrer. Ceux-ci leur
criaient de venir à eux, qu'ils les recevraient et les défendraient ; mais personne ne fit le premier pas. Ce fut alors
que Ney, culbuté, entraîna tout.

Cependant Kutusof, plus confiant dans ses canons que
dans ses soldats, ne cherchait à vaincre que de loin. Ses
feux couvraient tellement tout le terrain occupé par les
Français, que le même boulet qui renversait un homme
du premier rang, allait tuer sur les dernières voitures les
femmes fugitives de Moscou.

Sous cette grêle meurtrière, les soldats de Ney, étonnés,
immobiles, regardaient leur chef, attendant sa décision
pour se croire perdus, espérant sans savoir pourquoi, ou
plutôt, suivant la remarque d'un de leurs officiers, parce
qu'au milieu de ce péril extrême ils voyaient son âme
tranquille et calme comme une chose à sa place. Sa figure
était devenue silencieuse et recueillie : il observait l'armée ennemie, qui, défiante depuis la ruse du prince Eu-

gène, s'étendait au loin sur ses flancs pour lui fermer toute voie de salut.

La nuit commençait à confondre les objets : l'hiver, en cela seulement favorable à notre retraite, l'amenait alors promptement. Ney l'avait attendue ; mais il ne profite de ce sursis que pour donner l'ordre aux siens de retourner vers Smolensk. Tous disent qu'à ces mots ils sont demeurés glacés d'étonnement. Son aide de camp lui-même n'en a pu croire ses oreilles : il est resté muet, ne comprenant pas, et fixant son chef d'un air interdit. Mais le maréchal a répété le même ordre ; à son accent bref et impérieux, ils ont reconnu une résolution prise, une ressource trouvée, cette confiance en soi qui en inspire aux autres, et, quelque critique que soit sa position, un esprit qui la domine. Alors ils ont obéi, et, sans hésiter, ils ont tourné le dos à leur armée, à Napoléon, à la France ! ils sont rentrés dans cette funeste Russie. Leur marche rétrograde a duré une heure ; ils ont revu le champ de bataille marqué par les restes de l'armée d'Italie ; là ils se sont arrêtés, et leur maréchal, resté seul à l'arrière-garde, les a rejoints.

Ils suivaient des yeux tous ses mouvements. Qu'allait-il faire ? Et, quel que soit son dessein, où dirigera-t-il ses pas, sans guide, dans un pays inconnu ? Mais lui, avec cet instinct guerrier, s'est arrêté au bord d'un ravin assez considérable pour qu'un ruisseau en dût marquer le fond. Il en fait écarter la neige et briser la glace. Alors, consultant son cours, il s'écrie : « Que c'est un affluent « du Dnieper ! que voilà notre guide ! qu'il faut le suivre !

« qu'il va nous mener au fleuve, nous le franchirons !
« notre salut est sur son autre rive ! » Il marche aussitôt
dans cette direction.

Toutefois, à peu de distance du grand chemin qu'il
vient d'abandonner, il s'arrête encore dans un village ;
son nom, ils l'ignorent : ils croient que ce fut Fomina, ou
plutôt Danikowa. Là il a rallié ses troupes et fait allumer des feux comme pour s'y établir. Des cosaques, qui
le suivaient, l'en ont cru sur parole, et sans doute qu'ils
ont envoyé avertir Kutusof du lieu où le lendemain un
maréchal français lui rendrait ses armes, car bientôt leur
canon s'est fait entendre.

Ney a écouté : « Est-ce enfin Davoùt, s'est-il écrié,
« qui se souvient de moi ? » Et il écoute encore. Mais des
intervalles égaux séparaient les coups : c'était une salve.
Alors, persuadé que dans le camp des Russes on triomphe
d'avance de sa captivité, il jure de faire mentir leur joie,
et se remet en marche.

En même temps ses Polonais fouillaient tout le pays.
Un paysan boiteux fut le seul habitant qu'ils purent découvrir ; ce fut un bonheur inespéré. Il annonça que le
Dnieper n'était qu'à une lieue, mais qu'il n'était point
guéable, et ne devait pas être gelé. « Il le sera ! » répond
le maréchal ; et sur ce qu'on lui objectait le dégel qui
commençait, il ajouta : « Qu'il n'importait, qu'on passe-
« rait, parce qu'il n'y avait que cette ressource ! »

Enfin, vers huit heures, on traversa un village, le ravin finit, et le moujik boiteux, qui marchait en tête, s'arrêta en montrant le fleuve. Ils supposent que ce fut entre

Syrokorénie et Gusinoé. Ney et les premiers qui le suivaient accoururent. Le fleuve était pris, il portait : le cours des glaçons, que jusque-là il charriait, contrarié par un brusque contour de ses rives, s'était suspendu ; l'hiver avait achevé de le glacer, et c'était sur ce point seulement ; au-dessus et au-dessous sa surface était mobile encore !

Cette observation fit succéder au premier mouvement de bonheur, de l'inquiétude. Le fleuve ennemi pouvait n'offrir qu'une perfide apparence. Un officier se dévoua : on le vit arriver difficilement à l'autre bord. Il revint annoncer que les hommes, et peut-être quelques chevaux, passeraient, qu'il faudrait abandonner le reste, et se presser, la glace commençant à se dissoudre par le dégel.

Mais, dans ce mouvement nocturne, silencieux, à travers champs, d'une colonne composée d'hommes affaiblis, de blessés et de femmes avec leurs enfants, on n'avait pu marcher assez serré pour ne pas se distendre, se désunir, et perdre, dans l'obscurité, la trace les uns des autres. Ney s'aperçut qu'il n'avait avec lui qu'une partie des siens ; néanmoins il pouvait toujours passer l'obstacle, assurer par là son salut, attendre à l'autre rive. L'idée ne lui en vint pas ; quelqu'un l'eut pour lui, il la repoussa ! Il donna trois heures au ralliement ; et, sans se laisser agiter par l'impatience et le péril de l'attente, on le vit s'envelopper dans son manteau, et ces trois heures si dangereuses, les passer à dormir profondément sur le bord du fleuve : tant il avait ce tempérament des grands hommes, une âme forte dans un corps robuste, et cette santé vigoureuse sans laquelle il n'y a guère de héros !

Enfin, vers minuit, le passage a commencé ; mais les premiers qui s'éloignent du bord avertissent que la glace plie sous eux, qu'elle s'enfonce, qu'ils marchent dans l'eau jusqu'au genoux ; et bientôt on entend ce frêle appui se fendre avec des craquements effroyables, qui se prolongent au loin comme dans une débâcle. Tous s'arrêtent consternés !

Ney ordonne de ne passer qu'un à un ; et l'on s'avance avec précaution, ne sachant quelquefois, dans l'obscurité, si l'on va poser le pied sur les glaçons ou dans quelque intervalle; car il y eut des endroits où il fallut franchir de larges crevasses, et sauter d'une glace à l'autre, au risque de tomber entre deux et de disparaître pour jamais. Les premiers hésitèrent, mais on leur cria par derrière de se hâter.

Lorsqu'enfin, après plusieurs de ces cruelles douleurs, on atteignit l'autre bord et qu'on se crut sauvé, un escarpement à pic, tout couvert de verglas, s'opposa à ce qu'on prît terre. Beaucoup furent rejetés sur la glace qu'ils brisèrent en tombant, ou dont ils furent brisés. A les entendre, ce fleuve et cette rive russes semblaient ne s'être prêtés qu'à regret, par surprise, et comme forcément, à leur salut !

Mais ce qu'ils redisaient avec horreur, c'était le trouble et l'égarement des femmes et des malades, quand il fallut abandonner dans les bagages les restes de leur fortune, leurs vivres, enfin toutes leurs ressources contre le présent et l'avenir ! Ils les ont vus se pillant eux-mêmes, choisir, rejeter, reprendre, et tomber d'épuisement et de douleur sur la rive glacée du fleuve. Ils frémissaient encore au souvenir du cruel spectacle de tant d'hommes épars sur cet abîme, du retentissement continuel des chutes, des cris de ceux qui s'enfonçaient, et surtout des pleurs et du désespoir des blessés qui, de leurs chariots, qu'on n'osait risquer sur ce frêle appui, tendaient les mains à leurs compagnons, en les suppliant de ne pas les abandonner.

Leur chef voulut alors tenter le passage de quelques voitures chargées de ces malheureux; mais, au milieu du fleuve, la glace s'affaissa et s'entr'ouvrit. On entendit de l'autre bord sortir du gouffre, d'abord des cris d'angoisse déchirants et prolongés, puis des gémissements entre-coupés et affaiblis, puis un affreux silence : tout avait disparu !

Ney fixait l'abîme d'un regard consterné, quand, au travers des ombres, il crut voir un objet remuer encore : c'était un de ces infortunés, un officier, nommé Brique-ville, qu'une profonde blessure à l'aine empêchait de se redresser. Un plateau de glace l'avait soulevé. Bientôt on l'aperçut distinctement, qui, de glaçons en glaçons, se traînait sur les genoux et sur les mains et se rapprochait. Ney lui-même le recueillit et le sauva !

Depuis la veille, quatre mille traîneurs et trois mille soldats étaient ou morts ou égarés; les canons et tous les bagages perdus; à peine restait-il à Ney trois mille com-battants et autant d'hommes débandés. Enfin, quand tous ces sacrifices ont été consommés, et tout ce qui avait pu passer réuni, ils ont marché, et le fleuve dompté est devenu leur allié et leur guide.

On s'avançait au hasard et avec incertitude, lorsque l'un d'eux, en tombant, reconnut une route frayée. Elle ne l'était que trop, car ceux qui étaient en tête, se baissant, et ajoutant à leurs regards leurs mains, s'arrêtèrent effrayés, s'écriant « qu'ils voyaient des traces toutes fraî-« ches d'une grande quantité de canons et de chevaux ! » Ils n'avaient donc évité une armée ennemie que pour tomber au milieu d'une autre ! Lorsqu'à peine ils peuvent marcher, il faudra donc encore combattre ! La guerre est donc partout ! Mais Ney les poussa en avant, et, sans s'émouvoir, il se livra à ces traces menaçantes.

Elles le conduisirent à un village celui de Gusinoé, où ils entrèrent brusquement ; tout y fut saisi : on y trouva tout ce qui manquait, depuis Moscou, habitants, vivres, repos, demeures chaudes, et une centaine de cosaques, qui se réveillèrent prisonniers. Leurs rapports et la nécessité de se refaire pour continuer, y arrêtèrent Ney quelques instants.

Vers dix heures on avait atteint deux autres villages et l'on s'y reposait, quand soudain l'on vit les forêts environnantes se remplir de mouvements. Pendant qu'on s'appelle, qu'on se regarde, et qu'on se concentre dans celui de ces deux hameaux qui était le plus près du Borysthène, des milliers de cosaques sortent d'entre tous les arbres, et entourent la malheureuse troupe de leurs lances et de leurs canons.

C'était Platof et toutes ses hordes, qui suivaient la

19.

rive du Dnieper. Ils pouvaient brûler ce village, mettre la faiblesse de Ney à découvert et l'achever ; mais ils sont restés trois heures immobiles, sans même tirer ; on ignore pourquoi. Ils ont dit qu'ils n'avaient point eu d'ordre ; qu'en ce moment leur chef était hors d'état d'en donner, et qu'en Russie on n'ose rien prendre sur soi.

La contenance de Ney les contint : lui et quelques soldats suffirent ; il ordonna même au reste des siens de continuer leur repas jusqu'à la nuit. Alors il a fait circuler l'ordre de décamper sans bruit, de s'avertir mutuellement et à voix basse, et de marcher serrés. Puis tous ensemble se sont mis en mouvement ; mais leur premier pas a été comme un signal pour l'ennemi : toutes ses pièces ont fait feu, tous ses escadrons se sont ébranlés à la fois.

A ce bruit, les traîneurs désarmés, encore au nombre de trois ou quatre mille, prirent l'épouvante. Ce troupeau d'hommes errait çà et là ; leur foule flottait égarée, incertaine, se ruant dans les rangs des soldats, qui les repoussaient. Ney sut les maintenir entre lui et les Russes, dont ces hommes inutiles absorbèrent les feux. Ainsi, les plus découragés serviront à préserver les plus braves !

En même temps que sur son flanc droit le maréchal se fait un rempart de ces malheureux, il a regagné les bords du Dnieper, dont il couvre son flanc gauche, et il marche entre deux, s'avançant ainsi, de bois en bois, de plis de terrain en plis de terrain, profitant de toutes les sinuosités, des moindres accidents du sol. Mais souvent il est obligé de s'éloigner du fleuve ; alors Platof l'environne de toutes parts.

C'est ainsi que pendant deux jours et vingt lieues, six mille cosaques ont voltigé sans cesse sur les flancs de leur colonne réduite à quinze cents hommes armés.

La nuit apporta quelque soulagement, et d'abord on s'enfonça dans les ténèbres avec quelque joie ; mais alors, si l'on s'arrêtait un instant aux derniers adieux de ceux qui tombaient faibles ou blessés, on perdait la trace les uns des autres. Il y eut là beaucoup de cruels moments, bien des instants de désespoir ; cependant l'ennemi lâcha prise.

La malheureuse colonne, plus tranquille, s'avançait, comme à tâtons, dans un bois épais, quand tout à coup, à quelques pas devant elle, une vive lueur et plusieurs coups de canon éclatent dans la figure des hommes du premier rang. Saisis de frayeur, ils croient que c'en est fait, qu'ils sont coupés, que voilà leur terme, et ils tombent terrifiés ; le reste derrière eux, se mêle et se culbute. Ney, qui voit tout perdu, se précipite ; il fait battre la charge, et comme s'il eût prévu cette attaque, il s'écrie : « Compagnons, voilà l'instant, en avant ! Ils sont à « nous ! » A ces paroles, ses soldats consternés, et qui se croyaient surpris, croient surprendre ; de vaincus qu'ils étaient, ils se relèvent vainqueurs ; ils courent sur l'ennemi, qu'ils ne trouvent déjà plus, et dont ils entendent, au travers des forêts, la fuite précipitée !

On s'écoula vite ; mais, vers dix heures du soir, on rencontra une petite rivière encaissée dans un profond ravin ; il fallut la passer un à un, comme le Dnieper. Les Cosaques, acharnés sur ces infortunés, les épiaient encore.

Ils profitèrent de ce moment; mais Ney et quelques coups de feu les repoussèrent. On franchit péniblement cet obstacle, et une heure après, la faim et l'épuisement arrêtèrent pendant deux heures dans un grand village.

Le lendemain, 19 novembre, depuis minuit jusqu'à dix heures du matin, on marcha sans rencontrer d'autre ennemi qu'un terrain montueux; mais alors les colonnes de Platof ont reparu, et Ney leur a fait face en se servant de la lisière d'une forêt. Tant qu'a duré le jour, il a fallu que ses soldats se résignassent à voir les boulets ennemis renverser les arbres qui les abritaient et sillonner leurs bivouacs; car on n'avait plus que de petites armes qui ne pouvaient maintenir l'artillerie des Cosaques à une distance suffisante.

La nuit revenue, le maréchal a donné le signal, et l'on s'est remis en marche vers Orcha. Déjà, pendant le jour précédent, Pchébendowski et cinquante chevaux y avaient été envoyés pour demander du secours; ils devaient y être arrivés, si toutefois l'ennemi n'occupait pas encore cette ville.

Les officiers de Ney finirent en disant que quant au reste de leur route, et quoiqu'ils eussent encore rencontré des obstacles cruels, ils n'étaient pas dignes d'être racontés. Toutefois ils s'exaltaient toujours au nom de leur maréchal, et faisaient partager leur admiration, car ses égaux eux-mêmes ne songèrent pas à être jaloux. On l'avait trop regretté, on avait trop besoin de douces émotions pour se livrer à l'envie; Ney s'était d'ailleurs mis hors de sa portée. Pour lui, dans tout cet héroïsme, il était si peu sorti de son naturel, que, sans l'éclat de sa gloire dans les yeux, dans les gestes et dans les acclamations de tous, il ne se serait point aperçu qu'il avait fait une action sublime !

Et ce n'était pas un enthousiasme de surprise. Chacun de ces derniers jours avait eu ses hommes remarquables, entre autres : celui du 16, Eugène ; celui du 17, Mortier ; mais dès lors tous proclamèrent Ney le héros de la retraite !

Cinq marches séparent à peine Orcha de Smolensk. Dans ce court trajet, que de gloire recueillie ! Qu'il faut peu d'espace et de temps pour une renommée immortelle ! Et de quelle nature sont donc ces grandes inspirations, ce germe, invisible, impalpable, des grands dévouements, produits de quelques instants, issus d'un seul cœur, et qui doivent remplir les temps et l'immensité ?

Quand, à deux lieues de là, Napoléon apprit que Ney venait de reparaître, il bondit de joie, il en poussa des cris, il s'écria : « J'ai donc sauvé mes aigles ! J'aurais « donné trois cents millions de mon trésor pour racheter « la perte d'un tel homme ! »

Ainsi l'armée avait repassé, pour la troisième et dernière fois, le Dnieper, fleuve à demi russe et à demi lithuanien, mais d'origine moscovite. Il coule de l'est à l'ouest jusqu'à Orcha, où il se présente pour pénétrer en Pologne ; mais là des hauteurs lithuaniennes, s'opposant à cette invasion, le forcent de se détourner brusquement vers le sud et de servir de frontière aux deux pays.

Les quatre-vingt mille Russes de Kutusof s'arrêtèrent

devant ce faible obstacle. Jusque-là ils avaient été plutôt spectateurs qu'auteurs de notre désastre. Nous ne les revîmes plus : l'armée fut délivrée du supplice de leur joie.

Dans cette guerre, et comme il arrive toujours, le caractère de Kutusof le servit plus que ses talents. Tant qu'il fallut tromper et temporiser, son esprit astucieux, sa paresse, son grand âge, agirent d'eux-mêmes : il se trouva l'homme de la circonstance, ce qu'il ne fut plus ensuite dès qu'il fallut marcher rapidement, poursuivre, prévenir, attaquer.

Mais depuis Smolensk, Platof avait passé le flanc droit de la route, comme pour se joindre à Wittgenstein. Toute la guerre se porta de ce côté.

Le 22 on marcha péniblement d'Orcha vers Borizof, sur un large chemin bordé d'un double rang de grands bouleaux, dans une neige fondue, et au travers d'une boue profonde et liquide. Les plus faibles s'y noyèrent ; elle retint et livra aux cosaques tous ceux des blessés qui, croyant la gelée établie pour toujours, avaient, à Smolensk, changé leurs voitures contre des traîneaux.

Au milieu de ce dépérissement il se passa une action d'une énergie antique. Deux marins de la garde venaient d'être coupés de leur colonne par une bande de Tartares qui s'acharnaient sur eux. L'un perdit courage et voulut se rendre ; l'autre, tout en combattant, lui cria que s'il commettait cette lâcheté il le tuerait ; et en effet, voyant son compagnon jeter son fusil et tendre les bras à l'ennemi, il l'abattit d'un coup de feu entre les mains des cosaques ! Puis, profitant de leur étonnement, il rechargea promptement son arme, dont il menaça les plus hardis. Ainsi il les contint, et d'arbre en arbre il recula, gagna du terrain, et parvint à rejoindre sa troupe.

Ce fut dans ces premiers jours de marche, vers Borizof, que le bruit de la prise de Minsk se répandit dans l'armée. Alors les chefs eux-mêmes portèrent autour d'eux des regards consternés : leur imagination, blessée par une si longue suite de spectacles affreux, entrevit un avenir plus sinistre encore. Dans leurs entretiens particuliers plusieurs s'écriaient « que, comme Charles XII, « dans l'Ukraine, Napoléon avait mené son armée se « perdre dans Moscou ! »

VIII.

LA BÉRÉZINA.

A Vilna, on paraissait être resté sans défiance, et quand, de la Bérézina à la Vistule, les garnisons, les dépôts, les bataillons de marche, et les divisions Durutte, Loison et Dombrowski, pouvaient, sans le secours des Autrichiens, former à Minsk une armée de trente mille hommes, un général peu connu et trois mille soldats avaient été les seules forces qui s'y étaient trouvées pour arrêter Tchitchakof. On savait même que cette poignée de jeunes soldats avait été exposée devant une rivière, où l'amiral les avait précipités, tandis que cet obstacle les aurait défendus quelques instants, s'ils eussent été placés derrière.

Car, ainsi qu'il arrive souvent, les fautes d'ensemble avaient entraîné les fautes de détail. Le gouverneur de Minsk avait été choisi négligemment : c'était, dit-on, un de ces hommes qui se chargent de tout, qui répondent de tout, et qui manquent à tout. Le 16 novembre, il avait perdu cette capitale et avec elle quatre mille sept

cents malades, des munitions de guerre et deux millions
de rations de vivres. Il y avait cinq jours que le bruit en
était venu à Dombrowna, et l'on allait apprendre un plus
grand malheur.

Ce même gouverneur s'était retiré sur Borizof. Là il ne
sut ni avertir Oudinot, qui était à deux marches, de venir
à son secours ; ni soutenir Dombrowski, qui accourait de
Bobruisk et d'Igumen. Dombrowski n'arriva, dans la
nuit du 20 au 21, à la tête du pont qu'après l'ennemi ;
pourtant il en chassa l'avant-garde de Tchitchakof, il s'y
établit, et s'y défendit vaillamment jusqu'au soir du 21 ;
mais alors, écrasé par l'artillerie russe, qui le prit en flanc,
il fut attaqué par des forces doubles des siennes, et culbuté au delà de la rivière de la ville jusque sur le chemin
de Moscou.

Napoléon ne s'attendait pas à ce désastre : il croyait
l'avoir prévenu par ses instructions adressées de Moscou
à Victor, le 6 octobre : « Elles supposaient une vive at-
« taque de Wittgenstein ou de Tchitchakof ; elles recom-
« mandaient à Victor de se tenir à portée de Polotsk et
« de Minsk : d'avoir un officier sage, discret et intel-
« ligent près de Schwartzenberg ; d'entretenir une cor-
« respondance réglée avec Minsk, et d'envoyer d'autres
« agents sur plusieurs directions. »

Mais, Wittgenstein ayant attaqué avant Tchitchakof,
le danger le plus proche et le plus pressant avait attiré
toute l'attention ; les sages instructions du 6 octobre n'a-
vaient point été renouvelées par Napoléon ; elles parurent
oubliées par son lieutenant. Enfin, lorsqu'à Dombrowna

l'Empereur apprit la perte de Minsk, lui-même ne jugea pas Borizof dans un aussi pressant danger, puisqu'en passant le lendemain à Orcha, il fit brûler tous ses équipage de pont.

D'ailleurs sa correspondance du 20 novembre avec Victor prouve sa confiance : elle supposait qu'Oudinot serait près d'arriver le 25 dans Borizof, tandis que, dès le 21, cette ville devait tomber au pouvoir de Tchitchakof.

Ce fut le lendemain de cette fatale journée, à trois marches de Borizof et sur la grande route, qu'un officier vint annoncer à Napoléon cette nouvelle désastreuse. L'Empereur, frappant la terre de son bâton, lança au ciel un regard furieux avec ces mots : « Il est donc écrit « là-haut que nous ne ferons plus que des fautes ! »

Cependant le maréchal Oudinot, déjà en marche pour Minsk, et ne se doutant de rien, s'était arrêté le 21, entre Bobr et Kroupki, lorsqu'au milieu de la nuit le général Brownikowski accourut pour lui annoncer sa défaite, celle de Dombrowski, la prise de Borizof et que les Russes le suivaient de près.

Le 22, le maréchal marcha à leur rencontre et rallia les restes de Dombrowski.

Le 23, il se heurta, à trois lieues en avant de Borizof, contre l'avant-garde russe, qu'il renversa, à laquelle il prit neuf cents hommes, quinze cents voitures, et qu'il ramena à grands coups de canon, de sabre et de baïonnette, jusque sur la Bérézina ; mais les débris de Lambert, en repassant Borizof et cette rivière en détruisirent le pont.

Napoléon était alors dans Toloczine ; il se faisait décrire la position de Borizof. On lui confirme que, sur ce
point, la Bérézina n'est pas seulement une rivière, mais
un lac de glaçons mouvants ; que son pont a trois cents
toises de longueur ; que sa destruction est irréparable, et
le passage désormais impossible.

Un général du génie arrivait en ce moment ; il revenait du corps du duc de Bellune. Napoléon l'interpelle :
le général déclare « qu'il ne voit plus de salut qu'au
« travers de l'armée de Wittgenstein. » L'Empereur répond « qu'il lui faut une direction dans laquelle il tourne
« le dos à tout le monde, à Kutusof, à Wittgenstein, à
« Tchitchakof ; » et il montre du doigt sur sa carte le
cours de la Bérézina au-dessous de Borizof : c'est là qu'il
veut traverser cette rivière. Mais le général lui objecte la
présence de Tchitchakof sur la rive droite ; et l'Empereur désigne un autre point de passage au-dessous du
premier, puis un troisième plus près encore du Dnieper.
Alors, sentant qu'il s'approche du pays des Cosaques, il
s'arrête et s'écrie : « Ah, oui ! Pultawa !... C'est comme
« Charles XII ! »

En effet, tout ce que Napoléon pouvait prévoir de
malheurs était arrivé : aussi la triste conformité de sa
situation avec celle du conquérant suédois le jeta-t-elle
dans une si grande contention d'esprit, que sa santé en
fut ébranlée plus encore qu'à Malo-Iaroslavetz. Dans les
paroles qu'alors il laissa entendre, on remarqua ces mots :
« Voilà donc ce qui arrive quand on entasse fautes sur
« fautes ! »

Néanmoins ces premiers mouvements furent les seuls qui lui échappèrent, et le valet de chambre qui le secourut fut le seul qui s'aperçut de son agitation. Duroc, Daru, Berthier, ont dit qu'ils l'ignorèrent, qu'ils le virent inébranlable ; ce qui était vrai, humainement parlant, puisqu'il restait assez maître de lui pour contenir son anxiété, et que la force de l'homme ne consiste le plus souvent qu'à cacher sa faiblesse !

Au reste, un entretien digne de remarque, qu'on entendit cette même nuit, montrera tout ce qu'avait de critique sa position, et comment il la supportait. La nuit s'avançait ; Napoléon était couché ; Duroc et Daru, encore dans sa chambre, se livraient, à voix basse, aux plus sinistres conjectures, croyant leur chef endormi ; mais lui les écoutait, et, le mot de *prisonnier d'État* venant à frapper son oreille : « Comment ! s'écria-t-il, vous croyez « qu'ils l'oseraient ? »

Daru, d'abord surpris, répondit bientôt « que si l'on « était forcé de se rendre, il faudrait s'attendre à tout ; « qu'il ne se fiait pas à la générosité d'un ennemi ; qu'on « savait assez que la grande politique se croyait elle- « même la morale, et ne suivait aucune loi. — Mais la « France ! reprit l'Empereur ; et que dirait la France ? « — Oh, pour la France, continua Daru, on peut faire « sur elle mille conjectures plus ou moins fâcheuses, « mais nul de nous ne peut savoir ce qui s'y passerait ! »

Et alors il ajoute « que pour les premiers officiers « de l'Empereur, comme pour l'Empereur lui-même, le « plus heureux serait, que par les airs ou autrement,

« puisque la terre était fermée, il pût gagner la France,
« d'où il les sauverait plus sûrement qu'en restant au
« milieu d'eux ! — Ainsi donc je vous embarrasse ? reprit
« l'Empereur en souriant. — Oui, Sire. — Et vous ne
« voulez pas être prisonnier d'État ? » — Daru répondit
sur le même ton, « qu'il lui suffirait d'être prisonnier
« de guerre. » Sur quoi l'Empereur resta quelque temps
dans un profond silence ; puis, d'un air plus sérieux :
« Tous les rapports de mes ministres sont-ils brûlés ? —
« Sire, jusques ici vous ne l'avez pas voulu permettre.
« — Eh bien, allez les détruire ; car, il faut en convenir,
« nous sommes dans une triste position ! » Ce fut là le
seul aveu qu'elle lui arracha, et sur cette pensée il s'en-
dormit, sachant, quand il le fallait, tout remettre au lendemain.

On vit dans ses ordres la même fermeté. Oudinot vient
de lui annoncer sa résolution de culbuter Lambert ; il
l'approuve, et il le presse de se rendre maître d'un passage, soit au-dessus soit au-dessous de Borizof. Il veut
que le 24, le choix de ce passage soit fait, les préparatifs commencés, et qu'il en soit averti pour y conformer
sa marche. Loin de penser à s'échapper du milieu de ces
armées ennemies, il ne songe plus qu'à vaincre Tchitchakof, et à reprendre Minsk.

Il est vrai que huit heures après, dans une seconde
lettre au duc de Reggio, il se résigne à franchir la Bérézina vers Veselowo, et à se retirer directement sur Vilna
par Viléika en évitant l'amiral russe.

Mais, le 24, il apprend qu'il ne pourra tenter ce pas-

sage que vers Studzianka ; qu'en cet endroit le fleuve
a cinquante-quatre toises de largeur, six pieds de profondeur ; qu'on abordera sur l'autre rive, dans un marais,
sous le feu d'une position dominante fortement occupée
par l'ennemi.

L'espoir de passer entre les armées russes était donc
perdu : poussé par celles de Kutusof et de Wittgenstein
contre la Bérézina, il fallait traverser cette rivière, en
dépit de l'armée de Tchitchakof qui la bordait.

Dès le 23, Napoléon s'y prépara comme pour une action désespérée. Et d'abord il se fit apporter les aigles de
tous les corps et les brûla. Il rallia, en deux bataillons,
dix-huit cents cavaliers démontés de sa garde, dont onze
cent cinquante-quatre seulement étaient armés de fusils
et de carabines.

La cavalerie de l'armée de Moscou était tellement détruite, qu'il ne restait plus à Latour-Maubourg que cent
cinquante hommes à cheval. L'empereur rassembla autour de lui tous les officiers de cette arme encore montés :
il appela cette troupe, d'environ cinq cents maîtres,
son escadron sacré ; Grouchy et Sébastiani en eurent le
commandement ; des généraux de division y servirent
comme capitaines.

Napoléon ordonne encore que toutes les voitures inutiles soient brûlées ; qu'aucun officier n'en conserve plus
d'une ; qu'on brûle la moitié des fourgons et des voitures
de tous les corps, et qu'on en donne les chevaux à l'artillerie de la garde. Les officiers de cette arme ont l'ordre
de s'emparer de toutes les bêtes de trait qu'ils trouve-

ront à leur portée, même des chevaux de l'Empereur, plutôt que d'abandonner un canon ou un caisson.

En même temps il s'enfonçait précipitamment dans cette obscure et immense forêt de Minsk, où quelques bourgs et de misérables habitations ont fait à peine quelques éclaircies. Le bruit du canon de Wittgenstein la remplissait de ses éclats. Ce Russe accourait sur le flanc droit de notre colonne mourante, descendant du nord, et nous rapportant l'hiver qui nous avait quittés avec Kutusof; ce bruit menaçant hâtait nos pas. Quarante à cinquante mille hommes, femmes et enfants, s'écoulaient au travers de ces bois, aussi précipitamment que le permettaient leur faiblesse et le verglas qui se reformait.

Ces marches forcées, commencées avant le jour, et qui ne finissaient pas avec lui, dispersèrent tout ce qui était resté ensemble. On se perdit dans les ténèbres de ces grandes forêts et de ces longues nuits. Le soir on s'arrêtait; le matin on se remettait en route dans l'obscurité, au hasard, et sans entendre le signal; les restes des corps achevèrent alors de se dissoudre; tout se mêla et se confondit!

Dans ce dernier degré de faiblesse et de confusion, et comme on approchait de Borizof, on entendit devant soi de grands cris. Quelques-uns y coururent, croyant à une attaque. C'était l'armée de Victor, que Wittgenstein avait poussée mollement jusque sur le côté droit de notre route. Elle y attendait le passage de Napoléon. Tout entière encore, et toute vive, elle revoyait son Empereur,

qu'elle recevait avec ces acclamations d'usage depuis longtemps oubliées.

Elle ignorait nos désastres : on les avait cachés soigneusement, même à ses chefs. Aussi, quand, au lieu de
cette grande colonne conquérante de Moscou, elle n'a-
perçut derrière Napoléon qu'une traînée de spectres couverts de lambeaux, de pelisses de femmes, de morceaux
de tapis, ou de sales manteaux roussis et troués par les
feux, et dont les pieds étaient enveloppés de haillons de
toute espèce, elle demeura consternée! Elle regardait
avec effroi défiler ces malheureux soldats décharnés, le
visage terreux et hérissé d'une barbe hideuse, sans
armes, sans honte, marchant confusément, la tête basse,
les yeux fixés vers la terre, et en silence, comme un troupeau de captifs!

Ce qui l'étonnait le plus, c'était la vue de cette quantité de colonels et de généraux épars, isolés, qui ne s'occupaient plus que d'eux-mêmes, ne songeant qu'à sauver
ou leurs débris ou leur personne; ils marchaient pêle-
mêle avec les soldats, qui ne les apercevaient pas, auxquels ils n'avaient plus rien à commander, de qui ils ne
pouvaient plus rien attendre, tous les liens étant rompus
tous les rangs effacés par la misère.

Les soldats de Victor et d'Oudinot n'en pouvaient
croire leurs regards. Leurs officiers, émus de pitié, les
larmes aux yeux, retenaient ceux de leurs compagnons
que dans cette foule ils reconnaissaient. Ils les secou-
raient de leurs vivres et de leurs vêtements; puis ils leur
demandaient où étaient donc leurs corps d'armée! Et

quand ceux-ci les leur montraient, n'apercevant, au lieu
de tant de milliers d'hommes, qu'un faible peloton d'officiers et de sous-officiers autour d'un chef, ils les cherchaient encore !

L'aspect d'un si grand désastre ébranla, dès le premier
jour, les deuxième et neuvième corps. Le désordre, de
tous les maux le plus contagieux, les gagna ; car il semble que l'ordre soit un effort contre la nature.

Et cependant les désarmés, les mourants mêmes, quoiqu'ils n'ignorassent plus qu'il fallait se faire jour au travers d'une rivière et d'un nouvel ennemi, ne doutèrent
pas de la victoire.

Ce n'était plus que l'ombre d'une armée, mais c'était
l'ombre de la Grande Armée ! Elle ne se sentait vaincue que
par la nature. La vue de son Empereur la rassurait. Depuis longtemps elle était accoutumée à ne plus compter
sur lui pour vivre, mais pour vaincre. C'était la première campagne malheureuse, et il y en avait eu tant
d'heureuses ! Il ne fallait que pouvoir le suivre ; lui seul,
qui avait pu élever si haut ses soldats et les précipiter ainsi,
pourrait seul les sauver ! Il était donc encore au milieu
de son armée comme l'espérance au milieu du cœur de
l'homme !

Aussi, parmi tant d'êtres qui pouvaient lui reprocher
leur malheur, marchait-il sans crainte, parlant aux uns et
aux autres sans affectation, sûr d'être respecté tant qu'on
respecterait la gloire, sachant bien qu'il nous appartenait autant que nous lui appartenions, sa renommée
étant comme une propriété nationale. On aurait plutôt

tourné ses armes contre soi-même, ce qui arriva à plusieurs, et c'était un moindre suicide !

Quelques-uns venaient tomber et mourir à ses pieds, et, quoique dans un délire effrayant, leur douleur priait et ne reprochait pas. Et en effet, ne partageait-il pas le danger commun ? Qui d'eux tous risquait autant que lui ? Qui perdait plus à ce désastre ?

On approchait ainsi du moment le plus critique : Victor, en arrière, avec quinze mille hommes ; Oudinot, én avant, avec cinq mille, et déjà sur la Bérézina ; l'Empereur, entre deux, avec sept mille hommes, quarante mille traîneurs et une masse énorme de bagages et d'artillerie, dont la plus grande partie appartenait aux deuxième et neuvième corps.

Le 15, comme il allait atteindre la Bérézina, on aperçut de l'hésitation dans sa marche. Il s'arrêtait à chaque instant sur la grande route, attendant la nuit pour cacher son arrivée à l'ennemi, et donner le temps au duc de Reggio d'évacuer Borizof.

En entrant le 23 dans cette ville, ce maréchal avait vu un pont, de trois cents toises de longueur, détruit sur trois points, et que la présence de l'ennemi rendait impossible à rétablir. Il avait appris qu'à sa gauche, et après avoir descendu le fleuve pendant deux milles, on trouverait, près d'Oukoholda, un gué profond et peu sûr ; qu'à un mille au-dessus de Borizof, Stadhof marquait un autre gué, mais peu abordable. Il savait enfin, depuis deux jours, que Studzianka, à deux lieues au-dessus de Stadhof, était un troisième point de passage.

Il en devait la connaissance à la brigade Corbineau. C'était elle que de Wrede avait enlevée au deuxième corps, vers Smoliani. Ce général bavarois l'avait gardée jusqu'à Dokszitzi, d'où il l'avait renvoyée au deuxième corps par Borizof. Mais Corbineau trouva l'armée russe de Tchitchakof maîtresse de cette ville. Forcé de rétrograder en remontant la Bérézina, de se cacher dans les forêts qui la bordent, et ne sachant sur quel point passer ce fleuve, il avait aperçu un paysan lithuanien, dont le cheval, encore mouillé, paraissait en sortir. Il s'était saisi de cet homme, s'en était fait un guide, derrière lequel il avait traversé la rivière à un gué en face de Studzianka. Ce général avait ensuite rejoint Oudinot, en lui indiquant cette voie de salut.

L'intention de Napoléon étant de se retirer directement sur Vilna, le maréchal comprit facilement que ce passage était le plus direct et le moins dangereux. Il était d'ailleurs reconnu, et quand bien même l'infanterie et l'artillerie, trop pressées par Wittgenstein et Kutusof, n'auraient pas le temps de franchir le fleuve sur des ponts, du moins serait-on sûr, puiqu'il y avait un gué éprouvé, que l'Empereur et la cavalerie le passeraient ; qu'alors tout ne serait pas perdu, et la paix et la guerre, comme si Napoléon lui-même restait au pouvoir de l'ennemi.

Aussi le maréchal n'avait-il pas hésité. Dès la nuit du 23 au 24, le général d'artillerie, une compagnie de pontonniers, un régiment d'infanterie et la brigade Corbineau avaient occupé Studzianka.

En même temps les deux autres passages avaient été

reconnus ; tous avaient été trouvés fortement observés. Il
s'agissait donc de tromper et de déplacer l'ennemi. La
force n'y pouvait rien, on essaya la ruse. C'est pourquoi,
dès le 24, trois cents hommes et quelques centaines de
traîneurs furent envoyés vers Oukoholda, avec l'instruction d'y ramasser, à grand bruit, tous les matériaux nécessaires à la construction d'un pont ; on fit encore défiler pompeusement de ce côté, et en vue de l'ennemi,
toute la division des cuirassiers.

On fit plus : le général chef d'état-major Lorencé se
fit amener plusieurs juifs ; il les interrogea avec affectation
sur ce gué et sur les chemins qui de là conduisaient à
Minsk. Puis, montrant une grande satisfaction de leurs
réponses, et feignant d'être convaincu qu'il n'y avait
point de meilleur passage, il retint comme guides quelques-uns de ces traîtres, et fit conduire les autres au delà
de nos avant-postes. Mais pour être plus sûr que ceux-ci
lui manqueraient de foi, il leur fit jurer qu'ils revien-
draient au-devant de nous, dans la direction de Bérézino
inférieur, pour nous informer des mouvements de l'ennemi.

Pendant qu'on s'efforçait ainsi d'attirer à gauche toute
l'attention de Tchitchakof, on préparait secrètement à
Studzianka des moyens de passage. Ce ne fut que le 25,
à cinq heures du soir, qu'Éblé y arriva, suivi seulement de deux voitures de charbon, de six caissons d'ou-
tils et de clous, et de quelques compagnies de pontonniers.
A Smolensk il avait fait prendre à chaque ouvrier un
outil et quelques clameaux.

Mais les chevalets qu'on construisait depuis la veille, avec les poutres des cabanes polonaises, se trouvèrent trop faibles : il fallut tout recommencer. Il était désormais impossible d'achever le pont pendant la nuit : on ne pouvait l'établir que le lendemain 26, pendant le jour, et sous le feu de l'ennemi ; mais il n'y avait plus à hésiter.

Dès les premières ombres de cette nuit décisive, Oudinot cède à Napoléon l'occupation de Borizof, et va prendre position avec le reste de son corps à Studzianka. On marcha dans une profonde obscurité, sans bruit, et se recommandant mutuellement le plus profond silence.

A huit heures du soir, Oudinot et Dombrowski s'établirent sur les hauteurs dominantes du passage, en même temps qu'Éblé en descendait. Ce général se plaça sur les bords du fleuve, avec ses pontonniers et un caisson rempli de fers de roues abandonnées, dont, à tout hasard, il avait fait forger des crampons. Il avait tout sacrifié pour conserver cette faible ressource ; elle sauva l'armée.

A la fin de cette nuit du 25 au 26, il fit enfoncer un premier chevalet dans le lit fangeux de la rivière. Mais, pour comble de malheur, la crue des eaux avait fait disparaître le gué. Il fallut des efforts inouïs, et que nos malheureux pontonniers, plongés dans les flots jusqu'à la bouche, combattissent les glaces que charriait le fleuve. Plusieurs périrent de froid; ou submergés par ces glaçons que poussait un vent violent.

Ils eurent tout à vaincre, excepté l'ennemi. La rigueur de l'atmosphère était au juste degré qu'il fallait pour

rendre le passage du fleuve plus difficile, sans suspendre
son cours, et sans consolider assez le terrain mouvant
sur lequel nous allions aborder. Dans cette circonstance,
l'hiver se montra plus notre ennemi que les Russes eux-
mêmes. Ceux-ci manquèrent à leur saison qui ne leur manquait pas.

Les Français travaillèrent toute la nuit à la lueur des
feux ennemis qui étincelaient sur la hauteur de la rive
opposée, à la portée du canon et des fusils de la division
Tchaplitz. Celui-ci ne pouvant plus douter de notre dessein en envoya prévenir son général en chef.

La présence d'une division ennemie ôtait l'espoir d'a-
voir trompé l'amiral russe. On s'attendait à chaque moment à entendre éclater toute son artillerie sur nos tra-
vailleurs ; et quand même le jour seul découvrirait nos
efforts, le travail ne devait pas être alors assez avancé, et
la rive opposée, basse et marécageuse, était trop soumise
aux positions de Tchaplitz, pour qu'un passage de vive
force fût possible.

Aussi Napoléon, en sortant de Borizof, à dix heures
du soir, crut-il partir pour un choc désespéré. Il s'établit
avec les six mille quatre cents gardes qui lui restaient, à
Staroï-Borizof, dans un château appartenant au prince
Radziwil, situé sur la droite du chemin de Borizof à Studzianka, et à une égale distance de ces deux points.

Il passa le reste de cette nuit décisive debout, sortant
à tout moment, ou pour écouter, ou pour se rendre au
passage où son sort s'accomplissait ; car la foule de ses
anxiétés remplissait tellement ses heures, qu'à chacune

d'elles il croyait la nuit achevée. Plusieurs fois ceux qui l'entouraient l'avertirent de son erreur.

L'obscurité était à peine dissipée lorsqu'il se réunit à Oudinot. La présence du danger le calma, comme il arrivait toujours. Mais à la vue des feux russes et de leur position, ses généraux les plus déterminés, tels que Rapp, Mortier et Ney, s'écrièrent « que si l'Empereur sortait de « ce péril, il faudrait décidément croire à son étoile ! » Murat lui-même pensa qu'il était temps de ne plus songer qu'à sauver Napoléon. Des Polonais le lui proposèrent.

L'Empereur attendait le jour dans l'une des maisons qui bordaient la rivière, sur un escarpement que couronnait l'artillerie d'Oudinot. Murat y pénètre ; il déclare à son beau-frère « qu'il regarde le passage comme impratica- « ble ; il le presse de sauver sa personne pendant qu'il en « est encore temps. Il lui annonce qu'il peut, sans dan- « ger, traverser la Bérézina à quelques lieues au-dessus « de Studzianka ; que dans cinq jours il sera dans Vilna ; « que des Polonais, braves et dévoués, qui connaissent « tous les chemins, s'offrent pour le conduire, et qu'ils « répondent de son salut ! »

Mais Napoléon repoussa cette proposition comme une voie honteuse, comme une lâche fuite, s'indignant qu'on eût osé croire qu'il quitterait son armée tant qu'elle serait en péril. Toutefois il n'en voulut point à Murat, peut-être parce que ce prince lui avait donné lieu de montrer sa fermeté, ou plutôt parce qu'il ne vit dans son offre qu'une marque de dévouement, et que la première qualité aux yeux des souverains est l'attachement à leur personne.

En ce moment le jour faisait pâlir et disparaître les feux moscovites. Nos troupes prenaient les armes, les artilleurs se plaçaient à leurs pièces, les généraux observaient, tous enfin tenaient leurs regards fixés sur la rive opposée, dans ce silence des grandes attentes et précurseur des grands dangers !

Depuis la veille, chacun des coups de nos pontonniers, retentissant sur ces hauteurs boisées, avait dû attirer toute l'attention de l'ennemi. Les premières lueurs du 26 allaient donc nous montrer ses bataillons et son artillerie rangés devant le frêle échafaudage qu'Éblé devait encore mettre huit heures à construire. Sans doute ils n'avaient attendu le jour que pour mieux diriger leurs coups. Il parut : nous vîmes des feux abandonnés, une rive déserte, et, sur les hauteurs, trente pièces d'artillerie en retraite ! Un seul de leurs boulets eût suffi pour anéantir l'unique planche de salut qu'on allait jeter pour rejoindre les deux rives; mais cette artillerie se reployait à mesure que la nôtre se mettait en batterie.

Plus loin on apercevait la queue d'une longue colonne qui s'écoulait vers Borizof sans regarder derière elle. Cependant un régiment d'infanterie et douze canons restaient en présence, mais sans prendre position, et l'on voyait une horde de cosaques errer sur la lisière des bois : c'était l'arrière-garde de la division Tchaplitz, qui forte de six mille hommes, s'éloignait ainsi comme pour nous livrer passage.

Les Français n'en osaient pas croire leurs regards. En-

fin, saisis de joie, ils battent des mains, ils en poussent
des cris! Rapp et Oudinot entrent précipitamment chez
l'Empereur. « Sire, lui dirent-ils, l'ennemi vient de lever
« son camp et de quitter sa position! — Cela n'est pas
« possible! » répond l'Empereur; mais Ney et Murat
accourent et confirment ce rapport. Alors Napoléon s'é-
lance hors de son quartier général; il regarde, il voit encore les dernières files de la colonne de Tchaplitz s'éloigner
et disparaître dans les bois; et, transporté, il s'écrie :
« J'ai trompé l'amiral! »

Dans ce premier mouvement, deux pièces ennemies re-
parurent et firent feu. L'ordre de les éloigner à coups de
canon fut donné. Une première salve suffit; c'était une
imprudence, qu'on fit cesser promptement de peur qu'elle
ne rappelât Tchaplitz; car le pont était à peine commencé; il était huit heures, on enfonçait encore ses premiers chevalets.

Mais l'Empereur, impatient de prendre possession de
l'autre rive, la montre aux plus braves. Jacqueminot,
aide de camp du duc de Reggio, et le comte lithuanien
Predzieczki, se jetèrent les premiers dans le fleuve, et,
malgré les glaçons qui coupaient et ensanglantaient le
poitrail et les flancs de leurs chevaux, ils parvinrent au
bord opposé. Sourd, chef d'escadron, et cinquante chasseurs du 7e, portant en croupe des voltigeurs, les suivirent
ainsi que deux faibles radeaux qui transportèrent quatre
cents hommes en vingt voyages.

L'Empereur voulait un prisonnier qu'il pût questionner. Jacqueminot avait entendu l'expression de ce désir :

à peine a-t-il franchi le fleuve, qu'il court sur l'un des soldats de Tchaplitz, l'attaque, le désarme, s'en saisit, et, le plaçant sur l'arçon de sa selle, l'amène, au travers des glaces et du fleuve, à Napoléon !

Vers une heure le rivage était nettoyé de cosaques, et le pont pour l'infanterie achevé ; la division Legrand le traversait rapidement, avec ses canons, aux crix de « *Vive l'Empereur !* » et devant ce souverain, qui aidait lui-même au passage de l'artillerie, en encourageant ces braves soldats de sa voix et de son exemple !

Il s'écria, en les voyant enfin maîtres du bord opposé : « Voilà donc encore mon étoile ! » car il croyait à la fatalité, comme tous les conquérants, ceux des hommes qui, ayant eu le plus à compter avec la Fortune, savent bien tout ce qu'ils lui doivent, et qui d'ailleurs, sans puissance intermédiaire entre eux et le ciel, se sentent plus immédiatement sous sa main.

En ce moment un seigneur lithuanien, déguisé en paysan, arriva de Vilna, avec la nouvelle de la victoire de Schwartzenberg sur Sacken. Napoléon se plut à publier à haute voix ce succès, y ajoutant, « que Schwartzenberg « s'était aussitôt retourné sur la trace de Tchitchakof, et « qu'il venait à notre secours : » conjecture que la disparition de Tchaplitz rendait vraisemblable.

Cependant ce premier pont qu'on venait d'achever n'avait été fait que pour l'infanterie. On en commença aussitôt un second, à cent toises plus haut, pour l'artillerie et les bagages. Il ne fut achevé qu'à quatre heures du soir. En même temps, le reste du deuxième corps et la division

Dombrowski suivaient le général Legrand et le duc de Reggio : c'étaient environ sept mille hommes.

Le premier soin du maréchal fut de s'assurer de la route de Zembin, par un détachement qui en chassa quelques cosaques ; de pousser l'ennemi vers Borizof, et de le contenir le plus loin possible du passage de Studzianka.

Tchaplitz persévéra dans son obéissance pour l'amiral jusqu'à Stakhowa, village voisin de Borizof. Alors il se retourna, et fit tête aux premières troupes d'Oudinot, que commandait Albert. On s'arrêta des deux côtés. Les Français, se trouvant assez loin, ne voulaient que gagner du temps, et le général russe attendait des ordres.

Tchitchakof s'était trouvé dans une de ces circonstances difficiles où, la préoccupation devant flotter incertaine sur plusieurs points à la fois, il suffit qu'elle se soit d'abord décidée et fixée sur un côté pour qu'aussitôt elle se déplace et verse de l'autre.

Sa marche de Minsk sur Borizof en trois colonnes, non seulement par la grande route, mais par les routes d'Antonopolie, de Logoïsk et de Zembin, montrait que toute son attention s'était d'abord dirigée sur la partie de la Bérézina supérieure à Borizof. Dès lors, fort sur sa gauche, il ne sentit plus que sa faiblesse sur sa droite, et toutes ses inquiétudes se transportèrent de ce côté.

L'erreur qui l'entraîna dans cette fausse direction eut encore d'autres fondements. Les instructions de Kutusof y appelèrent sa responsabilité. Hœrtel, qui commandait douze mille hommes vers Bobruisk, refusa de sortir de

ses cantonnements, de suivre Dombrowski, et de venir
défendre cette partie du fleuve ; il allégua le danger d'une
épizootie, prétexte inouï, invraisemblable, mais vrai, et
que Tchitchakof lui-même a confirmé.

Cet amiral ajoute qu'un avis donné par Wittgenstein
attira encore son anxiété vers Bérézino inférieur, ainsi
que la supposition, assez naturelle, que la présence de ce
général sur le flanc droit de la Grande Armée, et au-
dessus de Borizof, pousserait Napoléon au-dessous de cette
ville.

Le souvenir des passages de Charles XII et de
Davout à Bérézino put aussi être un de ses motifs. En
suivant cette direction, Napoléon non seulement éviterait
Wittgenstein, mais il reprendrait Minsk, et se joindrait à
Schwartzenberg. Ceci dut encore être une considération
pour Tchitchakof, dont Minsk était la conquête, et
Schwartzenberg le premier adversaire. Enfin, et, surtout,
les fausses démonstrations d'Oudinot vers Ucholoda, et
vraisemblablement le rapport des juifs le déterminèrent.

L'amiral, complètement trompé, s'était donc résolu, le
25 au soir, à descendre la Bérézina, dans l'instant même
où Napoléon s'était décidé à la remonter. On eût dit que
l'Empereur français avait dicté au général ennemi sa résolution, l'heure où il devait la prendre, l'instant précis
et tous les détails de son exécution. Tous deux étaient
partis, en même temps, de Borizof : Napoléon pour Studzianka, Tchitchakof pour Szabaszawiczy, se tournant
ainsi le dos comme de concert, et l'amiral rappelant à lui
tout ce qu'il avait de troupes au-dessus de Borizof, à

l'exception d'un faible corps d'éclaireurs, et sans même faire rompre les chemins.

Toutefois à Szabaszawiczy, il n'était qu'à cinq ou six lieues du passage qui s'opérait. Dès le matin du 26 il devait en être instruit. Le pont de Borizof n'était pas à trois heures de marche du point d'attaque. Il avait laissé quinze mille hommes devant ce pont ; il pouvait donc revenir de sa personne sur ce point, rejoindre Tchaplitz à Stachowa, et ce jour-là même attaquer, ou du moins se préparer, et le lendemain 27, culbuter, avec dix-huit mille hommes, les sept mille soldats d'Oudinot et de Dombrowski, enfin reprendre, devant l'Empereur et devant Studzianka, la position que Tchaplitz avait quittée la veille.

Mais les grandes fautes se réparent rarement avec tant de promptitude, soit qu'on se plaise d'abord à en douter et qu'on ne se résigne à en convenir qu'après une entière certitude ; soit qu'elles troublent, et que dans la défiance où l'on tombe de soi-même, on hésite et que l'on ait besoin de s'appuyer des autres.

Aussi l'amiral perdit-il le reste du 26 et tout le 27 en consultations, en tâtonnements et en préparatifs. La présence de Napoléon et de sa Grande Armée, dont il lui était difficile de se figurer la faiblesse, l'éblouit. Il vit l'Empereur partout : devant sa droite, à cause des simulacres de passage ; en face de son centre, à Borizof, parce qu'en effet toute notre armée, arrivant successivement dans cette ville, la remplissait de mouvement ; enfin à Studzianka, devant sa gauche, où l'Empereur était réellement.

Le 27, il était si peu revenu de son erreur, qu'il fit

reconnaître et attaquer Borizof par des chasseurs, qui
passèrent sur les poutres du pont brûlé, et qui furent repoussés par les soldats de la division Partouneaux.

Le même jour, et pendant ces tâtonnements, Napoléon, avec environ six mille gardes et le corps de Ney,
réduit à six cents hommes, passait la Bérézina, vers deux
heures de l'après-midi ; il se plaçait en réserve d'Oudinot,
et assurait contre les efforts à venir de Tchitchakof le
débouché des ponts.

Une foule de bagages et de traîneurs l'avaient précédé.
Beaucoup traversèrent encore le fleuve après lui tant que
le jour dura. En même temps l'armée de Victor rempla-
çait la garde sur les hauteurs de Studzianka.

Jusque-là tout allait bien. Mais Victor, en passant dans
Borizof, y avait laissé Partouneaux et sa division. Ce général devait arrêter l'ennemi en arrière de cette ville,
chasser devant lui les nombreux traîneurs qui s'y étaient
abrités, et rejoindre Victor avant la fin du jour. Partouneaux voyait pour la première fois le désordre de la
Grande Armée. Il voulut, comme Davout au commencement de la retraite, en cacher la trace aux yeux des cosaques de Kutusof, qui le suivaient. Cette vaine tentative,
les attaques de Platof par le grand chemin d'Orcha, et
celles de Tchitchakof par le pont brûlé de Borizof, le retinrent dans cette ville jusqu'à la fin du jour.

Il se préparait à en sortir, quand l'ordre lui vint d'y
passer la nuit. Ce fut l'Empereur qui le lui envoya. Napoléon crut sans doute par là fixer toute l'attention des
trois généraux russes sur Borizof, et que Partouneaux,

les retenant sur ce point, lui donnerait le temps d'effectuer tout son passage.

Mais Wittgenstein avait laissé Platof suivre l'armée
française sur le grand chemin ; lui s'était dirigé plus à
droite. Il déboucha le même soir des hauteurs qui bordent la Bérézina, entre Borizof et Studzianka, coupa la
route qui joint ces deux points, et s'empara de tout ce qui
s'y trouvait. Une foule de traîneurs, en refluant sur Partouneaux, lui apprirent qu'il était séparé du reste de l'armée.

Partouneaux n'hésita point. Quoiqu'il n'eût avec lui
que trois canons et trois mille cinq cents combattants, il
se décida sur-le-champ à se faire jour, fit ses dispositions, et se mit en marche. Il eut d'abord à s'avancer sur
une route glissante, encombrée de bagages et de fuyards,
contre un vent violent soufflant en face, et au travers
d'une nuit obscure et glaciale. Bientôt le feu de plusieurs milliers d'ennemis, qui bordaient les hauteurs à
sa droite, vint s'ajouter à ces obstacles. Tant qu'il ne fut
attaqué que de côté, il poursuivit ; mais bientôt ce fut en
face, par des troupes nombreuses, bien postées, et dont
les boulets traversaient de tête en queue sa colonne.

Cette malheureuse division se trouvait alors engagée
dans un bas-fond ; une longue file de cinq à six cents
voitures embarrassait tous ses mouvements ; sept mille
traîneurs effarés, et hurlant de terreur et de désespoir,
se ruaient dans ses faibles lignes. Ils les brisaient, faisaient flotter ses pelotons, et entraînaient à chaque instant dans leur désordre de nouveaux soldats qui se dé-

courageaient. Il fallut rétrograder pour se rallier et reprendre une meilleure position ; mais en reculant on rencontra la cavalerie de Platof.

Déjà la moitié de nos combattants avait succombé, et les quinze cents soldats qui restaient se sentaient entourés par trois armées et un fleuve.

Dans cette situation, un parlementaire vint, au nom de Wittgenstein et de cinquante mille hommes, ordonner aux Français de se rendre. Partouneaux repousse cette sommation ! Il appelle dans ses rangs ses traîneurs encore armés : il veut tenter un dernier effort, et s'ouvrir, vers les ponts de Studzianka, une route sanglante; mais ces hommes, naguère si braves, alors dégradés par la misère, ne surent plus faire usage de leurs armes. En même temps le général de son avant-garde lui annonce que les ponts de Studzianka sont en feu ; un aide de camp, nommé Rochez, en avait fait le rapport; il prétendait les avoir vus brûler. Partouneaux crut à cette fausse nouvelle ; car, en fait de malheurs, l'infortune est crédule.

Il se jugea abandonné, livré ; et comme la nuit, l'encombrement, et la nécessité de faire face de trois côtés, séparaient ses faibles brigades, il fait dire à chacune d'elles de tenter de s'écouler, à la faveur des ombres, le long des flancs de l'ennemi. Pour lui, avec une de ces brigades, réduite à quatre cents hommes, il s'élève sur les hauteurs boisées et à pic qui sont à sa droite, espérant traverser dans l'obscurité l'armée de Wittgenstein, lui échapper, rejoindre Victor, ou tourner la Bérézina par ses sources.

Mais partout où il se présente, il rencontre des feux ennemis et il se détourne encore ; il erre au hasard, pendant plusieurs heures, dans des plaines de neige, au travers d'un ouragan impétueux. Il voit, à chaque pas, ses soldats saisis de froid, exténués de faim et de fatigue, tomber à demi morts dans les mains de la cavalerie russe, qui le poursuit sans relâche.

Cet infortuné général luttait encore contre le ciel, contre les hommes et contre son propre désespoir, quand il sentit la terre même manquer sous ses pieds. En effet, trompé par la neige, il s'était engagé sur la glace, encore trop faible, d'un lac prêt à l'engloutir ; alors seulement il cède et rend ses armes !

Pendant que cette catastrophe s'accomplissait, ses trois autres brigades, de plus en plus resserrées sur la route, y perdaient l'usage de leurs mouvements. Elles retardèrent leur perte jusqu'au lendemain, d'abord en combattant, puis en parlementant ; mais alors elles succombèrent à leur tour : une même infortune les réunit à leur général.

De toute cette division, un seul bataillon échappa : il avait été laissé le dernier dans Borizof. Il en sortit au travers des Russes de Platof et de Tchitchakof qui opéraient dans cette ville, et dans cet instant même, la jonction des armées de Moscou et de Moldavie. Ce bataillon semblait devoir succomber le premier, étant seul et séparé de sa division ; ce fut ce qui le sauva. De longues files d'équipages et de soldats débandés fuyaient vers Studzianka sur plusieurs directions ; entraîné par l'une de

ces foules, se trompant de route, et laissant à sa droite
le chemin que suivait l'armée, le chef de ce bataillon se
glisse jusque sur les bords du fleuve, se plie à tous ses
contours, et, protégé par le combat de ses compagnons
moins heureux, par l'obscurité, par les difficultés mêmes
du terrain, il s'écoule en silence, échappe à l'ennemi, et
vient confirmer à Victor la perte de Partouneaux.

Quand Napoléon apprit cette nouvelle, saisi de douleur,
il s'écria : « Faut-il donc, lorsque tout semblait sauvé
« comme par miracle, que cette défection vienne tout
« gâter! » L'expression était injuste, mais la douleur la
lui arracha, soit qu'il prévît que Victor affaibli ne pourrait résister assez longtemps le lendemain, soit qu'il tînt
à honneur de n'avoir laissé dans toute sa retraite, entre
les mains de l'ennemi, que des traîneurs et point de
corps armé et organisé. En effet, cette division fut la
première et la seule qui mit bas les armes !

Ce succès encouragea Wittgenstein. En même temps
deux jours de tâtonnements, le rapport d'un prisonnier,
et surtout la reprise de Borizof par Platof, avaient éclairé
Tchitchakof. Dès lors les trois armées russes, du nord,
de l'est et du midi se sentirent réunies ; les chefs communiquèrent entre eux. Wittgenstein et Tchitchakof étaient
jaloux l'un de l'autre, mais ils nous détestaient encore
plus ; la haine fut leur lien et non l'amitié. Ces généraux
se trouvèrent donc prêts à attaquer à la fois les ponts de
Studzianka par les deux rives du fleuve.

C'était le 28 novembre. La Grande Armée avait eu deux
jours et deux nuits pour s'écouler ; il devait être trop

tard pour les Russes. Mais le désordre régnait chez les Français, et les matériaux avaient manqué aux deux ponts : deux fois, dans la nuit du 26 au 27, celui des voitures s'était rompu, et le passage en avait été retardé de sept heures ; il se brisa une troisième fois, le 27, vers quatre heures du soir. D'un autre côté, les traîneurs, dispersés dans les bois et dans les villages environnants, n'avaient pas profité de la première nuit ; et le 27, quand le jour avait reparu, tous s'étaient présentés à la fois pour passer les ponts.

Ce fut surtout quand la garde, sur laquelle ils se réglaient, s'ébranla. Son départ fut comme un signal : ils accoururent de toutes parts ; ils s'amoncelèrent sur la rive. On vit en un instant une masse profonde, large et confuse d'hommes, de chevaux et de chariots, assiéger l'étroite entrée des ponts, qu'elle débordait. Les premiers, poussés par ceux qui les suivaient, repoussés par les gardes et par les pontonniers, ou arrêtés par le fleuve, étaient écrasés, foulés aux pieds, ou précipités dans les glaces que charriait la Bérézina. Il s'élevait de cette immense et horrible cohue, tantôt un bourdonnement sourd, tantôt une grande clameur, mêlée de gémissements et d'affreuses imprécations.

Les efforts de Napoléon et de ses premiers lieutenants pour sauver ces hommes éperdus, en rétablissant l'ordre parmi eux, furent longtemps inutiles. Le désordre avait été si grand que, vers deux heures, quand l'Empereur s'était présenté à son tour, il avait fallu employer la force pour lui ouvrir un passage. Un corps de grenadiers de la garde et Latour-Maubourg, renoncèrent par pitié, à se faire jour au travers de ces malheureux.

Le hameau de Zaniwki, situé au milieu des bois et à une lieue de Studzianka, reçut le quartier impérial. Éblé venait alors de faire le dénombrement des bagages dont la rive était couverte. Il prévint l'Empereur que six jours ne suffiraient pas pour que tant de voitures pussent s'écouler. Ney était présent ; il s'écria « qu'il les fallait donc brûler sur-le-champ ! » Mais Berthier, poussé par le mauvais génie qui habite les cours, s'y opposa. Il assura qu'on était loin d'être réduit à cette extrémité. L'Empereur se plut à le croire par entraînement pour l'avis qui le flattait le plus, et par ménagement pour tant d'hommes, dont il se reprochait le malheur, et dont ces voitures renfermaient les vivres et la fortune.

Dans la nuit du 27 au 28 le désordre cessa par un désordre contraire. Les ponts furent abandonnés, le village de Studzianka attira tous ces traîneurs : en un instant il fut depecé, il disparut, et fut converti en une infinité de bivouacs. Le froid et la faim y fixèrent tous ces malheureux. Il fut impossible de les en arracher. Toute cette nuit fut encore perdue pour leur passage.

Cependant Victor, avec six mille hommes, les défendait contre Wittgenstein. Mais dès les premières lueurs du 28, quand ils virent ce maréchal se préparer à un combat, lorsqu'ils entendirent le canon de Wittgenstein tonner sur leur tête, et celui de Tchitchakof gronder en même temps sur l'autre rive alors ils se levèrent tous à la fois, ils descendirent, ils se précipitèrent en tumulte, et revinrent assiéger les ponts.

Leur terreur était fondée : le dernier jour de beaucoup de ces malheureux était venu. Wittgenstein et Platof, avec quarante mille Russes de l'armée du nord et de l'est, attaquaient les hauteurs de la rive gauche, que Victor, réduit à six mille hommes, défendait. En même temps, sur la rive droite, Tchitchakof, avec ses vingt-sept mille Russes de l'armée du midi, débouchait de Stachowa contre Oudinot, Ney et Dombrowski. Ceux-ci comptaient à peine dans leurs rangs huit mille hommes, que soutenaient l'*escadron sacré* ainsi que la vieille et la jeune garde, alors composées de trois mille huit cents baïonnettes et de neuf cents sabres.

Les deux armées russes prétendaient se saisir à la fois des deux issues des ponts, et de tout ce qui n'aurait pas pu se jeter au delà des marais de Zembin. Plus de soixante mille hommes, bien vêtus, bien nourris et complètement armés, en assaillaient dix-huit mille à demi nus, mal armés, mourant de faim, séparés par une rivière, environnés de marais, enfin embarrassés par plus de cinquante mille traîneurs, malades ou blessés, et par une énorme masse de bagages. Depuis deux jours le froid et la misère étaient tels, que la vieille garde avait perdu le tiers de ses combattants, et la jeune garde la moitié.

Ce fait et le malheur de la division Partouneaux expliquent l'effrayante réduction du corps de Victor; et cependant, ce maréchal contint Wittgenstein pendant

toute cette journée du 28. Pour Tchitchakof, il fut
battu. Le maréchal Ney et ses huit mille Français, Suisses, et Polonais, suffirent contre vingt-sept mille Russes!

L'attaque de l'amiral fut lente et molle. Son canon
balaya la route, mais il n'osa point suivre ses boulets,
et pénétrer par la trouée qu'ils firent dans nos rangs.
Pourtant, devant sa droite, la légion de la Vistule plia
sous l'effort d'une forte colonne. Oudinot, Dombrowski
et Albert furent alors blessés; bientôt Claparède et Ko-
sikowski éprouvèrent le même sort; on devint inquiet.
Mais Ney accourut; il lança, tout au travers des bois et
sur le flanc de cette colonne russe, Doumerc et sa cavalerie, qui la défoncèrent, lui prirent deux mille hommes,
sabrèrent le reste, et décidèrent, par cette charge vigoureuse, du combat qui traînait indécis.

Tchitchakof, vaincu par Ney, fut repoussé dans Stachowa. La plupart des généraux du deuxième corps
furent atteints; car moins ils avaient de troupes, plus
il fallait qu'ils payassent de leur personne. On vit beaucoup d'officiers prendre les fusils et la place de leurs
soldats blessés.

Parmi les pertes de ce jour, celle du jeune Noailles,
aide de camp de Berthier, fut remarquée. Une balle le
tua roide. C'était un de ces officiers de mérite, mais
trop ardents, qui se prodiguent, et qu'on croit avoir assez récompensés en les employant.

Pendant ce combat, Napoléon, à la tête de sa garde,
resta en réserve à Brilowa, couvrant l'issue des ponts,
entre les deux batailles, mais plus près de celle de Victor.

Ce maréchal, attaqué dans une position très périlleuse, et par une force quadruple de la sienne, perdait peu de terrain. Son corps d'armée, mutilé par la prise de la division Partouneaux, avait sa droite appuyée au fleuve. Une batterie de l'Empereur, placée sur l'autre rive, la soutenait. Un ravin protégeait son front ; sa gauche était en l'air, sans appui, et comme perdue dans la plaine haute de Studzianka.

La première attaque de Wittgenstein ne se fit qu'à dix heures du matin, le 28, en travers de la route de Borizof et le long de la Bérézina, qu'il s'efforçait de remonter jusqu'au passage ; mais l'aile droite française l'arrêta, et le contint longtemps hors de portée des ponts. Alors Wittgenstein, se déployant, étendit le combat sur tout le front de Victor, mais sans succès. Une de ses colonnes d'attaque voulut traverser le ravin : elle fut assaillie et détruite.

Enfin, vers le milieu du jour, le Russe s'aperçut de sa supériorité ; il déborda l'aile gauche française. Tout alors eût été perdu sans un effort mémorable de Fournier et le dévouement de Latour-Maubourg. Ce général passait les ponts avec sa cavalerie. Il aperçut le danger, et revint aussitôt sur ses pas. De son côté Fournier s'élance à la tête de deux régiments hessois et badois ; l'aile droite russe, déjà victorieuse s'arrête ; elle attaquait, il la force à se défendre, et trois fois les rangs ennemis sont enfoncés par trois charges sanglantes.

La nuit vint avant que les quarante mille Russes de Wittgenstein eussent pu entamer les six mille hommes

du duc de Bellune! Ce maréchal resta maître des hauteurs de Studzianka, préservant encore les ponts des
baïonnettes russes, mais ne pouvant les cacher à l'artillerie de leur aile gauche.

Pendant toute cette journée la position du neuvième
corps fut d'autant plus critique, qu'un pont frêle et
étroit était sa seule retraite ; encore les bagages et les
traîneurs obstruaient-ils ses avenues. A mesure que le
combat s'était échauffé, la terreur de ces infortunés
avait augmenté leur désordre. D'abord les premiers bruits
d'un engagement sérieux causèrent leur épouvante, puis
la vue des blessés qui en revenaient, et enfin les batteries de la gauche des Russes, dont les boulets vinrent
frapper leur masse confuse.

Déjà tous s'étaient précipités les uns sur les autres,
et cette multitude immense, entassée sur la rive, pêle-
mêle avec les chevaux et les chariots, y formait un épouvantable encombrement. Ce fut vers le milieu du jour
que les premiers boulets ennemis tombèrent au milieu
de ce chaos : ils furent le signal d'un désespoir universel !

Alors, comme dans toutes les circonstances extrêmes,
les cœurs se montrèrent à nu, et l'on vit des actions in-
fâmes et des actions sublimes ! Suivant leurs différents
caractères, les uns, décidés et furieux, s'ouvrirent le sabre à la main un horrible passage. Plusieurs frayèrent
à leurs voitures un chemin plus cruel encore ; ils les
faisaient rouler impitoyablement au travers de cette foule
d'infortunés qu'elles écrasaient. Dans leur odieuse ava-

rice, ils sacrifiaient leurs compagnons de malheur au salut de leurs bagages. D'autres, saisis d'une dégoûtante frayeur, pleurent, supplient et succombent, l'épouvante achevant d'épuiser leurs forces. On en vit, et c'étaient surtout les malades et les blessés, renoncer à la vie, s'écarter et s'asseoir résignés, regardant d'un œil fixe cette neige qui allait devenir leur tombeau !

Beaucoup de ceux qui s'étaient lancés les premiers dans cette foule de désespérés, ayant manqué le pont, voulurent l'escalader par ses côtés ; mais la plupart furent repoussés dans le fleuve. Ce fut là qu'on aperçut des femmes au milieu des glaçons, avec leurs enfants dans leurs bras, les élevant à mesure qu'elles s'enfonçaient ; déjà submergées, leurs bras roidis les tenaient encore au-dessus d'elles !

Au milieu de cet horrible désordre, le pont de l'artillerie creva et se rompit ! La colonne engagée sur cet étroit passage voulut en vain rétrograder : le flot d'hommes qui venait derrière, ignorant ce malheur, n'écoutant pas les cris des premiers, poussèrent devant eux, et les jetèrent dans le gouffre, où ils furent précipités à leur tour.

Tout alors se dirigea vers l'autre pont. Une multitude de gros caissons, de lourdes voitures et de pièces d'artillerie y affluèrent de toutes parts. Dirigées par leurs conducteurs, et rapidement emportées sur une pente roide et inégale, au milieu de cet amas d'hommes, elles broyèrent les malheureux qui se trouvèrent surpris entre elles ; puis, s'entre-choquant, la plupart, violemment renversées, assommèrent dans leur chute ceux qui les entouraient. Alors des rangs entiers d'hommes éperdus, poussés sur ces obstacles, s'y embarrassent, culbutent, et sont écrasés par des masses d'autres infortunés qui se succèdent sans interruption!

Ces flots de misérables roulaient ainsi les uns sur les autres; on n'entendait que des cris de douleur et de rage! Dans cette affreuse mêlée, les hommes foulés et étouffés se débattaient sous les pieds de leurs compagnons, auxquels ils s'attachaient avec leurs ongles et leurs dents. Ceux-ci les repoussaient sans pitié, comme des ennemis.

Parmi eux, des femmes, des mères, appelèrent en vain d'une voix déchirante leurs maris, leurs enfants, dont un instant les avait séparées sans retour; elles leur tendirent les bras, elles supplièrent qu'on s'écartât pour qu'elles pussent s'en rapprocher; mais emportées çà et là par la foule, battues par ces flots d'hommes, elles succombèrent sans avoir été seulement remarquées. Dans cet épouvantable fracas, d'un ouragan furieux, de coups de canon, du sifflement de la tempête, de celui des boulets, des explosions des obus, de vociférations, de gémissements, de juremens effroyables, cette foule désordonnée n'entendait pas les plaintes des victimes qu'elle engloutissait!

Les plus heureux gagnèrent le pont, mais en surmontant des monceaux de blessés, de femmes, d'enfants renversés, à demi étouffés, et que dans leurs efforts ils piétinaient encore. Arrivés enfin sur l'étroit défilé, ils se crurent sauvés ; mais à chaque moment, un cheval abattu, une planche brisée ou déplacée arrêtait tout.

Il y avait aussi, à l'issue du pont, sur l'autre rive, un marais où beaucoup de chevaux et de voitures s'étaient enfoncés, ce qui embarrassait encore et retardait l'écoulement. Alors, dans cette colonne de désespérés, qui s'entassaient sur cette unique planche de salut, il s'élevait une lutte infernale où les plus faibles et les plus mal placés furent précipités dans le fleuve par les plus forts. Ceux-ci, sans détourner la tête, emportés par l'instinct de la conservation, poussaient vers leur but avec fureur, indifférents aux imprécations de rage et de désespoir de leurs compagnons ou de leurs chefs, qu'ils s'étaient sacrifiés !

Mais d'un autre côté que de nobles dévouements ! et pourquoi la place et le temps manquent-ils pour les décrire ? C'est là qu'on vit des soldats, des officiers même, s'atteler à des traîneaux pour arracher à cette rive funeste leurs compagnons malades ou blessés ! Plus loin, hors de la foule, quelques soldats sont immobiles : ils veillent sur les corps mourants de leurs officiers, qui se sont confiés à leurs soins ; ceux-ci les conjurent en vain de ne plus songer qu'à leur propre salut ; ils s'y refusent, et, plutôt que d'abandonner leurs chefs, ils attendent la mort ou l'esclavage !

Au-dessus du premier passage, pendant que le jeune Lauriston se jette dans le fleuve pour exécuter plus promptement les ordres de son souverain, un frêle batelet de bouleau, chargé d'une mère et de ses deux enfants, sombra sous les glaces; un artilleur, qui luttait comme les autres sur le pont pour s'ouvrir un passage, s'en aperçut; tout d'un coup, s'oubliant lui-même, il se précipite, s'efforce, et parvient enfin à sauver l'une de ces trois victimes. C'était le plus jeune des deux enfants; l'infortuné appelait sa mère avec des cris de désespoir, et l'on entendait le brave canonnier lui dire, en l'emportant dans ses bras, « qu'il ne pleurât point, qu'il ne « l'avait pas sauvé de l'eau pour l'abandonner sur le « rivage, qu'il ne le laisserait manquer de rien, qu'il « serait son père et sa famille! »

La nuit du 28 au 29 vint augmenter toutes ces calamités. Son obscurité ne déroba pas aux canons des Russes leurs victimes. Sur la neige, qui couvrait tout le cours du fleuve, cette masse toute noire d'hommes, de chevaux, de voitures, et les clameurs qui en sortaient, servirent aux artilleurs ennemis à diriger leurs coups.

Vers neuf heures du soir il y eut un surcroît de désolation, quand Victor commença sa retraite, et que ses divisions se présentèrent et s'ouvrirent une horrible tranchée au milieu de ces malheureux, que jusque-là elles avaient défendus. Cependant, une arrière-garde ayant été laissée à Studzianka, la multitude, engourdie par le froid ou trop attachée à ses bagages, se refusa à profiter de cette dernière nuit pour passer sur la rive opposée. On mit inutilement le feu aux voitures pour en arracher ces infortunés. Le jour seul put les ramener tous à la fois, et trop tard, à l'entrée du pont, qu'ils assiégèrent de nouveau. Il était huit heures et demie du matin, lorsqu'enfin Éblé, voyant les Russes s'approcher, y mit le feu.

Le désastre était arrivé à son dernier terme. Une multitude de voitures, trois canons, plusieurs milliers d'hommes, des femmes et quelques enfants furent abandonnés sur la rive ennemie. On les vit errer par troupes désolées sur les bords du fleuve. Les uns s'y jetèrent à la nage, d'autres se risquèrent sur les pièces de glace qu'il charriait; il y en eut qui s'élancèrent, tête baissée, au milieu des flammes du pont, qui croula sous eux : brûlés et gelés tout à la fois, ils périrent par deux supplices contraires! Bientôt on aperçut les corps des uns et des autres s'amonceler et battre avec les glaçons contre les chevalets; le reste attendit les Russes. Wittgenstein ne parut sur les hauteurs qu'une heure après le départ d'Éblé, et, sans avoir remporté la victoire, il en recueillit les fruits.

Pendant que cette catastrophe s'accomplissait, les restes de la Grande Armée ne formaient plus, sur l'autre rive, qu'une masse informe, qui se déroulait confusément, en s'écoulant vers Zembin. Tout ce pays est un plateau boisé d'une grande étendue, où les eaux, flottant incertaines entre plusieurs pentes, forment un vaste marécage. L'armée le traversa sur trois ponts consécutifs de trois cents toises de longueur, avec un étonnement mêlé de frayeur et de joie.

Ces ponts magnifiques, faits de sapin résineux, commençaient à quelques werstes du passage. Tchaplitz les avait occupés pendant plusieurs jours. Un abatis et des tas de bourrées, d'un bois combustible et déjà sec, étaient couchés à leur entrée, comme pour lui indiquer ce qu'il avait à en faire. Il n'aurait d'ailleurs fallu que le feu de la pipe de l'un de ses cosaques pour incendier ces ponts. Dès lors tous nos efforts et le passage de la Bérézina eussent été inutiles. Pris entre ces marais et le fleuve, dans un espace étroit, sans vivres, sans abri, au milieu d'un ouragan insupportable, la Grande Armée et son Empereur eussent été forcés de se rendre sans combat !

Dans cette position désespérée, où la France entière semblait devoir être prise en Russie, où tout était contre nous et pour les Russes, ceux-ci ne firent rien qu'à demi. Kutusof n'arriva sur le Dnieper, à Kopis, que le jour où Napoléon abordait la Bérézina ; Wittgenstein se laissa contenir pendant le temps nécessaire ; Tchitchakof fut défait ; et sur quatre-vingt mille hommes, Napoléon réussit à en sauver soixante mille.

Il était resté jusqu'au dernier moment sur ces tristes bords, près des ruines de Brilowa, sans abri, et à la tête de sa garde, dont la tourmente avait détruit le tiers. Le jour, elle prenait les armes et restait rangée en bataille ; la nuit, elle bivouaquait en carré autour de son chef ; là, ces vieux grenadiers attisaient sans cesse leurs feux. On les voyait assis sur leurs sacs, les coudes appuyés sur les genoux et la tête sur leurs mains, sommeillant ainsi repliés sur eux-mêmes, pour que leurs membres s'échauffassent l'un l'autre, et pour moins sentir le vide de leurs estomacs.

Pendant ces trois jours et ces trois nuits, Napoléon

au milieu d'eux, le regard et la pensée errant de trois côtés à la fois, soutint le deuxième corps de ses ordres et de sa présence, protégea le neuvième corps et le passage avec son artillerie, et s'unit aux efforts d'Éblé pour sauver de ce naufrage le plus de débris possible. Lui-même enfin dirigea ces restes vers Zembin, où le prince Eugène l'avait précédé.

On remarqua que l'Empereur commandait encore à ses maréchaux, demeurés sans soldats, de prendre des positions sur cette route, comme s'ils eussent encore eu des armées sous leurs ordres. L'un d'eux lui en fit l'observation avec amertume : il commençait le détail de ses pertes ; mais Napoléon, décidé à repousser tous les rapports, de peur qu'ils ne dégénérassent en plaintes, l'interrompit vivement par ces mots : « Pourquoi donc « voulez-vous m'ôter mon calme ? » Et comme ce maréchal persévérait, il lui ferma la bouche en répétant avec l'accent du « reproche : Je vous demande, Monsieur, « pourquoi vous voulez m'ôter mon calme ! » Mot qui, dans son malheur, explique l'attitude qu'il s'imposa et celle qu'il exigea des autres.

Autour de lui, pendant ces mortels jours, chaque bivouac fut marqué par une foule de morts. Là étaient réunis des hommes de tous les états, de tous les grades, de tous les âges, ministres, généraux, administrateurs. On y remarqua surtout un ancien grand seigneur de ces temps, bien passés, où régnait souverainement une grâce légère et brillante. On voyait cet officier général de soixante ans, assis sur un tronc d'arbre couvert de neige s'occuper avec une imperturbable gaieté, dès que le jour revenait, des détails de sa toilette : au milieu de cet ouragan, il faisait parer sa tête d'une frisure élégante et poudrée avec soin, se jouant ainsi de tous les malheurs et de tous les éléments déchaînés qui l'assiégeaient.

Près de lui, des officiers d'armes savantes dissertaient encore. Dans notre siècle, que quelques découvertes encouragent à tout expliquer, ceux-là, au milieu des souffrances aiguës que leur apportait le vent du nord, cherchaient la cause de sa constante direction.

Quelques autres de ces officiers remarquaient avec une curieuse attention la cristallisation régulière et hexagonale de chacune des parcelles de neige qui couvraient leurs vêtements.

Le phénomène des parélies ou des apparitions simultanées de plusieurs images du soleil, que des aiguilles de glace, suspendues dans l'atmosphère, réfléchirent à leurs yeux, fut encore le sujet de leurs observations, et vint plusieurs fois les distraire de leurs souffrances.

Le 29, l'Empereur quitta les bords de la Bérézina, poussant devant lui la foule des hommes débandés, et marchant avec le neuvième corps déjà désorganisé. La veille, le deuxième, le neuvième corps et la divison Dombrowski présentaient un ensemble de quatorze mille hommes ; et, à l'exception d'environ six mille, le reste, n'avait plus forme de division, de brigade, ni de régiment.

La nuit, la faim, le froid, la chute d'une foule d'officiers, la perte des bagages laissés de l'autre côté du fleuve, l'exemple de tant de fuyards, celui, bien plus rebutant, des blessés qu'on abandonnait sur les deux rives, et qui se roulaient de désespoir sur une neige ensanglantée, tout enfin les avait désorganisés : ils s'étaient perdus dans la masse confuse qui arrivait de Moscou.

C'était encore soixante mille hommes, mais sans ensemble. Tous marchaient pêle-mêle, cavalerie, fantassins, artilleurs, Français et Allemands ; il n'y avait plus ni aile, ni centre. L'artillerie et les voitures roulaient au travers de cette foule confuse, sans autre instruction que celle d'avancer autant que possible.

Sur cette chaussée, tantôt étroite, tantôt montueuse, on s'écrasait à tous les défilés, pour se disperser ensuite partout où l'on espérait trouver un asile, ou quelques aliments. Ce fut ainsi que Napoléon arriva à Kamen ; il y coucha avec les prisonniers du jour précédent, qu'on parqua. Ces malheureux, après avoir dévoré jusqu'à leurs morts, périrent presque tous de faim et de froid.

Le 30, il fut à Pleszczénitzy. Le duc de Reggio, blessé, s'y était retiré la veille avec environ quarante officiers et soldats. Il s'y croyait en sûreté, quand tout à coup le russe Landskoy, avec cent cinquante hussards, quatre cents cosaques, et deux canons, pénétra dans ce bourg, et en remplit toutes les rues.

La faible escorte d'Oudinot était dispersée. Le maréchal se vit réduit à se défendre, lui dix-huitième, dans une maison de bois ; mais ce fut avec tant d'audace et de bonheur, que l'ennemi étonné s'inquiéta, sortit de la ville, et s'établit sur une hauteur, d'où il ne l'attaqua plus qu'avec son canon. La destinée trop persévérante de ce brave maréchal voulut que, dans cette échauffourée, il fût encore blessé d'un éclat de bois.

Deux bataillons westphaliens, qui précédaient l'Empereur, parurent enfin, et le dégagèrent, mais tard, et après que ces Allemands et l'escorte du duc de Reggio, qui ne se reconnurent pas d'abord, se furent considérés avec une longue incertitude et une vive anxiété.

Le 3 décembre Napoléon arriva dans la matinée à Malodeczno. C'était le dernier point sur lequel Tchitchakof aurait pu le prévenir. Quelques vivres s'y trouvaient, le fourrage y était abondant, la journée belle, le soleil brillant, le froid supportable. Enfin les courriers, qui manquaient depuis longtemps, y arrivèrent tous à la fois. Les Polonais furent aussitôt dirigés sur Varsovie par Olita, et les cavaliers à pied par Merecz sur le Niémen; le reste dut suivre la grande route qu'on venait de rejoindre.

Jusque-là Napoléon semblait n'avoir pas conçu le projet de quitter son armée. Mais, vers le milieu de ce jour, il annonça tout à coup à Daru et à Duroc sa résolution de partir incessamment pour la France.

Daru n'en reconnut pas la nécessité. Il objecta « que « les communications étaient rouvertes et les grands « dangers dépassés; qu'à chaque pas rétrograde, il allait « rencontrer les renforts que lui envoyaient Paris et « l'Allemagne. » Mais l'Empereur répliqua « qu'il ne se « sentait plus assez fort pour laisser la Prusse entre lui « et la France. Pourquoi fallait-il qu'il restât à la tête

« d'une déroute ? Murat et Eugène suffiraient pour la di-
« riger, et Ney pour la couvrir ;

« Qu'il était indispensable qu'il retournât en France
« pour la rassurer, pour l'armer, pour contenir de là tous
« les Allemands dans leur fidélité ; enfin pour revenir,
« avec des forces nouvelles et suffisantes, au secours
« des restes de sa Grande Armée.

« Mais, avant d'atteindre ce but, ne fallait-il pas qu'il
« traversât seul quatre cents lieues de terres alliées ; et,
« pour le faire sans danger, que sa résolution y fût im-
« prévue, son passage ignoré, le bruit du désastre de sa
« retraite encore incertain ; qu'il en précédât la nouvelle,
« l'effet qu'elle y pourrait produire, et toutes les défec-
« tions qui pourraient en résulter ? Il n'avait donc pas
« de temps à perdre, et le moment de son départ était
« venu ! »

Il n'hésita que sur le choix du chef qu'il laisserait à
l'armée. C'était entre Murat et Eugène qu'il balançait. Il
aimait la sagesse et le dévouement de celui-ci. Mais Murat
avait plus d'éclat, et il s'agissait d'imposer. Eugène resterait avec ce monarque ; son âge, son rang inférieur ré-
pondraient de sa soumission, et son caractère de son zèle.
Il en donnerait l'exemple aux autres maréchaux.

Enfin Berthier, le canal tant accoutumé de tous les
ordres et de toutes les récompenses impériales, demeure-
rait encore avec eux. Il n'y aurait donc rien de changé
dans la forme ni dans l'organisation ; et cette disposition,
en annonçant son prompt retour, contiendrait à la fois
dans leur devoir les plus impatients des siens, et dans

une crainte salutaire les plus ardents de ses ennemis.

Tels furent les motifs de Napoléon. Caulaincourt reçut aussitôt l'ordre de préparer en secret ce départ. Le lieu qu'on lui assigna fut Smorgony, et son époque la nuit du 5 au 6 décembre.

Quoique Daru ne dût point accompagner Napoléon, et qu'on lui laissât la lourde charge de l'administration de l'armée, il écouta en silence, n'ayant rien à objecter contre des motifs si puissants; mais il n'en fut pas de même de Berthier. Ce vieillard affaibli, et qui, depuis seize années n'avait pas quitté Napoléon, se révolta à l'idée de cette séparation.

La scène secrète qui en résulta fut violente. L'Empereur s'indigna de sa résistance. Dans son emportement, il lui reprocha les bienfaits dont il l'avait comblé : l'armée, lui dit-il, avait besoin de la réputation qu'il lui avait faite, et qui n'était qu'un reflet de la sienne. Au reste, il lui donnait vingt-quatre heures pour se décider ; après quoi, s'il persévérait, il pourrait partir pour ses terres, où il lui ordonnait de rester, en lui interdisant pour jamais Paris et sa présence. Le lendemain, 4 décembre, Berthier, s'excusant de son refus sur son âge et sur sa santé affaiblie, lui apporta une triste résignation.

Mais à l'instant même où Napoléon décidait son départ, l'hiver devenait terrible, comme si le ciel moscovite, le voyant près de lui échapper, eût redoublé de rigueur pour l'accabler et nous détruire ! Ce fut au travers de vingt-six degrés de froid que nous atteignîmes, le 4 décembre, Bienitza.

L'Empereur avait laissé le comte de Lobau et plusieurs centaines d'hommes de sa vieille garde à Malodeczno. C'était là que la route de Zembin rejoignait le grand chemin de Minsk à Vilna. Il fallait garder cet embranchement jusqu'à l'arrivée de Victor, qui le défendrait à son tour jusqu'à celle de Ney ; car c'était encore à ce maréchal et au deuxième corps, commandé par Maison, que l'arrière-garde était confiée.

Le soir du 29 novembre, jour où Napoléon quitta les bords de la Bérézina, Ney et les deuxième et troisième corps, réduits à trois mille soldats, avaient passé les longs ponts qui mènent à Zembin, en laissant, à leur entrée, Maison et quelques centaines d'hommes pour les défendre et les brûler.

Tchitchakof attaqua tard, mais vivement, et non seulement à coups de fusil mais à la baïonnette ; il fut repoussé. Maison faisait en même temps charger les longs ponts de ces bourrées dont Tchaplitz, quelques jours plus tôt, avait négligé l'emploi. Dès que tout fut prêt, l'ennemi entièrement dégoûté du combat, et la nuit et les bivouacs biens établis, il passa rapidement le défilé et y fit mettre le feu. En peu d'instants ces longues chaussées tombèrent en cendres dans leurs marais, que la gelée n'avait point encore rendus praticables.

Ces fondrières arrêtèrent l'ennemi et le forcèrent à se détourner. Aussi, pendant le jour suivant, la marche de Ney et de Maison fut-elle tranquille. Mais le surlendemain, 1er décembre, comme ils arrivaient en vue de Pleszczénitzy, voilà qu'ils aperçoivent toute la cavalerie

ennemie qui accourt et qui pousse à leur droite Doumerc
et ses cuirassiers. En un instant ils sont débordés et
attaqués de toutes parts.

En même temps Maison voit le village par où il doit
se retirer tout rempli de traîneurs. Il envoie leur crier de
fuir promptement ; mais ces malheureux, affamés, n'é-
coutant, ne voyant rien, refusent de quitter leurs repas
commencés, et bientôt Maison fut repoussé sur eux dans
Pleszczénitzy. Alors seulement, à la vue de l'ennemi et
au bruit des obus, tous ces infortunés s'ébranlent à la
fois ; ils se précipitent, ils affluent de toutes parts dans la
grande rue qu'ils encombrent.

Maison et sa troupe se trouvèrent tout à coup comme
perdus au milieu de cette foule effarée qui les pressait,
qui les étouffait, et leur ôtait jusqu'à l'usage de leurs
armes. Ce général n'eut d'autre ressource que de recommander aux siens de rester serrés et immobiles, et d'attendre que le flot se fût écoulé. La cavalerie ennemie joignit alors cette masse et s'y embourba ; elle n'y put
pénétrer que lentement et à force de tuer.

Enfin la cohue s'étant dissipée découvrit aux Russes
Maison et ses soldats qui les attendaient de pied ferme.
Mais, en fuyant, cette foule avait entraîné dans son désordre une partie de nos combattants. Maison dans une
plaine rase, et avec sept à huit cents hommes devant des
milliers d'ennemis, perdit tout espoir de salut : déjà même
il ne cherchait plus qu'à gagner un bois pour y vendre
plus chèrement sa vie, quand il en vit sortir dix-huit
cents Polonais, troupe toute fraîche, que Ney avait ren-

contrée et qu'il amenait à son secours. Ce renfort arrêta l'ennemi et assura la retraite jusqu'à Malodeczno.

Le 4 décembre, vers quatre heures du soir, Ney et Maison aperçurent ce bourg, d'où Napoléon était parti le matin même. Tchaplitz les suivait de près. Il ne restait plus à Ney que six cents hommes. La faiblesse de cette arrière-garde, l'approche de la nuit, et la vue d'un abri excitèrent l'ardeur du général russe : son attaque fut pressante. Ney et Maison, sentant bien qu'ils mourraient de froid sur la grande route, s'ils se laissaient pousser au delà de ce cantonnement, préférèrent périr en le défendant.

Ils s'arrêtèrent à son entrée, et, comme leurs chevaux d'artillerie étaient mourants, ils ne songèrent plus à sauver leurs canons, mais à en écraser, pour la dernière fois, l'ennemi : c'est pourquoi ils mirent en batterie tout ce qui leur en restait et firent un feu terrible. La colonne d'attaque de Tchaplitz en fut toute brisée ; elle s'arrêta. Mais ce général, usant de sa supériorité, détourna une partie de ses forces vers une autre entrée ; et déjà ses premières troupes avaient franchi les enclos de Malodeczno, quand tout à coup elles y rencontrèrent un autre combat.

Le bonheur voulut que Victor, avec environ quatre mille hommes, restes du neuvième corps, occupât encore ce village. L'acharnement y fut extrême : on s'enleva plusieurs fois, de part et d'autre, les premières maisons. Des deux côtés on combattit moins pour la gloire que pour se conserver ou s'arracher un refuge contre un froid

meurtrier. Ce ne fut qu'à onze heures du soir que les
Russes y renoncèrent, et qu'à demi gelés ils allèrent en
chercher un autre dans les villages environnants.

Le lendemain 5 décembre, Ney et Maison crurent que
le duc de Bellune les remplacerait à l'arrière-garde ; mais
ils s'aperçurent que ce maréchal suivant ses instructions,
s'était retiré, et qu'ils étaient seuls dans Malodeczno avec
soixante hommes ; tout le reste avait fui : leurs soldats, que
jusqu'au dernier moment les Russes n'avaient pu vaincre,
l'atrocité du climat les avait vaincus ; les armes leur tombaient des mains, et eux-mêmes tombaient à quelques pas
de leurs armes !

Maison, en qui une grande force d'âme s'alliait, dans
une juste proportion, à une grande force de corps, ne
s'étonna point : il continua sa retraite jusqu'à Bienitza,
ralliant à chaque pas des hommes qui lui échappaient
sans cesse, mais enfin marquant encore, avec quelques
baïonnettes, l'arrière-garde. Il n'en fallut pas davantage ; car les Russes, glacés eux-mêmes, et forcés de se
disperser avant la nuit dans les habitations voisines, n'o-
saient en sortir qu'au grand jour. Alors ils recommen-
çaient à nous suivre, mais sans attaquer ; car, à l'exception de quelques efforts engourdis, la violence de la
température ne permettait de s'arrêter, ni pour préparer
une attaque, ni pour se défendre.

Cependant Ney, surpris du départ de Victor, l'avait
rejoint ; il s'était efforcé de l'arrêter ; mais le duc de Bellune, ayant l'ordre de se retirer, s'y était refusé. Ney lui
avait alors demandé ses troupes, s'offrant de le remplacer

dans son commandement ; mais Victor n'avait voulu ni céder ses soldats, ni prendre sans ordre l'arrière-garde. Dans cette altercation, le prince de la Moskowa s'emporta, dit-on, avec une violence excessive, dont la froideur de Victor ne s'émut guère. Enfin un ordre de l'Empereur intervint : Victor fut chargé de soutenir la retraite, et Ney appelé à Smorgony.

Napoléon venait d'y arriver au milieu d'une foule de mourants, dévoré de chagrin, mais ne laissant percer aucune émotion à la vue des souffrances de ces malheureux, qui, de leur côté, ne lui faisaient entendre aucun murmure. Il est vrai qu'une sédition était impossible : c'eût été un effort de plus, et toutes les forces de chacun étaient employées à combattre la faim, le froid, et la fatigue ; il eût d'ailleurs fallu de l'ensemble, s'accorder, s'entendre, et la famine et tant de fléaux séparaient et isolaient, en concentrant chacun tout entier en lui-même. Bien loin de s'épuiser en provocations, en plaintes même, on marchait silencieux, réservant tous ses moyens contre une nature ennemie, distrait de toute autre idée par une action, par une souffrance continuelles. Les besoins physiques absorbaient toutes les forces morales : on vivait ainsi machinalement dans ses sensations, restant soumis encore par souvenir, par suite d'impressions reçues dans un meilleur temps, et beaucoup par un honneur, par un amour de gloire, exalté par vingt ans de triomphes, et dont la chaleur survivait et combattait encore !

L'autorité des chefs était d'ailleurs restée entière et respectée, parce qu'elle avait toujours été toute paternelle, et que les dangers, les triomphes, les maux, avaient toujours été en commun. C'était une famille malheureuse, dont le chef était peut-être le plus à plaindre. Ainsi l'Empereur et la Grande Armée gardaient l'un envers l'autre un triste et noble silence : on était à la fois trop fier pour se plaindre, et trop expérimenté pour n'en pas sentir l'inutilité.

Cependant Napoléon entre précipitamment dans son dernier quartier impérial ; il y achève ses dernières instructions, et le vingt-neuvième et dernier bulletin de son armée expirante. Des précautions furent prises dans son appartement intérieur pour que, jusqu'au lendemain, rien de ce qui allait s'y passer ne transpirât.

Mais le pressentiment d'un dernier malheur saisit ses officiers : tous auraient voulu le suivre. Ils étaient affamés de revoir la France, de se retrouver au sein de leurs familles, et de fuir cet atroce climat ; mais aucun n'osait en témoigner le désir : le devoir et l'honneur les retenaient.

Pendant qu'ils feignaient un repos qu'ils étaient loin de goûter, la nuit et l'instant que l'Empereur avait désignés pour déclarer aux chefs de l'armée sa résolution, arrivèrent. Tous les maréchaux furent appelés. A mesure qu'ils entrèrent, il les prit chacun en particulier, et d'abord il les gagna à son projet, tantôt par ses raisonnements, tantôt par des épanchements de confiance.

C'est ainsi qu'en apercevant Davout, on le vit aller au-devant de lui, et lui demander pourquoi il ne le voyait plus, s'il l'avait abandonné ! Et sur ce que Davout ré-

pond, qu'il croyait lui déplaire, l'Empereur s'expliqua doucement, accueillit ses réponses, lui confia jusqu'au chemin
qu'il croyait devoir prendre, et reçut ses conseils sur ce
détail.

Il fut caressant pour tous ; puis, les ayant réunis à sa
table, il les loua de leurs belles actions pendant cette
campagne ! Pour lui, il ne convint de sa témérité que par
ces seuls mots : « Si j'étais né sur le trône, si j'étais un
« Bourbon, il m'aurait été facile de ne point faire de
« fautes ! »

Quand le repas fut achevé, il leur fit lire par le prince
Eugène son vingt-neuvième bulletin ; après quoi, décla-
rant hautement ce qu'il avait déjà confié à chacun d'eux,
il leur dit : « Que, cette nuit même, il allait partir, avec
« Duroc, Caulaincourt, et Lobau, pour Paris ; que sa pré-
« sence y était indispensable pour la France, comme
« pour les restes de sa malheureuse armée. C'était de là
« seulement qu'il pourrait contenir les Autrichiens et les
« Prussiens. Sans doute ces peuples hésiteraient à lui dé-
« clarer la guerre, lorsqu'ils le sauraient à la tête de la
« nation française, et d'une nouvelle armée de douze
« cent mille hommes ! »

Il dit encore : « Qu'il envoyait d'avance Ney à Vilna
« pour y tout réorganiser ; que Rapp le seconderait, et
« irait ensuite à Dantzick ; Lauriston à Varsovie ; Nar-
« bonne à Berlin ; que sa maison resterait à l'armée,
« mais qu'il faudrait faire le coup de sabre à Vilna et
« y arrêter l'ennemi ; qu'on y trouverait Loison, de
« Wrede, des renforts, des vivres et des munitions de

« toute espèce ; qu'ensuite on prendrait des quartiers
« d'hiver derrière le Niémen ; qu'il espérait que les
« Russes ne passeraient pas la Vistule avant son retour. »

« Je laisse, ajouta-t-il enfin, le commandement de
« l'armée au roi de Naples. J'espère que vous lui obéirez
« comme à moi, et que le plus grand accord règnera
« entre vous ! »

Alors il était dix heures du soir ; il se lève, et, leur
serrant affectueusement les mains, il les embrassa tous et
partit !

IX.

L'ARMÉE SANS NAPOLÉON.

Compagnons, je l'avouerai, mon esprit découragé refusait de se plonger plus avant dans le souvenir de tant d'horreurs ! J'avais atteint le départ de Napoléon, et je me persuadais qu'enfin ma tâche était remplie. Je m'étais annoncé comme l'historien de cette grande époque où, du faîte de la plus haute des gloires, nous fûmes précipités dans l'abîme de la plus profonde infortune ; mais à présent qu'il ne me reste plus à retracer que d'effroyables misères, pourquoi ne nous épargnerions-nous pas, vous la douleur de les lire, moi les tristes efforts d'une mémoire qui n'a plus à remuer que des cendres, à compter que des désastres, et qui ne peut plus écrire que sur des tombeaux !

Mais enfin, puisqu'il fut dans notre destinée de pousser le malheur comme le bonheur jusqu'à l'invraisemblance, j'essaierai de tenir jusqu'au bout la parole que je

vous ai donnée. Aussi bien, quand l'histoire des grands
hommes rapporte même leur derniers moments, de quel
droit tairais-je le dernier soupir de la Grande Armée expirante? Tout d'elle appartient à la renommée, ce grand
gémissement comme ses cris de victoire! Tout en elle
fut grand; notre sort sera d'étonner les siècles à force
d'éclat et de deuil! Triste consolation, mais la seule qui
nous reste; car, n'en doutez pas, compagnons, le bruit
d'une si grande chute retentira dans cet avenir, où les
grandes infortunes immortalisent autant que les grandes
gloires!

Napoléon venait de traverser la foule de ses officiers,
rangés sur son passage, en leur laissant pour adieux des
sourires tristes et forcés; il emporta leurs vœux, également muets, que quelques gestes respectueux exprimèrent. Lui et Caulaincourt s'enfermèrent dans une voiture; son mamelouk et Wonsowitch, capitaine de sa
garde, en occupaient le siège; Duroc et Lobau le suivirent dans un traîneau.

Des Polonais l'escortèrent d'abord. Ce furent ensuite
les Napolitains de la garde royale. Ce corps était de six à
sept cents hommes quand il vint de Vilna au-devant
de l'Empereur. Il périt tout entier dans ce court trajet:
l'hiver fut son seul ennemi. Cette nuit-là même, les
Russes surprirent et abandonnèrent Ioupranouï, d'autres
disent Osmiana, ville où l'escorte devait passer. Il s'en
fallut d'une heure que Napoléon ne tombât dans cette
échauffourée.

Il rencontra le duc de Bassano à Miedniki. Ses pre-

mières paroles furent : « Qu'il n'avait plus d'armée ;
« qu'il marchait, depuis quelques jours, au milieu d'une
« troupe d'hommes débandés, errant çà et là pour trou-
« ver des vivres ; qu'on pourrait encore les rallier en
« leur donnant du pain, des souliers, des vêtements et
« des armes ; mais que son administration militaire
« n'avait rien prévu, et que ses ordres n'avaient point
« été exécutés ! » Et sur ce que Maret lui répondit par
l'état des immenses magasins renfermés dans Vilna, il
s'écria : « Qu'il lui rendait la vie ! qu'il le chargeait de
« transmettre à Murat et à Berthier l'ordre de s'arrêter
« huit jours dans cette capitale, d'y rallier l'armée, et
« de lui rendre assez de cœur et de forces pour continuer
« moins déplorablement la retraite. »

Le reste du voyage de Napoléon s'accomplit sans obstacle. Il tourna Vilna par ses faubourgs, traversa Wil-
kowiski, où il changea sa voiture contre un traîneau,
s'arrêta le 10 dans Varsovie, pour demander aux Polonais
une levée de dix mille cosaques, pour leur accorder quelques subsides, et leur promettre son retour prochain à la
tête de trois cent mille hommes. De là, après avoir rapidement traversé la Silésie, il revit Dresde et son roi,
puis Hanau, Mayence, et enfin Paris, où il apparut soudainement le 19 décembre, deux jours après la publica-
tion de son vingt-neuvième bulletin.

Depuis Malo-Iaroslavetz jusqu'à Smorgony, ce maître de l'Europe n'avait plus été que le général d'une
armée mourante et désorganisée. Depuis Smorgony jusqu'au Rhin, ce fut un inconnu, fugitif au travers d'une

terre ennemie. Au delà du Rhin, il se retrouva tout à coup le maître et le vainqueur de l'Europe : un dernier souffle du vent de la prospérité enflait encore cette voile.

Cependant, à Smorgony, ses généraux approuvaient son départ ; et, loin d'en être découragés, ils y mettaient tout leur espoir. L'armée n'avait plus qu'à fuir, la route était ouverte, la frontière russe peu éloignée. On touchait à un secours de dix-huit mille hommes de troupes fraîches, à une grande ville, à un magasin immense ; Murat et Berthier, réduits à eux-mêmes, crurent donc pouvoir régler cette fuite. Mais, au milieu de ce désordre extrême il fallait un colosse pour point de ralliement, et il venait de disparaître. Dans le grand vide qu'il laissa, Murat fut à peine aperçu.

Ce fut alors qu'on vit trop bien qu'un grand homme ne se remplace point, soit que l'orgueil des siens ne puisse plus se plier à une autre obéissance, soit qu'ayant toujours songé à tout, prévu et ordonné tout, il n'ait formé que de bons instruments, d'habiles lieutenants, et point de chefs.

Dès la première nuit un général refusa d'obéir. Le maréchal qui commandait l'arrière-garde revint presque seul au quartier royal. Trois mille hommes de vieille et jeune garde s'y trouvaient encore. C'était là toute la Grande Armée, et de ce corps gigantesque il ne restait plus que la tête ! Mais, à la nouvelle du départ de Napoléon, gâtés par l'habitude de n'être commandés que par le conquérant de l'Europe, n'étant plus soutenus par l'honneur de le servir, et dédaignant d'en garder un autre, ces vétérans s'ébranlèrent à leur tour, et tombèrent eux-mêmes dans le désordre.

La plupart des colonels de l'armée, qu'on avait admirés jusque-là, marchant encore, avec quatre à cinq officiers ou soldats, autour de leur aigle, et à leur place de bataille, ne prirent plus d'ordres que d'eux-mêmes : chacun se crut chargé de son propre salut. On ne se fia plus du soin de sa conservation qu'à soi seul. Il y eut des hommes qui firent deux cents lieues sans tourner la tête. Ce fut un sauve-qui-peut presque général !

Au reste, la disparition de l'Empereur et l'insuffisance de Murat ne furent pas les seules causes de cette dispersion : ce fut surtout la violence de l'hiver, qui dans ce moment devint extrême. Il aggrava tout ; il semblait s'être mis tout entier entre Vilna et l'armée.

Jusqu'à Malodeczno et au 4 décembre, jour où il s'appesantit sur nous, la route, quoique difficile, avait été marquée par un nombre de cadavres moins considérable qu'avant la Bérézina. On dut ce répit à la vigueur de Ney et de Maison qui continrent l'ennemi, à la température alors plus supportable, à quelques ressources qu'offrit un sol moins dévasté, et enfin à ce que c'étaient les hommes les plus robustes qui avaient échappé au passage de la Bérézina.

L'espèce d'organisation qui s'était introduite dans le désordre s'était soutenue. La masse des fuyards cheminait divisée en une multitude de petites associations de huit à dix hommes. Plusieurs de ces bandes possédaient encore un cheval chargé de leurs vivres, ou qui lui-même devait en servir. Des haillons, quelques ustensiles, un bissac et un bâton étaient l'accoutrement de ces malheureux, et leur armure. Ils n'avaient plus du soldat ni l'arme, ni l'uniforme, ni la volonté de combattre d'autres ennemis que la faim et les frimas; mais il leur restait la persévérance, la fermeté, l'habitude du danger et de la souffrance, et un esprit toujours prompt, souple et vif, pour tirer de leur situation tout le parti possible. Enfin, parmi les soldats encore armés, un sobriquet, dont eux-mêmes avaient ridiculisé leurs compagnons tombés dans le désordre, avait eu quelque influence.

Mais depuis Malodeczno et le départ de Napoléon, quand l'hiver tout entier, redoublant de rigueur, attaqua chacun de nous, toutes ces associations contre le malheur se rompirent : ce ne fut plus qu'une multitude de luttes isolées et individuelles. Les meilleurs ne se respectèrent plus eux-mêmes; rien n'arrêta; les regards ne retinrent plus; le malheur fut sans espoir de secours ni même de regret; le découragement n'eut plus de juges, pas même de témoins : tous étaient victimes !

Dès lors plus de fraternité d'armes, plus de société, aucun lien; l'excès des maux avait abruti. La faim, la dévorante faim avait réduit ces malheureux à cet instinct brutal de conservation, seul esprit des animaux les plus farouches, et qui est prêt à se tout sacrifier ; une nature âpre et barbare semblait leur avoir communiqué sa fureur. Tels que des sauvages, les plus forts dépouillaient les plus faibles : ils accouraient autour des mourants, souvent ils n'attendaient pas leurs derniers soupirs. Lorsqu'un cheval tombait, vous eussiez cru voir une meute affamée ; ils l'environnaient, ils le déchiraient par lambeaux, qu'ils se disputaient entre eux comme des chiens dévorants !

Toutefois le plus grand nombre conserva assez de force morale pour chercher son salut sans nuire ; mais c'était là le dernier effort de leur vertu. Chefs ou compagnons, si l'on tombait à côté d'eux ou sous les roues des canons, c'était vainement qu'on les appelait à son secours, qu'on prenait à témoin une patrie, une religion, une cause communes, on n'en obtenait pas même un regard. Toute la froide inflexibilité du climat était passée dans leurs cœurs : sa rigidité avait contracté leurs sentiments comme leurs figures. Tous, à l'exception de quelques chefs étaient absorbés par leurs souffrances, et la terreur ne laissait plus de place à la pitié !

Ainsi l'égoïsme qu'on reproche à l'excès de la prospérité, l'excès du malheur le produisit, mais plus excusable : l'un étant volontaire, et celui-ci presque forcé ; l'un un crime du cœur, et celui-ci une impulsion de l'instinct, et toute physique ; et réellement il y allait de la vie de s'arrêter un instant ! Dans ce naufrage universel, tendre la main à son compagnon, à son chef mourant, était un acte admirable de générosité. Le moindre mouvement d'humanité devenait une action sublime.

Cependant quelques-uns tinrent bon contre le ciel et la terre : ils protégèrent, ils secoururent les plus faibles ; ceux-là furent rares.

Le 6 décembre, le jour même qui suivit le départ de Napoléon, le ciel se montra plus terrible encore. On vit flotter dans l'air des molécules glacées ; les oiseaux tombèrent roidis et gelés ! L'atmosphère était immobile et muette : il semblait que tout ce qu'il y avait de mouvement et de vie dans la nature, que le vent même fut atteint, enchaîné et comme glacé par une mort universelle. Alors plus de paroles, aucun murmure, un morne silence, celui du désespoir et les larmes qui l'annoncent !

On s'écoulait dans cet empire de la mort comme des ombres malheureuses ! Le bruit sourd et monotone de nos pas, le craquement de la neige et les faibles gémissements des mourants, interrompaient seuls cette vaste et lugubre taciturnité. Alors plus de colère ni d'imprécations, rien de ce qui suppose un reste de chaleur ; à peine la force de prier restait-elle ; la plupart tombaient même sans se plaindre, soit faiblesse ou résignation, soit qu'on ne se plaigne que lorsqu'on espère attendrir et qu'on croit être plaint.

Ceux de nos soldats jusque-là les plus persévérants se rebutèrent. Tantôt la neige s'ouvrait sous leurs pieds ; plus souvent, sa surface miroitée ne leur offait aucun appui, ils glissaient à chaque pas et marchaient de chute en chute : il semblait que ce sol ennemi refusât de les porter, qu'il s'échappât sous leurs efforts, qu'il leur tendît des embûches comme pour embarrasser, pour retarder leur marche, et les livrer aux Russes qui les poursuivaient, ou à leur terrible climat !

Et réellement, dès qu'épuisés ils s'arrêtaient un instant, l'hiver, appesantissant sur eux sa main de glace, se saisissait de cette proie. C'était vainement qu'alors ces malheureux, se sentant engourdis, se relevaient, et que, déjà sans voix, insensibles, et plongés dans la stupeur, ils faisaient quelques pas tels que des automates ; leur sang, se glaçant dans leurs veines, comme les eaux dans le cours des ruisseaux, alanguissait leur cœur ; puis il refluait vers leur tête ; alors ces moribonds chancelaient comme dans un état d'ivresse. De leurs yeux rougis et enflammés par la privation du sommeil, par la fumée des bivouacs, il sortait de véritables larmes de sang ; leur poitrine exhalait de profonds soupirs ; ils regardaient le ciel, nous, et la terre, d'un œil consterné, fixe, et hagard ; c'étaient leurs adieux à cette nature barbare qui les torturait, et leurs reproches peut-être ! Bientôt ils se laissaient aller sur les genoux, ensuite sur les mains ; leur tête vaguait encore quelques instants à droite et à gauche, et leur bouche béante laissait échapper quelques sons agonisants ; enfin elle tombait à son tour sur la neige, qu'elle rougissait aussitôt d'un sang livide, et leurs souffrances avaient cessé !

Leurs compagnons les dépassaient sans se déranger d'un pas, de peur d'allonger leur chemin, sans détourner la tête, car leur barbe, leurs cheveux étaient hérissés de glaçons, et chaque mouvement était une douleur ! Ils ne les plaignaient même pas ; car enfin qu'avaient-ils perdu en succombant ? Que quittaient-ils ? On souffrait tant ! On était encore si loin de la France ! si dépaysé par les aspects, par le malheur, que tous les doux souvenirs étaient rompus, et l'espoir presque détruit, aussi le plus grand nombre était devenu indifférent sur la mort, par nécessité par habitude de la voir, partout, l'insultant même quelquefois ; mais le plus souvent se contentant de penser, à la vue de ces infortunés étendus et aussitôt roidis, qu'ils n'avaient plus de besoins, qu'ils se reposaient, qu'ils ne souffraient plus ! Et en effet la mort douce, stable, uniforme peut être un événement toujours étrange, un contraste effrayant, une révolution terrible ; mais, dans ce tumulte, dans ce mouvement violent et continuel d'une vie toute d'action, de dangers et de douleurs, elle ne paraissait qu'une transition, un faible changement, un déplacement de plus, et qui étonnait peu !

Tels furent les derniers jours de la Grande Armée. Ses dernières nuits furent plus affreuses encore ; ceux qu'elles surprirent ensemble loin de toute habitation s'arrêtèrent sur la lisière des bois : là ils allumèrent des feux devant lesquels ils restaient toute la nuit, droits et immobiles comme des spectres. Ils ne pouvaient se rassasier de cette chaleur ; ils s'en tenaient si proche, que leurs vêtements brûlaient ainsi que les parties gelées de leur corps que le feu décomposait. Alors une horrible douleur les contraignait à s'étendre, et le lendemain ils s'efforçaient en vain de se relever.

Cependant ceux que l'hiver avait laissés presque entiers, et qui conservaient un reste de courage, préparaient leurs tristes repas. C'étaient, comme dès Smolensk, quelques tranches de cheval grillées et de la farine de seigle délayée en bouillie dans de l'eau de neige, ou pétrie en galettes, et qu'ils assaisonnaient, à défaut de sel, avec la poudre de leurs cartouches.

A la lueur de ces feux, accouraient toute la nuit de nouveaux fantômes, que repoussaient les premiers venus. Ces infortunés erraient d'un bivouac à l'autre, jusqu'à ce que, saisis par le froid et le désespoir, ils s'abandonnassent. Alors se couchant sur la neige, derrière le cercle de leurs compagnons plus heureux, ils y expiraient. Quelques-uns, sans moyens et sans forces pour abattre les hauts sapins de la forêt, essayèrent vainement d'en enflammer le pied ; mais bientôt la mort les surprit autour de ces arbres dans toutes les attitudes.

On vit, sous les vastes hangars qui bordent quelques points de la route, de plus grandes horreurs. Soldats et officiers tous s'y précipitaient, s'y entassaient en foule. Là comme des bestiaux, ils se serraient les uns contre les autres autour de quelques feux ; les vivants ne pouvant écarter les morts du foyer, se plaçaient sur eux pour y expirer à leur tour, et servir de lit de mort à de nouvelles victimes ! Bientôt d'autres foules de traîneurs se présentaient encore, et, ne pouvant pénétrer dans ces asiles de douleur, ils les assiégeaient !

Il arriva souvent qu'ils en démolirent les murs de bois sec pour en alimenter leurs feux ; d'autres fois, repoussés, et découragés, ils se contentaient d'en abriter leurs bivouacs. Bientôt les flammes se communiquaient à ces habitations, et les soldats qu'elles renfermaient, à demi morts par le froid, y étaient achevés par le feu. Ceux de nous que ces abris sauvèrent trouvèrent leurs compagnons glacés et par tas autour de leurs feux éteints. Pour sortir de ces catacombes il fallut que, par un horrible effort, ils gravissent par-dessus les monceaux de ces infortunés, dont quelques-uns respiraient encore !

A Ioupranouï, dans ce même bourg où l'Empereur venait d'être manqué d'une heure par le partisan russe Seslawin, des soldats brûlèrent des maisons debout et tout entières pour se chauffer quelques instants. La lueur de ces incendies attira des malheureux, que l'intensité du froid et de la douleur avait exaltés jusqu'au délire ; ils accoururent en furieux, et, avec des grincements de dents et des rires infernaux, ils se précipitèrent dans ces brasiers, où ils périrent dans d'horribles convulsions. Leurs compagnons affamés les regardaient sans effroi ; il y en eut même qui attirèrent à eux ces corps défigurés et grillés par les flammes, et il est trop vrai qu'ils osèrent porter à leur bouche cette révoltante nourriture !

C'était là cette armée sortie de la nation la plus civilisée de l'Europe, cette armée naguère si brillante, victorieuse des hommes jusqu'à son dernier moment, et dont le nom régnait encore dans tant de capitales conquises ! Ses plus mâles guerriers, qui venaient de traverser fièrement tant de champs de leurs victoires, avaient perdu leur noble contenance : couverts de lambeaux, les pieds nus et déchirés, appuyés sur des branches de pin, ils se traînaient, et tout ce qu'ils avaient mis jusque-là de force et de persévérance pour vaincre, ils l'employaient pour fuir !

L'armée était dans ce dernier état de détresse physique et morale, quand ses premiers fuyards atteignirent

Vilna; Vilna! leur magasin, leur dépôt, la première ville riche et habitée que, depuis leur entrée en Russie, ils eussent rencontrée! Son nom seul et sa proximité soutenaient encore quelques courages.

Le 9 décembre le plus grand nombre de ces malheureux aperçut enfin cette capitale! Aussitôt, les uns se traînant, les autres se précipitant, tous s'engouffrèrent dans son faubourg, tête baissée, poussant obstinément devant eux, et s'y entassant avec une telle opiniâtreté, que bientôt ils n'y formèrent plus qu'une masse d'hommes, de chevaux et de chariots, immobile et incapable de mouvement.

Le dégorgement de cette foule par un étroit passage devint presque impossible. Ceux qui suivaient, guidés par un stupide instinct, s'ajoutaient à cet encombrement, sans songer à pénétrer dans la ville par ses autres issues, car il en existait; mais tout était si désorganisé, que, dans toute cette cruelle journée, pas un officier d'état-major ne parut pour les indiquer.

Pendant dix heures, et par vingt-sept et même vingt-huit degrés de froid, des milliers de soldats, qui se croyaient sauvés, tombèrent ou gelés ou étouffés, comme aux portes de Smolensk et devant les ponts de la Bérézina. Soixante mille hommes avaient traversé cette rivière, et depuis, vingt mille recrues s'étaient jointes à eux; sur ces quatre-vingt mille hommes, la moitié venait de périr, et la plupart dans ces quatre derniers jours, entre Malodeczno et Vilna.

La capitale de la Lithuanie ignorait encore nos dé-

23.

sastres, quand tout à coup quarante mille hommes affamés la remplirent de cris et de gémissements! A cet
aspect inattendu, ses habitants s'effarouchèrent : ils fer-
mèrent leurs portes. Ce fut alors un spectacle déplorable
de voir ces troupes de malheureux, errant dans les rues,
les uns furieux, les autres désespérés, menaçant ou suppliant, essayant d'enfoncer les portes des maisons, celles
des magasins, ou se traînant aux hôpitaux ; et tout les
repoussait !

Aux magasins c'étaient des formalités bien intempes-
tives, puisque, les corps étant dissous et les soldats mêlés,
toute distribution régulière était impossible. Il y avait
là quarante jours de farine et de pain, et trente-six jours
de viande pour cent mille hommes. Aucun chef n'osa
donner l'ordre de distribuer ces vivres à tous ceux qui se
présenteraient. Les administrateurs qui les avaient reçus
craignirent pour leur responsabilité ; les autres redoutè-
rent les excès auxquels se livrent les soldats affamés,
quand ils ont tout à discrétion. Ces administrateurs igno-
raient d'ailleurs combien notre position était désespérée,
et, quand à peine le temps de piller restait, on laissa plusieurs heures nos malheureux compagnons d'armes mourir
de faim devant ces grands amas de vivres, dont l'ennemi
s'empara le lendemain.

Aux casernes, aux hôpitaux, ils ne furent pas moins
rebutés, mais non par des vivants, car la mort seule y
régnait. Quelques moribonds y respiraient encore ; ils
se plaignaient que depuis longtemps ils étaient sans lits,
sans paille même et presque abandonnés. Les cours, les

corridors, et jusqu'aux salles, étaient remplis de corps entassés : c'étaient des charniers infects.

Enfin les soins de plusieurs chefs, tels qu'Eugène et Davout, la pitié des Lithuaniens et l'avarice des juifs, ouvrirent quelques refuges. Ce fut alors une chose remarquable que l'étonnement de ces infortunés, en se retrouvant enfin dans des maisons habitées. Combien un pain levé leur paraissait une nourriture délicieuse ! Quelle douceur inexprimable ils trouvaient à le manger assis, et comme ensuite la vue d'un faible bataillon encore armé, en ordre, et vêtu uniformément, les frappait d'admiration ! Il semblait qu'ils revinssent des extrémités du monde, tant la violence et la continuité de leurs maux les avaient arrachés et jetés loin de toutes leurs habitudes, tant l'abîme d'où ils sortaient avait été profond !

Mais à peine commençaient-ils à goûter cette douceur, que le canon des Russes tonna sur eux et sur la ville ! Ces bruits menaçants, les cris des officiers, les tambours qui rappelaient aux armes, les clameurs d'une foule de malheureux qui arrivaient encore, remplirent Vilna d'une nouvelle confusion. C'était l'avant-garde de Kutusof et de Tchaplitz, commandée par Orurk, Landskoy et Seslawin. Ils attaquaient la division Loison, qui couvrait à la fois la ville et la marche d'une colonne de cavaliers démontés, dirigés par Newtroky sur Olita.

On essaya d'abord de résister. De Wrede et ses Bavarois venaient aussi de joindre l'armée par Naroczwiransky et Niamentchin. Ils étaient suivis par Wittgenstein, qui de Kamen et de Vileika marchait sur notre flanc droit, en même temps que Kutusof et Tchitchakof nous poursuivaient. Il ne restait pas à de Wrede deux mille hommes. Quant à Loison, à sa division et à la garnison de Vilna, qui étaient venus nous tendre la main jusqu'à Smorgony, depuis trois jours, le froid les avait réduits, de quinze mille hommes, à trois mille.

De Wrede défendit Vilna du côté de Rukoni; il fut forcé de plier après un noble effort. De son côté, Loison et sa division, plus rapprochés de Vilna, continrent l'ennemi. On était parvenu à faire prendre les armes à une division napolitaine, on la fit même sortir de la ville; mais les fusils s'échappèrent des mains de ces hommes transplantés d'un sol brûlant dans une région de glace. En moins d'une heure tous rentrèrent désarmés, et la plupart estropiés.

En même temps la générale battait inutilement dans les rues : la vieille garde elle-même, réduite à quelques pelotons, restait dispersée. Tous pensaient bien plus à disputer leur vie à la famine et aux frimas qu'aux ennemis. Mais alors le cri « *Voilà les cosaques!* » se fit entendre; c'était depuis longtemps le seul signal auquel le plus grand nombre obéissait; il retentit aussitôt dans toute la ville, et la déroute recommença.

C'était de Wrede. Ce général venait de se présenter inopinément devant le roi. « L'ennemi marche, dit-il, « sur ses traces! Les Bavarois sont repoussés jusque « dans Vilna, qu'ils ne peuvent plus défendre! » En même temps le bruit du tumulte monte jusqu'aux oreilles du roi. Murat s'étonne : ne se croyant plus maître de l'armée, il ne l'est plus assez de lui-même. On le voit sortir à pied de son palais et fendre la presse. Il semble craindre une échauffourée au milieu d'un encombrement semblable à celui de la veille. Cependant il s'arrête à la dernière maison du faubourg, d'où il envoie ses ordres, et où il attend le jour et l'armée, laissant à Ney le soin du reste.

On eût pu tenir vingt-quatre heures de plus à Vilna, et beaucoup d'hommes eussent été sauvés. Cette ville fatale en retint près de vingt mille, parmi lesquels trois cents officiers et sept généraux. La plupart étaient blessés par l'hiver plus que par l'ennemi, qui en triompha. Quelques autres étaient encore entiers, du moins en apparence, mais leur force morale était à bout. Après avoir eu le courage de vaincre tant de difficultés, ils se rebutèrent près du port, et devant quatre journées de plus. Ils avaient enfin retrouvé une ville civilisée, et, plutôt que de se déterminer à rentrer dans le désert, ils se livrèrent à leur fortune : elle fut cruelle.

A la vérité, les Lithuaniens, que nous abandonnions après les avoir tant compromis, en recueillirent et en secoururent quelques-uns ; mais les juifs, que nous avions protégés, repoussèrent les autres. Ils firent bien plus : la vue de tant de douleurs irrita leur cupidité. Toutefois, si leur infâme avarice, spéculant sur nos misères, se fût contentée de vendre au poids de l'or de faibles secours, l'histoire dédaignerait de salir ses pages de ce détail dégoutant ; mais qu'ils aient attiré nos malheureux blessés dans leurs demeures pour les dépouiller, et qu'ensuite, à la vue des Russes, ils aient précipité par les portes et par les fenêtres de leurs maisons ces victimes nues, mourantes ; que là ils les aient laissées impitoyablement périr de froid ; que même ces vils barbares se soient fait un mérite aux yeux des Russes de les y torturer, des crimes si horribles doivent être dénoncés aux siècles présents et à venir ! Aujourd'hui que nos mains sont impuissantes, il se peut que notre indignation contre ces monstres soit leur seule punition sur cette terre ; mais enfin les assassins rejoindront un jour leurs victimes, et là sans doute, dans la justice du ciel, nous trouverons notre vengeance !

Le 10 décembre, Ney, qui s'était encore volontairement chargé de l'arrière-garde, sortit de la ville, et aussitôt les cosaques de Platof l'inondèrent, en massacrant tous les malheureux que les juifs jetèrent sur leur passage. Au milieu de cette boucherie parut tout à coup un piquet de trente Français venant du pont de la Vilia, où ils avaient été oubliés. A la vue de cette nouvelle proie, des milliers de cavaliers russes accourent, se pressent, l'entourent avec de grands cris, et l'assaillent de toutes parts.

Mais l'officier français avait déjà rangé ses soldats en cercle. Sans hésiter, il leur commande feu, puis la baïonnette en avant, il marche au pas de charge ! En un instant tout fuit devant lui, il reste maître de la ville ; et, sans plus s'étonner de la lâcheté des cosaques que de leur attaque, il profite du moment, tourne brusquement sur lui-même, et parvient à rejoindre, sans perte l'arrière-garde.

Elle était aux prises avec l'avant-garde de Kutusof, et s'efforçait de l'arrêter; car une nouvelle catastrophe, qu'elle cherchait vainement à couvrir, la retenait près de Vilna.

Dans cette ville, comme à Moscou, Napoléon n'avait fait donner aucun ordre de retraite : il avait voulu que notre déroute fût sans avant-coureur; qu'elle s'annonçât d'elle-même, qu'elle surprît nos alliés et leurs ministres; et qu'enfin profitant de leur premier étonnement, elle pût traverser leurs peuples avant qu'ils se fussent préparés à se joindre aux Russes pour nous accabler.

C'est pourquoi Lithuaniens, étrangers, et tous dans Vilna, jusqu'à son ministre lui-même, avaient été trompés. Ils ne crurent à notre désastre qu'en le voyant; et en cela, cette foi, presque superstitieuse, de l'Europe dans l'infaillibilité du génie de Napoléon, le servit contre ses alliés. Mais cette même confiance avait endormi les siens dans une profonde sécurité : dans Vilna, comme dans Moscou, aucun d'eux ne s'était préparé à un mouvement quelconque.

Cette ville renfermait une grande partie des bagages de l'armée et de son trésor, ses vivres, une foule d'énormes fourgons chargés des équipages de l'Empereur, beaucoup d'artillerie, et une grande quantité de blessés. Notre déroute était tombée sur eux comme un orage imprévu. A ce coup de foudre, l'effroi avait précipité les uns, la consternation avait enchaîné les autres : les ordres, les hommes, les chevaux, et les chariots s'étaient croisés et entre-choqués!

Au milieu de ce tumulte, plusieurs chefs avaient poussé hors de la ville, et vers Kowno, tout ce qu'ils avaient pu mettre en mouvement; mais à une lieue sur cette route, cette colonne lourde et effarée venait de rencontrer la hauteur et le défilé de Ponari.

Dans notre marche conquérante, ce coteau boisé n'avait paru à nos hussards qu'un heureux accident de terrain, d'où ils pouvaient découvrir la plaine entière de Vilna, et juger de leurs ennemis. Du reste sa pente roide, mais courte, avait à peine été remarquée. Dans une retraite régulière, elle eût offert une bonne position pour se retourner et arrêter l'ennemi ; mais dans une fuite déréglée, où tout ce qui pourrait servir nuit, où dans sa précipitation, dans son désordre, on tourne tout contre soi-même, cette colline et son défilé devinrent un obstacle insurmontable, un mur de glace contre lequel tous nos efforts se brisèrent. Il retint tout, bagages, trésor, blessés. Le mal fut assez grand pour que, dans cette longue suite de désastres, il fît époque.

Et en effet, argent, honneur, reste de discipline et de force, tout acheva de s'y perdre. Après quinze heures d'efforts inutiles, quand les conducteurs et les soldats d'escorte virent le roi et toute la colonne des fuyards les dépasser par les flancs de la montagne; lorsque, tournant les yeux vers le bruit du canon et de la fusillade, qui se rapprochait d'eux à chaque instant, ils aperçurent Ney lui-même se retirant avec trois mille hommes, restes du corps de Wrede et de la division Loison; quand, enfin, reportant leurs regards sur eux-mêmes, ils virent la montagne toute couverte de chariots et de canons brisés ou culbutés, d'hommes et de chevaux renversés, et expirant les uns sur les autres, alors ils ne songèrent plus à rien sauver, mais à prévenir l'avidité de leurs ennemis, en se pillant eux-mêmes.

Un caisson du trésor qui s'ouvrit fut comme un signal : chacun se précipita sur ces voitures ; on les brisa, on en arracha les objets les plus précieux. Les soldats de l'arrière-garde, qui passaient devant ce désordre, jetèrent leurs armes pour se charger de butin ; ils s'y acharnèrent si furieusement, qu'ils n'entendirent plus le sifflement des balles et les hurlements des cosaques qui les poursuivaient.

On dit même que ces cosaques se mêlèrent à eux sans être aperçus. Pendant quelques instants, Français et Tartares, amis et ennemis furent confondus dans une même avidité. On vit des Russes et des Français, oubliant la guerre, piller ensemble le même caisson. Dix millions d'or et d'argent disparurent !

Mais, à côté de ces horreurs, on remarqua de nobles dévouements. Il y eut des hommes qui abandonnèrent tout pour sauver, sur leurs épaules, de malheureux blessés ; quelques autres, ne pouvant arracher de cette mêlée leurs compagnons d'armes à demi gelés, périrent en les défendant des atteintes de leurs compatriotes et des coups des ennemis.

Sur la partie de la montagne la plus exposée, un officier de l'Empereur, le colonel comte de Turenne, contint les cosaques, et, malgré leurs cris de rage et leurs coups de feu, ils distribua sous leurs yeux le trésor particulier de

Napoléon aux gardes qu'il trouva à sa portée. Ces braves hommes, se battant d'une main et recueillant de l'autre les dépouilles de leur chef, parvinrent à les sauver. Long-temps après, et quand on fut hors de tout danger, chacun d'eux rapporta le dépôt qui lui avait été confié : pas une pièce d'or ne fut perdue !

Cette catastrophe de Ponari fut d'autant plus honteuse qu'elle était facile à prévoir, et encore plus facile à éviter ; car on pouvait tourner cette colline par ses côtés. Nos débris servirent du moins à arrêter les cosaques. Tandis qu'ils ramassaient cette proie, Ney, avec quelques cen-taines de Français et de Bavarois, soutint la retraite jus-qu'à Évé. Comme ce fut son dernier effort, il faut indi-quer sa méthode de retraite, celle qu'il suivait depuis Viazma, depuis le 3 novembre, depuis trente-sept jours et trente-sept nuits !

Chaque jour, à cinq heures du soir, il prenait position, arrêtait les Russes, laissait ses soldats manger, se reposer, et repartait à dix heures. Pendant toute la nuit il pous-sait devant lui la foule des traîneurs à force de cris, de prières et de coups. Au point du jour, vers sept heures, il s'arrêtait, reprenait position, et se reposait sur les armes et en garde jusqu'à dix heures du matin. Alors reparaissait l'ennemi, et il fallait batailler jusqu'au soir, en gagnant en arrière le plus ou le moins de terrain pos-sible : ce fut d'abord suivant l'ordre général de la marche et plus tard suivant les circonstances ; car depuis long-temps cette arrière-garde n'était que de deux mille hommes, puis de mille, ensuite d'environ cinq cents, enfin de soixante hommes; et cependant Berthier, soit calcul, soit routine, n'avait rien changé à ses formes. C'était toujours à un corps de trente-cinq mille hommes qu'il s'adressait : il détaillait imperturbablement, dans ses instructions, toutes les différentes positions que devaient prendre et garder jusqu'au lendemain des divisions et des régiments qui n'existaient plus. Et chaque nuit, quand, sur les avis pressants de Ney, il fallait qu'il allât réveiller le roi pour l'obliger à se remettre en route, il marquait le même étonnement.

Ce fut ainsi que Ney soutint la retraite depuis Viazma jusqu'à quelques werstes au delà d'Évé. Là, suivant son usage, ce maréchal avait arrêté les Russes, et donnait au repos les premières heures de la nuit quand vers dix heures du soir, lui et de Wrede s'aperçurent qu'ils étaient restés seuls. Leurs soldats les avaient quittés, ainsi que leurs armes, qu'on voyait briller en faisceaux près de leurs feux abandonnés.

Heureusement la rigueur du froid, qui venait d'achever le découragement des nôtres, avait engourdi l'ennemi. Ney regagna avec peine sa colonne. Il n'y vit plus que des fuyards; quelques cosaques les chassaient devant eux, sans chercher à les prendre ni à les tuer; soit pitié, car on se fatigue de tout; soit que l'énormité de nos misères eût épouvanté les Russes eux-mêmes, et qu'ils se crussent trop vengés, car beaucoup se montrèrent généreux; soit enfin qu'ils fussent rassasiés et appesantis de butin. Peut-être encore, dans l'obscurité, ne s'aperçurent-ils pas qu'ils n'avaient affaire qu'à des hommes désarmés.

L'hiver, ce terrible allié des Moscovites, leur avait vendu cher son secours. Leur désordre poursuivait notre désordre. Nous revîmes des prisonniers qui, plusieurs fois avaient échappé à leurs mains et à leurs regards glacés. Ils avaient d'abord marché au milieu de leur colonne traînante, sans en être remarqués. Il y en eut alors qui, saisissant un moment favorable, osèrent attaquer des soldats russes isolés, et leur arracher leurs vivres, leurs uniformes, et jusqu'à leurs armes, dont ils se couvrirent. Sous ce déguisement, ils se mêlèrent à leurs vainqueurs; et telle était la désorganisation, la stupide insouciance, et l'engourdissement où cette armée était tombée, que ces prisonniers marchèrent un mois entier au milieu d'elle sans en être reconnus. Les cent vingt mille hommes de Kutusof étaient alors réduits à trente-cinq mille!

Des cinquante mille Russes de Wittgenstein, il en restait à peine quinze mille. Wilson assure que sur un renfort de dix mille hommes, partis de l'intérieur de la Russie avec toutes les précautions qu'ils savent prendre contre l'hiver, il n'en arriva à Vilna que dix-sept cents! Mais une tête de colonne suffisait contre nos soldats désarmés. Ney chercha vainement à en rallier quelques-uns, et lui, qui jusque-là avait commandé presque seul à la déroute fut obligé de la suivre.

Il arriva avec elle à Kowno. C'était la dernière ville de l'empire russe. Enfin, le 13 décembre, après avoir marché quarante-six jours sous un joug terrible, on revoyait une terre amie! Aussitôt, sans s'arrêter, sans regarder derrière eux, la plupart s'enfoncèrent et se dispersèrent dans les forêts de la Prusse polonaise. Mais il y en eut qui, parvenus sur la rive alliée, se retournèrent. Là, jetant un dernier regard sur cette terre de douleur d'où ils s'échappaient, quand ils se virent à cette place d'où cinq mois plutôt, leurs innombrables aigles s'étaient élancées victorieuses, on dit que des larmes coulèrent de leurs yeux, et qu'il y eut des cris de douleur !

« C'était donc là cette rive qu'ils avaient hérissée de
« leurs baïonnettes ! cette terre alliée, qui, disparaissant,
« il n'y avait que cinq mois, sous les pas de leur immense
« armée réunie, leur avait alors paru comme métamor-
« phosée en vallées et en collines toutes mouvantes d'hom-
« mes et de chevaux ! Voilà ces mêmes vallons d'où sor-
« tirent, aux rayons d'un soleil brûlant, ces trois longues
« colonnes de dragons et de cuirassiers, semblables à
« trois fleuves de fer et d'airain étincelants. Eh bien,
« hommes, armes, aigles, chevaux, le soleil même, et
« jusqu'à ce fleuve-frontière, qu'ils avaient traversé pleins
« d'ardeur et d'espoir, tout a disparu ! Le Niémen n'est
« plus qu'une longue masse de glaçons surpris et enchaî-
« nés les uns sur les autres par des redoublements de
« l'hiver. A la place de ces trois ponts français apportés
« de cinq cents lieues, et jetés avec une si audacieuse
« promptitude, un pont russe est seul debout. Enfin, au
« lieu de ces innombrables guerriers, de leurs quatre cent
« mille compagnons, tant de fois vainqueurs avec eux,
« et qui s'étaient élancés avec tant de joie et d'orgueil
« sur la terre des Russes, ils ne voient sortir de ces dé-

« serts pâles et glacés qu'un millier de fantassins et de
« cavaliers encore armés, neuf canons, et vingt mille
« malheureux couverts de haillons, la tête basse, les yeux
« éteints, la figure terreuse et livide, la barbe longue et
« hérissée de frimas ; les uns se disputant en silence l'é-
« troit passage du pont, qui, malgré leur petit nombre,
« ne peut suffire à l'empressement de leur déroute ; les
« autres fuyant dispersés sur les aspérités du fleuve, s'ef-
« forçant, se traînant de pointes de glace en pointes de
« glace : et c'était là toute la Grande Armée ! Encore beau-
« coup de ces fuyards étaient-ils des recrues qui venaient
« de la rejoindre ! »

Deux rois, un prince, huit maréchaux suivis de quelques officiers, des généraux à pied, dispersés et sans aucune suite ; enfin quelques centaines d'hommes de la
vieille garde encore armés, étaient ses restes : eux seuls
la représentaient !....

Ou plutôt elle respirait encore tout entière dans le maréchal Ney. Compagnons ! Alliés ! Ennemis ! j'invoque ici
votre témoignage : rendons à la mémoire d'un héros malheureux l'hommage qui lui est dû ; les faits suffiront. Tout
fuyait, et Murat lui-même, traversant Kowno comme
Vilna, donnait puis retirait l'ordre de se rallier à Tilsitt,
et se décidait ensuite pour Gumbinnen. Ney entre alors
dans Kowno, seul avec ses aides de camp, car tout a cédé
ou succombé autour de lui. Depuis Viazma, c'est la quatrième arrière-garde qui s'use et qui se fond entre ses
mains. Mais l'hiver et la famine, plus encore que les
Russes, les ont détruites. Pour la quatrième fois il est

resté seul devant l'ennemi, et, toujours inébranlable il cherche une cinquième arrière-garde.

Ce maréchal trouve dans Kowno une compagnie d'artillerie, trois cents Allemands qui en formaient la garnison, et le général Marchand avec quatre cents hommes; il en prend le commandement. Et d'abord il parcourt la ville pour reconnaître sa position et rallier encore quelques forces; il n'y trouve que des blessés qui s'essaient, en pleurant, à suivre notre déroute. Pour la huitième fois, depuis Moscou, il a fallu les abandonner en masse dans leurs hôpitaux, comme on les a abandonnés en détail sur toute la route, sur tous nos champs de bataille, et à tous nos bivouacs.

Plusieurs milliers de soldats couvrent la place et les rues environnantes; mais ils y sont étendus roides devant des magasins d'eau-de-vie qu'ils ont enfoncés, et où ils ont puisé la mort en croyant y trouver la vie. Voilà les seuls secours que lui a laissés Murat : Ney se voit seul en Russie avec sept cents recrues étrangères. A Kowno, comme après les désastres de Viazma, de Smolensk de la Bérézina et de Vilna, c'est encore à lui qu'on a confié l'honneur de nos armes et tout le péril du dernier pas de notre retraite; il l'accepte!

Le 14, au point du jour, l'attaque des Russes commence. Pendant qu'une de leurs colonnes se présente brusquement par la route de Vilna, une autre passe le Niémen sur la glace au-dessus de la ville, prend pied sur les terres prussiennes, et, toute fière d'avoir la première franchi sa frontière, elle marche au pont de Kowno, pour fermer à Ney cette issue et lui couper toute retraite.

Les premiers coups se firent entendre à la porte de Vilna ; Ney y court ; il veut éloigner le canon de Platof avec les siens, mais déjà il trouve ses pièces enclouées et ses artilleurs en fuite ! Furieux, il s'élance, l'épée haute, sur l'officier qui les commande, et il l'eût tué, sans son aide de camp qui para le coup et protégea la fuite de ce malheureux.

Ney appelle alors son infanterie ; mais sur les deux faibles bataillons qui la composaient, un seul avait pris les armes : c'étaient trois cents Allemands de la garnison. Il les place, les exhorte, et, l'ennemi s'approchant il allait leur commander le feu, quand un boulet russe, écrêtant la palissade, vint casser la cuisse de leur chef. Cet officier tomba, et, sans hésiter, se sentant perdu, il prit froidement ses pistolets et se brûla la cervelle devant sa troupe. A ce coup de désespoir, ses soldats s'effraient, s'effarent, et tous à la fois ils jettent leurs armes, et fuient éperdus !

Ney, que tout abandonne, n'abandonne ni lui-même ni son poste. Après d'inutiles efforts pour retenir ces fuyards, il ramasse leurs armes encore toutes chargées, il redevient soldat, et, lui cinquième, il fait face à des milliers de Russes. Son audace les arrêta ; elle fit rougir quelques artilleurs qui imitèrent leur maréchal ; elle donna à l'aide de camp Heymès et à Gérard le temps de ramasser trente soldats, de faire avancer deux à trois pièces légères, et aux généraux Ledru et Marchand celui de réunir le seul bataillon qui restait.

Mais en ce moment éclate, au delà du Niémen et vers le pont de Kowno, la seconde attaque des Russes; il était deux heures et demie. Ney envoie Ledru, Marchand, et leurs quatre cents hommes, pour reprendre et assurer ce passage. Pour lui, sans lâcher prise, sans s'inquiéter davantage de ce qui se prépare derrière lui, à la tête de trente hommes il se maintient jusqu'à la nuit à la porte qui ouvre vers Vilna. Alors il traverse Kowno et le Niémen toujours en combattant, reculant, et ne fuyant pas, marchant après tous les autres, soutenant jusqu'au dernier moment l'honneur de nos armes, et, pour la centième fois, depuis quarante jours et quarante nuits sacrifiant sa vie et sa liberté pour sauver quelques Français de plus! Il sort enfin le dernier de la Grande Armée, de cette fatale Russie, montrant au monde l'impuissance de la Fortune contre les grands courages, et que pour les héros tout tourne en gloire, même les plus grands désastres!

Il était huit heures du soir quand il parvint sur la rive alliée. Alors, voyant la catastrophe accomplie, Marchand repoussé jusqu'à l'entrée du pont, et la route de Vilkowiski, que suivait Murat, toute couverte d'ennemis, il se jeta à droite, s'enfonça dans les bois, et disparut!

Quand Murat atteignit Gumbinnen, il fut bien surpris d'y trouver Ney, et d'apprendre que, depuis Kowno, l'armée marchait sans arrière-garde. Heureusement la poursuite des Russes, après qu'ils eurent reconquis leur territoire, s'était ralentie. Ils semblèrent hésiter sur la frontière prussienne, ne sachant s'ils entreraient en alliés ou en ennemis. Murat profita de cette incertitude pour s'arrêter plusieurs jours à Gumbinnen, et pour diriger les restes des corps sur les différentes villes qui bordent la Vistule.

Au moment de cette dislocation de l'armée il en réunit les chefs. Je ne sais quel mauvais génie l'inspira dans ce conseil. On voudrait croire que ce fut embarras, devant ces guerriers, de la précipitation de sa fuite, et dépit contre l'Empereur qui lui avait laissé cette responsabilité ; ou bien honte de reparaître vaincu au milieu des peuples les plus opprimés par nos victoires. Mais, comme ses paroles eurent un bien plus fâcheux caractère, et que ses actions ne les ont point démenties, comme enfin elles furent le premier symptôme de sa défection, l'histoire ne peut les taire.

Ce guerrier, monté sur le trône par le seul droit de la victoire, revenait vaincu ! Dès ses premiers pas sur la terre conquise, il crut la sentir tout entière trembler sous lui, et sa couronne chanceler sur sa tête. Mille fois, dans cette campagne, il s'était exposé aux plus grands dangers ; mais lui qui, roi, n'avait pas craint de mourir comme un soldat d'avant-garde, ne put supporter l'appréhension de vivre sans couronne. Le voilà donc au milieu des chefs dont son frère lui a confié la conduite, accusant son ambition, qu'il a partagée, pour s'en absoudre !

Il s'écrie : « Qu'il n'est plus possible de servir un in-
« sensé ; qu'il n'y a plus de salut dans sa cause ; qu'aucun
« prince de l'Europe ne croit plus ni à ses paroles ni à ses
« traités ! Il se désespère d'avoir rejeté les propositions

« des Anglais : sans cela, ajoute-t-il, il serait encore un
« grand roi, tel que l'empereur d'Autriche et le roi de
« Prusse ! »

Un cri de Davout l'interrompit : « Le roi de Prusse,
« l'Empereur d'Autriche, lui repart-il brusquement, sont
« princes par la grâce de Dieu, du temps, et de l'habi-
« tude des peuples ; mais vous, vous n'êtes roi que par
« la grâce de Napoléon et du sang français ! Vous ne pou-
« vez l'être que par Napoléon et en restant uni à la
« France ; c'est une noire ingratitude qui vous aveugle ! »
Et aussitôt il lui déclare qu'il va le dénoncer à son Empereur ; les autres chefs se turent. Ils excusaient l'emportement de la douleur du roi, et n'attribuaient qu'à sa
fougue inconsidérée des expressions que la haine et l'esprit soupçonneux de Davout n'avaient que trop bien
comprises.

Murat resta décontenancé : il se sentait coupable. Ainsi
fut étouffée cette première étincelle d'une trahison qui
devait, plus tard, perdre la France ! L'histoire n'en parle
qu'à regret, depuis que le repentir et le malheur ont égalé
le crime.

Il fallut bientôt porter notre abaissement dans Kœnigsberg. La Grande Armée, qui, depuis vingt ans, parcourait triomphante toutes les capitales de l'Europe, reparut, pour la première fois, mutilée, désarmée, fuyante,
dans l'une de celles qu'elle avait le plus humiliées par sa
gloire. Ses peuples accoururent sur notre passage pour
compter nos blessures, pour évaluer, par la grandeur de
nos maux, ce qu'ils pouvaient se promettre d'espérances.

Il fallut repaître de nos misères leurs avides regards, subir le joug de leur espoir, et, traînant notre infortune au travers de leur odieuse joie, marcher sous l'insupportable poids d'un malheur haï !

Les faibles restes de la Grande Armée ne plièrent point sous ce faix. Son ombre, déjà presque détrônée, se montra toujours imposante ; elle conserva son air de souveraine : vaincue par les éléments, elle garda devant les hommes ses formes victorieuses et dominatrices !

De leur côté, les Allemands, soit lenteur, soit crainte, nous accueillirent docilement : leur haine se contint sous les apparences de la froideur ; et, comme ils n'agissent guère d'eux-mêmes, pendant qu'ils attendaient un signal, ils furent contraints de soulager nos misères. Kœnigsberg ne put bientôt plus les contenir. L'hiver, qui nous y avait poursuivis, nous y abandonna tout à coup : en une nuit le thermomètre descendit de vingt degrés !

Cette transition subite nous fut fatale. Une foule de soldats et de généraux, que la tension de l'atmosphère avait soutenus jusque-là par une irritation continuelle, s'affaissèrent et tombèrent en décomposition. La Riboisière, général en chef de l'artillerie, succomba ; Éblé, l'honneur de l'armée, le suivit. Chaque jour, à chaque heure, on était consterné par de nouvelles pertes.

Notre aile gauche commandée par Macdonald avait marché rapidement de Tilsitt à Mittau. La guerre de ce côté n'avait été qu'un déploiement de l'embouchure de l'Aa jusqu'à Dunabourg et une longue défensive devant Riga. Cette armée était presque toute prussienne. Elle ne trahit pas, mais fit défection sans se réunir aux Russes. Macdonald put réunir ses débris à ceux de Mortier le 3 janvier et couvrir Kœnigsberg.

A notre aile droite, du côté des Autrichiens qu'une alliance bien cimentée retenait, Schwartzenberg se détachait de nous, mais insensiblement, avec les formes que la position politique exigeait.

Le 3 décembre, les Russes de Riga furent encore repoussés par les Prussiens dans une de leurs tentatives. Yorck, soit prudence ou conscience, se contenait. Macdonald s'était rapproché de lui. Le 19 décembre, douze jours après le départ de Napoléon, huit jours après la prise de Vilna par Kutusof, lorsqu'enfin Macdonald commença sa retraite, l'armée prussienne était encore fidèle.

Ce ne fut que le 22 janvier, et les jours suivants, que les Russes abordèrent la Vistule. Pendant une marche si lente, et depuis le 3 janvier jusqu'au 11, Murat était resté à Elbing. Dans cette situation extrême, ce prince flottait, çà et là, au gré des éléments qui fermentaient autour de lui : tantôt ils portaient son espoir jusqu'au ciel, tantôt ils le précipitaient dans un abîme d'inquiétudes.

Il venait de fuir de Kœnigsberg, dans un état complet de découragement, quand cette suspension dans la marche des Russes, et la jonction de Macdonald, dont la réunion avec Heudelet et Cavaignac avait doublé les forces, l'enflèrent subitement d'une vaine espérance. Lui, qui la veille croyait tout perdu, voulut reprendre l'offensive, et commença aussitôt : car il était de ces esprits qui se dé-

24.

cident à chaque instant. Ce jour-là il se résolut à pousser
en avant, et le lendemain, à fuir jusqu'à Posen.

Au reste, cette dernière détermination ne fut pas prise
sans motif. Le ralliement de l'armée sur la Vistule avait
été illusoire : la vieille garde comptait tout au plus cinq
cents combattants ; la jeune garde, presque aucun ; le premier corps, dix-huit cents ; le second, mille ; le troisième,
seize cents ; le quatrième, dix-sept cents. Encore la plupart de ces soldats, restes de six cent mille hommes, pou-
vaient-ils à peine se servir de leurs armes !

Dans cet état d'impuissance, les deux ailes de l'armée
venant à se détacher, l'Autriche et la Prusse nous manquant à la fois, la Pologne devenait un piège qui pouvait
se refermer sur nous. D'un autre côté, Napoléon, qui jamais ne consentit à aucune cession, voulait qu'on défendît
Dantzick : il fallut donc y jeter tout ce qui pouvait encore tenir la campagne.

D'ailleurs, s'il faut tout dire, quand Murat imagina,
à Elbing, de refaire une armée, et rêva même une victoire, il trouva que la plupart des chefs eux-mêmes étaient
épuisés et rebutés. Le malheur, qui porte à tout craindre
et bientôt à croire tout ce qu'on craint, avait pénétré dans
leur cœur. Déjà plusieurs s'inquiétaient pour leurs rangs,
pour leurs grades, pour les terres dont ils étaient devenus possesseurs dans les pays conquis, et la plupart n'aspiraient qu'à repasser le Rhin.

Quant aux recrues qui arrivaient, c'était un assemblage
d'hommes de plusieurs nations de l'Allemagne. Pour nous
rejoindre, ils avaient traversé les États prussiens, d'où

s'élevait l'exhalaison de tánt de haines. En approchant, ils rencontrèrent notre découragement et notre longue déroute ; en entrant en ligne, loin de se trouver encadrés et appuyés par de vieux soldats, ils se virent seuls, aux prises avec tous les fléaux, pour soutenir une cause abandonnée de ceux qui étaient le plus intéressés à la faire triompher ; aussi la plupart de ces Allemands se débandèrent-ils au premier bivouac.

A l'aspect du désastre de l'armée qui revenait de Moscou, les troupes éprouvées de Macdonald furent elles-mêmes ébranlées. Cependant ce corps d'armée, et la division toute fraîche d'Heudelet, conservèrent leur ensemble. On se hâta de réunir tous ces débris dans Dantzick : trente-cinq mille soldats, de dix-sept nations différentes, y furent enfermés. Le reste, en petit nombre, ne devait commencer à se rallier qu'à Posen et sur l'Oder.

Jusque-là il n'avait donc guère été possible au roi de Naples de mieux régler notre déroute ; mais, au moment où il traversait Marienwerder pour se rendre à Posen, une lettre de Naples vint encore bouleverser toutes ses résolutions. L'impression en fut violente : à mesure qu'il la lut, la bile se mêla à son sang avec une telle promptitude, qu'on le retrouva, quelques instants après, avec une jaunisse complète !

Il paraît qu'un acte de gouvernement, que s'était permis la reine, le blessa dans une de ses plus vives passions. Peu jaloux de cette princesse, malgré ses charmes, il l'était avec fureur de son autorité ; et c'était de la reine surtout, comme sœur de l'Empereur, qu'il se défiait.

On s'étonne de voir ce prince, qui, jusqu'à ce jour, avait paru tout sacrifier à la gloire des armes, se laisser tout à coup maîtriser par une passion moins noble ; mais sans doute que, pour certains caractères, il en faut toujours une qui domine.

C'était, au reste, toujours la même ambition sous des formes différentes, et toujours tout entière dans chacune d'elles ; car tels sont les caractères passionnés. En ce moment, sa jalousie pour son autorité l'emporta sur l'amour de sa gloire ; elle l'entraîna rapidement jusqu'à Posen, où, peu après son arrivée, il disparut et nous abandonna.

Cette défection éclata le 16 janvier, vingt-trois jours avant que Schwartzenberg se détachât de l'armée française, dont le prince Eugène prit le commandement.

Alexandre arrêta la marche de ses troupes à Kalisch. Là cette guerre violente et continue, qui nous suivait depuis Moscou, se ralentit : elle ne fut plus, jusqu'au printemps, qu'une guerre d'accès, intermittente, lente. La force du mal parut épuisée, mais c'était seulement celle des combattants : une plus grande lutte se préparait ; et cette halte ne fut pas un temps qu'on accorda à la paix ; elle servit plutôt à la préméditation du carnage.

Après quinze cents ans de victoires, la Révolution du quatrième siècle, celle des rois et des grands contre les peuples, venait d'être vaincue par la Révolution du dix-neuvième siècle, celle des peuples contre les grands et les rois. Napoléon était né de cet embrasement ; il s'en était emparé si puissamment, qu'il semblait que toute cette grande convulsion n'eût été que celle de l'enfantement d'un seul homme ! Il commandait à la Révolution comme s'il eût été le génie de cet élément terrible. A sa voix elle était soumise ! Honteuse de ses excès, elle s'admirait en lui, et, se précipitant dans sa gloire, elle avait réuni l'Europe sous son sceptre ; et l'Europe, docile, se levait à son signal pour repousser la Russie de nos anciennes limites : il semblait qu'à son tour le Nord allait être vaincu jusque dans ses glaces !

Et cependant ce grand homme, dans cette grande circonstance, n'a pu dompter la nature ! Dans ce puissant effort pour remonter cette pente rapide, les forces lui ont manqué ! Parvenu jusqu'à ces régions glacées de l'Europe, il en a été précipité de toute sa hauteur ! Et ce Nord, victorieux du Midi dans sa guerre défensive, comme il le fut au moyen âge dans sa guerre conquérante, se croit inattaquable et irrésistible.

Compagnons, ne le croyez pas ! Ce sol et ces espaces, ce climat, cette nature âpre et gigantesque, vous eussiez pu en triompher, comme vous avez vaincu ses soldats !

Mais quelques fautes furent punies par de grands malheurs ! J'ai dit les unes et les autres. Sur cet océan de maux j'ai élevé un triste fanal d'une clarté lugubre et sanglante ; et, si ma faible main n'a pas suffi à ce pénible ouvrage, du moins aurai-je fait surnager nos débris, afin que ceux qui viendront après nous puissent apercevoir le péril et l'éviter !

Compagnons ! mon œuvre est finie : maintenant c'est à vous de rendre témoignage à la vérité de ce tableau. Ses couleurs paraîtront pâles sans doute à vos yeux et à vos cœurs, encore tout remplis de ces grands souvenirs ! Mais qui de vous ignore qu'une action est toujours plus éloquente que son récit, et que si les grands historiens naissent des grands hommes, ils sont plus rares qu'eux ?

FIN DE LA CAMPAGNE DE RUSSIE.

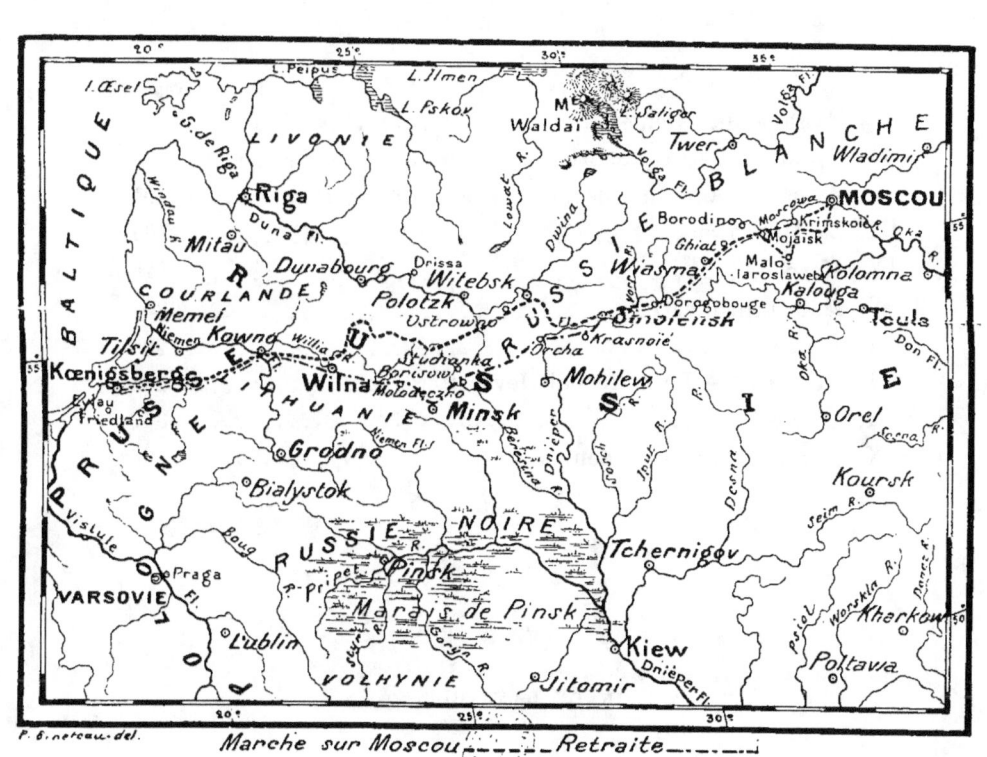

Marche sur Moscou .... Retraite ....

TABLE DES MATIÈRES.

FIN DE LA TABLE.